ハヤカワ文庫SF

〈SF2306〉

2000年代海外ＳＦ傑作選

橋本輝幸・編

早川書房

8585

目次

２０００年代海外ＳＦ傑作選

ミセス・ゼノンのパラドックス

Mrs. Zeno's Paradox

エレン・クレイジャズ *Ellen Klages*
井上 知訳

エレン・クレイジャズ（一九五四 - ）

女性が二人、カフェで待ち合わせて旧交を温め、デザートを分け合う。なんのことはない光景だが、この二人はどうやらただ者ではない。ゼノンの「アキレスと亀」のパラドックスを下敷きにした魅惑のＳＦファンタジイ。

著者は一九五四年、米国オハイオ州生まれ。カリフォルニア州サンフランシスコ在住。ミシガン大学で哲学を専攻後、科学博物館〈エクスプロラトリアム〉で働き始め、そこでＳＦ作家パット・マーフィーと共に子供向けの科学の本を執筆する機会を得た。マーフィーの励ましを受けて小説を書き始める。九〇年代末のデビュー以来、長篇が二冊、短篇集が二冊と著書は少ないもののヒューゴー賞、ネビュラ賞、世界幻想文学大賞などにノミネートされてきた。二〇〇五年に「地下室の魔法」でネビュラ賞ノヴェレット部門を受賞。

短篇の邦訳は他に井上知による「地下室の魔法」（ＳＦマガジン二〇〇六年十二月号）、「図書館と七人の司書」（ＳＦマガジン二〇〇九年十二月号）、岸本佐知子による「七人の司書の館」（岸本佐知子編『コドモノセカイ』河出書房新社）と「三角形」（岸本佐知子編『楽しい夜』講談社）がある。

アナベルは一緒にお茶でもと言ってミッジと待ち合わせをしている。入っていくのはサンフランシスコのミッション地区にある小さなカフェ、大胆なグラフィティが壁を覆い、ピアスをたくさんつけた態度の悪いバリスタが働いている。あるときは戦後間もなく、57丁目とマディソン街の角にあるレストラン〈シュラフツ〉、糊の効いた白いカフスの黒い制服を着たウエイトレスがいる。またあるときはパリのモントルグイユ通りにあるパティスリー、包囲戦のなかプロイセン軍の砲撃の轟音で会話もままならない。

店に入ると、ミッジを探してテーブルを見渡す。いつもどこかにいるから。

アナベルは座ってエスプレッソを頼む。ミルクティーを頼む。礼儀正しく、ミッジが来るのを待ってから注文する。

ミッジは若く、安っぽい服装だ。くたびれたコートを羽織っている。大理石の床にピンヒールのカツ、カツ、コツという音が響く。しおれた水仙の色の髪、つやつやした黒髪、完璧にセットされた髪。磨り減った木の床にスニーカーをひきずるように歩いてくる。

アナベルの頬に頬を寄せてキスのまねをする。

「待たせた？」

あいている椅子にハンドバッグを置く。バッグの中身がガチャン、チリン、ドシン、キー、と音をたてる。

「どうかしら」

アナベルは応える。小さな嘘、親友に対する思いやりだ。

給仕が現れる。「お決まりですか？」

アナベルが答えると、「同じものをお願い」とミッジ。

「ねえ、ちょっと甘いものが欲しいんだけど」とアナベル。

「えっ、わたしはだめ」

「べたべたしなくて、あんまりこってりしてないやつ。ブラウニーとか？」

「お好きなように。わたし、ほんの一口もらえばいい」

「本気？」

「本気も本気」ミッジは腰のあたりをぽんぽん、と叩く。「できるだけちっちゃい一口ね」

ブラウニーが出現するのは〈フィエスタ〉のシンプルな色皿、折り畳んだナプキン、またあるときは十七世紀の美しい磁器の大皿の上。二人はしげしげと眺める。ブラウニーは濃いチョコレートファッジの色あい、上面がつやつやして、七月のアリゾナのようにひびわれ、粉砂糖がかかっている。

アナベルはブラウニーを半分に切る。

アナベルが見るからに嬉しそうに食べると、チョコレートの細かいかけらが口角にびっしり付く。ティッシュで唇をぬぐうと、チョコレートとレブロンのリップグロス〈ロージーフューチャー〉の抽象画のようなしみが残る。

「これ、おいしすぎていけないわ」ミッジは言い、人差し指を湿らせて数えきれない小さなかけらをつまんでいく。

「確かに。明日はステップマシンで運動よ」と、アナベルはうなずく。「たぶんね」カップの中身を一口飲む。

二人は仕事の話をする。今付き合っている男の話をする。結婚した男の話をする。わたしたち、歴史が始まって以来の友だちよね、とミッジが冗談を言う。

「それ、あなたの分」アナベルがブラウニーを指す。

「ええっ、無理。全部はだめ」

ミッジはブラウニーを半分に切る。

二人は時計に目を向ける。時間は関係ない。アナベルはお代わりをする。「残り、食べる？」

ミッジは首を振る。

アナベルはブラウニーを半分に切る。

十二回目の分割後、ブラウニーは砂粒の大きさになる。ミッジは大きなバッグから安全剃刀の替刃を取り出し、粒を切り分ける。

二人は天気について話し合う。雨の見込みで意見が一致する。会話はぐるぐる回り、話題は尽きない。

アナベルは宝石職人用のルーペを右目にはめ、皮のケースから薄い黒曜石のナイフを取り出す。ナイフの刃は分子ひとつ分ほどの厚さだ。少し前に付き合っていた眼科医からのプレゼント。手際よく黒っぽい微片を分割すると、半分を口に入れる。

「さあ、どうぞ。最後、食べちゃって」ミッジがすすめる。

「いや、常識的にこれはあなたの分でしょ」

「そうくると思って」ハンドバッグの中の次元のひとつに手を突っ込むと、バッグの滑らかな表面がゆがみ、電子顕微鏡が現れる。

ミッジは、今や一オングストロームの幅しかないブラウニーを半分に切る。

「一枚の紙は百万オングストロームの厚さなのよ」アナベルが必ずしも知っているわけではないかのように、ミッジは言う。アナベルは原子物理学者なのだ。スティーヴン・ホーキングの隠し子だ。またはフェルミ国立加速器研究所の受付係だ。

ミッジはどのアナベルも大好きだ。

「ほんとに、そんなにおなかすいてないの」

さらに五回切った後、部屋はわずかにゆらめき震動する。アナベルとミッジは顔を見合わせて微笑む。

「あなたが終わらせないと」ミッジは言い、何もないように見える二人の間の空間を指差した。「ほんの少しじゃない」

アナベルは相手の指先をたどって下を見たが、間違いだった。可視光の光子がブラウニーの粒子でエアホッケーをしている。

「どこにあるか、自信ない」

ミッジはリーディンググラスをかけると素早くグラフ電卓に数字を打ち込む。溜息をついてハンドバッグの中をあちこち探る。データを全部処理するのにＥＮＩＡＣ（最初期の電子計算機）だと何十年もかかるだろう。

「ここにある確率、九十九パーセント」ひどく長い時間が経った後、ミッジはそう言って目を閉じる。「でなければカトマンズ郊外のティーハウスね」

「この位相ではわかりにくい」アナベルが同意する。

ミッジのハンドバッグの七次元の線形加速器が、今や理論上の存在になったブラウニーを半分に分ける。

「プランク長（ループ量子重力理論における長さの最小単位）」アナベルが指摘する。「分割不可能」

給仕はワームホールへと消える。ビニールレザーのボックス席、伝票、既知の宇宙が溶けるようにぼんやりした泡と化す。

「すてきだったわね」ミッジの声は遠く、はっきりしない。「いつかまた、ぜひやりましょう」

「もう、やったわよ」アナベルが言う。

懐かしき主人の声《ヒズ・マスターズ・ボイス》

His Master's Voice

ハンヌ・ライアニエミ *Hannu Rajaniemi*

酒井昭伸訳

ハンヌ・ライアニエミ（一九七八－）

シモダ・タケシは海上の石油プラットフォーム跡地に作った独立国家で思いのままに暮らし、自分の違法クローンを一万人もこしらえた。だが通報されて逮捕され、世界知的所有権機関の量子判事により禁固三百十四年の刑を与えられる。シモダに飼われていた犬と猫は、愛しの飼い主を奪還すべく行動に出る。著者らしくポップで派手なアイディアに満ちたポスト・サイバーパンクの佳品。題名と犬の名は、フランシス・バロウドが描いた蓄音器に耳を傾ける犬の絵に由来する。初出は《インターゾーン》誌二〇〇八年十月号。スタージョン記念賞候補作。

ライアニエミは一九七八年生まれ、フィンランド出身。英国スコットランドのエディンバラ大学で物理学博士号を取得。同地でチャールズ・ストロスらも参加していた作家の創作集団に加わる。二〇〇四年に東京が舞台の掌篇“Shibuya no Love”でデビュー。二〇一〇年から『量子怪盗』（ハヤカワ文庫ＳＦ）を始めとした〈ジャン・ル・フランブール〉シリーズの長篇三部作を出版した。二〇一九年には新進ＳＦ作家傑作選の編者を務めた。現在は合成生物学に関するスタートアップ企業のＣＥＯとして米国に居住する。

コンサートを始めるに先立って、ぼくらはご主人の首を盗みだした。

青い青い南極の夜の中、共同墓地＝霊廟都市はコンクリートでできた黒いマッシュルームの森となって広がっている。ぼくらは機能性霧《ユーティリティー・フォグ》のバブル内に身をひそめ、氷床に突き出た岩峰《ヌナタク》の急斜面にへばりついていた。

猫はピンクの舌で毛づくろいの真っ最中だ。なんとも余裕たっぷりの態度ではある。

「そろそろ準備しろよ」ぼくは猫にいった。「ひと晩じゅう、こうしているひまはないんだぞ」

猫はじろりとぼくを一瞥してから、アーマーを着用した。量子ドットの繊維が、生きたオイルのように虎縞の全身をおおっていく。猫は小さくのどを鳴らすと、冷たい岩の突起にダイヤモンドの爪を立てた。その音は歯がきしむような不快感をいだかせると同時に、はげしい緊張をもたらした。腹の中で剃刀の翅《はね》を持つ蝶たちがいっせいに目覚めたような感覚、といえばいいだろうか。死者の都市を護って輝く突破不可能なファイアウォールを凝視する。ぼくの拡張現実《AR》ヴィジョンには、きらめくファイアウォールが、鎖でつづった北極光《オーロラ・ボーリアリス》のように見えている。

　大型犬に吠えさせるのはいまだ。ぼくのヘルメット・レーザーが藍色の夜空をめがけ、一ナノ秒間、祈りの光を放った。天空の〈荒野〉に一量子ビットを送るなら、一ナノ秒もあればいい。そして、待った。ぼくのしっぽが、ひとりでに左右へ振れはじめる。腹の中には低い緊張の唸りが高まっていく。

　スケジュールどおり、赤いフラクタル・コードの豪雨が降りはじめた。ぼくのARビジョンが負荷にあえぎだす。雨季の大雨のようにネクロポリスに降りそそぐ高密度な情報の奔流を処理しきれなくなったのだ。鎖でつづった北極光がちらつき、消滅した。

「いけ！」猫に叫んだ。ぼくの中で奔放な歓びがはじける。夢の中で〈小動物〉を追うのと同じあの歓びだ。「いまだ、いけ！」

　猫が虚空にジャンプした。アーマーの翼がぱっと開き、氷のように冷たい風をつかむ。そのまま気流に乗り、ぐんぐん進みだした。

その姿には、にやにや笑う顔を描いた中国の凧を思わせるものがあった。

いまとなっては、発端を思いだすのはむずかしい。あのころはことばがわからず、ただ音と匂いがあるばかりだったから。金属と潮の匂い、絶え間なくプラットフォームの脚を洗う波の音。当時、あの〈場所〉には完璧なものが三つあった。ぼくの食事用のボウル、遊び用の〈ボール〉、そしてぼくの首をなでるご主人の力強い手だ。

いまのぼくは、あの〈場所〉がご主人の購入した古い海上石油プラットフォームだったことを知っている。ぼくらがはじめてあそこを訪れたとき、プラットフォームには強烈な悪臭がぷんぷんしていた。凶悪に鼻を刺す、石油と化学物質の匂い。だけど、あそこには秘密の隙間や穴のような隠れ場所がたくさんあった。ご主人がよく〈ボール〉をほうってくれたのは、ヘリコプターの着陸パッドだったところだ。ボールは何度も海に落ちたが、そのたびにご主人のボットたちが——小さな金属のトンボたちが——途方にくれるぼくのために拾ってきてくれたものだった。

ご主人は神だ。怒るとその声は見えない鞭となる。その匂いは神の匂いとなって世界をおおいつくす。

ご主人が仕事中のとき、ぼくはカモメたちに吠えかかったり、同居の猫に忍びよったりして過ごした。猫とは何度か喧嘩したことがあって、ぼくの鼻にはあいつに引っかかれた白い傷痕がいまも残っている。でも、そのうち猫とも理解しあうようになった。海上プラットフォームの暗い場所は猫の領地。ぼくが統《す》べるのはデッキと空。ぼくらはご主人の世界における冥府《ハデス》の王と太陽神《アポロ》だったんだ。

けれど、夜になって、ご主人が古い映画を見たり、古くてガタのきた蓄音機《グラモフォン》でレコードを聴いたりするとき、ぼくらはいつもいっしょに足もとで寝そべって過ごした。ときどきご主人は寂しさの匂いをただよわせ、小さなキャビンでぼくをとなりに寝かせてくれることがあった。神の匂いとぬくもりのなか、ぼくはご主人に寄りそって、安らかに身をまるめていたものだった。

あの小さな世界が、ぼくらの知る世界のすべてだったといえる。

ご主人はいつも働いてばかりいて、マホガニーのデスクに投影したキーボードにしじゅう指を躍らせていた。そして毎晩、かならず〈部屋〉に入っていった。プラットフォームじゅうで、そこは唯一、ぼくが入れてもらえないところだ。

〈小動物〉の夢を見るようになったのは、このプラットフォームにきてからのことだった。〈小動物〉の匂いはいまも憶えている。魅力的で不思議な匂い。埋められた骨のような、逃げる兎のような、どうしても抵抗できない匂い。

　ぼくは夢の中で〈小動物〉を追いかけた。砂浜に点々と残った、心をときめかさずにはおかない小さな足跡——それを追って曲がりくねった道をたどり、丈の高い草のあいだに分けいっていく。

〈小動物〉の姿はほぼつねに見えている。一秒以上は見失うことがない。視野の隅にちらつく白い毛皮となって、その姿はいつも見えている。

　ある日、〈小動物〉がぼくに話しかけてきた。

「おいで。ここにきて勉強しよう」

〈小動物〉の島は失われたさまざまな場所でいっぱいだった。いくつもの迷宮的な洞窟、砂に描かれた何本もの線——見ているうちに、その線はことばになっていく——ご主人の蓄音機《グラモフォン》からただよう、歌を歌う匂い。〈小動物〉はいろんなことを教えてくれた。ぼくはそれをつぎつぎに学習した。そして目覚めるたびに、ぼくの意識は高まっていった。猫がスパイダーボットたちを新たな視線で眺めているのに気づいたときには、猫もまた、夜になると学びの場所へ通っていることがわかった。

　そのうちに、ご主人がしゃべると、その意味がわかるようになってきた。ぼくの神——ご主人の口から出る音は、かつては怒りや喜びを漠然と伝えるものでしかなかったのに、ことばとして認識できるようになってきたんだ。ご主人はそれに気づいて顔をほころばせ、ぼくの体毛をくしゃくしゃに掻き乱した。以来、ご主人はぼくらに——ぼくと猫に——それまでよりも頻繁に話しかけるようになった。長い宵、窓の外に広がる海が石油のように黒くなり、波に打たれてプラットフォーム全体が鐘のような響きを立てるなか、ぼくらに語りかけるご主人の声は井戸のように暗く、深くてやさしい。やがてご主人は、とある島の話をしてくれた。そこは大きな海のただなかにある島で、ご主人の生まれ故郷なのだという。そのときぼくは、ほろ苦い悲しみの匂いを嗅ぎとった。そして、このときはじめて、ことばの裏にはつねに、けっして口にはされないことばがあることを知ったのだった。

猫は首尾よく上昇気流に乗った。ほんの一瞬、空中に静止してから、タワーの側面にへばりつく。すかさず、爪で自律型《スマート》コンクリートを眠らせた。ついで、猫のことを鳥、または風に運ばれてきた氷のかけらと錯覚させる偽装コードをタワーに送りこんだ。

猫が鋭く鳴いて唾を吐く。胃の中に収めてあった分解促進性微小加工体《ディスアセンブラー・ナイト》が壁面に取りつき、材質を食って丸い穴をあけはじめた。待つ身はつらい。猫はアーマーの外筋肉をロックし、辛抱づよく壁面にへばりついている。やっとのことで、縁がぎざぎざの丸い穴が外壁に貫通すると、猫はすばやく構内にすべりこんだ。ぼくは心臓をどきどきいわせつつ、ＡＲヴィジョンを猫の虹彩カメラが送ってくる映像に切り換えた。猫は電光の疾《はや》さで通風シャフトを駆けていく。ときどき急な姿勢変化をともなう、アクロバティックな超加速の動き、オーバードライブの代謝。ぼくのしっぽがまたも左右に振れはじめる。いまいくよ、ご主人、いまいくからね。

〈ボール〉をなくしたのは、偽のご主人がやってきた日のことだった。

ぼくはあちこちをくまなくさがした。まる一日を費やしてプラットフォームの隅々まで嗅ぎまわり、デッキ下の猫の領地にまで入りこんで暗い通路をさがしたけれど、どこにも〈ボール〉は見つからなかった。腹がへったので、ご主人のキャビンにもどると、そこにふたりのご主人がいた。四つの手がぼくの毛皮をなでる。ふたりの神——本物と偽物の。

ぼくは吠えた。どうしていいかわからなかったからだ。そんなぼくを、憐れみと軽蔑の目で見やって、猫は前脚と後脚のあいだをものうげに掻いていた。

「おちつけ」ご主人の片方がいった。「おちつかんか。これからは四人で暮らすんだ」

そのうち、ふたりの見わけかたがわかってきた。〈小動物〉から、匂いと外見以外にも着目するようにと教わったおかげだった。ぼくがよく知っているご主人は中年の男性で、髪に白いものが混じっており、体格ががっしりしている。かたや新しいご主人は、若くてまだ成人したばかりの感じで、からだつきがずっと細く、マホガニー色の顔には智天使《ケルビム》を思わせるものがある。ご主人はぼくを新しいご主人と遊ばせようとしたが、ぼくは受けいれなかった。体臭は馴じみ深いのに、それ以外、なにもかもが異質すぎたからだ。だからぼくは、心のなかで彼のことを〝偽のご主人〟と呼んだ。

偽のご主人は、ぼくのご主人といっしょに仕事をし、いっしょにデッキを散歩し、ぼくには理解できないことばを使って長いあいだ語りあっていた。ぼくは嫉妬した。いちど、嚙みついてやったこともある。そのときは罰としてキャビンを追いだされ、ひと晩じゅうデッキに放置されるはめになった。嵐の晩で、ぼくは雷が怖くてしかたがないというのに、それでも許してもらえなかったのだ。いっぽう、猫のほうは偽のご主人とよろしくやっているらしく、それもまたぼくが気にいらない点のひとつだった。

ご主人同士が喧嘩した最初の晩のことは、いまでもよく憶えている。

偽のご主人がたずねた。

「どうしてこんなまねをするんだ？」

「わかっているだろうが」ご主人は答えた。口調が暗い。「おまえも憶えているだろう。自分の所有者が自分自身であることを、だれかが示してみせねばならん」

「じゃあ、おれの所有者はあんたか？」偽のご主人が切り返す。「それがあんたの考えなのか？」

「そんなはずはないに決まってるだろうが。どこからそんなことを思いつく？」

「だれかがその気になったら、そう主張することもできるじゃないか。あんたはマシンに指示した――遺伝的アルゴリズムを使って一万人の自分を創れ、その各個体にランダムな変化を持たせろと。あんたの理想とする息子に似た自分たち、あんたが愛せる自分たちを選びだすために。そして、限界を超えるまでマシンを稼動させ、選別した自分たちをプリントさせた。これは違法だ。わかってるだろう？　なんのためにこんなまねをする？」

「多重複製はそんなことなど気にしない。だいいち、ここはおれの場所だ。ここではおれ自身が唯一の法なんだ」

「あんたは創った多重複製たちに多くを語りすぎた。連中はもう人間じゃない」

「〈知的ロボット技研《VecTech》〉のPRボットみたいないいぐさをする」

「むしろ、あんたのいいぐさをまねてるのさ。あんた自身の疑念を口にしてるんだ。自分が正しいことをしたと本気で思ってるのか？　おれはピノキオじゃない。あんたもゼペットじいさんじゃない」

ご主人は長いあいだ沈黙していた。

「……おれが何者でも」やっとのことで、ご主人は答えた。「ゼペットたちは必要だろう。もうだれも新しいものを創造しようとはせん。命を持った木の人形を創るにいたっては、いうにおよばずだ。おれが若い時分は、なにかすばらしいことが起こりつつあるとみんなが思っていた。空に舞うダイヤモンドの子供たち、機械から生まれる天使たち、実現する奇跡の数々――。だが、『ピノキオ』の物語とちがって、人形を人間に変える青の妖精はいっこうに現われず、人間は待ちきれなくなって、すべてをあきらめてしまった」

「おれはあんたの奇跡なんかじゃない」

「いいや、奇跡だ」

「すくなくとも、創るんなら、女の自分にすべきだったな」偽のご主人はナイフのように鋭い声でいった。「そうすれば、おたがい、こうもいらいらせずにすんだろうに」

　殴った音は聞こえなかった。殴ったことが気配で感じられただけだった。偽のご主人は怒声をあげ、キャビンの外に飛びだしてきて、もうすこしでぼくにつまずきそうになった。戸口の外まで出てきたご主人は、駆けていく偽のご主人の背中を見送った。その唇が動くのが見えたが、なんといったのかは聞きとれなかった。ぼくはご主人を慰めてやりたくて、小さくクゥンと鳴いた。だが、ご主人はぼくを顧みようともせず、キャビンの中にもどり、ドアに鍵をかけた。ぼくは爪でドアを引っかいたが、いっこうに開く気配がない。しかたなくデッキにあがり、また〈ボール〉をさがしはじめた。

猫がついにご主人の墓所をつきとめた。

　墓所は人の首でいっぱいだった。首から下のない多数の頭が、それぞれダイヤモンドの円筒形ピラーに収められ、サスペンドされた状態で空中に浮かんでいる。偽装コードで騙してあるので、タワーの神経系はぼくらが送りこんだコマンドをすなおに実行した。ピラーの一本が明滅しだす。ご主人、ご主人、と心の中で歌いながら、ぼくはダイヤモンドの中で凍てついた青い顔を見つめた。が、そこではっと気がついた。これはご主人じゃない――いまはまだ。

　猫がダイヤモンドの爪をピラーに伸ばす。自律型《スマート》カバーがシャボン玉のようにたわみ、はじけた。

「慎重に、慎重にな」ぼくは注意をうながした。

　猫はむっとし、フーッと怒りの声をあげたが、いわれたとおり注意深く作業をつづけた。ご主人の首に保存微小加工体《ナナイト》をスプレーし、ジェルを内張りしたバックパックにそうっと押しこむ。

　ネクロポリスはいまにも目覚めようとしている。天のハッカーがもたらしたダメージをほぼ修復しおえたらしい。猫は脱出口に向きなおり、ふたたび倍速時間に移行した。感覚リンクごしに猫の小刻みな鼓動が伝わってきた。

そろそろ明かりをともすべき頃合だ。ぼくは目を黒眼鏡状の偏光モードに切り替えると、電磁加速《ガウス》ランチャーをかまえた。ロシアが誇る移植手の繊細な触覚に驚きつつ、引き金を引く。手に持ったランチャーがかすかに振動し、天に向かってひとすじの光条をほとばしらせた。射出された核ペイロードはごく少量――せいぜい一デカトンしかない。しかも、ちゃんとしたプルトニウム弾頭ではなく、ハフニウムのマイクロ核弾頭だ。だが、ほんの一瞬であれば、死者の都市の上に小太陽を出現させ、そこから指向性メーザー・パルスを発射させて、ネクロポリスそのものを――その住民と同じく――死んだも同然の状態にできる。

天に炸裂した純白の光球は、手でさわれそうなほど濃密な質感を持ち、明るい色の象牙でできているかに見えた。耳に充満するホワイトノイズは、猫が怒ったときに発する声を思わせた。

ぼくにとって、匂いはたんなる感覚ではなく、現実そのものに等しい。いまのぼくは、それが真実からそう遠くはないことを知っている。匂いは分子が源であり、それらが体現するものの一部だからだ。

偽のご主人は偽物の匂いがした。最初のうちは、その匂いでよく混乱した。神のそれに近い匂い――それでいて完全ではない、堕ちた神の匂い。

事実、偽のご主人は、最後に堕落したふるまいを行なった。

それが起きたのは、ぼくがご主人のカウチで眠っていたときのことだった。カーペットをはだしの足がこする音、重い息づかいの音。その音で、ぼくは〈小動物〉が掛け算表の憶えかたを教えようとする夢から引きはがされ、目を覚ました。

　偽のご主人がじっとぼくを見ていた。

「いい子だな。しーっ、静かに」

　ぼくは吠えたかったが、神のような匂いが強すぎたため、しっぽをゆっくりと、とまどいがちに振っただけだった。偽のご主人はぼくのすぐ横でカウチにすわり、なにかに気をとられているようすでぼくの耳の付け根を掻いた。

「おまえのことはよく憶えているよ。あの男がなぜおまえを創ったのか、その理由も知っている。子供時代の鮮明な記憶のなせるわざだ」そういって、偽のご主人はほほえんでみせた。いつにも増して、馴じみ深い匂いがした。「おまえがそばにいると、どんな気持ちになるのかもわかってる」

　偽のご主人はためいきをつき、立ちあがって〈部屋〉の中へ入っていった。そのとたん、ぼくは偽のご主人がなにか悪いことをしようとしていると気づき、できるだけ大きな声で吠えはじめた。ご主人が目を覚ます。偽のご主人がもどってきたとき、ご主人は警戒したようすで身がまえていた。

「なにをした？」蒼白な顔で、ご主人がたずねる。

偽のご主人は挑戦的な目でご主人を見返した。

「あんたがしたのと同じことさ。犯罪者はあんただ、おれじゃない。なのに、なぜおれが苦しまなきゃならない？　あんたはおれの持ち主じゃないだろうが」

「おまえを殺すこともできるんだぞ」ご主人がいった。その怒りのすさまじさに、ぼくは震えあがり、クゥンと鳴き声をあげた。「当局に、あれはおまえのしわざだといいつのることもできる。連中はおれを信じるだろう」

「だろうな」偽のご主人は答えた。「しかしあんたは、そうはしない」

ご主人はためいきをつき、

「ああ」と答えた。「しないとも。そのとおりだ」


ぼくはトンボ形ドローンをネクロポリスにそびえる低温保存《クライオ》タワーまで飛行させ、その真上に機体を浮かばせた。屋根の上にいた猫が、ほっとして鳴くのが見えた。機をふわりと屋根に降下させる。ぼく自身はたいしたパイロットじゃないが、常駐制御《デーモン》プログラムのロボトミー処理された精神は——これは二十一世紀のエース・パイロットの違法コピーだ——抜群に腕がいい。猫が乗りこんでくると同時に、ドローンはただちに発進し、マッハ5で成層圏へ駆け昇った。風が量子ドットの機体表面をなでていく。

「よくやった」

しっぽを振り振り、猫にいった。猫の吊り目から覗く虹彩は黄色い。その目でじろりとぼくを一瞥して、猫は耐加速ジェル・ベッドの上に身をまるめた。ぼくは猫の横に置いてあるバックパックに目をやった。かすかに神の匂いがするのは、現実だろうか、それとも錯覚だろうか。

どちらにしても、その匂いのおかげで、ぼくも身をまるめ、犬特有の深い幸せな眠りにつくことができた。弾道軌道の頂点を通り過ぎ、地表へと急角度で滑り降りていきながら、ぼくは数年来はじめて、〈ボール〉と〈小動物〉の夢を見た。

日の出前、彼らは空から訪れた。ご主人は真新しい匂いのする服を着てデッキにあがり、椅子にすわって彼らを迎えた。ひざに乗った猫がゴロゴロと静かにのどを鳴らしている。偽のご主人も両手をうしろに組み、ご主人のあとからデッキにあがってきた。

舞い降りてきたのは三台の機械——黒い殻に被《おお》われた甲虫形の乗り物だった。三台とも、何本もの脚と透明の翅《はね》を生やしている。後方に白い霜の航跡を引きながら、三台は一列横隊で降下してきた。羽音がひどくうるさくて、三台がデッキに着陸するさい、ぼくは耳に痛みをおぼえたほどだった。

　と、中央の甲虫がもくもくと霧を吐きはじめた。その霧は夜明け前の暗い外光のもとできらきらと光りながら空中でうねり、黒い肌の女性になった。女性はなんの匂いもしない。このころのぼくは、匂いがしないものは危険をもたらしかねないことを学んでいたので、女性に向かってひとしきり吠えたが、途中でご主人に制止され、吠えるのをやめた。

「タケシさん」女性はいった。「わたしたちがきた理由、わかっているわね」

　ご主人はうなずいた。

「罪状を否認しないのかしら？」

「するとも。このプラットフォームは、手続き上、独立国だ。おれの法治下にある。ここでは自然発生は犯罪じゃない」

「たしかにこのプラットフォームは独立国だったわ。でも、いまは〈知的ロボット技研《VecTech》〉のもの。正義の執行は迅速よ、タケシさん。わたしたちの弁護士ボットたちが、あなたの政体を破壊したの。そちらのタケシさんが――」女性は偽のご主人にあごをしゃくって、「――あなたの状況を通報してから十秒後にね。通報を受けた以上、わたしたちとしても行動せざるをえないのよ。わたしたちの告発を受けた世界知的所有権機関《WIPO》の量子判事は、あなたを減速時間のもとで禁錮三百十四年の刑に処す、との判決を下したうえで、不正を働かれた側の組織であるわたしたちに刑の執行権を認めたわ。執行の前になにかいうことは？」

ご主人は偽のご主人に顔を向けた。その顔は溶けかけた蠟の仮面のように歪んでいた。それから、猫をそっと下に降ろし、ぼくの耳のうしろを掻いた。

「この子たちをたのむ」ご主人は偽のご主人にそういうと、女性に向きなおった。「いつでも執行していいぞ」

即座に、まんなかの甲虫が動いた。ぼくの目ではとらえきれないほどのすばやさだった。ぼくの首の皮を軽くつかんでいたご主人の手が、つかのま、ぐっとこわばったかと思うと――母に首根っこを咥《くわ》えられたときのような圧力を感じた――たちまちその力がぬけた。つぎの瞬間、なにか温かいものがぼくの毛皮に降りかかり、空中に血液独特の暗くて深い匂いが充満した。

ご主人のからだが倒れていく。ただし、その頭部だけはシャボン玉に閉じこめられて、ふわりと宙を浮かんでいき、甲虫の一台に呑みこまれた。別の一台が偽のご主人のために腹を開く。三台はただちに飛び去り、血まみれのデッキには猫とぼくだけが取り残された。

猫に起こされたのは、飛行船〈カラバ侯爵〉にドッキングするすこし前のことだった。鯨が小舟を呑みこむように、飛行船はぼくらが乗ったトンボ形ドローンを丸呑みにした。〈カラバ侯爵〉はクリスタルの葉巻とでも形容すべき硬式飛行船で、その透明外皮ごしに、淡いブルーに輝く微細紡成《ナノスパン》されたサファイアの縦通材が見えている。倍速都市《ファーストシティ》は飛行船の下方六キロの位置にあり、無数のネオンの星々がまたたく〝夜空〟となって広がっていた。下の都市と飛行船をつないでいるのは何本ものエレベーター・ケーブルだ。はるか下から、そのケーブルを昇ってくる昇降スパイダーたちの姿を認めて、ぼくは安堵の吐息をついた。あれが動いている以上、観客たちはまだ続々と到着している最中にちがいない。ぼくらはそれほど開演時間に遅れていないのだ。メッセージの奔流が怒濤のように押しよせてきているのはわかっていたため、自分のパーソナル・ファイアウォールは固く門戸を閉ざしてあった。

その足でラボに急ぐ。ぼくがスキャナーの準備をするかたわらで、猫がご主人の頭部をバックパックから取りだした。慎重に、慎重に。スキャナー内の格納場所から微小な樹状《ブッシュ》ボットの大群があふれだし、フラクタル分岐する無数の指を伸ばしてゆく。このボットは分子サイズの分解促進体《ディスアセンブラー》だ。群れがご主人の顔を食らいはじめると、さすがに正視してはいられなくなり、ぼくはズルをして仮想現実《VR》モードに逃避した。もっとも、最善を尽くすにはこのほうがいい。

　三十分後、ぼくらの準備作業はおわった。ナノ工場が吐きだした黒い塩ビのレコード盤をかかえて、飛行船付属のドローンたちがコンサート・ホールへ運んでいく。それを見とどけて、いつものように金属の蝶の群れが腹の中で暴れる緊張感をおぼえながら、ぼくは猫とともにメイクアップ・サロンへ急いだ。マネージャーの〈サージャント〉はすでにきて待っていた。床に散らばる煙草の吸いさしからすると、ずいぶん長いあいだここにいたようだ。煙草の悪臭にやられて、ぼくは鼻に皺を寄せた。

「遅かったじゃないか」マネージャーがいった。「これから自分たちが開くコンサートの重大さがわかっているといいんだがな。今回のショーは、例のトリノのクローン、あれのバースデイ・パーティーよりも注目《ディグ》を集めてるんだぞ」

「それはすごいや」ぼくは答え、イメージ・コンサルタントのアネット・メイク・フォグをスプレーさせた。鼻がむずむずして、くしゃみが出た。あっちはいいなと思いながら、猫を眺めやる。いつものように、猫は自分のイメージ・コンサルタントと完璧に馴じみ、のんびりとくつろいでいるように思える。「イエスさまより人気があるなんて」

　大急ぎでタキシード《DJ》を着せられた。サヴィル・ロウで最後の、人間のテーラーに仕立てさせた特注品だ。

「見栄えがするわねえ」アネットがいった。「ベースがマホガニーで、すこしパープルが入ってて」

アネットはそれからもなにかいっていたが、ぼくはもう聞いていなかった。頭の中にはすでに音楽が渦巻いている。音楽、すなわち、ご主人の声が。


猫に救われた。

猫がぼくを救おうとしてあんなことをしたのかどうかはわからない。いまでさえ、あいつを理解するには苦労させられるくらいだからだ。ともあれ、あのとき猫は、背中の毛を逆立ててぼくを威嚇した。ついで、勢いよく飛びかかってくると、ぼくの鼻を引っかいた。灼熱の石炭をぶつけられたみたいに、猛烈な痛みが走った。それまで茫然自失していたぼくは、思わずかっとなり、はげしく吠えたてながら、猫を追ってデッキじゅうを走りまわった。とうとう疲れはててへたりこんだとき、ふと腹がへっていることに気づいた。デッキの下にあるご主人のキャビンではまだオートキッチンが使えたし、ごはんの頼みかたは知っていたので、ひとまず腹を満たしてデッキにもどってくると、ご主人の遺体はなくなっていた。廃棄物処理ボットたちが遺体を海に投げこんでしまったらしい。ご主人がもうもどってこないと実感したのはこのときだった。

　その晩、ぼくはひとりでご主人のベッドに横たわり、身をまるめて眠った。なおも残留する神の匂い――それがぼくに残されたご主人のすべてだった。あとはあの〈小動物〉だけだ。

　その晩も、〈小動物〉は夢の岸辺にやってきた。が、今回ばかりは追いかける気になれなかった。〈小動物〉は砂にすわりこみ、小さな赤い目でこちらを見つめて、ぼくが話しかけるのを待った。

「どうしてなんだ？」ぼくはたずねた。「あいつら、どうしてご主人を連れていったんだ？」

「きみにはわからないよ。いまはまだね」

「わかるようになりたい。理由を知りたい」

「そうか。じゃあ、説明してみようかな」〈小動物〉は答えた。「きみがすること、憶えること、考えること、鼻でとらえる匂い――これらのすべては、例外なく痕跡を残す。砂の上の足跡《フットプリント》のように。そして、その痕跡は読むことができる。ほかの犬のあとをたどるところを想像してごらん。その犬がどこでものを食べ、どこで用を足したか、すべてわかるだろう？　それ以外のあらゆることについてもだ。人間は精神の足跡《マインドプリント》のレベルでそれができるんだよ。その痕跡を記録して、マシンの中に別のきみを創ることもできる。きみのご主人がよく見ていた映像の中に匂いのない人々がいただろう。あれと同じようなものさ。ただし、創られたその犬は、自分のことをきみ自身だと思っているがね」

「匂いも嗅げないのに？」

混乱して、ぼくはたずねた。

「自分では嗅げると思っているんだよ。そして、実装方法さえわかれば、その犬に肉体を与えてやることもできる。たとえきみが死んでも、コピーはとてもよくできているから、きみと見わけがつかない。人間たちはずっとむかしから、そうやって複製を創ってきた。きみのご主人は、はるかむかし、そんな複製創りを行なった最初の人間のひとりなんだ。ここからずっと遠いところには、マシンのボディに収まった人間、死なない人間、小さな肉体や大きな肉体を持った人間がおおぜいいる。どういうからだを選ぶかは、支払い能力しだい。この複製方法を使って、いったん死んでから生き返った人たちもいるよ」

ぼくは理解しようとした。匂いがなくてはむずかしかったが、〈小動物〉のことばは、狂おしいほどの希望を目覚めさせた。

「それってつまり、ご主人がもどってくるってこと？」

思わず、息が荒くなった。

「そうじゃない。きみのご主人は人間たちの法を犯したんだから、それはむりさ。精神の趾紋《ポープリント》を発見した人間たちは、やがて自分自身のコピーを創りはじめた。なかには大量に創った者もいる。浜の砂子《いさご》の数よりもたくさんなほどに。けれど、それは大混乱をもたらした。あらゆる場所のあらゆる機械、あらゆる装置が、死者の狂える精神を宿すようになったんだ。人間たちはそれを多重複製と呼んで恐れた。じっさい、恐れるべき理由はある。きみの〈場所〉に千頭の犬がいて、〈ボール〉が一個しかない状況を想像してごらん」

想像したとたん、ぼくの耳はしなだれた。

「人間もそんなふうに感じたんだよ」と〈小動物〉はいった。「そこで、ひとつの法律を成立させた。人間ひとりにつき、コピーはひとつまでとする法律を。そして、人間たちは――具体的には、〈ＶｅｃＴｅｃｈ〉だけれど――人の精神に複合透かしを埋めこんで、プロテクトを施したコピーを創る方法を開発した。ところが、一部の人間は――たとえば、きみのご主人のように――その透かしを消去する方法を発見してしまった」

ぼくは静かにいった。

「そうやって透かしを消した相手が、あの偽のご主人なわけか」

「そのとおり」〈小動物〉は答えた。「彼は違法コピーにはなりたくなかった。それで、きみのご主人のことを通報したんだ」

「ぼく、ご主人をとりもどしたい」

ぼくの胸の中に生まれた怒りと願望は、自由をもとめる籠の鳥のように、はげしく羽をはばたかせはじめた。

「猫も同じ気持ちでいるよ」

〈小動物〉がやさしくいった。そのとたん、猫もその場にいるのが見えた。砂浜でぼくのとなりにすわり、陽光のもとで目をきらきら輝かせている。猫はこちらを見つめ、ぼくを慰めようとするかのように、ひと声、ミャーオと鳴いた。

以来、〈小動物〉は毎晩やってきて、ぼくたちを教育した。

音楽は大好きだ。〈小動物〉はぼくに、音楽を匂いに変換し、そこにパターンを認める方法を教えてくれた。奇妙な大型動物の足跡をたどるような感じだった。ぼくはご主人の古いレコードと、ご主人の仮想デスクにあった膨大なライブラリーを勉強して、それらを自分が心地よいと思う匂いにリミックスする方法を学んだ。

ご主人を助けだすプランを作成したのが、三者のうちのだれだったかは憶えていない。たぶん、猫じゃなかったかと思う。ぼくが猫とちゃんと話せるのは、夢の中の島でだけだ。あそこでなら、猫の考えが砂の上にパターンとなって現われる。しかし、立案者は〈小動物〉だったのかもしれないし、ぼくだったのかもしれない。プランのことを話しあって、何夜も何夜も過ごしたので、もはやよくわからなくなっている。いずれにしても、発端はあの場所——あの島だった。ぼくらが標的に向けて放たれた矢になったのは、あの島でのことだったんだ。

　やっとのことで、出発準備がすべてととのった。ご主人のロボットたちとナノ工場は、ぼくらのためにオープンソースのグライダーを紡ぎだした。白い翼を持つ、鳥そっくりのグライダーだ。

　プラットフォームで見た最後の夢の中で、〈小動物〉はぼくにさよならをいった。細部まで詰めたプランをぼくが報告すると、〈小動物〉はぼそぼそとなにごとかをつぶやいた。それから、ぼくに向かってこういった。

「これからも、夢の中でわたしのことを思いだしてくれるとうれしいな」

「いっしょにこないのかい？」当惑して、ぼくはたずねた。

「わたしの居場所はここだからね。それに、こんど眠りに入るのは——夢を見るのは——わたしの番だ」

「きみはだれ？」

「すべての多重複製が消えてしまったわけじゃない。なかには宇宙に逃げて新天地を開拓した者もいる。戦争だって起きている。こうしているいまもだよ。たぶん、いつの日か、きみたちは宇宙でわれわれに合流することになるだろう。大型犬たちが住むところでね」

〈小動物〉はことばを切り、笑った。

「餞別に、本来の姿を見せてあげようか」

〈小動物〉は砂浜から浅瀬に飛びこみ、波のあいだを駆けだした。その姿は唐突に、白い毛皮に包まれた誇り高き大型犬に変貌していた。筋肉が波のように躍動している。ぼくもそのあとにつづいた。こうしていっしょに走りまわるのも、これが最後だ。

　出発するとき、空は灰色に曇っていた。猫は神経インターフェイスを通じてグライダーを操縦した。目の上にはゴーグルをはめている。目的地をめざし、暗い波の上をすべるように飛んでいく機の後方で、じきにプラットフォームは海上の小さな汚いしみと化した。さらに小さくなってゆくプラットフォームを眺めながら、ぼくはふと、もう二度と〈ボール〉を見つけられないことに気がついた。

　そのとき、突如として雷鳴が轟きわたり、海面に黒々とした水柱がそそりたった。水柱の根元があるのはプラットフォームがあったあたりだ。だが、ぼくは〈小動物〉を悼んだりはしなかった。あそこにはもういないことがわかっていたからだ。

　陽が沈むころ、グライダーは倍速都市《ファーストシティ》に到着した。〈小動物〉に受けた教えから、そこがどういうところかは知っていたが、じっさいに見る都市の姿はぼくの想像を絶するものだった。何キロもの高さにそびえる多数の摩天楼は、その一棟一棟が自己充足型の世界を内包し、プラズマの人工太陽、ボンサイの公園、ミニチュアのショッピング・モールなどを完備する。各摩天楼に十億ずつ住むこびと《リリパット》たち——並の人間の指先よりも小さなナノコンピュータに意識を住まわせている人間、人口過剰の地球にあってリソース消費量が鼠よりも小さな不死者たちは、みな貧しく、めまぐるしいほどに動きが速い。都市全体は、発光する妖精たちの光暈《こううん》で包まれている。妖精、つまり翅を生やした小さなモラヴェックの群れが、ヒューマノイド型ホタルとなって飛びまわり、オーバークロックされたボディの排熱で都市に人工の薄明をもたらしているのだ。

　都市精神《シティマインド》はグライダーを着陸場所に誘導した。このとき操縦していたのが猫だったのは幸いだった。なぜならぼくは、ぽかんと口をあけ、羽音をたてて飛びまわるモラヴェックたちを呆然と眺めていることしかできなかったからである。彼らの音と匂いに溺れるのが、ぼくは怖くてしかたなかった。

　グライダーをスクラップとして売り払ったぼくたちは、都市の喧噪にさまよいこんだ。リリパットたちの中にいると、まるで大怪獣《ダイカイジュー》になったような気分だった。〈小動物〉からもらったソーシャル・エージェントたちはかなり陳腐化していたが、それでもぼくらを知的遍在《アンビエント》ソーシャル・ネットワーキングに組みこむことはできた。必要なのは金、それと仕事だ。

こうしてぼくはミュージシャンになった。

今夜のコンサートは飛行船中央の半球形大ホールで開かれる。大ホールは満場の観客でごったがえしていた。ものすごい数の倍速人種が空中に浮かび、生きている蠟燭の炎のようにちらついている。肉体を持つ者の服はみな奇抜なものばかりで、ほほえみかけてきたある女性客は紅葉《もみじ》しか身につけていなかった。猫のまわりに群がっているのはティンカー・ベルのクローンたちだ。ぼくらのボディガードをまかされた黒曜石の武装巨人たちが、ステージにいたる道を確保した。ステージ上には大量の蓄音機《グラモフォン》がならんでいるのが見える。ぼくらが姿を現わすや、観衆のあいだにどよめきの輪が広がった。ぼくらの周囲の空気が、無数の精神《ゴースト》たち、肉体を持たない百万ものファンのアヴァターたちをぎっしりと孕《はら》むなか、ぼくはちぎれそうなほどしっぽを振った。嗅覚空間は酩酊しそうなほど濃い匂いであふれかえっている。香水の香気、生身の肉体の匂い、モラヴェック体の無機的な匂い。そしてそのなかには、偽のご主人の堕ちた神の匂いもある。

直立補整靴のおかげで、ぼくらは後肢で立ってステージにあがった。ステージの奥側、ぼくらの後方には、大量のグラモフォンが林立している。無数のホーンが、真鍮や黄金でできた花々のようだ。もちろんこれは、必ずしも見かけどおりのものじゃない。たしかに音楽はアナログだし、グラモフォンも本物だが、黒いレコード盤に切った溝は深さ一ナノメートルしかなく、レコード針の先端にも量子ドットがかぶせてある。

　ぼくらは深々とお辞儀をした。嵐のような拍手が湧き起こった。

「ありがとうございます、みなさん」やっとのことで万雷の拍手が収まると、ぼくはいった。「このコンサートの目的を、わたしたちはできるだけ長いあいだ秘密にしてきました。しかしいま、ようやくそれを公にできる状況になりました。これはチャリティー・ショーなのです」

　空気中に緊張の匂いが嗅ぎとれた。銅と鉄の匂いだ。

「わたしたちはある人物がいなくなったことを悲しんでいます」ぼくはつづけた。「その人物の名は、シモダ・タケシ。いまはこの世に存在しません」

　猫がすっと指揮棒をかかげ、グラモフォンの林に向きなおった。ぼくも同じように指揮棒をかかげて向きなおり、ぼくたちが築きあげた音場空間に足を踏みいれた。この空間の中では、音楽を作るのは匂いと音だ。

ご主人はこの音楽の中にいる。

　ぼくらがトップ・アーティストの座に昇りつめるまで、人間時間で五年の歳月を要した。ぼくは聴衆を愛するすべを学んだ。聴衆の感情を匂いとして把握し、その感情に見あう組みあわせの音楽を生みだすノウハウも身につけた。当初、リリパットのあいだにそびえる巨大な犬のディスク《D》・ジョッキー《J》であったぼくは、やがて踊る人間たちの脚の森にまぎれる小さなテリアになった。当初、闘士稼業に身を投じた猫は、しばらくはそのキャリアをつづけていたが、やがてぼくの原案になる仮想ドラマの役者に転職した。ファーストシティで、トーキョーで、ニューヨークで、ぼくたちは裕福な肉体持ちたちのために演技し、演奏した。月面の〈静かの海〉では、頭上の地球に向かって遠吠えをしてもみせた。

　しかし、その間《かん》、ぼくはつねに肝に銘じていた——自分たちがしていることがプランの第一段階でしかないことを。

　ぼくたちはご主人を音楽に変換した。ご主人の脳、ご主人の記憶、ご主人の精神を所有しているのが〈ＶｅｃＴｅｃｈ〉であることはまちがいない。だが、この音楽の所有権はぼくらにある。

法とはコードだ。いま、十億人の人間がぼくらのご主人の声に聞きいっている。それはすなわち、十億の精神がご主人の声に埋めこまれた〈家庭の法律〉パケットをダウンロードし、量子判事に莫大な件数の陳情を送りつけていることを意味する。ご主人釈放の判断が下されるまで、その陳情はつづく。

それはぼくがいままでに演奏した、もっとも美しい音楽だった。猫は遺伝的アルゴリズムのジャングルを這いまわり、さまざまなテーマを成長させては飛びかかって貪り食う。ぼくもテーマたちを追いかける。つかまえられるかどうかはどうでもいい。追いかけるのが楽しいから追いかけるんだ。

それはぼくらがかつて演じたなかでも、群を抜いてすばらしいショーだった。にもかかわらず、聴衆がだれも聴いていないことに気づいたのは、演奏がすべておわってからだった。聴衆はみんな凍りついていた。妖精たちも倍速人種たちも、琥珀にからめとられたハエのように、空中に浮かんだ状態で静止している。モラヴェックたちもまた、ひそやかな彫像と化していた。時が停められたのだ。

静寂のなかで、一対の手が拍手する音が響いた。

「おまえたちを誇りに思うよ」

偽のご主人だった。

ぼくはすぐさま、ネクタイをととのえ、犬特有の笑みを浮かべた。腹の中で冷たい蛇がとぐろを巻く。ただよってきた神の匂いが、直立をやめて床に四肢をつけ、早くしっぽを振れ、目の前に立つ聖なる存在に懐けと告げている。

しかし、ぼくはその声を退けた。

「やあ、ニッパー」偽のご主人がいった。

ぼくはのどにこみあげてきた低い唸りをことばに変換した。

「なにをした？」

「聴衆をサスペンドしたのさ。ハードウェアのバックドアを通じてな。デジタル著作権管理の一環だ」

偽のご主人のマホガニー色をした顔には、いまでもなお依然として肌に張りがあった。あのときから一日たりとも老けているようには見えない。着ているのはダークスーツで、〈ＶｅｃＴｅｃｈ〉のタイピンをつけている。ただし、その目には疲れが見えた。

「じっさい、感銘を受けたよ。みごとな足跡の消しっぷりだった。われわれはきみたちをただのけだものだと見なしていたが、途中で考えを改めた。そのきっかけは――」

そこから先は、遠い雷鳴にさえぎられた。

「あの男に、きみたちをたのむといわれた。だからきみたちを生かしておいてやったのさ。

こんなまねをするべきではなかったな。きみたちはあの男になにひとつ負うてはいない。なのになぜ、こんなばかなことをする？　きみたちがこうも思いきったことをするなんて、だれも思わなかったんだぞ。せっかく得たものをぜんぶ投げ打って、先祖返り的な動物の忠誠心でも示したいのか？」

　偽のご主人は、いったんことばを切った。

「もちろん、きみたちにはもう、以後の行動を選べる自由などない。プランは失敗におわった」

　スチームパイプを思わせる声で、猫が怒声を発した。

「あんたは勘ちがいをしている」ぼくはいった。「このコンサートは陽動でしかなかったんだ——あんたをおびきだすための」

　だしぬけに、猫がジャンプした。突如として黒と黄色の炎と化したかのようなすばやさだった。爪が一閃し、偽のご主人の首を斬り落とす。神の匂いを汚染する血臭に、ぼくはクゥンと鳴き声を漏らした。猫が口のまわりを舐める。その白いシャツには真紅のしみができていた。

　いきなり、飛行船〈カラバ侯爵〉が揺らぎ、擬似物質の装甲外皮が火花を散らしだした。外を見やると、〈カラバ侯爵〉周辺の暗い空に、火を吐く甲虫の大群がひしめいている。

ぼくたちは演奏会場で彫像と化した人間たちのあいだを走りぬけ、ラボに駆けこんだ。

汚れ仕事は猫が引き受けてくれた。おかげでぼくは、つかのま仮想幻覚で息抜きをすることができた。何年も前、ご主人がどうやって〈ＶｅｃＴｅｃｈ〉が開発した透かし型のコピー・プロテクトを破ったのかはわからない。〈小動物〉にいろいろ教えてはもらったが、同じことをするのは、ぼくにはむりだ。だからぼくはズルをして、オリジナルと同一の透かしがついた代替品をよそから調達することにした。

代替品、つまり、偽のご主人の脳をだ。

残りの作業は、〈小動物〉の島で生まれたぼくの一部が引き継いだ。パズルのピースをくらべる要領で、ふたつのパターンをつきあわせていく。両パターンは完全に一致して、一瞬、ぼくの心にご主人の声が響いた。こんどは本物のご主人の声だった。

猫が待っている。すでにもう戦闘爪《そう》つきバトルスーツの着用もおえている。ぼくも自分のバトルスーツを着こんだ。〈カラバ侯爵〉はぼくらの周囲でつぎつぎに分解してゆく。ご主人をぶじに送りだすためには、飛行船の装甲外皮をパージする必要があるからだ。

猫が小さくミャーオと鳴き、ぼくになにか赤いものを差しだした。古いプラスティックのボールだった。歯形がいくつもついている。ボールからはお陽さまと海の匂いがした。中にはわずかな砂粒が入りこんでいて、振るとシャカシャカと音がした。

ぼくは猫に礼をいった。

「ありがとう」

猫はなにも答えない。答えるかわりに、飛行船の外皮から外へ出る扉を開いた。ぼくがコマンドをつぶやくと、ご主人はニュートリノ流に乗り、青い海に浮かぶあの島、神々と大型犬たちが永遠に住む島に向けて射出されていった。

ぼくたちは扉から飛びだし、降下した——荒れ狂う光と炎に向かって。

第二人称現在形
Second Person, Present Tense

ダリル・グレゴリイ　Daryl Gregory

嶋田洋一訳

ダリル・グレゴリイ（一九六五 - ）

ドラッグ〝ゼン〟は意識という認識を遮断し、服用者をいわゆる哲学的ゾンビにしてしまう。オーバードーズした少女テレーゼの身体には別人（と自認する）人格テリーだけが残った。テリーはテレーゼに戻るリハビリを強要される。はたして記憶や身体が共通していても自己同一性《アイデンティティー》は異なると言えるのか。初出は《アシモフズ》誌二〇〇五年九月号。二〇〇六年《アシモフズ》読者賞第一位。

著者は一九六五年生まれ。米国のSF、ファンタジイ作家、コミック原作者。一九九〇年にデビューしたが、長篇出版デビューは二〇〇八年と遅咲きだった。これまで世界幻想文学大賞、ネビュラ賞、フィリップ・K・ディック賞、ヒューゴー賞などの候補にノミネートされている。ゾンビ、超能力、世界の破滅などキャッチーなテーマを独自の雰囲気で描く。脳の不思議に着目して連作を書いていた時期もあったが、グレゴリイはグレッグ・イーガンとは異なり、主人公やその周辺の人物をじっくり描くことに徹する。長篇『迷宮の天使』（創元SF文庫）にも本作とほぼ同じドラッグが登場する。

あなたが〝わたしは息をしている〟と思うときの〝わたし〟は特別である。〝わたし〟というとき、そこにあなたは存在しない。われわれのいう〝わたし〟とはスイング・ドアのようなもので、息を吸うとき、あるいは吐くとき、それに連れて揺れ動く。

——鈴木利隆

脳が肉体でいちばん重要な器官だと思っていたのは、そう言っているのは誰かという点に気づくまでのことだった。

——エモ・フィリップス

診察室に入るとS先生がデスクに身を乗り出し、死んだ少女の両親に熱心に説明している。気は進まないだろうが、それでも医者は顔を上げ、わたしに向かって微笑む。「さあ、来ましたよ」と、ゲーム番組の司会者が賞品を紹介するような口調で言う。椅子に座っていた二人が振り向くと、スブラマニアム先生はわたしだけに、力づけるようなウィンクを投げる。

父親がまず立ち上がる。染みのある角張った顔、バスケットボールのように引き締まった腹。前回と同じくしかめ面で、気持ちと顔を一致させようと努めている。母親はもう泣きだしていて、表情は開けっぴろげだ。喜び、恐れ、希望、安堵。どれもいっぱいいっぱい。

「ああ、テレーゼ。うちに帰る気になってくれた？」

二人の娘はテレーゼといった。二年近く前に薬物の過剰摂取で死に、以来この二人、ミッチとアリスのクラス夫妻はこの病院を何十回も訪れ、娘を探している。どうしてもわたしを娘にしたくて、頭の中ではもうそうなっているらしい。

わたしの手はまだドアノブにかかったままだった。「わたしが選べるわけ？」書類上、わたしはまだ十七歳でしかない。金も、クレジットカードも、職も、車もない。あるのは数枚の服だけ。この病棟でいちばん大柄な職員のロビエルトが背後の廊下に立って、逃げ道をふさいでいる。

テレーゼの母親は一瞬息を呑んだようだ。細くて華奢な女性で、誰かと並んで立ったりしなければ長身に見える。ミッチが妻の肩に手を置き、また下ろす。

アリスとミッチが訪ねてくるといつもそうだが、わたしは台詞も知らずに昼メロの中に放り込まれたような気分になる。まっすぐS先生を見つめると、その顔は職業的な笑みに凍りついている。この一年で何回かわたしの退院を延期するよう二人を説得してくれたが、それももう通じないようだ。法的には二人はわたしの保護者で、別の手段を考えている。S先生が顔をそむけ、鼻の横をこする。

「だと思った」とわたし。

父親が顔をしかめる。母親はさらに涙をあふれさせ、外に出るまで泣きどおしだ。スブラマニアム先生は両手をポケットに突っ込んで、車で去るわたしたちを玄関で見送る。S先生にこれほど腹を立てたのは生涯はじめてだった――わたしの二年の生涯で。

そのドラッグは〝ゼン〟とか〝ゾンビ〟とか、ただ〝Z〟とか呼ばれる。S先生のおかげで、それがどうやってテレーゼを殺したのかはよく理解できた。

「目を左に寄せて」とある午後、先生が言った。「次に急いで右に寄せて。目を動かしたとき、部屋が霞んで見えたかね？」わたしがもう一度やるのを待って、「霞んだりはしない。誰にも見えないんだ」

脳の医者というのはこういうことに夢中になり、頭を悩ます。部屋が霞むところは、単に誰にも見えないというだけでなく、脳によって完璧に編集されている。脳がその場面を飛ばしてしまうのだ——左を見て、右を見て、途中には何もない——それから時間の感覚をいじって、飛ばしたことさえわからないようにする。

脳がこの種の編集をしょっちゅうやっていることを科学者は突き止めた。被験者に電極を取りつけ、指を一本、いつでも好きなとき上げるように言う。脳から指への信号は、被験者が指を動かそうと意識する百二十ミリ秒前までに送られる。S先生に言わせれば、〝今だ〟と意識する直前に、脳がウォーミングアップを始める。

何だか不気味な話で、深く考えるともっと不気味になる。そしてわたしはこのことをたっぷりと考えた。

意識——つまりものを考える〝わたし〟、喉が渇いたから冷たい水の入ったコップに手を伸ばそうと思う本人——は、実は何も決めていない。手を動かせという信号は、喉が渇いたと意識したときには、もう腕の半分くらいまで進んでいる。何かを〝思う〟のはすべて後知恵だ。つまり脳からすれば、腕を動かすことに決めたから、腕を動かそうと思ってください、というわけ。

その時間差が、通常、最大で百二十ミリ秒。〝ゼン〟はこの時間を引き延ばす。数分にも、数時間にも。

〝ゼン〟をやっている人に会っても、たいていは気がつかない。その人の脳は決定を下しているし、肉体もその指令に従っているから。話しかければ返事をする。ジョークを言い合ったり、いっしょにハンバーガーを食べたり、宿題をしたり、セックスしたりもできる。

でも相手に意識はない。そこに〝わたし〟はいないのだ。コンピューターに話しかけるようなもの。もし両方が――〝あなた〟と〝わたし〟が――〝ゼン〟をやっていたら、人形と人形が話しているのと同じことだ。

いかにもティーンエイジャーの女の子の部屋だ。棚にも窓の前にもぬいぐるみが肩を寄せ合い、そのとなりにはクリスチャン・ロックのＣＤとヘアブラシとマニキュアの容器。壁には〈ティーン・ピープル〉誌から切り取ったピンナップがテープで貼ってある。その横のボードにはサッカーボール柄のリボンや、二年生のときのアマチュア体操チームのメダルが下がっている。机の上では『わたしは約束します……』と書かれた銘板が、婚前交渉を控えるようにと若いキリスト教徒に呼びかけている。壁はどこもかしこも写真だらけ。聖書学習キャンプでのテレーゼ、平均台の上のテレーゼ、友達と集まって腕を絡ませたテレーゼ。毎朝目を開けたとき、自分が何者で、どんなふうに育ち、どういう人間になるはずなのかを思い出させる無数のようすが。

　ベッドのまん中に堂々と居座っている大きなぬいぐるみのパンダを手に取る。わたしよりも年上に見え、顔のあたりの毛はずいぶんすり切れている。ボタンの目は白い糸の先でぶらぶらしている。たぶん付けなおしたものだ。それも一度ならず。

　テレーゼの父親の手には、わたしが病院から持ってきたものを入れた、あわれなほど小さなバッグがある。生理用品、わずかな着替え、それにS先生の著書が五冊。「ブー・ベアもおまえを待っていたと思うよ」父親が言う。

「ブー・W・ベア」

「そう、ブー・Wだ！」わたしがそれを知っていたのを喜んでいる。何かの証明にでもなるかのように。「お母さんはこの部屋を毎日きれいにしていたんだ。おまえはきっと帰ってくると言って」

　〝わたし〟はこの部屋にいたことはないし、〝彼女〟はもう帰ってこないのだが、いちいち指摘するのに疲れてしまう。「それはまあ、よかったわ」とそれだけ言う。

「大変だったんだ、お母さんは。近所の人はひそひそ話しているし、親のせいだという人もいて――まあ、大変だったのはお父さんも同じだがね。とにかく、お母さんはおまえのことを言われるのがいちばん気がかりだったらしい。みんなからおまえが自堕落だと言われやしないかとね」

「みんなって？」

父親は目をしばたたいた。「教会のみんなさ」

ああ。〝教会〟ね。その単語はテレーゼにとってあまりにもさまざまな感情と意味合いを帯びていて、わたしは何カ月も前に解読するのをあきらめていた。教会とはダヴェンポート基督《キリスト》教会の赤煉瓦の建物であり、墓石のような形の背の高いガラス窓の並びから射し込む埃っぽい光だ。教会とは神と聖人たちの幽霊だ（ただしイエスは除く――彼は個人的な、とにかく別物だ）。でもたいていは、それは会衆のことだった。誕生のときからテレーゼを知っている、何十人という人々。みんな彼女を愛していて、彼女を見守っていて、その一挙手一投足を評価する。まるで過保護の両親が百人もいるみたい。

笑ってしまいそうになる。「教会はテレーゼが自堕落だったと思ってるの？」

父親が顔をしかめる。教会をばかにするような言い方をしたせいか、それともわたしがテレーゼを他人みたいに呼んだせいか、どっちなのかはわからない。「そんなことはない。ただ、おまえがたくさん心配をかけたから」その口調の真剣さは、きっといつも娘をいらいらさせたことだろう。「だって、ほら、教会では毎週、おまえのためにお祈りを捧げてくれたんだ」

「そうなの？」テレーゼはこれを屈辱と感じるだろう。その程度には彼女のことがわかっている。祈りを捧げるのはいいが、捧げられるのはごめんだと。

テレーゼの父親が恥じ入った様子でわたしの顔を見つめる。少し涙も浮かんでいるかもしれない。悔悟から告白までは、小さな一歩だったろう。わたしがそれを真剣に受け止めるのは難しい。

ベッドに腰を下ろすと、マットレスが深々と沈む。これではうまくいきそうにない。ダブルベッドは部屋のほとんどを占めていて、まわりに一メートルほどのスペースがあるだけ。わたしはどこで瞑想《めいそう》すればいいの？

「まあいい」テレーゼの父親が言う。声が穏やかになっている。勝ったと思っているのかも。「着替えたほうがいいんじゃないか」

父親はドアに向かうが、出ていかない。わたしは窓の前に立ち、父親が待っているのを感じている。やがていったいどうしたのかと振り返る。

父親は首のうしろに片手を当てて、床を見つめている。テレーゼならその気分を感知できたのかもしれないが、わたしには無理。

「おまえを助けたいんだ、テレーゼ。なのにわからないことが多すぎて。誰がドラッグを渡したのか、どうしてあの男の子と出ていったのか、どうして――」手が動いて、あいまいな手振りになる。怒りか、単なるもどかしさか。「とにかくもう……難しくて」

「わかるわ。わたしもだから」

父親は部屋を出てドアを閉め、わたしはパンダを床に押しのけて、ほっとして仰向けになる。あわれなクラスさん。娘がみずから堕落したのか、それとも堕落させられたのかを、ただ知りたいだけなのだ。


自分を見失いたくなると、〝わたし〟は自分に〝わたし〟があるのかと考えている〝わたし〟のことを考える。人形と人形が話をする以上にばかげているのは、人形が自分に話しかけること。

S先生に言わせれば、心とは何か、脳がどうやって心を作り出しているのかをわかっている人はいないし、意識についても本当のところは誰もわかっていない。病院にいたあいだは毎日のように話をして、わたしがそういう話に興味を持っている――興味を持たずにいられるはずがある?――と知ると、先生は本をくれて、わたしたちは脳のことや、それがどうやって考え、決定を下しているかについて話し合った。

「どう説明すればいいかな」というのが、いつも始まりだった。それから本の中でも使っている比喩を持ち出す。わたしのお気に入りは、議会と従者と女王の比喩。

「脳というのは、もちろん一つのものではない」先生が説明する。「何百万という発火する神経細胞が、何百という活動部位を作り、心ができあがる。心には何十もの結節があり、どれも大声でほかの結節を圧倒しようとしている。何かの決定を下すとき、心は騒音でいっぱいになり、それが引き金となって……どう説明すればいいかな……衛星放送で英国議会の様子を見たことはあるかね?」もちろんあった。病院ではテレビを見るくらいしかすることがない。「心の議会の議員たちは、全員が化学物質や生体電流でわめいている。じゅうぶんな数の声がいっせいにわめくと、どん! それが〝思い〟であり、〝決定〟になる。議会はただちに肉体に信号を送り、決定に沿った行動を起こさせる。同時に従者を送ってその知らせを――」

「待って、従者に相当するものはなに?」

先生は片手を振る。「それは今は考えなくていい」(何週間かして、別の話をしていたとき、従者は一つのものではなく、辺縁系側頭部で起きる神経イベントの連続反応で、新しい考えの神経マップを既存の神経マップに編み込むことだと教えてくれた――でもそのときはもう〝神経マップ〟というのももっと深くて複雑なものだかプロセスだかの比喩で、どこまで行っても底には着かないことがわかっていた。心配いらないとS先生は言った。底までたどり着いた人は誰もいないんだからって）「とにかく従者は、その決定の知らせを女王に届けるわけだ」

「わかった、じゃあ、女王ってなに？　意識？」

「そのとおり！　自我そのものだ」

先生は熱心な学生に笑みを向けた。この話をしているとS先生こそ熱心な学生以外の何者でもないみたいだけど、わたしが長椅子に座って伸びをするたびに胸元をゆるめているのには気づかない。脳の二つの半球をレースのブラに包めたらいいのに。

「従者は女王陛下にメッセージを届け、議会の決定を伝える。それ以外の議論や破棄された対案を女王が知る必要はない。臣民に発表することだけを知っていればいいんだ。女王は肉体の各部に対して、決定のとおり行動するようにと命令する」

「待って、議会がもう信号を送ったんじゃなかった？　前に、自我が何も知らないうちから脳はウォーミングアップを始めてるって言ってたわね」

「まさにそれさ。女王は決定を発表し、臣民は自分の命令に従順だと思っている。でも実際には、みんなもうすべきことを指示されているわけだ。すでに水のグラスに手を伸ばしはじめているのさ」

　裸足でぺたぺたとキッチンまで歩く。着ているのはテレーゼのスウェットパンツとＴシャツだ。Ｔシャツは少しきつい。ダイエットのチャンピオンでオリンピック級の吐き戻し屋だったテレーゼは、わたしより少し身体が小さかった。

　アリスはもう服を着替えてテーブルの前に座り、本を広げている。「ずいぶんゆっくり寝てたのね」と明るい声で言う。化粧をして、髪はスプレーで固め、本の横のコーヒーカップは空っぽ。何時間も待っていたらしい。

　部屋の中を見まわして時計を探し、ドアの上にあるのを見つける。まだやっと九時だ。病院ではいつももっと遅くまで寝ていた。「お腹ぺこぺこ」冷蔵庫があり、コンロがあり、戸棚も十いくつかある。

　わたしは自分で朝食を作ったことがない。それを言うなら、昼食も夕食もだけど。生涯ずっと、食事はカフェテリアのトレイで供されてきた。「スクランブルド・エッグはある？」

　アリスが目をしばたたく。「あら、だってあなた卵は――」いきなり立ち上がって、

「ええ、テレーゼ、座ってて。すぐに作るわ」

「テリーって呼んで。いい？」

アリスが動きを止め、何か言おうとする——歯車がかちかち音を立てるのが聞こえそうなくらい——が、すぐに大股で戸棚に近づき、しゃがんで、焦げ付き防止フライパンを取り出す。

コーヒー・マグは戸棚のどこだろうとわたしは考え、正解して、最後に少し残ったコーヒーをポットから注ぐ。「仕事に行かなくていいの？」アリスはレストラン向けの資材会社で何かしている。テレーゼは細かいことをよく知らなかった。

「ええ、休暇を取ったから」アリスが卵をフライパンの縁にぶつけ、殻を微妙に動かして何かすると、黄身が崩れてフライパンの中に落ち、残った殻が重なった。使ったのは片手だけ。

「どうして？」

固い笑み。「家に戻ってきたばかりのあなたを放ってはおけないでしょ。しばらくはいっしょに過ごさなくちゃ。調整期間というわけ」

「それで、セラピストのところへはいつ行くの？　何て名前だっけ？」わたしの処刑人だ。

「ボルティモアのメールドー先生。あした車で行くことになってるわ」これが二人の大計画だ。スブラマニアム先生はテレーゼを呼び戻せなかったので、それができると自称している人を探し出したわけ。「あなたみたいな状況になった人をたくさん治しているの。それが先生の本よ」とテーブルの上を顎で示す。

「そうなの？　本ならスブラマニアム先生も書いてるけど」本を手に取る。『帰り道――ゼンに奪われた子供たちを取り戻す』とある。「これでうまくいかなかったら？」

アリスは何も言わずに卵をかき混ぜている。わたしはあと四カ月で十八になる。S先生に言わせれば、そうなると親が手元に留めておくのは難しくなる。その日に向かって時を刻む音はわたしの頭の中に大きく響いているけど、アリスとミッチの頭の中では、その音はたぶんもっと大きいだろう。

「とにかく、まずメールドー先生に診ていただきましょう」

「まず？　じゃあ、その次は？」返事はない。自分がベッドに縛りつけられ、暴れるわたしの上で司祭が十字を切っている場面が思い浮かぶ。これは空想で、テレーゼの記憶ではない――その区別はつく。また実際テレーゼがこんな目に遭っていたとしても、そこにいたのは司祭じゃなかったはずだ。

「まあいいわ。じゃあ、もしわたしが逃げ出したら？」

「あなたが魚になったら、ママは漁師になってあなたを捕まえるわ」アリスが明るく言う。

「何それ？」つい笑ってしまう。アリスの口から大まじめで深刻な話以外のものが出るのははじめて。

アリスの笑みは悲しげだ。「覚えてないの？」

「ああ、そうか」記憶を探る。「『ぼくにげちゃうよ』ね。テレーゼが好きだった絵本？」

S先生の本にはわたしのことが書いてある。つまり、ゼン過剰摂取者一般についてだけど、わたしたちは二千人くらいしかいないから。米国でもどこでも、Zは広く人気のあるドラッグってわけじゃない。幻覚剤じゃないし、多幸感も鎮静感も生じない。頭が冴えるわけでも、ごきげんになるわけでも、通常の意味でハイになるわけでさえない。その魅力を説明するのは難しい。正直、わたしは見ると気分が悪くなるくらい。

S先生によれば、たいていのドラッグは気分をよくするのではなく、何も感じなくさせるのだという。無感覚という逃げ道。ゼンは凝りに凝った、独自デザインの脱出口だ。従者を拘束して部屋に閉じ込めてしまい、女王に報告できなくする。神経マップは更新されず、議会の決議は女王のところに届かなくなる。叫ぶべき命令がなくなって、女王は沈黙する。テレーゼのような者たちは、この沈黙を切望している。

だが本当にすばらしいのは——テレーゼのような者たちにとって、ということだが——

過剰摂取だった。ゼンを大量に摂取すると、従者は何週間も部屋から出てこられなくなる。そしてようやく出てきても、女王の城へ行く道を忘れてしまっている。何年もかけて更新をくり返してきた自我という精神マップが、いきなり消滅してしまうのだ。沈黙の女王を見つけ出すことはできない。

哀れな従者にできることは一つしかない。部屋を出て、議会の決議を最初に出会った女の子に手渡すのだ。

女王は死んだ。女王陛下に長寿のあらんことを。

「あなたがテリーね。メールドーよ」メールドー先生は小太りでにこやかな丸顔、短い黒髪には白いものが混じっている。握手すると、指は細くて冷たい。

「テリーって呼んだわ」

「あなたがそう呼ばれたがってると聞いたから。ほかの呼び方のほうがいい？」

「いいえ……『わたしの名前はテレーゼです』って、何度も何度もくり返させるのかと思ってたから」

カウンセラーは笑って、赤い革張りの椅子に腰を下ろす。柔らかいけれど頑丈そうな椅子だ。「そんなことしても意味はないんじゃない？　あなたがしたがらないことを無理にさせたりはできないわ、テリー」

「じゃあ、帰ってもいいの？」

「引き止めることはできないわね。でもあなたのご両親にカウンセリングの内容を報告しなくちゃならないのよ」

わたしの両親。

メールドーは肩をすくめた。「わたしの仕事だから。座って、どうしてあなたがここにいるのかってことを話し合わない？」

向かいの椅子は革張りではなく布張りだけど、スブラマニアム先生のところのどの椅子よりも座り心地はよかった。部屋全体がS先生の部屋よりもすてきだ。周囲の白い鮮やかな黄色の壁紙、白い布製の日除けの向こうには大きな明るい窓。熱帯的な色彩の絵。

わたしは座らない。

「その仕事っていうのは、わたしをミッチとアリスの娘に変えることね。わたしにはその気はない。だからいくら話しても時間の無駄よ」

「テリー、あなたをあなたじゃないものに変えるなんてことは、誰にもできないわ」

「じゃあ、そこまでは合意ね」部屋を横切る――〝ぶらぶらと〟って線を狙ったんだけど――と、わたしは本棚からアフリカっぽい木の人形を取り上げた。本棚には堅そうな本が飾ってあったけど、あちこちに大きな隙間を作って、蠟燭《ろうそく》立てだの、日本の扇だの、賞状や感謝状だのが並べてあった。S先生の本棚は本を並べるためのもので、本の上にも本が積まれていた。メールドー先生の本棚は、〝ドクター・メールドー〟という商品を売るためのショーケースだ。

「あなたは何なの？　精神科医とか、心理学者とか？」病院にはそういうのがいろいろいた。精神科医はS先生みたいな医学博士で、薬を処方する。心理学者がどういうことをするのかは、よく知らない。

「どっちでもないわ。カウンセラーよ」

「何の博士《ドクター》なの？」

「教育学よ」口調は変わらないが、この質問は癇《かん》に障ったらしい。なぜか少しすっとする。

「わかった、カウンセラーの先生、どうカウンセリングするつもり？　わたしは頭がおかしいわけじゃない。テレーゼが誰なのか、何をしたのか知ってるし、前はこの肉体を使って歩きまわってたこともわかってる」人形を文鎮らしいガラスの立方体の横に戻す。「でもわたしはテレーゼじゃない。これはわたしの肉体で、アリスとミッチに娘を取り戻させるために、自分で自分を殺す気はないの」

「テリー、誰もあなたに死ねなんて言ってないわ。あなたを以前のあなたに戻すことさえ、誰にもできないの」

「そう？　だったら先生が受け取る料金は何のため？」

「それを説明させて。お願いだから、座ってちょうだい」

時計はないかとあたりを見まわし、ようやく高い棚の上に一つあるのを見つける。頭の中で五分のタイマーをかけ、正面の椅子に腰かけて両手を膝に置く。「どうぞ」

「ご両親がわたしにあなたと話をするように頼んだのは、あなたと同じ状況の人たちを何人か手助けしたことがあったからよ。Zを過剰摂取した人たちね」

「手助けって、何の？　別人のふりをすることの？」

「本来の自分を取り戻す手助けね。あなたは自分の実感として、テレーゼを別人だと感じている。それは誰にも否定できないわ。でも今のあなたは生物学的にも法的にも、テレーゼ・クラスにほかならない。その点をどうするか、考えてる？」

実は考えていて、そのためにはできるだけ早く逃げ出す必要があった。「だいじょうぶよ」

「アリスとミッチはどうなるの？」

肩をすくめる。「あの二人が何か？」

「二人はやっぱりあなたの両親で、あなたはやっぱり二人の子供なの。過剰摂取のせいであなたは別人になったと信じても、ご両親は何も変わっていないわ。やっぱりあなたに責任を負っていて、やっぱりあなたのことを心配してる」

「わたしにはどうにもできないわ」

「そのとおりね。それもまたあなたの人生の真実。あなたを愛している人が二人いて、あなたとテレーゼは生涯いっしょにやっていかなくちゃならない。付き合い方を考えなくてはならないの。ゼンはあなたと昔のあなたのあいだの橋を焼いてしまったかもしれないけど、その橋はかけ直すことができるのよ」

「先生、わたしは橋をかけ直したいなんて思ってないの。確かにアリスとミッチはいい人たちみたいだけど、両親が欲しかったら別の人を探すわ」

メールドー先生は微笑する。「誰も両親を選ぶことはできないのよ、テリー」

わたしは笑いたい気分ではなく、時計のほうにうなずいてみせる。「時間の無駄ね」

カウンセラーが身を乗り出し、手を触れてくるかと思ったが、そうはしない。「テリー、あなたの身に何が起きたのかを話しても、あなたが消えてしまうことにはならない。あなたはやっぱりあなたなの。ただ違うのは、テレーゼの記憶が自分自身の記憶だと感じられるようになるわ。前の人生を取り戻して、しかも新しい人生を選ぶことができるの」

もちろん簡単なこと。魂を売り飛ばして、しかも手許に置いておくことができる。

病院での最初の数週間のことは何も覚えていないが、S先生によれば、目は覚めていたそうだ。どこかの時点で時が流れていることに気づいたというか、時の中を流れている自分がいることに気づいた。わたしはきのう夕食にラザニアを食べた。わたしはきょうミートローフを食べている。わたしは今ベッドに寝ている。そういったことを何度か認識し、また忘れては、やがて現実を把握できるようになった。

毎日が精神的にひどく消耗した。あらゆることが仮借ないまでに〝新しい〟からだ。テレビのリモコンを三十分も見つめて、名称が舌先まで出かかっているのに、看護師がそれを取り上げてテレビをつけてくれて、やっと〝リモコン〟という言葉を思いつく。それがきっかけとなってほかの言葉が次々と出てくることも珍しくなかった。テレビ、チャンネル、クイズ番組、と。

人間はもっとひどかった。わたしを妙な名前で呼び、何かを期待しているのだ。だがわたしにとって、やってくる人間は——夜勤の看護師から、掃除夫や、アリスとミッチのクラス夫妻まで——誰もが等しく重要だった。これはつまり、誰もが等しくどうでもいいということでもある。

例外はS先生だ。先生は最初からそこにいて、つまり会う前から親しかった。まるでわたしの肉体のように、自分の一部に思えた。

でもそれ以外は何もかも――名前も、細部も、事実も――陽光の下にさらけ出されなくてはならなかった。一つひとつ。わたしの脳はまるで屋根裏部屋で、古くて興味深いものが無秩序に、山ほど放り込んであるようだった。

わたしの前に誰かがこの家に住んでいたということも、徐々に理解していった。そしてわかったのだ。その家には幽霊が取り憑いていると。


日曜日のミサが終わり、人々がまわりに群がってくる。会衆席越しにアリスやミッチと、そのあとわたしと抱き合う。わたしの背中を叩き、腕を握り、頬にキスする。テレーゼの記憶をちょっと参照して、この人たちが感覚的には伯父伯母と同じくらい近しい関係なのだと知る。もしもテレーゼに何かあれば、引き取って、食事をさせて、ベッドを用意するくらいに。

それ自体はすてきなことだが、あまり次々とやってくるので、叫び出しそうになる。

今はとにかくさっさと家に帰って、この服を脱ぎたい。テレーゼのいかにも女の子っぽい、ひらひらの服を着るしかなかったのだ。タンスの中はそんな服ばかりで、ようやく一着、ぴったりではないが多少とも身体に合うのを見つけ出したのだから。本人はそういう服が好きだった。花柄ピンクの防弾着。ハイネックのローラアシュレイを着た子が処女じゃないなんて、誰が考える？

じりじりと入口ホールを抜け、側道から駐車場へ向かう。そのあいだもずっともみくちゃだ。顔をテレーゼの記憶と照合するのはあきらめる。

車の前で一団のティーンエイジャーがこっちを振り向いた。女の子はしっかりとわたしを抱きしめ、男の子はおずおずと、腰は離して肩だけ抱き寄せる。そばかすのある、カールした赤毛を肩より長く伸ばした女の子が、しばらく様子をうかがったあといきなりわたしの腕をつかみ、耳許でささやく。「無事でよかったよ、ミス・T」緊張した口調で、秘密のメッセージという感じだ。

男が一人、人混みをかき分け、両腕を広げ、大きな笑みを浮かべて近づいてくる。年齢は二十代末から三十代はじめくらい、短髪を整髪剤で固めた髪型は、彼には十年くらい早すぎる。折り目のついたカーキ色のズボン、青いオックスフォード・シャツの袖をまくり上げ、チェックのタイを少しゆるめている。

ぎゅっとわたしを抱きしめると、コロンの香りがもう一対の腕のようだ。テレーゼの記憶を探るとすぐに見つかった。ジェレド青少年担当牧師。テレーゼの知る限りいちばん霊的な影響力の強い、片想いの相手。

「戻ってこられてよかった、テレーゼ」そう言って頬をわたしの頬にすりつける。「みんな心配していたんだ」

　過剰摂取の二、三カ月前、青少年グループは教会の改造スクールバスで、一週間の静修旅行から戻ってきた。その旅行が終わりに近づいたころ、ジェレドは彼女の隣の席に座り、彼女はその身体に寄りかかって、今と同じコロンの香りを感じながら眠り込んだ。

「そうでしょうとも。手をどけて、ジェレド」

　それでも笑みは揺るがず、両手はまだわたしの肩にかかったままだ。「何だって？」

「よしてよ。聞こえたでしょ」

　手を下ろしたジェレドは、もの問いたげに父親のほうを見る。誠実そうな顔をするのがとてもうまいのだ。「わからないな、テレーゼ、でももし――」

　わたしの目つきを見て、相手は思わず一歩後退する。旅行中、眠り込んだ少しあと、テレーゼが目を覚ますとジェレドはまだ隣でシートに寄りかかったまま、目を閉じて口を開けていた。片腕は彼女の腿に置かれ、親指が膝に触れていた。彼女はショートパンツをはいていて、肌の触れ合っているところが熱かった。前腕は彼女の温かな股間から十センチと離れていない。

　テレーゼは彼が眠っているのだと思った。

スクールバスが揺れるせいで、彼の手がショートパンツのほうにずれてくるのだと。テレーゼは凍りつき、興奮と羞恥に顔が火照るのを感じた。

「よく考えてみるのね、ジェレド」わたしは車に乗り込む。

わたしが答えのヒントを提供できる大きな問題といえば、なぜ意識は存在するのかという質問だな、とS先生は言った。あるいはお気に入りの比喩を使うなら、議会が決定を下しているのに、なぜ女王が必要なのかということ。

S先生にはもちろん仮説がある。女王は物語を語るためにいる、というものだ。脳には決定に目的を持たせるための物語が、継続性が必要なのだ。それによって決定を記憶し、将来の決定に役立てる。あらゆる瞬間における、最終決定となっていたかもしれないそれ以外の無数の候補を記憶しておくことはできない。必要なのは一つの決定と、その主体と理由だけだ。脳は記憶を蓄え、意識がそこにアイデンティティを刻印する。わたしがこれをした、わたしがあれをした、というふうに。こうした記憶は公式記録となり、議会が将来において決定を下す際の前例となる。

「女王というのは、つまり、飾り物なんだ」とS先生。「王国を代表するが、王国そのものではないし、王国をコントロールしているわけでさえない」

「自分が飾り物だって気はしないけど」とわたし。

S先生は笑いだした。「わたしもだよ。みんなそうさ」


メールドー先生のセラピーでは、アリスとミッチを加えてテレーゼの昔の日記を音読したり、ホーム・ムービーを観たりといった時間が設けられている。今日のビデオは幼いころのテレーゼがシーツをかぶり、バスローブ姿の子供たちといっしょに、飼い葉桶の中の人形をじっと見つめている場面だ。

メールドー先生が、このときテレーゼは何を考えていたかと尋ねる。聖母役を楽しんでいた？　舞台で演技するのは好きだった？

「知るわけないでしょ」

「だったら想像して。テレーゼはこのとき何を考えていたと思う？」

これがしょっちゅうなのだ。考えていることを想像して。とにかくなりきって。テレーゼのつもりになって考えて。自分の本の中で、先生はこれを〝取り戻し〟と呼んでいる。とにかくいろいろな用語を作り出し、勝手な定義をつけて、実証するための調査は何もしない。S先生が貸してくれた神経学の教科書に比べたら、メールドー先生の薄い本は脚注付きのアーチー・コミックスだ。

「そうね、テレーゼは熱心なクリスチャンだったから、たぶん楽しんでたんじゃない？」

「それは確かかしら？」

三博士に扮した年少の男の子三人が登場し、贈り物を置き、台詞をしゃべる。テレーゼの顔が緊張する。もうすぐ彼女の台詞だ。

テレーゼはこちこちだった。全員の目が彼女に注がれている。背後の闇の中から見つめる会衆の姿さえ見えそうなくらいだった。アリスとミッチもそこにいて、娘の台詞を待っている。わたしまで胸が苦しくなり、気がつくと息を止めている。

メールドー先生がわたしを見る目は、科学的な中立を保っている。

「ねえ、ちょっと」そのあと何を言えばいいのかわからない。時間稼ぎだ。大きなベージュの椅子の中で身じろぎし、片足を半跏《はんか》に組む。「仏教が気に入ってるのは、今の自分が過去からずっとつながった自分によって決まるってことを、仏教徒が知ってるからなの。わたしはテレーゼが何を決断しようと関係ない。あの子が持ってたいいカルマも、悪いカルマも」

テレーゼの女の子っぽい寝室で、わたしはいつもそんなことを考えていた。「テレーゼはクリスチャンだったから、過剰摂取することで、すべての罪が許されて生まれ変われると思ったのかもしれない。あの子にとっては最高のドラッグよね。死体なき自殺ってわけ」

「あの晩、テレーゼは自殺しようとしたの？」

「だから、知るわけないでしょ。二週間ほどテレーゼの記憶を掘り返せばわかるかもしれないけど、正直、どうだっていいわ。何を考えていたにせよ、あの子は生まれ変わってこなかった。ここにいるのはわたし。なのにまだあの子の荷物を背負わされてる。わたしはテレーゼのロバなんだわ。カルマのロバ」

メールドー先生はうなずいた。「スブラマニアム先生は仏教徒だったわね？」

「ええ、でもそれが……？」あ、なるほど。目を天井に向ける。S先生とは感情転移についても話していて、わたしが先生に夢中になるのは理の当然だった。確かに長時間――今でも――先生とセックスすることを考えている。でもだからわたしがまちがっているということにはならない。「それは関係ないわ。自分で考えたことだから」

メールドー先生は反論しなかった。「仏教徒なら、あなたとテレーゼは同じ魂を分かち合っているというんじゃないかしら？　自我は幻想にすぎない、つまり乗り手もいなければロバもいない。ただ〝あなた〟がいるだけ」

「もういいわ」

「もう少し考えてみましょう、テリー。昔の自分に対して責任があるとは思わない？　昔の自分の両親や、昔の友達に対して。あなたが負っているカルマもあるんじゃないかしら？」

「先生は誰に責任を負ってるの？　先生の患者はだれ？　テレーゼ、それともわたし？」

彼女はしばらく何も言わず、やがてこう答えた。「わたしが責任を負っているのは、あなたよ」


あなた。

あなたは錠剤を飲み込んで、シナモンの味がするのでびっくりする。ドラッグの効果は、最初は断続的だ。あなたは自分が車の後部座席にいて、手に携帯電話を持ち、友達がまわりで笑っているのを意識する。母親に話しかける。注意を集中すれば、電話を受けて、その晩どの友達の家に泊まるかを話したことも思い出せる。さよならも言わないうちに、あなたは車を下りる。車は停まっていて、携帯電話は持っていない——母親にさよならを言い、三十分ほど走って駐車場を見つけたことを思い出す。ジョエリーがカールした赤毛を揺らしながら、あなたを階段のほうへ引っ張っていく。こっちだよ、ミス・T！

　顔を上げると、年齢制限なしのクラブの前の歩道にいるのがわかる。十ドル札を門番に渡そうとしている。ドアが開くたび、雷鳴のような音楽が漏れてくる。あなたはジョエリーのほうを振り向いて——

　別の誰かの車の中にいる。州間高速道上だ。運転しているのは何時間か前にはじめて会った男の子で、名前はラッシュだが、それがファースト・ネームなのかラスト・ネームなのかは知らない。クラブで身体を寄せ合いながら、音楽に負けないように大声で、両親のこと、食べ物のこと、口の中で感じる煙草の味と吐き出された煙のにおいの違いのことなどを話し合った。気がつくと自分も煙草をくわえていて、ラッシュの煙草を自分で包みから出したのだが、あなたは煙草が好きではない。今は好き？　わからない。吐き出すか、吸いつづけるか。記憶を探ってみても、どうして煙草に火をつけたのかはわからない。なぜその男の子の車に乗ったのかも。だからあなたは自分で話を作り出す。信頼できる人なんだ、さもなければ車に乗ったりするはずがない。煙草を受け取ったのは相手の気持ちを傷つけないためだ。

　今夜のあなたは自分が自分でないように感じている。それが気に入ってもいる。煙草をもうひと吸いする。この数時間のことを思い返し、自分がしたことすべてにびっくりする。いつも感じる不安や期待や後悔は、そこにはまったくない。つねに自分を批判しつづける心の声も。

　男の子はボクサー・ショーツ一枚で、棚のシリアルの箱に手を伸ばしている。背中がきれいだ。小さなキッチンの窓の外にぼんやりした光が見える。フルーツループ（シリアルの商品名）のをあなたのためにボウルに入れて、彼は笑い声を上げる。ただし小声で。母親がとなりの部屋で寝ているから。彼があなたの顔を見て、眉をひそめる。どうしたのと尋ねる。下を見ると、あなたは服を全部着たままだ。思い返すと、男の子のアパートメントに来てから何時間にもなる。寝室に入り、男の子は服を脱ぎ、あなたはその胸にキスして、脚に両手を這わせた。あなたはシャツの下に手を入れさせ、その手が胸を包み込むのは許したが、そこから先へは進まなかった。どうしてセックスしなかったのか。彼に興味が持てなかった？　いいえ――あなたも濡れていた。興奮していた。罪の意識？　自分を恥じていた？

あなたは何を考えていた？

家に帰れば、たっぷり代償が待っているだろう。両親は激怒していて、さらに悪いことに、あなたのために祈るだろう。教会のみんなが祈るだろう。みんなが知ることになる。あなたを見る目は、すっかり変わってしまう。

口の中にシナモンの味がして、あなたはまた男の子と車の中にいる。コンビニの店の外、時刻は午後、あなたの携帯電話が鳴っている。あなたは携帯のスイッチを切り、バッグに戻す。ごくりと唾を呑む。喉がからからだ。男の子――ラッシュ――があなたにもう一本、水のボトルを買っている。何を飲んだんだっけ？　思い返す。ああ、そうそう、口いっぱいの錠剤を飲み込んだのだった。どうしてそんなにたくさん？　そもそもどうして余分に服《の》んだんだっけ。ああ、そうか。

　キッチンから声が聞こえてくる。午前六時前、おしっこをしてまた寝ようと思っていたけど、二人がわたしのことを話しているのがわかる。

「歩き方まで違ってるわ。腕を自分の身体に回すしぐさも、しゃべり方も……」

「スブラマニアム博士の本のせいだよ。毎晩一時過ぎまで読んでるんだ。テレーゼはあんなふうに本なんか読まなかった。科学の本だなんて」

「使う言葉だけじゃないのよ。口調そのものが違うわ。あの低い声……」母親がすすり泣く。「まさかこんなことになるなんて。あの子の言うとおりなのかもしれない。もうテレーゼはどこにもいないのかも」

　父親は何も言わない。アリスの泣き声が大きくなり、くぐもる。流しで食器の触れ合う音。わたしが後退すると、またミッチの声がする。

「やっぱりキャンプにやるしかないのかもしれない」

「だめ、だめ、だめ！　まだ早いわ。メールドー先生も改善が見られると言ってるし。わたしたちが――」

「そりゃ、先生はそう言うだろうさ」

「やってみようって言ったじゃない。とにかく試してみようって」怒りで泣き声は中断し、ミッチが何か謝罪の言葉をつぶやく。わたしはそっと寝室に戻るが、やっぱりおしっこはしたいので、わざと大きな音をさせてまた寝室を出る。アリスが階段の下から声をかける。

「だいじょうぶ、ハニー？」

わたしは眠そうな顔でバスルームに行き、ドアを閉めて闇の中でトイレに座る。

くそ、キャンプってなに？


「もう一度やってみましょう」とメールルドー先生。「何か楽しくて、うきうきすることを」

わたしはなかなか意識を集中できない。ポケットの中のパンフレットが爆弾のように思える。その気にさえなれば、見つけるのは難しくなかった。メールルドー先生にキャンプのことを尋ねたいが、そうなれば先生とクラス家のあいだで、わたしをあいだに挟んだ対決になってしまうのは目に見えている。

「目を開けないように。テレーゼの十歳の誕生日のことを考えて。日記に〝いちばん楽しかった〟と書いている誕生日よ。シーワールドのことは覚えてる？」

「ぼんやりと」イルカがジャンプしていた――一度に二頭、三頭と。陽射しの強い、暑い日だった。セラピーのたびに、テレーゼの記憶に入り込むのは簡単になっている。彼女の生涯はいわばDVDになっていて、わたしはそのリモコンを持っている。

「ナムーとシャムーのショーでずぶ濡れになったのを覚えてる？」

わたしは笑った。「何となく」金属製のベンチ、目の前のガラスの壁、青緑色の水の中の巨体。「シャチに尾鰭《おびれ》を一振りさせて、それでみんな頭から水をかぶったわ」

「誰がいっしょにいたかわかる？　ご両親はどこにいた？」

同い年くらいの女の子がいた。名前は思い出せない。水がシーツのように頭上から降ってきて、みんな笑いながら悲鳴を上げた。そのあと両親がタオルで拭いてくれた。二人はもっと高い、水のかからないところにいたに違いない。アリスはずいぶん若く、幸せそうで、体重も今より少しありそうだ。腰も大きい。まだダイエットとエクササイズを始める前の、ママ・サイズだったころなのだ。

わたしはぱっと目を開いた。「うわ、びっくり」

「だいじょうぶ？」

「平気よ――ただ……本当にそのとおり、鮮やかだった」若いアリスの姿がまだ頭から消えない。はじめてわたしは、今アリスがどれほど悲しんでいるかを実感する。

「次回は両親といっしょに受けたいわ」

「本当？　いいわ。アリスとミッチには伝えておく。何かとくに話題にしたいことはある？」

「ええ。テレーゼのことを話し合わなくちゃ」

　S先生によれば、元の神経マップの復元、つまり旧女王の復活ができるのかどうかは、誰もが知りたがっていることだそうだ。地図が失われてしまった場合、ふたたび女王を探し当てることはできるのか？　できた場合、新しい神経マップは、つまり新女王はどうなるのか？

「良き仏教徒に言わせるなら、そんなことには意味がない。つまり存在のサイクルというのは、前世と現世のあいだにだけあるのではないということだ。輪廻はあらゆる瞬間に存在する。自我はつねに死と再生をくり返してるんだ」

「先生は良き仏教徒なの？」

笑み。「日曜の午前中だけはね」

「教会に行くの？」

「ゴルフに行くのさ」

ノックの音で目を開く。アリスがわたしの部屋に入ってくる。たたんだ洗濯物を抱えている。「あら！」

わたしは部屋を模様替えしていた。ベッドを隅のほうに押しやって、床に一メートル四方ほどの空きスペースを確保したのだ。

母親の表情がくるくると変化する。「お祈りをするつもりじゃなさそうね」

「ええ」

アリスはため息をつくが、いかにもわざとらしい。「だと思ったわ」わたしをよけて衣類をベッドの上に置き、そこにあった本を手に取る。『流れに乗る』。「スブラマニアム先生にもらったの？」

わたしが線を引いた文章に目を向ける。〝愛ある優しさ——マイトリ（慈）——を自分自身に向けることは、何かから逃げるということではない。大切なのは、自分を変えようとしないことである。瞑想とは自分自身を放棄して、よりよい何かになろうとする行為ではない。今ある自分自身を慈しむことなのである〟

「へえ」同じページが開いたままになるよう気をつけて、本を元に戻す。「メールドー先生の話とどことなく似てるのね」

わたしは笑う。「ええ、そうよ。次のセラピーにはあなたとミッチにも来てもらいたいってこと、もう聞いた？」

「ええ、行くわ」部屋の中をぐるっと回って、Tシャツと下着を拾う。わたしは邪魔にならないように立ち上がる。母親は移動しながら部屋を片づけて——倒れていた本をきちんと並べ、ブー・W・ベアをベッドの上の定位置に戻し、空になったポテトチップスの袋をくずかごに入れて——いき、汚れた衣類を拾い集めながら部屋全体をきれいにする。絵本の『キャットインザハット』に出てくる掃除機のように。

「ねえ、アリス、この前のセラピーでシーワールドに行ったときのことを思い出したんだけど、横に女の子がいたの。テレーゼの横に」

「シーワールド？　ああ、それならハンメルさんのところのマーシーね。あの年の休暇に、あなたをオハイオ州へ連れていってくれたのよ」

「誰が？」

「ハンメルさん。まるまる一週間も。誕生日のプレゼントも、あなた、その分を旅費に回してって言ったのよ」

「いっしょに行かなかったの？」

　アリスはわたしがベッドの下に脱ぎっぱなしにしていたジーンズを拾い上げた。「シーワールドにはずっと行きたいと思ってるけど、お父さんとわたしはいまだにたどり着けてないわ」

「これが最後のセラピーよ」わたしは宣言する。

アリス、ミッチ、メールドー先生、全員の注目が完璧にわたしに集まる。

当然ながら、先生が最初にわれに返る。「どうやら何か言いたいことがあるみたいね」

「ええ、もちろん」

アリスは凍りついて、自分を抑えている。ミッチは首のうしろを撫でながら、急にカーペットがとても気になりだしたらしい。

「これ以上こんなのに付き合う気はないの」わたしは曖昧なしぐさをする。「何もかも。思い出し練習も、テレーゼの気持ちを想像するのも。やっとわかった。わたしがテレーゼであろうとなかろうと、あなたたちはどうでもいい。ただわたしに自分はテレーゼだと思わせたいだけ。これ以上そんな指図を受ける気はないから」

ミッチはかぶりを振る。「ハニー、おまえはドラッグをやったんだ」ちらっとわたしを見て、また足許に目を戻す。「ＬＳＤをやって神様を見たとしても、それは本当に神様を見たわけじゃない。誰もおまえに指図なんかしようとしてはいないよ。ドラッグの影響を消そうとしているだけなんだ」

「ばか言わないで、ミッチ。ずっとわたしを統合失調症みたいに扱ってきたでしょ。現実と空想の区別がつけられないみたいに。だけど問題の一つは、メールドー先生と話をすればするほど、頭がおかしく《ファック・アップ》なってくるってことなの」

　アリスが言葉遣いに息を呑む。

　メールドー先生は片手を伸ばして彼女をなだめたが、その目はわたしに向いている。

「テリー、お父さんが言ってるのは、たとえ自分では新しい人間みたいに感じても、あなたの中にはドラッグ以前の自分が存在してるっていうことよ。それは今も存在しつづけているの」

「そうかしら？　先生の本の中には、過剰摂取からいわゆる〝取り戻し〟た例がいくつも出てくるわね。あれって、ただ自分を昔の自分みたいに〝感じてる〟だけじゃないの？」

「その可能性もあるでしょう。でもあの人たちが自分を欺いているとは思わない。失ってしまった自分の一部や残された家族を受け入れたと言うべきね。みんなあなたと同じなのよ」先生は博士号保持者が自分の学位証書に向けるような、標準的な気遣いを示す目つきでわたしを見る。「これからの生涯、ずっと孤児みたいな気持ちで生きていきたいの？」

「何ですって？」どこからともなく涙があふれる。咳払いをしたけど涙はあふれつづけ、とうとう腕で目をぬぐう。いきなり殴られたような気分だ。「だって、アリスだってあなたと同じじゃない！」

「そう感じるのが普通でしょうね。病院で目覚めたとき、あなたはまったくのひとりぼっちだったはずよ。生まれたばかりで家族もいないし、友達もいない。でもあなたのそんな状態は、まだ始まったばかりだわ。いろいろな意味で、あなたはまだ二歳にもなっていないんだから」

「くそ、そうでしょうとも」とわたし。「まだあんな目には遭ってないんだし」

「待って、出ていかないで――」

「ご心配なく、出ていくんじゃないわ」わたしはドアの前に立ち、ドア脇のフックにかけた自分のバックパックを引き寄せる。サイドポケットに手を入れ、パンフレットを取り出す。「これ、知ってるでしょ？」

　アリスがはじめて口を開く。「ああ、ハニー、だめ……」

　メールドー先生は顔をしかめてわたしからパンフレットを受け取る。表紙では笑顔の男の子がポーズを取って、ほっとした顔の両親と抱き合っている。先生はアリスとミッチに顔を向ける。「こんなことを考えていたんですか？」

「それが二人の頼みの綱よ、メールドー先生。先生でだめだったら、あるいはわたしが逃げ出したら、どかん。そこで何をしてるか知ってる？」

　先生はページを開き、写真を見る。キャビン、障害物コース、大きなロッジ。そこでわたしと同じような子供たちが〝訓練されたカウンセラーによる強化グループ・セッション〟を受け、〝本当のアイデンティティを回復〟する。先生はかぶりを振った。「ここのやり方はわたしのとは違って……」

「そうかしら、先生？　そこのやり方は先生の〝取り戻し〟にそっくりだと思うけど。大したものよね。けっこううまくいったし。たとえば視覚化訓練とか？　本当に上達して、ありもしなかったことまで視覚化できるようになったくらい。先生ならたぶん、テレーゼの頭の中にわたしを視覚化させることだってできたでしょうね」

　アリスとミッチに向きなおる。「決断してちょうだい。メールドー先生の治療はでたらめよ。だからわたしを洗脳キャンプに送るのか、送らないのか」

　ミッチは片腕で妻を抱き寄せる。アリスは、驚いたことに、泣いていない。目を大きく見開き、見知らぬ他人を見るようにわたしを見つめている。

　ボルティモアからの帰途はずっと雨で、家に着いたときもまだ降っている。アリスとわたしはヘッドライトに照らされたポーチの階段まで走る。ミッチはアリスがドアの鍵を開けてわたしたちが中に入るまで待ち、ふたたび車を出す。

「よくやるの？」わたしは尋ねる。

「あの人、動揺すると車を走らせるのよ」

「ああ」アリスは家の中の明かりをつけてまわる。わたしはいっしょにキッチンへ行く。

「大丈夫、あの人なら心配いらないわ」冷蔵庫を開けてしゃがみ込む。「あなたをどう扱えばいいのかわからないだけだから」

「だからわたしをキャンプに入れたいの？」

「ああ、それは違う。口答えする娘を持ったことがなかっただけ」アリスはタッパーウェアのケーキ容器をテーブルの上に置く。「人参ケーキを作ったの。お皿を出してくれる？」

　アリスは本当に小柄だ。並んで立つとわたしの顎くらいしかない。頭のてっぺんは髪が薄くなっていて、雨のせいでさらに薄く見える。地肌はピンクだ。

「わたしはテレーゼじゃないし、これからもテレーゼになることはないわ」

「ええ、わかってる」なかばため息をつくように答える。本当に理解しているのは、顔を見ればわかった。「ただ、あなたはあんまりあの子にそっくりだから」

　わたしは笑う。「髪を染めてもいいわ。鼻を少し整形するとか」

「無駄よ。見ればあなただってわかるから」蓋を開けて脇に置く。丸いケーキの上には一センチくらいアイシングが積もっている。まわりにはキャンディー製の小さな人参が飾ってある。

「うわあ、これ、出かける前に作ったの？　どうして？」

アリスは肩をすくめ、ケーキを切り分ける。ナイフを返し、刃の側面で大きな三角形の一切れをわたしの皿に移す。「きっと要ると思ったの。どっちに転んでも」

わたしの前に皿を置き、そっと腕に触れる。「ここを出ていきたいのはわかってる。たぶんもう戻ってこないことも」

「だからって別に――」

「引き止める気はないわ。でもどこへ行こうと、あなたはわたしたちの娘よ。それが気に入ろうと、気に入るまいと。誰が自分を愛してくれるかを決めることはできないの」

「アリス……」

「しいっ。ケーキをおあがり」

地《じ》　火《か》

地火

劉 慈欣《リウ・ツーシン》 *Liu Cixin*

大森 望・齊藤正高訳

劉《リウ》 慈欣《ツーシン》（一九六三 - ）

著者は一九六三年、中華人民共和国北京生まれ。華北水利水電学院で水力発電工学を専攻し、卒業後は火力発電所でコンピュータ・エンジニアとして働くかたわら、一九九九年から《科幻世界》誌で短篇SFを発表する。同年から二〇〇六年まで同誌主催の年次ベストSF賞である銀河賞を連続受賞し、年刊SF傑作選にもたびたび再録された。二〇〇六年以降は〈三体〉三部作で一躍ベストセラー作家となり、二〇一五年にケン・リュウが英訳した『三体』（早川書房）でヒューゴー賞長篇部門を獲得した。

本作の主人公・劉欣《リウ・シン》の父親は炭鉱労働の末に肺を患って亡くなった。劉欣は石炭をガス化してパイプライン輸送する計画で業界を改革しようと、地中で石炭を燃やして燃料ガスに変える実験を始める。それが思わぬ事態の引き金になるとも知らずに……。

一九九〇年代は化石燃料の枯渇や地球温暖化が取りざたされた時代だ。主人公は著者とよく似た名前を与えられているが、著者の父も炭鉱で働いていたという。技術革新や発展の希望を描く一方、地方や労働者の搾取、人間の慢心といった普遍的な問題をえぐりだした異色作。初出は《科幻世界》二〇〇〇年二月号。

父は人生の終わりにさしかかっていた。呼吸は苦しげで、炭鉱で重さ百キロの鋼材を担いでいたときよりはるかに大きなエネルギーを使っている。顔は土気色で、眼が飛び出し、血中酸素濃度の低下で唇は紫色だった。見えないロープでゆっくり首を絞められた結果、父の苛酷な人生におけるささやかな希望や夢のすべては、空気を貪《むさぼ》りたいという欲求に呑み込まれている。しかし、父の肺は、ステージ3の珪肺症《けいはいしょう》を患う炭鉱労働者の例に洩れず、網状の繊維がからみ合う黒い塊になってしまい、吸い込んだ空気から酸素をとりだして血流に送り出すことができない。黒い塊のもとになった粉塵は、二十五年のあいだに父が炭鉱ですこしずつ吸いこんできたものだった。ひとりの人間が一生かけて掘り出した石炭の、ほんのわずかな一部。劉欣《リウ・シン》は、父の病床のかたわらにひざまずいた。父の気管が発するかん高い笛のような音が心を裂く。ふとそのとき、笛のような呼吸音にノイズが混じっていることに気づいた。父がなにか言おうとしている。

「なんだい、父さん？　なにか言いたいことがあるの？」

父の眼はじっと劉欣を見つめている。その死にゆく呼吸音に、また聞きとれないノイズが混じった。さっきよりもさらに切迫した言葉に聞こえた。

いったいなにを言いたいんだろう。劉欣は、父の言葉をなんとか理解しようと必死になり、またさっきの質問をくりかえした。

ノイズが消え、呼吸音はかすかな喘《あえ》ぎに変わり、最後に軽い痙攣《けいれん》が体に走ったかと思うと、もう動かなくなった。生命を失った父の眼は、まだじっと劉欣を見つめている。自分の最後の言葉を息子が聞いてくれたかどうか、切に知りたがっているかのように。

劉欣は茫然としたまま、父の眼から視線を離せず、ベッドのかたわらに立っていた母さんが気を失ったことにも、看護師が父の鼻から管を抜いたことにも気づかなかった。彼は、頭の中にこだまする、あのノイズだけを聴いていた。ひとつひとつの音節が、レコード盤に刻まれた溝のようにくっきりと、劉欣の記憶に刻まれた。

それから何カ月も、ずっとそんな状態がつづいた。あのノイズは昼夜を分かたず、来る日も来る日も劉欣を苦しめ、ついには呼吸まで妨げられるようになった。息をしたいなら、この先も生きつづけたいなら、あの言葉の意味を明らかにする必要がある。

そんなある日、自分も長く病んでいる母が言った。おまえはもう大きいのだから、この家を支えなければならない。高校に行くのはやめて、炭鉱の、お父さんがいた班に入りなさい。

こうして劉欣は、父の弁当箱を持ってぼんやりと家を出た。一九七八年の冬の風に吹かれて炭鉱《ヤマ》へと歩き、父さんの2号坑に赴いた。真っ暗な坑道の入口は、じっとこちらを見つめているひとつ眼のようだった。坑道の奥深くまでずっとつづいている防爆灯の列がその瞳だ。それは、父さんの眼だった。あの切迫したノイズが耳の中に甦《よみがえ》り、劉欣は一瞬にして、父のいまわのきわの言葉がなんだったのかを理解した。「坑《した》に降りるな……」

＊　＊　＊

二十五年後。

ベンツで来たのはちょっと場違いだったな、と劉欣《リウ・シン》は思った。目立ちすぎる。いまでは少数ながら高層ビルが建ち、道路沿いにはホテルや店も増えているが、それでもこの炭鉱街では、すべてが冴えない灰色に包まれている。

車が鉱山局に着いたとき、局舎前の広場におおぜいの人々が座っているのが見えた。支給品の作業服や汗染みの浮いたTシャツ姿の彼らに交じると、劉欣のスーツと革靴は、ベンツ以上に場違いだった。一様に押し黙ったまま、ブランドものの二千ドルのスーツをじっと見つめてくる彼らの視線が針のようにちくちくと肌を刺し、劉欣は目を伏せて歩きながら、顔が赤くなるのを感じた。

鉱山局に入ると、大階段の途中で李民生《リ・ミンシェン》とばったり出くわした。中学時代の同級生で、いまは地質課の主任技師をしている。二十年前と変わらず、痩せ細った猿のような体つきだが、顔には疲労のしわが深く刻まれ、両腕に抱える巻いた図面が重い荷物のように見える。

「炭鉱はもう半年も賃金が払えなくて、労働者は座り込みをしている」再会のあいさつを交わしたあと、李民生はそう言って、広場の一団を指さしてから、珍しいものでも見るように、劉欣を上から下まで眺めまわした。

「状況はまだ改善してないのか？　大秦線（山西省大同市から北京、天津などを経由し河北省秦皇島市までを結ぶ貨物専用の電化路線。一九九二年開業）ができて、そのあと二年も減産したのに」

「いったんはよくなったが、また悪化した。石炭産業そのものの問題だからな。どうしようもないよ」

李民生は長いため息をつき、話を切り上げて歩き出そうとしたが、劉欣がそれをひきとめて言った。「力を貸してほしい」

李民生は苦笑して、「十何年前、中学時代のおまえは、ろくに飯も食えてなかったのに、おれたちがこっそり鞄に入れた食料配給切符を突き返したじゃないか。他人の力を借りるような男じゃないはずだ」

「いや、ぜひとも借りたいんだよ。地下の小さな石炭層を探してほしい。埋蔵量が三万トンを超えないくらいのやつ。ただし、周囲から独立している必要がある。それがキーポイントだ。他の石炭層とのつながりが少なければ少ないほどいい」

「まあ……探せなくはないが」

「その石炭層と周囲の詳細な地質資料も要る。できるだけ詳しい資料が」

「それも問題ないだろう」

「じゃあ、今夜にでも、細かい打ち合わせをしよう」

劉欣はそう言ってから、歩き出そうとした李民生をまたひきとめた。「ぼくがなにをするつもりか、聞きたくないか？」

「いまは自分が生きのびることにしか興味がない。彼らといっしょだ」と広場の群衆にあごをしゃくり、李民生は去っていった。

　劉欣も、歳月にすりへった階段をまた昇りはじめた。建物の高い壁についた炭塵が、山々とその上の雲を描いた水墨画のように見える。いまもまだそこに掛けられている『毛主席、安源に行く』（劉春華が若き日の毛沢東を描いた、文化大革命のシンボル的な油彩画。一九六七年制作）の巨大な複製画は、炭塵の汚れもなく、あいかわらずきれいなままだが、額縁と絵の表面は、時の流れを如実に物語っていた。絵に描かれた人物の深く静かな眼差しを十数年ぶりに目にして、生まれ故郷に帰ってきたという実感が劉欣の胸に湧いてきた。

　二階に上がると、局長室は二十年前と変わらない場所にあった。大きな扉は革張りに変わっていたが、表面に裂け目ができて、そのまま放置されている。扉を押し開けると、半分白くなった髪をこちらに向け、デスクの上に広げた図面に見入っている局長の姿が目に入った。そちらに歩み寄ると、坑道掘削の図面であることがわかった。局長は、外の座りこみを気にも留めていないようだった。

「きみが責任者か？　石炭産業省の例のプロジェクトの？」局長はちょっと顔を上げてそうたずねると、また図面に目を落とした。

「はい。これは遠大な計画です」

「ああ、できるだけ協力しよう。だが、目下の状況は、見てのとおりだ」と言って顔を上げ、局長は右手を差し出した。劉欣はその顔に、李民生の顔に見たのと同じ疲労のしわを見てとった。握手したとき、右手の指が二本変形しているのがわかった――炭鉱で負った古傷の名残りだった。

「科学研究担当の張《ジャン》副局長のところへ行くといい。もしくは趙《チャオ》技師長のところでもいい。わたしは暇がない。すまんな。一応の結果が出たら、また話そう」そう言って、局長は図面に注意を戻した。

「父をご存じですね。局長はかつて、父の班の技師でした」と言ってから、劉欣は父の名前を口にした。

局長はうなずいた。「よき労働者、よき班長だった」

「石炭産業の現状をどう思いますか？」劉欣は唐突にそう質問した。本題に鋭く切り込まないかぎり、局長の注意をひけないと思ったからだ。

「なにをどう思うって？」局長は顔も上げずに訊き返した。

「石炭産業は典型的な伝統産業であり、時代にとり残された斜陽産業です。労働集約型で、労働条件は悪く、生産効率は低く、莫大な輸送能力を必要とします……石炭産業はかつてイギリスの重要な産業でしたが、イギリスは十年前にすべての炭鉱を閉鎖しました」

「われわれには関係ない」局長はまだ顔を上げずに言った。

「そうです。しかし、変わらなければならない！　石炭産業の生産方式を根本的に改革するのです！　でなければ、現在の苦境から永遠に脱出できません」劉欣は窓辺に歩み寄り、外の群衆を指さした。「無数の炭鉱労働者たちが、その生き方を根本的に変えることができないまま働いている。きょう、ぼくがここにやってきたのは……」

「坑《した》に降りたことは？」局長が口をはさんだ。

「ありません」ややあって、劉欣は答えた。「生前の父に禁じられていました」

「そしてきみはその言いつけを守った」と局長は言った。図面に屈み込んだままなので、表情は読めない。劉欣の肌に、針に刺されるようなさっきの感覚がまた戻ってきた。暑い。この季節、スーツとネクタイは空調の効いた部屋には合っているが、ここにはエアコンがない。

「聞いてください。ぼくには目標があります。夢があります。父が死んだことをきっかけに抱いた夢です。この夢、この目標のために、ぼくは大学に行き、海外で博士号をとりました……石炭産業の生産方式を根本から改革し、炭鉱労働者の運命を変えたいんです」

「手短に頼む。暇じゃないからな」と言って、局長は自分のうしろのほうを手で示した。それが外の座り込みを指しているのかどうか、劉欣にはわからなかった。

「お時間はとらせません。できるだけ簡単に言います。石炭産業の生産方式は、効率の低い労働集約型で、きわめて劣悪な労働環境のもと、石炭を地下から掘り出し、その後、鉄道・道路・船舶など大量の輸送力を占有して使用地点まで運び、ガス発生装置を使って石炭ガスに変えるか、もしくは発電所に送って、粉砕したのちボイラーで燃やすか……」

「もっと簡単に、もっと単刀直入に」

「ぼくのアイデアは、炭鉱を巨大なガス発生装置に変えることです。炭層にある石炭を地下で可燃性ガスに変え、その後、石油や天然ガスを採掘するのと同じ方法でとりだし、専用のパイプラインを通じて使用地点まで送ります。石炭の使用量がもっとも多い火力発電所でも利用できます。そうすれば、坑道は不要になり、石炭産業は、現在とまったく異なる、現代的な新しい産業に生まれ変わるのです！」

「自分のアイデアが新しいと思うか？」

劉欣自身、新しいとは思っていなかった。もちろん、いま目の前にいる局長——一九六〇年代の鉱業学院で優秀な成績を収め、現在、国内でもっとも権威ある採炭専門家のひとり——が、新しいと思ってくれると期待しているわけでもない。石炭地下ガス化は、数十年前から世界的な研究課題だったから、当然、局長はよく知っているだろう。この数十年、多くの研究所や国際企業が無数の気化触媒を開発してきたが、いまのところまだ、石炭地下ガス化は見果てぬ夢にとどまっている。人類が一世紀近く見つづけている夢。理由は簡単で、触媒の価格が、生成されるガスよりはるかに高価だからだ。

「いいですか。ぼくの方法なら、触媒を使うことなく、地下ガス化を実現できるんです！」

「どんな方法だ？」局長はついに、デスクの図面をわきに押しやった。じっくり意見を聞く気になったようだ。劉欣は大いに勇気づけられ、アイデアを開陳した。

「地下の石炭に点火します！」

局長は、しばし無言のまま劉欣を見つめていたが、やがておもむろに煙草に火をつけると、身振りで話のつづきを促した。本気で聞いてくれるつもりらしい。だが、劉欣の興奮はすぐに冷めた。局長はべつだん熱意を持っているわけではない。日夜つづく、つらく味気ない仕事の合間に、ちょっとした気晴らしを見つけただけのこと。それも、可笑《おか》しな莫迦者が、無料で演じてくれるというわけだ。しかし劉欣は、それを承知のうえで、決然と説明をつづけた。

「採掘は、既存の油井掘削機を使って、地表から炭層まで、一連の試錐孔《ボアホール》を掘ることで可能になります。これらのボアホールには以下の用途があります。その一、孔を通じて大量のセンサーを地下炭層に投入する。その二、地下炭層に点火する。その三、水もしくは水蒸気を注入する。その四、燃焼のための空気を送り込む。その五、石炭ガスをとりだす。

地下炭層は、点火されて水蒸気に触れると、次のような反応が起こります。まず、炭素が水と反応して一酸化炭素と水素ガス、また、二酸化炭素と水素を生成します。その後、炭素と二酸化炭素が一酸化炭素を生成し、一酸化炭素と水がさらに二酸化炭素と水素を生成します。最終的に、水性ガスに似た可燃性ガスが生じます。可燃成分は、水素が五〇パーセント、一酸化炭素が三〇パーセント。これが、産出される石炭ガスです。

センサーは、炭層各所における燃焼状況およびすべての可燃性ガスの生成状況を超低周波信号で地表に伝え、これらのデータをコンピュータが解析して、炭層の燃焼場モデルをつくります。このモデルにもとづき、地表からボアホールを介して地下の燃焼場の範囲や深さをコントロールできるようになります。具体的には、ボアホールを通して注水することで燃焼を抑制し、高圧空気もしくは水蒸気を送ることで燃焼を促進します。理想的な不完全燃焼状態をつくりだし、産出量を最大化するため、燃焼場モデルの変化に応じてコンピュータがすべてを自動的に処理します。

もっとも注意すべきは、もちろん、燃焼帯のコントロールですが、これについては、燃焼が広がる行く手にあらかじめボアホールを掘削し、そこに高圧水を注入して地下水壁を形成することによって燃焼帯を遮断します。火勢の比較的激しいところは、ダムの施工に用いるセメントを高圧で注入し、この壁で燃焼を遮断することもできます……聞いてらっしゃいますか、局長？」

先ほどから響いている外の騒音に、局長の注意力が削がれていた。いまの説明を聞いて局長が脳裏に思い描いたイメージは、きっと自分が夢想しているものとは違うだろう。劉欣にはそれがわかっていた。地下炭層に点火することがなにを意味するか、もちろん局長は知っている。現在、地球上の大陸には、燃えつづけている炭鉱が多くある。中国にもいくつかある。

　去年、新疆《しんきょう》で、劉欣は生まれてはじめて地火《ディフォ》（地下で起こる火災。日本語では〝地中火〟）を見た。見渡すかぎり、地面にも山の斜面にも草木一本なく、空気中には硫黄臭のする熱波がうねり、その熱波が周囲の光景を揺らめかせていた。まるで全世界が水中に没したか、焼き網の上に置かれたかのような光景だった。夜になると、地面に何本ものぼんやりした赤い光の帯が見えた。無数の地割れから光が洩れている。地割れのひとつを覗き込んで、劉欣は息を呑んだ。まるで地獄の入口だった。赤い輝きは地中深くから発しているが、それでもやはり、凶暴な熱が感じられた。顔を上げて、夜のとばりに覆われた赤い光の編み目に視線を向けると、地球が薄い地殻にくるまれた燃える炭だという気がした。劉欣に同行していたのは、阿古《アグ》力《リ》というウイグル族のたくましい男で、中国唯一の炭層消火隊の隊長だった。劉欣がここに来たのは、彼を自分の研究室に招くためだった。

「ここを離れることは、まだちょっとむずかしい」阿古力は訛りの強い中国語で言った。

「おれはこの地火《じか》を見て育った。おれにとってこの火は、世界の欠かすことのできない一部だ。太陽や星と同じように」

「生まれたときから、この火が燃えていたと?」

「いや、劉博士、この火は清朝のころから燃えている」

劉欣はその場に茫然と立ちつくし、闇にたぎる熱波を前に、ぶるっと身震いした。

阿古力はつづけた。「おれは、あんたを手伝うより、とめるべきだな。いいか、劉博士、これは遊びじゃない。あんたが手を染めているのは悪魔の所業だ!」

いま、窓の外の騒ぎは、さらに激しくなっていた。局長は立ち上がり、窓辺へと歩きながら、劉欣に向かって言った。

「国がこの計画に投じた六千万元を、もっと他のことに使ってくれていたらと、心からそう願うね。やるべきことがたくさんあるのは見てのとおりだ。ではまた」

劉欣は局長のあとについて、局舎の外に出た。座り込みに参加する炭鉱労働者の数はさらに増えていた。リーダーが群衆に向かってなにか叫んでいるが、言葉は聞きとれない。

劉欣の注意は人だかりの一角に引きつけられた。そこには車椅子の一団がいた。これほど多くの車椅子が一カ所に集まっているのを見たのははじめてだった。うしろから新たな車椅子が続々とやってくる。どの車椅子にも、労働災害で足を失った鉱夫が乗っている……。

劉欣は息苦しくなり、ネクタイをゆるめた。顔を伏せ、急ぎ足で人だかりを抜けると、自分の車に乗りこんだ。あてもなくベンツを走らせたが、頭の中はからっぽだった。しばらくして、ようやく車を停めると、子どものころによく遊んだ小高い丘の上まで来ていることに気づいた。ここからは炭鉱《ヤマ》がよく見える。劉欣は車を降り、長いあいだ、ただじっとそこに立ちつくしていた。

「なにを見てる？」と声がして、劉欣はふり返った。いつの間にか、李民生《リ・ミンシェン》がそばに立っていた。

「あれが母校だ」劉欣は遠くを指さした。それは、小中学校がいっしょになった大きな鉱山学校だった。広いグラウンドが目をひく。二人はともに少年時代をそこに埋葬したのだった。

「なにもかも覚えているつもりでいるのか？」李民生はそばにあった石に腰かけると、疲れた口調で言った。

「覚えているとも」

「あの晩秋の午後、太陽はかすんでいた。おれたちは運動場でサッカーをしていた。するとだしぬけに、校舎の大きなスピーカーが鳴りはじめた……覚えているか？」

スピーカーからは哀愁漂う葬送曲が流れていた。しばらくすると、張建軍《ジャン・ジェンジュン》が裸足で走ってきて、『毛主席が死んだ』と言った……。

おれたちは、建軍のことを反革命分子だと罵り、叩きのめした。それでもあいつは、毛主席に誓って嘘じゃないと泣きながら言い張った。しかしだれも信じず、警察に突き出そうと、建軍をひきずって歩き出した……。

だが、校門まで来るとおれたちの足取りは重くなった。校門の外でも葬送曲が流れていたからだ。空と大地がその暗い音楽で満たされているかのようだった……。

あの葬送曲が、もう二十年以上にわたってずっとおれの頭の中で流れつづけている。近ごろじゃ、あの曲が流れるとき、裸足で走ってくるのはニーチェで、こう言うんだ。『神は死んだ』と」李民生は吠えるような笑い声をあげた。「ああ、そうだろうとも。おれは信じるよ」

劉欣は幼馴染みをにらみつけた。「どうしてそんな人間になった？　知らないやつみたいじゃないか！」

李民生はだしぬけに立ち上がり、劉欣をにらみ返すと、丘のふもとに広がる灰色の世界に指を突きつけた。「どうしてあんな炭鉱になった？　知らない場所みたいじゃないか？」そう言うと、またくずおれるようにして座り込んだ。「あの時代、親父たちは誇り高い一団だった。誇り高くすばらしい炭鉱労働者の一団だった。親父は八級工で、ひと月に百二十元も稼いだ。あの時代の百二十元だぞ！（八級は、八級賃金制における最高等級。当時の労働者の平均月収は五十元程度）」

劉欣はしばらく黙り込み、それから話題を変えようとしてたずねた。「家族は元気か？　奥さん……たしか、珊《シャン》だったか？」

李民生はまた苦笑いを浮かべた。「去年、出張に行くと言いながら、職場からは年休をとって、おれと娘を残して姿を消した。二カ月後に手紙が来たよ。カナダからだった。この先ずっと炭団《たどん》屋につきあって人生を棒に振るのはごめんだとさ」

「莫迦な。きみは高級技師じゃないか！」

「違いなんかあるもんか」李民生は指先で大きな円を描いて、眼下に見える鉱山を囲った。

「女房にとっちゃ、みんな同じ炭団屋の仲間なのさ。なあ、おれたちがどうして技師になりたいと思ったか、覚えてるか？」

「記録的な産出量だったころのことだ」劉欣は言った。「ぼくらは父さんたちに弁当を届けにいった。坑道に降りたのは、二人ともあのときがはじめてだった。中は真っ暗で、ぼくは父さんやそばにいた鉱夫たちにこうたずねた。炭層がどこにあるのか、どうしてわかるの？　坑道でどっちの方向に掘るか、どうしてわかるの？　いちばん不思議だったのはこれだ。深い地下で両方向から穴を掘っていって、穴と穴がどうしてぴったり合うのか？　そしたら、おまえの父さんがこう答えた。坊主、その答えはだれも知らない。知っているのは技師だけだ、と。そして、坑道を出たとき、ヘルメットとクリップボードを手に持って図面を囲んでいる二、三人を指して、おまえの父さんが言った。『見ろ、あれが技師だ』って。覚えてるか、民生？　子どもの目にも、彼らはどこか違って見えた。とにかく、首にかけたタオルがもっと白かった……。いま、ぼくらは子ども時代の夢をかなえた。もちろん、思ったほど輝かしいことじゃないが、それでも、せめてもの責任を果たすために、なにかをなしとげなきゃならない。でなきゃ、自分で自分を裏切ることになるんじゃないか？」

「もういい！」李民生はとつぜん怒りの声をあげて立ち上がった。「おれはずっと責任を果たしてきた。ずっとなにかをなしとげてきた。だが、おまえはどうだ？　一日じゅうずっと夢の中じゃないか！　本気で思ってるのか、炭鉱労働者を深い坑道から救い出せると？　この炭鉱をガス田に変えられると？　あの仮説が正しくて、おまえの実験が成功したとしよう。そしたらどうなる？　あのおもちゃのコストを計算したことがあるか？　それに、何万キロもあるパイプラインをどうやって敷設する？　知ってるか、おれたちはいま、石炭の鉄道輸送費さえ払えないんだぞ！」

「長い目で見てくれ。数年後、数十年後……」

「くたばれ！　いまのおれたちには、数日後の保証もないんだぞ！　おまえは一日じゅうずっと夢の中だとさっき言ったが、ガキのころからいつもそうだった。もちろん、北京の六鋪《ろくほ》炕《こう》（原注　国家石炭設計院の所在地）の静かな古いビルにいるなら、それもいいだろう。だが、おれには無理だ。現実の中にいるからな！」李民生はくるりと背を向けて立ち去ろうとしたが、思い出したようにつけ加えた。「ああ、忘れてたよ。おまえに伝えることがあって来たんだった。局長がうちの課をおまえのプロジェクトの担当にした。仕事は仕事だ。やれるかぎりのことをやる。三日後、試験炭層の位置と詳細な資料を渡す」そう言うと、李民生はもうふり返らずに行ってしまった。

劉欣はそのまま、少年時代を過ごした炭鉱を眺めていた。高い櫓《やぐら》のてっぺんで大きなウィンチが回転し、見えないケージを坑内の奥深くへと送り込んでいる。父の働いていた坑道に出入りする電動トロッコの列が見えた。選炭棟の外では、数えきれないほどの石炭の山の前を貨物列車がゆっくり通過してゆく。彼が少年時代のいちばん楽しい時間を過ごした映画館やサッカー場。巨大な鉱員浴場——こんなに大きな浴場があるのも、炭鉱なればこそ。その広い浴槽の炭塵に黒く染まった湯の中で、劉欣は泳ぎを覚えた！　そう、海や川から遠く離れたこの場所では、浴場で水泳を習うのだ。

遠くに目をやると、大きなボタ山が見える。百年以上にわたり、採掘した石炭からとりのぞかれた黒い石が積み上げられてきた山だ。周囲の丘よりずっと高い。ボタにふくまれる硫黄が雨水で発熱し、青い煙をあげている……。なにもかも、長年降り積もった炭塵の層に包まれ、同じ暗い灰色になっていた。それが劉欣の少年期の色、彼の人生の色だった。目を閉じ、炭鉱の音を聞いていると、時が止まったような気がする。

ああ、父さんの炭鉱《ヤマ》、ぼくの炭鉱《ヤマ》……。

＊　＊　＊

谷は、炭鉱にほど近い場所にあった。昼には山向こうから炭鉱の煙が昇り、夜には炭鉱の灯りが空を照らす。石炭を運ぶ列車の汽笛も四六時中聞こえる。いま、劉欣《リウ・シン》、李民生《リ・ミンシェン》、阿古力《アグリ》の三人は、その谷の中央に立ち、荒涼たる光景を眺めていた。山裾では、痩せこけた山羊の群れを追って、牧夫がゆっくり歩いていくのが見える。この谷の地底にあるのが、石炭ガスの採掘試験に選ばれた、独立した小さな炭層だった。李民生と地質課の技師が一カ月がかりで資料室の書類の山から探し出した場所だった。

「ここは主な採掘区からかなり遠い。その分、地質資料はあんまり詳細じゃない」と李民生は言った。

「資料に目を通したが、試験炭層は大炭層から少なくとも二百メートル隔たっている。問題ないだろう。はじめよう！」劉欣は興奮した口調で言った。

「おまえは炭鉱地質の専門じゃないし、この土地の実状に関する知識はさらにお粗末だろう」李民生が言った。「もっと慎重になったほうがいい。もう少し考えてみろ」

「考えてみるまでもない。ここで実験するなどありえない」阿古力が割り込んだ。「資料を見たが、データが粗い。試錐孔《ボアホール》の間隔が広すぎるし、一九六〇年代はじめの調査結果だ。新たに地質調査を実施して、この炭層が孤立していることが確実に証明されないかぎり、実験ははじめられない。おれと李技師とで調査プランをつくった」

「そのプランで調査すると、どのくらい時間がかかる？」劉欣がたずねた。「どのくらい追加投資が要る？」

「地質課のいまの余力を考えると、少なくとも一カ月は必要だ」李民生が言った。「予算は細かく計算していないが、ざっと見積もって……どうしても二百万はかかるだろう」

「もう時間がないし、かける金もない」と劉欣。

「じゃあ、省に要求しろ」阿古力が言う。

「石炭産業省に？　省の連中は、このプロジェクトを葬りたがってる。上は結果を求めているから、期間の延長や予算の追加を要求すれば、自分で自分の首を絞めることになる。ぼくの直感では、大きな問題はないはずだ。だったら、些細なリスクくらい無視できるだろう」

「直感？　リスク？　このプロジェクトにそんなものを持ち込むな！」阿古力が血相を変えて言った。「劉博士、この火をどこで使うかわかっているのか？　あんたはそれを些細なリスクと呼ぶのか？」

「もう決めたことだ！」劉欣は手を振って阿古力との議論を打ち切り、ひとり歩み去った。

「李技師、あの狂人をどうして止めない？　あんたはわたしと同じ側の人間だろう！」阿古力は李民生に問いただした。

「おれはただ、自分に求められている役割を果たすだけだ」李民生は冷たく言った。

　谷では三百人あまりがそれぞれの作業を進めていた。物理学者、化学者、地質学者、鉱山技師のほかに、意外な専門家も招集されている。阿古力の率いる十数人の炭層消火隊、河北省の任丘《レンチウ》油田から来た石油掘削チーム二班、それに、地下防火壁を担当する水理工学技師および作業員から成る大所帯のチーム。現場にあるのは、何台もの大型掘削機と山積みのドリルロッド、コンクリートミキサー一台とセメント袋の山、轟音を響かせながら液状セメントを地中に注入している高圧スラリーポンプ、それに、空気と水を送り込むための高圧ポンプ群、蜘蛛の巣のように複雑にからみあう色とりどりのパイプ……。

　二カ月前にはじまった土木工事は、この小さな試験炭層を囲むように、全長二千メートル以上に及ぶセメント防火壁を地下に設置した。本来は水力発電所の建設工事に際して、ダムの基礎の防水に用いる技術だが、劉欣はそれを地下防火壁に転用することを思いついた。高圧で注入された液状セメントは地中でかたまり、地火をはねつける強固な防壁となる。この防火壁に囲まれた区画では、掘削機が百本近い試錐孔《ボアホール》を掘り、それぞれの孔がまっすぐ炭層まで達していた。ボアホール群はたがいにパイプで連結され、そのパイプは三種類の高圧ポンプにつながって、それぞれが水、水蒸気、圧縮空気を注入する。

最後の工程で〝地ネズミ〟が投入された。これは、新開発の自走式燃焼場センサーにつけられた俗称だ。劉欣が設計したこの風変わりなマシンのかたちは、ネズミより砲弾に似ている。長さは二十センチほどで、頭部にドリルがあり、尾部に駆動輪がついている。地ネズミはボアホールに入ると、ドリルと駆動輪で地中を百メートル以上掘り進み、指定された位置に自分で移動する。高温高圧下でも作動するため、炭層が点火されたあとも、地層を貫通できる超低周波信号で、位置及び各種パラメータをメインコンピュータに送ってくる。現在、この炭層にはすでに千個以上の地ネズミが投入されていた。そのうち半数は防火壁の外に配置され、地火が防火壁を突破してこないか監視する役割を果たしている。

劉欣は、大きなテントの中で、スクリーンの前に立っていた。スクリーンには防火圏が表示され、コンピュータは受信した信号をもとに、すべての地ネズミを輝《き》点《てん》で表示している。それらが画面に密集しているところは、まるで星図のようだ。

すべての準備が整った。防火圏中央のボアホールの奥底には、二つの太い点火プラグが設置されている。プラグから延びるケーブルは劉欣のいる大テントに置かれた大きな赤いボタンにつながっている。すべての関係者が持ち場につき、固唾《かたず》を呑んで待ち受けていた。

「考え直したほうがいい、劉博士」阿古力が静かに言った。「恐ろしいことをしようとしている。あんたは地火の怖さを知らない」

「もういい。阿古力、きみは勤務初日から不安と恐怖をまわりに煽《あお》ってきたし、ぼくに関する苦情を本省にまで訴えた。とはいえ、公平に見れば、このプロジェクトに対するきみの貢献ははかりしれない。この一年のきみの働きがなければ、こんなに早くこの実験を行うことはできなかっただろう」

「劉博士……」阿古力は懇願するような口調で言った。「こんなことをする必要はない。地底の悪魔を解き放つな！」

「いまさらやめられると思うかい？」劉欣は笑って首を振り、かたわらに立つ李民生のほうに目を向けた。

「おまえが指示したとおり、すべての地質資料について六度めのチェックをおこない、問題はなかった」李民生はそう言って、画面上の防火圏の外を何カ所か指さし、「危なそうな箇所には、ゆうべ、防火壁をいくつか追加しておいた」

劉欣は点火スイッチの前に歩み寄った。指を赤いボタンの上に置き、すこし間を置いた。祈りを捧げるように目を閉じる。唇が動いていたが、その言葉を聞きとれたのは、いちばん近くにいる李民生だけだった。

「父さん……」

劉欣は赤いボタンを押した。音も光も、いっさいなかった。谷は前のままだった。しかし、地下深くでは、一万ボルトを超える電圧で、点火プラグが雪のように真っ白な高温のアークを放った。大型スクリーン上では、プラグの位置に赤い点が現れた。半紙の上に赤い墨を落としたように、みるみるその赤が広がってゆく。劉欣がマウスを動かすと、画面が切り替わり、コンピュータは地ネズミのデータにもとづいて生成した燃焼場モデルを表示した。それは、どんどん大きくなるタマネギ状の球体だった。タマネギの層のひとつひとつが等温層をあらわしている。高圧ポンプがうなりをあげ、燃焼を促進する空気を炭層に注入する。燃焼場は風船を膨らませるように大きくなった……。一時間後、コンピュータが高圧水のポンプを起動すると、画面上の燃焼場は針を刺した風船のようにかたちを歪めたが、体積そのものは小さくなっていない。

劉欣はテントを出た。すでに太陽は丘の向こうに沈んでいた。暗くなった谷に、各種の機械のうなりがこだまする。三百人あまりのスタッフは、全員、テントの外で、ドラム缶ほどの直径があるノズルヘッドを囲んでいた。劉欣がそちらに歩いていくと、彼らが道を空けてくれた。劉欣はノズルの足もとにある小さな台に歩み寄った。台にはすでに二人の作業員が乗っていた。その片方が、歩いてくる劉欣を見て、開閉バルブを回しはじめた。もうひとりがライターに火をつけ、劉欣に手渡した。バルブが回るにつれ、ノズルからしゅうしゅうと気体の洩れる音が響きはじめた。その音が劇的に大きくなり、ガラガラ声の巨人の咆哮《ほうこう》のように谷全体に轟き渡った。周囲を埋めた三百余の顔が、期待と緊張の入り交じった表情で、小さなライターの炎をじっと見つめている。劉欣はまた目を閉じて、あの言葉を心に念じた。

「父さん……」

そして、ライターの火をノズルの噴出口に近づけ、人類初の石炭ガス井《せい》に点火した。

ボンという音とともに、巨大な火柱が空に向かって立ち昇り、たちまち十数メートルの高さに達した。火柱はノズルの噴き出し口では澄んだ青だが、上に行くにつれてまばゆい黄色に変わり、そこから次第に赤くなってゆく。火柱は空中で低く力強い音をたてている。離れたところにいる人々にも、その猛烈な熱が感じられた。山々はその光に明るく照らされ、遠くから見れば、黄土高原の上空にまばゆいランタンが出現したかのようだった。

群衆の中から、白髪の人物——鉱山局長が進み出てきた。劉欣の手を握り、「頭のかたいこのロートルからの祝福を受けてくれ。きみは成功した！　だが、それでもやはり、できるだけ早く消してほしい」

「これでもまだ、信じてくれないんですか？　消しはしませんよ。ずっと燃やしつづけて、この国全体、いや全世界に見せるんです！」

「全世界がもう見た」局長はうしろにひしめくテレビ局のカメラを指さした。「知ってのとおり、試験炭層と周囲の大炭層との距離は、いちばん近いところでは二百メートルもない」

「しかし、その危険な位置には、三層の防火壁を設置し、さらに高速掘削機が何台かスタンバイしています。問題は起きませんよ！」

「わからん。ただ、不安なだけだ。きみたちは国のエンジニアだから、わたしに口をはさむ権限はない。しかし、新しい技術には、たとえ成功したように見えても、つねに潜在的危険がある。この数十年、そういう危険を少なからず見てきた。そのおかげで頭がかたくなってしまったのかもしれんが、ほんとうに心配なんだよ……しかし」局長はふたたび劉欣に握手を求めた。「それでもやはり、きみには感謝している。石炭産業の未来に対する希望を、この老人に見せてくれた」火柱をしばらく見つめてから、局長は言った。「お父さんも喜んでいるだろう」

それから二日で、さらに二つのノズルに点火され、火柱は三本になった。このとき、試験炭層の産出量は、標準給気圧に換算して、毎時五十万立方メートルに達した。これは、火力発電用の大型石炭ガス化炉百基分以上に相当する。

地下炭層燃焼場は、すべてコンピュータで管理されているが、その面積は防火圏の総面積の三分の二を超えないようにコントロールされ、境界は安定していた。炭鉱の求めに応じて、燃焼場の調節試験が何度も行われた。劉欣はコンピュータ画面上でマウスを使って燃焼場を囲む円を描き、その後、マウスをクリックして円を縮小した。外の高圧ポンプの音が変わった。いまから一時間後には、実際の燃焼場が、縮小された範囲内にまで後退するはずだ。同時に、大炭層との距離が近い危険な箇所には、幅二百メートル以上の防火壁を二枚追加した。

劉欣がやるべきことはほとんどなかったので、取材対応と対外折衝に多くの時間を費やした。デュポンやエクソンなどの世界的巨人をはじめ、国内外の多くの大企業が次々にやってきて、このプロジェクトに巨額の投資を申し入れ、共同開発の意向を示した。

三日め、炭層消火隊の隊員がひとり、劉欣に面会にやってきて、隊長が疲労で倒れかけていると告げた。隊員いわく、この二日間、阿古力《アグリ》は消火隊を率いて、狂ったように演習をくりかえしている。さらに、国立衛星リモートセンシング・センターの人工衛星を借りて、この地域の地表温度を監視している。夜は防火圏の外をひと晩かけて見てまわり、もう三日も眠っていないらしい。

劉欣は本人と対面した。たくましかった体はずいぶん痩せ細り、眼が充血している。

「眠れないんだよ」と阿古力は言った。「目を閉じると悪夢を見る。あちこちで火柱が上がり、火の森のようになって……」

「監視衛星を借りるのは大きな出費だ」と劉欣はおだやかに言った。「そんなことが必要だとは思わないが、もう済んだことだし、判断は尊重する。阿古力、いずれまた、力を借りるときが来る。きみの炭層消火隊がやるべきことはそう多くないだろうが、もっと安全な場所にも、消防隊は必要になる。きみは疲れている。いったん北京に戻って、二、三日、休養したらどうだ」

「いまここを離れるって？　莫迦な！」

「地火の上で育ったから、ぬきがたい恐怖心があるんだろう。いまはまだ、新疆炭鉱のように大きな炭層火災をコントロールすることはできないが、すぐ可能になる。新疆に最初の商用石炭ガス田をつくるつもりだ。そうなれば、あの地火もコントロールできるようになり、きみの故郷も美しいぶどう園に変わる」

「劉博士、おれはあんたを尊敬している。だからこうして、あんたの下で働いている。しかし、あんたはいつも自分を高く評価しすぎだ。地火にとってみれば、あんたなんか、ただの子どもに過ぎない！」阿古力はそう言って苦い笑みを浮かべ、首を振りながら去った。

＊　＊　＊

災厄は五日目に襲ってきた。夜が明けたばかりの時刻、劉欣《リウ・シン》はだれかに揺り起こされた。目の前に阿古力《アグリ》が立っていた。息が上がり、目がすわって、熱病にでもかかったような顔だった。ズボンの裾が露に濡れている。彼は、レーザープリンタで出力した写真を劉欣の目の前につきつけた。あまりに近すぎて、視界がふさがれた。それは、衛星から送信されてきた赤外線写真だったが、鮮やかな抽象画のようで、劉欣には判読できなかった。劉欣はとまどって彼を見た。

「行くぞ！」阿古力は大声で言うと、劉欣の手をひっぱってテントを出た。

劉欣は阿古力のあとについて北斜面を登りながら、ますます困惑を深めていた。第一に、いま向かっているのはもっとも安全な方角だ。こちらの方角では、大炭層から千メートル以上も離れている。第二に、阿古力は丘の山頂近くを登っているが、ここからだと防火圏ははるか下にある。こんな場所に、いったいどんな異常が起こりうるのか。丘のてっぺんまでたどりついて、劉欣はあえぎながらそう質問したが、阿古力はさらに遠いところを指さした。劉欣は胸を撫で下ろし、阿古力の神経過敏ぶりに笑い声をあげた。災厄なんか起こってないじゃないか。

炭鉱は、阿古力が指さしている場所のすぐ先にある。その山と、ふたりがいま頂に立っている丘とのあいだは、ふもとの草地へとつづくなだらかな斜面になっていた。阿古力の指先はそこを指していた。

炭鉱も草地も、この距離からではいたってのどかに見えたが、しばらくじっと眺めているうちに、劉欣は、斜面の草地に妙なところがあることに気づいた。よく見ないとわからないくらいだが、草の緑が周囲とくらべてやや濃くなっている円形の一画がある。劉欣は心臓をぎゅっと鷲摑みにされたような気分になった。彼は、阿古力とともに、その緑濃い円に向かって斜面を駆け下りた。

たどりつくと、劉欣は草地にひざをつき、円の内側の草を仔細に観察した。外側の草とくらべると、熱湯をかけられたみたいに萎《しお》れて、地面にぺたりと張りついている。草の上から手を押しつけてみると、明らかに地下の熱を感じた。そして、昇ってきた朝陽の光を浴びて、円の中心に、ひとすじの湯気がゆらゆらと立ち昇るのが見えた……。

午前中いっぱいかけて緊急掘削し、さらに地ネズミ千機以上を投入して、悪夢のような事実がついに判明した。大炭層に火がついたのである。燃焼の範囲はもはや確定できない。地ネズミが地下を進む速度は毎時十数メートルに過ぎず、大炭層は試験炭層よりもずっと深いところにある。その熱が地表に達したということは、すでに長時間にわたって燃焼がつづいていて、火災範囲がとてつもなく広いことを意味する。

不可解な事態だった。燃えている大炭層と試験炭層のあいだには千メートルの土壌と岩石帯があるが、そちらにはなんの異状もない。地火は、この千メートルの隔離帯をはさんで、両端で燃えている。大炭層の火災は、試験炭層と関係がないのではないかという説まで出た。しかし、それは自己欺瞞でしかなく、その仮説を唱えた当人さえ、本気で信じているわけではなかった。調査を進めるうち、夜になってようやく事情が明らかになった。試験炭層から外に向かって、幅のせまい石炭の帯が八本延びていた。もっともせまいところでは幅が半メートルしかなく、探知は困難だった。

八本のうち五本は、防火壁に遮断されていたが、三本は地下深く潜り、ぎりぎりのところで防火壁の底をくぐり抜けていた。この三本の〝蛇〟のうち、二本は途中で切れていたが、最後の一本が、千メートル離れた大炭層まで通じていた。これらの帯は、実際は、もともと石炭でいっぱいだった地層に生じたひび割れで、その亀裂が地表にまで達しているため、燃焼に好都合な酸素の供給源になっていた。つまり、この石炭の帯が、試験炭層と大炭層をつなぐ一本の導火線の役割を果たしたのである。

三本の帯は、李民生の資料には記載されていなかった。実際、こんな幅のせまい石炭帯はきわめて珍しい。母なる大自然が仕掛けた残酷なジョークだった。

「どうしようもなかったんだ。子どもが尿毒症をわずらって、透析をつづけなきゃいけない。このプロジェクトの報奨金が、のどから手が出るほどほしかった。だから、全力でおまえを阻止しようとはしなかった……」李民生《リ・ミンシェン》は蒼白な顔でそう言って、劉欣から目をそらした。

翌日の早朝、劉欣と李民生と阿古力の三人は、二つの地火にはさまれた丘のてっぺんに立っていた。鉱山と峰のあいだに広がる草地はすべて深い緑色に変わり、きのう見た円は焦げた黄色になっていた。ふもとには湯気がたちこめ、炭鉱はぼんやりかすんでいる。

阿古力が劉欣に言った。「新疆の炭層消火隊と大型設備が専用機で太原《たいげん》（山西省の省都）に着いた。もうすぐここに来る。全国各地のチームもここに向かっている。現状、地火は急速に広がりつつある」

劉欣は阿古力を見やった。長い沈黙のあと、ようやく低い声でたずねた。「抑えられるか？」

阿古力は首を振った。

「教えてくれ。どのくらい希望がある？　もし酸素を遮断できたら、それとも注水して消火できたら……」

阿古力はまた首を振った。「おれはこの仕事をずっとつづけているが、それでも地火はおれの故郷を焼き尽くした。前に言ったとおり、地火の前では、あんたは子どもにすぎない。地火がなんなのかさえわかっていない。あの深い地下の火は、毒蛇よりつかみどころがなく、幽霊よりも底知れない。あれがどこに行こうが、人間には阻《はば》めない。おれたちの足の下には、膨大な量の質の高い無煙炭が眠っている。悪魔が一億年も前から渇望してきたものだ。あんたはいま、その悪魔を解き放ち、無尽蔵のエネルギーと力を与えてしまった。ここの地火は、新疆の百倍になる！」

劉欣はこのウイグル族の肩をつかみ、やけになって揺さぶった。「どれだけ希望がある？　ほんとうのことを言ってくれ！」

「ゼロだ」阿古力はのろのろと首を振って言った。「劉博士、今生では罪を償えない」

＊　＊　＊

局舎で緊急会議が開かれた。鉱山局の幹部と五つの炭鉱の鉱長が参加したほか、市長をはじめ市政府の主立った役人たちの一団も不安な面持ちで席に着いた。会議では、まず緊急対策本部が設置され、局長が総指揮を担当し、劉欣《リウ・シン》と李民生《リ・ミンシェン》は司令部のメンバーになった。

「李技師とともにベストを尽くすつもりです。しかし、申し上げておきますが、われわれは現在、犯罪者の立場です」と言って、劉欣は、離れた席に顔を伏せて座っている李民生を見やった。

「いまはまだ責任を追及するときではない」局長は劉欣を見て言った。「行動しろ、余計なことは考えるな。いまのがだれの言葉かわかるか？　きみの父親だ。かつて、彼の班の技師だったとき、わたしはノルマを達成するため、彼の警告も聞かず、むやみに採掘範囲を拡大し、その結果、切羽《きりは》に大量浸水を招いた。班の二十数人は水に囲まれ、坑道の一画に閉じ込められた。全員のヘッドランプが消えて、あたりは真っ暗だったが、ライターを灯す者はなかった。ひとつにはガス爆発の恐怖のため。もうひとつは酸素を消費するからだ。浸水によって空気の出入りが完全に遮断されていた。顔の前に手を出しても、五本の指も見えないような暗闇だった。そのとき、きみの父親が言った。たしか、この上に坑道が通っているはずだ、たぶん、この天井はそんなに厚くないだろう、と。それから、つるはしで天井を掘る音が聞こえてきた。ほかの人間も手探りでつるはしを手にとってそれにつづき、闇の中で掘りはじめた。酸素濃度がだんだん下がって、呼吸が苦しくなり、頭がくらくらしてきた。それよりなにより、あの暗闇がこたえた。地上の人間には想像もできない、絶対の闇。光と言えば、天井につるはしがぶつかるときに散る火花だけだった。生きつづけること自体がまさに拷問だったが、きみの父親が支えになってくれた。彼は暗闇の中、何度も何度もあの言葉をくりかえした。『行動しろ、余計なことは考えるな』と。どれだけ掘りつづけたかわからない。窒息して気を失いかけたそのとき、天井の一部が崩落し、頭上から防爆灯の光が射した……。のちにきみの父親から聞いた話では、天井がどれだけ分厚いか、まったく知らなかったそうだ。だが、あのときのわれわれに、やれることはほかになかった。『行動しろ、余計なことは考えるな』。この言葉は、それ以降の長い歳月のあいだに、ますます深く脳裡に刻まれた。いま、その言葉を、お父さんにかわってわたしがきみに伝えよう」

　全国各地から駆けつけた専門家が会議の席で意見を出し、消火計画を策定した。選択できる手段は多くない。三つだけだ。一、地下火災の酸素供給を断つ。二、液状セメントを注入してカーテングラウトをつくり、火災の進路を遮断する。三、地下火災に大量の水を注ぐ。この三つの対策を同時に進めたが、第一の方法は実行困難であることが早々に判明した。地下に酸素を供給しているルートがわからないし、見つかったとしても密閉するのがむずかしい。第二の方法は、炭層の深度がもっと浅く、延焼スピードが遅い場合には有効だが、いまの火勢の速さには追いつけない。もっとも有望なのは第三の消火方法だということになる。

　火災の情報はまだ公表されていなかったため、消火はひっそりと進められた。任丘油田から緊急に調達した高出力掘削機が、人々の好奇の目にさらされながら、炭鉱街の道路を通過した。山々に軍が入り、ヘリコプターが空を旋回した……。不安が雲のように炭鉱に垂れ込め、さまざまな噂が野火のように広がりはじめた。

　大型掘削機が地下火災の行く手をさえぎるように一列に並んだ。ボーリングが完了すると、熱い煙を噴き上げるボアホールに、百台あまりの高圧ポンプから注水がはじまった。水量は莫大で、炭鉱も市街もすべて断水になり、住民の不安と騒動がまた大きくなった。しかし、その甲斐あって、当初の結果は有望だった。対策本部の大型スクリーン上では、赤く示された火災の延焼方向に、いくつも黒い円が現れた。各ボアホールを中心に広がっていく円は、注水によって地中の温度が急速に下がっていることを示していた。この円が一列につながれば、火勢を遮断する希望が持てる。

　しかし、わずかに明るい状況もそれほど長くはつづかなかった。掘削櫓《リグ》のそばにいる劉欣のもとに、油田掘削チームの隊長がやってきた。

「劉博士、もうこれ以上はボーリングできない！」隊長は、掘削機と高圧ポンプの轟音に負けじと声を張り上げて怒鳴った。

「とんでもない。注水孔をもっと増やさなければ」

「だめだ！　孔内圧力が急激に上昇している。これ以上掘削すれば、噴出が起きる！」

「莫迦な！　ここは油田じゃない。地下に高圧ガス層はない。なにが噴出する？」

「あんたになにがわかる？　とにかく、うちは掘削をやめて撤退する！」

劉欣は怒りにまかせて、隊長の油で汚れた襟をつかんだ。「だめだ！　掘れ、命令だ！　噴出などありえない！　わかるか？　ぜったいにない！」

劉欣がまだ怒鳴っているうちに、掘削櫓のほうから爆発音が轟いた。ふりかえると、重いシール材が二つに割れて吹き飛び、黄色がかった黒い水柱が、ばらばらになったドリルパイプの破片とともに空中に噴き出した。まわりから叫び声があがる。水柱に含まれる土砂の量が減って、しだいに色が薄くなってきたかと思うと、今度はそれが真っ白に変わった。地下に注入されていた水が地火に熱せられ、高圧蒸気になったのだ。櫓のてっぺんでは、荒れ狂う蒸気に噴き上げられてゆっくりと回転する掘削作業員の体が見えた。作業台の上にいた他の三人の技師はあとかたもなく姿を消していた。

次に演じられたのは、さらに恐ろしい一幕だった。白い巨竜の頭が空中をゆっくりと上昇し、掘削櫓よりも高くなった。まるで空に浮かぶ白髪の悪魔のようだった。

その悪魔とガス井の噴出口とのあいだには、櫓の残骸のほか、なにもなかった。しゅうしゅうという不気味な音が響いているだけ。もう噴出が止まったと思ったのか、若い作業員が何人か、おそるおそるそちらに近づいていく。劉欣はそのうちの二人をあわててつかまえて、大声で叫んだ。「行くな！　死ぬぞ！　過熱蒸気だ！」

その場にいた技師たちには、この奇妙な光景の意味をすぐに理解したが、一般の作業員はなかなか状況を呑み込めずにいた。常識に反して、水蒸気は目に見えない。目に見える白い湯気は、水蒸気が空気中で冷えたときにできる微小な水滴だ。高温高圧下では、水蒸気は、摂氏四百度から五百度に達する恐るべき過熱蒸気となる。すぐに冷えるはずもなく、いまは、掘削櫓より高いところでしか白くならない。このような蒸気は、通常、火力発電所の高圧ボイラーの中にしか存在しないが、ひとたびパイプから噴出すると（その種の事故は何度も発生している）短時間で壁を貫通するほどの威力がある。

いま、驚いて見守る人々の前で、ついさっきまで濡れていた掘削櫓が、見えない過熱蒸気によってみるみる乾き、空中にぶら下がっていた太いゴムホースが蠟燭《ろうそく》のように溶けはじめた。この悪魔の蒸気が鉄製の櫓にぶつかり、身の毛のよだつ音をたてる。

地下注水は不可能になった。たとえ注水できたとしても、地下火災に対する消火効果より、水の燃焼促進効果のほうが高い。

　緊急対策本部の全メンバーは、地火の前線からもっとも近い第三炭鉱4号坑の前に集まっていた。

「火災はすでにこの炭鉱の採掘区域に迫っている」と阿古力は言った。「そこまで到達したら、坑道は地火にとって強力な酸素供給源になり、火勢は数倍にふくれあがるだろう……。これが現在の状況だ」そこで口をつぐむと、炭鉱における最大の禁忌に触れることをためらうかのように、落ち着かない表情で局長と鉱長たちを見やった。

「で、坑道の現状は？」局長は落ち着いた口調でたずねた。

「八つの坑道で、通常どおりの採炭と掘削が行われています。主に、動揺が広がらないようにするために」と、鉱長のひとりが答えた。

「作業はすべて中止。坑内の人員は全員退去させろ。しかるのちに……」局長は言いよどみ、二、三秒、沈黙した。

　その二、三秒が、全員にとって、とてつもなく長く感じられた。

「……閉山する」ついに局長は、炭鉱労働者にとってもっともつらい言葉を口にした。

「いや、だめだ！」李民生が叫んだ。そのあと、自分が理由を考えていないことに気づいたように言った。「閉山……閉山なんて……大混乱になる。それに……」

「もういい」局長は軽く手を振った。その目がすべてを物語っていた。おまえの気持ちはわかる。おれも同じだ。みんな同じだ。

李民生は頭を抱えてしゃがみこんだ。肩が震えていたが、声をあげて泣くことはできなかった。炭鉱の責任者と技師たちは4号坑の前に黙って立ちつくしていた。その広い入口は、巨大なひとつ眼のように彼らを見ている。二十数年前、少年時代の劉欣を見ていたように。

全員が、齢《よわい》百年に及ぶこの老いた炭鉱を悼んでいた。

どれだけ時間が経ったか、鉱山局の技師長が低い声で沈黙を破った。「坑内の設備はできるだけ搬出しよう」

「それに」鉱長が言った。「爆破チームを組織しないと」

局長はうなずいた。「時間がない。そうしてくれ。わたしは国に連絡する」

「工兵を使えないか？　炭鉱労働者で爆破チームを編成するのは……おそらく問題があるだろう」鉱山局の党委員書記が言った。

「それは考えたが」鉱長が言う。「現在到着しているのは一個小隊だけだ。ひとつの坑道を爆破するだけでも人員が足りない。さらに言えば、彼らには炭鉱の爆破作業の経験がない」

＊　＊　＊

地火からの距離がもっとも近い4号坑が最初に操業を停止した。電動トロッコに乗り込んだ鉱夫たちが次々に坑口《こうぐち》に出てくると、百人以上から成る爆破チームが、ドリルパイプの山のまわりで待機していた。鉱夫たちは、なにをしているのかと彼らにたずねたが、爆破チーム自身、自分たちがなにをする予定なのか知らなかった。掘削機のそばに集まれという命令を受けただけだという。ふいに、全員の注意が一方に向いた。車列がやってくる。先頭の車両は銃を携えた武装警官でいっぱいだった。警官たちは車から飛び降りると、後続車両のために場所を確保した。あとからやってきた十一台のトラックが停車すると、防水シートがすばやく剝がされて、きちんと並んだ黄色い木箱《クレート》が現れた。鉱夫たちはそれを見て顔色を変えた。それがなんなのか知っていたからだ。

クレートひとつに二十四キロの硝酸アンモニウム油剤《ANFO》爆薬が収められ、トラック十台分の量を合計すると五十トンに及ぶ。最後尾の小型トラックは、爆薬を縛るのに使う竹紐と、黒いビニール袋を満載していた。袋の中に雷管が入っていることを鉱夫たちは知っていた。

劉欣《リウ・シン》と李民生《リ・ミンシエン》はトラックの運転席から飛び降りて、任命されたばかりの爆破チーム隊長を見やった。縮れた頬髯を生やした筋肉質の男で、筒のように巻いた図面を持ってこちらにやってくる。

「李技師、おれたちになにをやらせる気だ？」隊長は図面を広げながらたずねた。

李民生はかすかに震える指で図面をさした。「三本の発破帯は、それぞれ全長三十五メートル。具体的な位置は下の図面に書いてある。発破孔の直径は百五十ミリと七十五ミリで、それぞれ、二十八キロと十四キロの爆薬を詰める。密度は……」

「なにをやらせる気かと聞いてるんだ」

隊長の苛烈な視線に見すえられ、李民生は声もなく目を伏せた。

隊長が部下たちをふりかえって怒鳴った。「兄弟、こいつらはおれたちに坑道を爆破させる気だ！」ざわめきが沸き起こり、鉱夫たちがじりじりとこちらに迫ってきた。武装警官が半円形に整列して壁をつくり、彼らをトラックに近づけまいとする。しかし、黒い人間の波を受けとめきれず、防衛線が歪み、突破されそうになった。なにもかも、沈鬱な空気の中で進行し、聞こえるのは地面をこする足音と銃の撃鉄を起こす音だけだった。だが、最後の瞬間、群衆は動きをとめた。局長と鉱長がトラックのステップに姿を現したからだ。

「おれは十五の歳からこの炭鉱で生きてきた。それを壊すのか？」ひとりの老鉱夫が怒鳴った。顔が黒い炭塵にびっしり覆われていても、ナイフで刻んだようなしわははっきり見てとれた。

「閉山したら、どうやって暮らす？」

「なんのために爆破する？」

「炭鉱暮らしはいまでもきついのに、まだ痛めつけるのか？」

　群衆の怒りが爆発した。怒声の波が一段また一段と高くなる。炭塵で黒くなった顔の海に、白い歯が閃く。局長は黙ったまま冷静にタイミングをはかり、群衆の怒りの声がコントロールの利かない騒乱になる寸前、おもむろに口を開いた。

「あれを見ろ」と言って、局長は坑口《こうぐち》のそばにある丘を指さした。その声は大きくはなかったが、怒声の波はすぐに静まり、その場にいた全員がそちらに目を向けた。

　丘のてっぺんに、一本の石炭の柱が立っていた。高さは二メートルほどで、表面はでこぼこだった。炭塵に覆われた石造りの手すりがそのまわりを囲んでいる。

「みんなあれを老炭柱と呼んでいるが、あれが建ったときは柱じゃなかったのを知っているか？　真四角の大きな石炭の塊だった。百年前、清朝の張之洞《ちょうしどう》総督が、開山式典の際に建てたものだ。百年のあいだの風雨で柱になってしまったが、その百年で、われわれの炭《ヤ》鉱《マ》がどれだけの大災害に耐えてきたか、だれか覚えているか？　この歳月は短くないぞ、同志諸君。四世代か、五世代だ！　その百年のあいだに、われわれがほかになにひとつ学ばず、なにひとつ覚えていなかったとしても、これだけは覚えておかねばならない」

局長は、黒い人海に向かって手を振った。

「空は落ちない！」（「どんな災厄があってもこの世の終わりではない（なんとかなる）」との含意がある）

群衆は凍りついたように動かなくなった。呼吸さえ止まったかのようだった。

「中国のあらゆる産業労働者、あらゆるプロレタリアートの中で、われわれより長い歴史を持つ者はいない。われわれより多くの風雨と災厄に耐えてきた者もいない。だが、炭鉱労働者の上に空が落ちてきたか？　否！　われわれ全員がいまここにこうして立ち、あの老炭柱を見ていることがなによりの証拠だ。われわれの空は落ちない。過去に空は落ちなかった。将来も、空が落ちてくることはない！

困難？　そんなものはまるで珍しくない。同志諸君、われわれ炭鉱労働者が楽に暮らせたことがいつあった？　ご先祖さまの代から数えても、いつ楽に暮らせた日があった？　指折り数えて、よく考えてみろ。この中国とそれ以外の全世界に、いったい何種類の産業があり、何種類の労働者がいる？　そしてその中に、われわれより大きな困難を強いられている産業がひとつでもあるか？　ない。そんなものはひとつもない。困難のなにが珍しい？　困難がないほうが不思議だ。なぜならわれわれは、天を戴いて立つだけではなく、地をも支えて立つからだ！　もし困難を恐れていたら、とうのむかしに死に絶えていただろう。

　だが、社会と科学は進歩している。多くの才能ある人々が、われわれのために新たな方法を考えてくれている。いま、われわれはひとつの解決策を手にした。この暮らしを一変させる希望ができた。暗い坑道を出て、太陽の下、青空の下で、石炭が採れるようになる！　炭鉱労働者が人もうらやむ仕事になる！　この希望は、まだ生まれたばかりだ。信じられないというなら、南の谷に行って、あの大きな火柱を見るがいい！　だが、まさにそのための努力が、この災厄を引き起こした。それについては、のちほど詳しく説明しよう。いま、われわれが知らねばならないのは、これが炭鉱労働者にとって、最後の困難かもしれないということだ。美しい明日のために代価を払う必要があるというなら、われわれは一団となってそれに立ち向かおう。先人が何代にもわたってそうしてきたように。今度もまた、空は落ちなかった！」

　群衆が無言で解散したあと、劉欣は局長に向かって言った。「あなたと父さん、二人と出会うことができて、死んでも悔いはありません」

「行動しろ、余計なことは考えるな」局長は劉欣の肩を叩き、その体を引き寄せて抱擁した。

＊　＊　＊

４号坑の爆破作業がはじまった翌日、劉欣《リウ・シン》と李民生《リ・ミンシェン》は肩を並べて主坑道を歩いていた。足音がうつろにこだまする。第一発破帯を通過するとき、薄暗い照明のもと、高い天井に発破孔がいくつも穿たれているのが見えた。起爆用の発破線が色とりどりの滝のように垂れ下がり、床の上でとぐろを巻いている。

「むかしは炭鉱が嫌いだった」李民生が言った。「自分の青春を呑み込む炭鉱を憎んでいた。でも、いまはもうわかったよ。おれと炭鉱は、ひとつになっている。憎もうが愛そうが、炭鉱はおれの青春だった」

「自分たちを責めることはないさ」劉欣は言った。「結局ぼくらも、なにがしかのことは成し遂げたんだから。英雄になれないまでも、戦って斃《たお》れた」

二人は、自分たちが死について話していることに気づいて黙り込んだ。

そのとき、阿古力《アグリ》が後方から息せき切って走ってきた。「李技師、あれを見ろ！」彼は坑道の天井を指さした。それは太い帆布製のパイプで、下に通じる通風管だった。いまはしぼんでいる。

「しまった。通風はいつ止まった？」李民生は色を失っていた。

「もう二時間になる」

李民生がトランシーバーに向かって怒鳴り、すぐに通気課の課長と二名の技師が駆けつけた。

「換気を再開する手段はないよ、李技師。下の設備はなにもかもぜんぶ――通風設備、送風機、モーター、防爆スイッチ、風管に至るまで――とりはずして運び出した」と通風課長が説明した。

「莫迦か！　だれがはずせと言った？　死にたいのか？　クソが！」李民生はふだんの態度をかなぐり捨て、大声で罵った。

「李技師、言葉に気をつけてくれ。だれがはずせと言ったかって？　坑道を封鎖する前に、できるかぎり多くの設備を運び出すように、局長がはっきり命じた。みんな、その会議に出ていたじゃないか。この二日間、徹夜で働いて運び出した設備の価値は、もう百万元以上になる。なのに、そのわれわれを罵倒するのか？　そもそも、どうせ閉めるんだろう。換気してなんの意味がある？」

李民生はため息をついた。いままでずっと真相を公表せずにいたため、こんな問題が起こったのだ。

「なぜだ？」通気課が帰ったあと、劉欣は聞いた。「送風は止めるべきじゃないのか？そうしたほうが、地下に届く酸素の量を減らせるだろう」

「劉博士、まったくあんたって人は、理論には強いが、実践はからきしだな。現実を前にすると、五里霧中もいいところだ。李技師の言うとおり、夢ばかり見ている！」と阿古力が言った。地火が発生して以降、劉欣に対してますます遠慮がなくなっている。

　李民生が説明した。「この炭鉱はガスの発生率が高いんだ。換気がストップすれば、すぐにメタンガスが坑道の下に溜まりはじめる。地火がそこまで到達したら、大爆発する可能性がある。その威力で坑口の封鎖が吹き飛ばされるかもしれない。すくなくとも、酸素の新たな供給ルートができるのは確実だ。こうなったら、発破帯をもうひとつ増やすしかない！」

「しかし、李技師、上の二つの発破帯は、まだ半分しか作業が終わってないし、三つめはまだ作業をはじめてもいない。なのに、地火は南採掘区に近づいている。予定している三つの発破帯の作業を終える時間もないかもしれない」

「実は……」劉欣はおそるおそる切り出した。「ひとつ思いついたことがある。うまくいくかどうかわからないが」

「はっ！　これは珍しい。史上はじめてじゃないかな」阿古力が冷笑するように言った。

「あの劉博士が、こんなに自信のない発言をするとは。博士でも、決断する前に他人の意見を聞くことがあるんだな」

「ぼくが言いたいのは、この最深部の発破帯はすでに作業が終わっているということだ。この一本をまず爆破することはできないか？　そうしたら、坑道の底で爆発が起こっても、すくなくともひとつは障壁がある」

「それがうまくいくなら、もうやっている」李民生が言った。「爆破の規模が大きいから、発破をかけたあとの坑内に有毒ガスと粉塵が長時間充満して、その後の作業が不可能になる」

　地火の進行速度は予想よりも速かった。作業班は、爆薬の設置を終えた二本の発破帯だけを起爆すると決定し、できるだけ早く全作業員を退避させるように指示した。すでに日没が近かった。坑口に近い生産棟でスタッフ全員が図面を囲んで立ち、分岐トンネルを使って最短距離で発破線を引く方法を検討していたとき、ふいに李民生が言った。「なにか聞こえる」

　こもったような低い響きが地下から伝わってきた。大地がげっぷをしたような音。数秒後、また同じ音が響いた。

「メタンガス爆発だ。地火が採掘区に達した！」阿古力がこわばった口調で言った。

「まだ少し距離があるはずじゃなかったのか？」

劉欣の問いに答える声はなかった。地ネズミを使い切ってしまったから、いまある手段では、地火の位置と進行速度を正確に測ることはむずかしい。

「退避！」

李民生はトランシーバーをひっつかんだが、どんなに叫んでも、返事はなかった。

「上がってくる前、張《ジャン》隊長は作業中にぶつけて壊してしまわないようにと言って、トランシーバーを発破線のところに置いていきました」爆破班のクルーのひとりが言った。「下じゃ、鑿岩機《さくがんき》を何十台も同時に使っているから、その音がうるさすぎて声は聞こえません」

李民生はヘルメットも持たずに生産棟を飛び出すと、トロッコを呼んで、最大速度で坑道へと降りていった。追いかけて外に出た劉欣は、トロッコが坑口に消える寸前、李民生が手を振るところを見た。その顔には笑みが浮かんでいた。李民生の笑顔を見るのはずいぶんひさしぶりだった。

大地がさらに二、三度げっぷを洩らし、それから沈黙が降りた。

「いまの一連の爆発で、坑内のメタンガスはもう尽きたのかな？」劉欣はそばにいた技師にたずねた。相手は驚いたように彼を見返した。

「尽きた？　冗談でしょう。炭鉱からもっとメタンガスが放出されるだけですよ」

その言葉と同時に、足もとの地球そのものが爆発したようなすさまじい轟音が響きわたり、坑口がたちまち赤い炎に包まれた。爆風が劉欣の体を宙高く投げ上げ、まわりの世界が狂ったように回転した。ばらばらの石片や枕木がいっしょに宙を舞い、果物の種をぺっと吐き出すように、火炎の中からトロッコが飛び出してきた。

劉欣の体は地面に叩きつけられた。砕けた石が雨あられと降り注ぐ。そのひとつひとつが血にまみれているような気がした。鈍い響きがさらに何度か聞こえた。坑内で爆薬が爆発した音だった。意識を失う前、劉欣は坑口の炎が消え、かわりに濃い煙の雲が湧き上がるのを見た……。

* * *

一年後。

劉欣《リウ・シン》は地獄さながらの場所を歩いていた。空に黒い煙がたちこめ、太陽はかろうじてそれとわかる赤い円盤に過ぎない。塵の摩擦によって生じる静電気で、ときどき煙の中に稲妻が閃き、その青い光を浴びて、地火の上の炭鉱が浮かび上がり、その光景が劉欣の脳裡に焼きついた。山のあちこちに散らばる坑口から煙が立ち昇っている。煙の下のほうは地火に照らされて獰猛な暗赤色に輝き、上に行くにつれて黒くなり、天地のあいだでくねる蛇の怪物のように見える。

　道路は焼けつくように熱く、アスファルトは溶け、一歩ごとに靴底が剥がれそうになる。むっとする空気には硫黄のにおいが充満し、ときおり雪のような灰が落ちてきて、あたり一面に白く降り積もる。道路は防塵マスクをつけた避難民やその車であふれていた。完全武装の兵士が交通を整理して道路の秩序を保ち、煙の中を飛ぶヘリコプターが、落ち着いて行動するようにとスピーカーで避難民に呼びかけている……。分散移住は冬にはじまり、一年で終わる計画だったが、地火の勢いがとつぜん激しくなり、急遽予定が前倒しになった。なにもかも、混乱に支配されていた。裁判所も、劉欣の被告人質問をくりかえし延期している。けさにいたっては、拘置室から見張りがだれもいなくなったため、劉欣はふらりとひとりで出てきたのだった。

　舗装道路以外の地面は乾燥してひび割れ、その亀裂に灰が厚く積もり、靴底で踏むと、もうもうと舞い上がる。池からは湯気が立ち昇り、黒い水面に魚と蛙の死骸が浮いていた。いまは真夏だが、地上の草はすべて枯れ、灰の中に埋もれて、一点の緑もない。樹木もすべて枯れて、中には、木炭と化した枝を奇怪なＹ字の腕のように薄暗い空に向かって伸ばし、煙を上げている木立ちもある。すべての建物は人間が退去してもぬけの殻だった。いくつかの窓から、濃い煙が上がっている。地火の熱に追い立てられたネズミが巣穴からぞろぞろ出てきて、驚くべき大群となって道路を横断していく。

山の懐深く入り込むにつれて、地火の熱はいよいよ激しくなり、足首のあたりから上昇してくる。空気はさらにねっとりして粉塵の密度が高くなり、マスクをつけていても呼吸が苦しい。地火の熱は均等ではないため、劉欣は本能的に灼熱の地面を避けながら歩いていたが、通れるルートはだんだん少なくなってきた。熱がとびぬけて高いところでは、建物が炎に包まれていた。火の海の中で、ときおりビルが倒壊する轟音が響きわたる……。

劉欣は坑口までたどりつき、立坑のひとつの前を通りすぎた。立坑は、もはや地火の煙突になっている。高い鉄塔は地火の高温で赤熱し、肌が粟立つようなかん高いノイズを発していた。劉欣は、そのすさまじい熱源を迂回せざるを得なかった。

選炭棟は濃い煙に呑まれ、そのうしろに並んでいた石炭の山はもう何日も燃えつづけ、ひとつに溶け合って赤く輝く巨大なかたまりになり、そのあちこちから火の手が上がっている……。

ここにはもうだれもいない。熱で靴底が焼け、流れた汗が蒸発して体がからからに乾く。呼吸は苦しく、体はショック状態の一歩手前だったが、意識ははっきりしていた。かろうじて残った生命力で、最後のゴールに向かって歩く。坑口から噴き出す地下の赤い輝きが劉欣を招いている。なんとかたどりついた。劉欣は笑みを浮かべた。

劉欣は、坑口の向かいにある生産棟のほうに歩き出した。最上階の窓から煙が出ているものの、建物自体はさいわいまだ炎上していない。ドアが開いたままになっている正面玄関を抜けて通路を歩き、広い更衣室に足を踏み入れた。窓の外から地火に照らされ、並んだロッカーも含めて、部屋全体が赤く染まっている。劉欣は番号をたしかめながらロッカーの列の前を歩き、ほどなく探していた番号を見つけ出した。このロッカーには、子どものころに父から聞いた思い出がある。その当時、父は採炭班の班長になったばかりだった。いちばん粗野な班で、率いるのがたいへんだというもっぱらの評判だった。荒くれ者の若い班員たちは、最初のうち、父のことなど歯牙にもかけていなかった。始業前の打ち合わせで、ロッカーの扉のひとつが壊れているので釘を打って修理するように父が指示したときも、おずおずとした態度のせいですっかり舐められていた。班員たちは、嘲りの言葉をいくつか投げつけただけで、あとは父を無視してトランプの札を切り、ポーカーゲームに興じていた。父はしかたなく、だったら釘をくれ、おれが自分でやる、と言った。だれかが何本か釘を投げて寄越したが、父がハンマーを貸してくれと言うと、今度はだれも返事をしなかった。だが、班員たちはすぐに唖然とすることになった。父が親指で軽々と釘を木枠に押し込んだからだ。これで状況が一変し、班員たちはきちんと整列して、始業前の注意をおとなしく聞くようになった……。

そのロッカーは、施錠されていなかった。劉欣が扉を開くと、中の衣類はそのまま残っていた。この二十数年、父のロッカーを使ってきた鉱山労働者たちのことを想像して、彼はまた笑みを浮かべた。衣服をとりだし、まず分厚い作業ズボンを穿いてから、同じように分厚い作業服を着た。汚れほうだいに汚れて、汗と油の強烈な臭いがした。驚くほど懐かしく感じるその臭いが劉欣の気持ちを落ち着かせ、一種の安心感を与えてくれた。つづいて長靴を履き、ヘルメットをかぶり、ロッカーのいちばん奥からヘッドランプをとりだすと、作業服の袖で灰を拭い落としてからヘルメットにとりつけた。バッテリーを探したが、見つからない。べつのロッカーを開けてみると、そこにあった。その無骨な重い鉱灯バッテリーを腰のベルトに着ける。もしかしたら充電されていないかもしれないと、ふと思った。炭鉱が操業を停止して一年になる。しかし、ランプ室の場所は覚えていた。更衣室の向かいだ。子どものころ、何度もそこで、女工たちの作業を眺めたものだった。彼女たちは、黄色い煙を上げる硫酸をものともせず、バッテリーを充電していた。だが、いまは無理だ。ランプ室には硫酸の黄色い煙が立ちこめている。劉欣は、ヘッドランプをつけたヘルメットを儀式ばった仕草でおごそかにかぶると、灰にまみれた鏡の前に立った。赤く揺らめくその鏡の中に、彼は父の姿を見た。

「父さん、ぼくがあとを継いで坑《した》に降りるよ」劉欣は笑みを浮かべてそう言うと、建物を出て、地火の噴き出す坑口に向かって歩いていった。

のちに、ヘリコプターのパイロットが語ったところでは、2号坑の上を低空で飛行し、一帯の最後のパトロールをしたとき、坑道の入口近くに人影が見えたという。地火の赤い光の中、その姿は黒い切り絵のようだった。その人物は坑道に向かって歩いていたが、次の瞬間にはもう、赤い輝き以外、なにも見えなくなっていた。

百二十年後（ある中学生の日記）

昔の人はほんとにバカで、昔の人はほんとに苦労した。

どうしてわかるのかって？　きょう、石炭博物館の見学に行ったからだ。いちばん印象に残ったのはこれ。

固体の石炭がある！

最初、ぼくらは不思議な服を着せられた。その服にはヘルメットがついていて、ヘルメットにはライトがついていた。そのライトから延びる線は、ぼくらが腰に提《さ》げている重くて四角いものとつながっていた。最初、ぼくはそれがコンピュータだと思った（それにしてはちょっと大きすぎるけど）。まさかそれがライトのバッテリーだったとは。こんなに大きなバッテリーなら、レーシング・カーだって動かせるのに、小さなライトをひとつ点灯するだけだなんて。それから、ぼくらは丈の長いレインブーツを履いた。先生の説明だと、初期の鉱山労働者が坑道で着たユニフォームだそうだ。坑道ってなんですかと聞いた生徒もいたけど、すぐにわかりますと先生は答えた。

ぼくらは、幅のせまい二本の金属製レールの上を一列に連なって走る車に乗った。大昔の鉄道列車に似ているけれど、サイズがずっと小さくて、頭上のケーブルから電力が供給されている。電動車両は、動き出すとすぐ、長いトンネルの黒々した入口に入っていった。中はとても暗くて、ところどころ天井に貧弱な照明がついているだけだった。ぼくらのヘッドランプの光も弱くて、近くにいる人の顔がかろうじてわかる程度。風が強くて、耳もとでヒューヒュー鳴った。まるで深い穴に落ちていくみたいだった。艾娜《アイナ》が悲鳴をあげた。やれやれ、あの子はなにかというとすぐこんなふうに叫ぶんだ。

「みなさん、いまから坑道に降りますよ！」と先生が言った。

しばらくして、車両が停止した。ぼくらは、それまで通ってきた比較的広いトンネルから、べつの分かれ道に入った。ずいぶんせまくて窮屈なトンネルで、もしヘルメットをかぶっていなかったら、頭にいくつもこぶができていただろう。ヘッドランプで見まわしても、なにひとつはっきりとは見えない。艾娜とほかの女子たちがまた悲鳴をあげて、怖いと叫んだ。

しばらくすると、前方の空間が広くなった。天井を支える柱が何本も立っている。遠くのほうに、光の点がたくさん見えた。ぼくらのヘッドランプと同じ光だった。近づいてみると、おおぜいの人たちがいろんな作業をしていた。長いドリルみたいなもので、トンネルの壁に穴を開けている人がいた。ドリルはモーターで動いていて、そのモーターが身の毛もよだつような騒音を発している。よく見えない黒いものを鉄のシャベルですくって、レール車両の上やベルトコンベアの上に移している人もいた。粉塵がときどき雲みたいに広がって向こうのものが見えなくなり、粉塵の中にランプの光のすじができた。

「みなさん、ここが切羽です」と先生が言った。「みなさんが見ているのは、初期の鉱山労働の姿です」

何人か、鉱山労働者がこっちに歩いてきた。ホログラムだとわかっていたから、ぼくは道をゆずらなかった。何人かの体がぼくをすりぬけたとき、彼らの姿がはっきり見え、ぼくはびっくりした。

「先生、当時の中国の炭鉱は、黒人を雇ってたんですか？」

「その疑問に答えるために、当時の切羽の空気を実際に体験してみましょう。さあ、よく聞いてください。体験するためには、バッグに入っている防塵マスクをつけます」

ぼくらがマスクをつけると、また先生の声が聞こえた。「これは現実だということを忘れないように。ホログラムじゃありませんからね！」

黒い粉塵が吹きつけてきた。ヘッドランプの光に照らされて、黒い粒子の濃密な雲がきらきら光っているのを見て、ぼくはぎょっとした。そのとき、艾娜《アイナ》がまた叫んだ。合唱のリードでもないだろうに、女子が何人か、つられていっしょに叫び出した。そして、とうとう男子の声もそれに加わった。笑ってやろうと思ってうしろをふりかえったけれど、みんなの顔を見た瞬間、自分も叫び声をあげてしまった――みんなの顔が真っ黒になっている。黒くないのは防塵マスクだけだ。そのとき、髪の毛が逆立つような悲鳴が聞こえた。先生の声だった。

「なんてこと！　斯亜《スー・イア》、あなた、マスクしてないじゃない！」

斯亜はほんとにマスクをしてなくて、ホログラムの炭鉱労働者みたいに、顔全体がまっ黒になっていた。「歴史の授業で、先生が何回も言ってました。この授業の目的は過去の時代を感じることにあるって。だからこうやって、ちゃんと感じてたんです」と言って、斯亜は真っ黒な顔に白い歯を閃かせた。

どこかでアラームが鳴り、一分もしないうちに、涙滴型のマイクロホバーカーがやってきて、ぼくらの前で音もなく停止した。時代感がだいなしだ。ホバーカーから降りてきたのは二人の医師だった。本物の炭塵はすべて吸収され、ホログラムの炭塵が浮かんでいるだけだったから、医師たちが炭塵を通り抜けても白衣はすこしも汚れなかった。二人は斯亜の手を引いて車に連れていった。

「きみ！」医師が斯亜をにらんで言った。「肺が重い損傷を受けたから、すくなくとも一週間は入院だ。保護者に連絡するからね」

「待ってよ！」斯亜が叫んだ。高性能の完全隔離型内部循環マスクを不器用に装着しながら、「百年前の労働者もこんなものをつけてたんですか？」

「その口を閉じて、早く病院に行きなさい」先生が言った。「どうして規則どおりに行動できないの？」

斯亜はそれに答える間もなく車に押し込まれた。「この博物館でこんな事故が起きたのははじめてです」医師の片方が、ホバーカーに乗り込む前に厳しい口調でそう言って、先生に指を突きつけた。「あなたの責任ですよ！」ホバーカーは来たときと同じように音もなく発進した。

ぼくらは見学ツアーを再開した。すっかり元気をなくした先生が、また説明をはじめた。

「炭鉱ではあらゆる作業に危険がともない、体力をひどく消耗しました。たとえば、天井を支えているこの鉄製の支柱。切羽での採掘作業が終わると、すべて撤去して回収しなければなりません。この作業を支保工《しほこう》解体と言います」

ホログラムの鉱山労働者が鉄のハンマーで支柱の真ん中の固定ピンを叩き、二つに折り畳んでから肩に担いで運んでいく。ぼくはもうひとりの男子といっしょに、地面に置いてある支柱を運ぼうとしたけど、死ぬほど重いことがわかった。

「支保工解体は危険な仕事です。撤去の途中で、天井が崩れるかもしれません……」

そのとき、頭の上から、不吉な摩擦音がした。顔を上げると、支保工をとりさったばかりの岩盤に亀裂が生じているのが見えた。反応する間もなく崩落し、ホログラムの大岩の破片がぼくの体をすりぬけて地面に落ち、大きな音をたてた。粉塵が舞い上がり、なにも見えなくなる。

「いまの事故を落盤と呼びます」先生の声がすぐそばで響いた。「みんな、注意して。危険な岩は、上から落ちてくるだけとはかぎらなくて……」

先生が言い終わらないうちに、垂直に立っていた壁の一部がこちらに倒れてきて、地面から現れた巨人の手に押されたみたいに、かなりの距離を移動した。すさまじい音がして、ぼくらは岩石のホログラムに埋もれ、ヘッドランプはぜんぶ消えてしまった。暗闇と悲鳴の中で、また先生の声が聞こえた。

「いまの事故はガス突出と言います。メタンガスは、炭層に封じ込められているあいだにどんどん圧力が高まり、いま見たとおり、その力に耐え切れなくなったとき、切羽の岩壁がガスに吹き飛ばされてしまうのです」

全員のランプがふたたび点灯し、みんなは安堵の息を吐いた。そのとき、不思議な音が聞こえてきた。大きくなったり小さくなったりしている。大きいときは馬が群れになって走っているようだし、小さいときは巨人のささやき声のようだ。

「みんな、気をつけて。洪水が来る！」

先生の言葉の意味をまだ呑み込めずにいるうちに、近くのトンネルから太い流れが噴き出てきて、切羽はたちまち水浸しになった。濁った水が膝まで上がってきたかと思うと、もう腰まで浸かってしまった。ヘッドランプの光が水面に反射して、岩壁の上にぼんやりした光の模様を映し出す。水面には炭塵で黒くなった枕木やヘルメットや弁当箱が浮いていた……。水があごまで達したとき、ぼくは本能的に大きく息を吸った。次の瞬間、頭のてっぺんまで完全に水中に没していた。自分のランプの光が濁った暗がりを照らし、下からひっきりなしに泡が昇ってくるのが見える。

「炭鉱の浸水事故には多くの原因が考えられます。地下水かもしれないし、地表の水源とつながったのかもしれない。いずれにしても、地下の洪水に際しては、地上の洪水よりも、人命に対する危険がずっと大きくなります」水中に、先生の声が聞こえた。

水のホログラムは一瞬で消え去った。周囲のすべてはもとどおりだった。そのとき、不思議なものを見つけた。おなかがふくれた鉄のガマガエルみたいなもの。とても大きくて重そうだ。先生にそれを見てもらった。

「それは防爆スイッチよ。坑道のガスは可燃性の気体だから、オンオフのときに火花が出ないように、専用のスイッチを使います。これは、坑道におけるもっとも恐ろしい危険と関係しています……」

また、大きな爆発音が轟いた。でも、前の二回とは違って、今度の音は体の内側から響き、鼓膜を破って外に出てきたみたいだった。あらゆる方向から押し寄せる巨大な力がぼくの細胞をひとつひとつ圧縮しているような気がした。まわりの空気から放たれる赤い輝きが坑内を隅々まで満たし、灼けつく熱波の中で、ぼくらはその輝きの中に突入した。それから、輝きが消え、すべては真っ暗闇に沈んだ……。

「ガス爆発を実際に目撃した人はほとんどいません。坑道でガス爆発に遭遇したら、生きて帰ることはむずかしいからです」暗闇の中、先生の声が幽霊のようにこだました。

「昔の人は、いったいなんのためにこんな怖いところに来たんですか？」と艾娜《アイナ》が質問した。

「これを採るためです」先生はそう言って黒い石をかざした。ぼくらのヘッドランプの光を浴びて、石の無数の小さな切子面がきらきら輝いた。ぼくがはじめて固体の石炭を見たのはこのときだった。

「みなさん、わたしたちがいま見たのは、二〇世紀半ばの炭鉱です。その後、油圧支柱や大型の炭層掘削マシンなど、いくつかの新しい機械や技術が開発され、二〇世紀最後の二十年間に実用化されたおかげで、炭鉱労働者の置かれている状況はいくらか改善されましたが、それでも炭鉱の労働環境は劣悪で、危険に満ちていました。その状況が変わったのは……」

そこから先の話はつまらなかった。先生は石炭ガス化の歴史について説明した。この技術が利用されはじめたのは、いまから八十年前のこと。当時、世界の石油は枯渇しかけていて、わずかに残った油田を確保しようと大国が中東に派兵し、世界大戦が勃発する瀬戸際だったけれど、そのとき、石炭ガス化技術が世界を救った……。そんなことはだれでも知ってる。退屈だった。

次に、ぼくらは現代の炭鉱を見学した。とくに珍しいものがあったわけじゃない。そのへんでよく見るようなパイプが何本も地下から出て、遠くへ延びていくだけ。もっとも、中央管理センターの中に入って、地火のホログラムを見たのははじめてだった。すごく大きかった！　それから、地中の火災を監視するニュートリノ・センサーと重力波レーダー、それにレーザー掘削機も見た……けど、どれもこれもやっぱり退屈だった。

　先生はこの炭鉱の歴史をふりかえった。百年あまり前、ここは制御不能になった地火に焼きつくされ、完全に鎮火するまで十八年かかった。そのあいだ、ぼくらの美しい街は荒れ地になった。草木から煙が立ち昇り、太陽も月も光を失い、人々は家をなくして離散した。失火の原因についてはいろんな説がある。地下兵器実験のせいだと言う人もいれば、グリーンピースという当時の団体が関与したと言う人もいる。

　ぼくらは〝古きよき時代〟を懐かしむ必要はない。その時代の生活は、危険と混乱に満ちていた。いまの時代にがっかりする必要もない。この時代だって、いつかは〝古きよき時代〟と呼ばれることになるんだから。

　昔の人はほんとにバカで、昔の人はほんとに苦労した。

シスアドが世界を支配するとき
When Sysadmins Ruled the Earth

コリイ・ドクトロウ　Cory Doctorow

矢口 悟訳

コリイ・ドクトロウ（一九七一－）

　一九七一年カナダ生まれのコリイ・ドクトロウは九歳からプログラミングを始め、十九歳のときに短篇SFでデビューした。肩書きはSF作家、活動家《アクティヴィスト》、ジャーナリスト。コンピュータやデジタル著作権への愛と知識にあふれた、啓蒙的で批評性のあるSFを得意とする。二〇〇〇年にジョン・W・キャンベル新人賞を受賞。CD-ROMの会社への勤務、P2Pの会社の共同創立、電子フロンティア財団（EFF）への参加などコンピュータ史の縮図のような職歴を経て、Boing Boingというブログメディアの編集者兼ライターになる。同ブログは技術やガジェット、カルチャー情報を報じ、〇〇年代中盤まで世界でもトップクラスの人気を誇ったが、ドクトロウは二〇二〇年に離脱した。

　本作は破滅SFだが、主人公がいるのが災害の現場ではなく、ネットワークの復旧のために出社した職場なのが新しかった。二〇〇〇年問題（Y2K）と9・11同時多発テロ事件から数年後に書かれた作品で、インターネットへの希望と期待の祈りがこもっているようだ。オウム真理教、銀座、ハローキティといった日本の表象に時代を感じる。二〇〇七年ローカス賞ノヴェレット部門受賞作。

フェリックスの業務連絡用の電話が午前二時に鳴ったので、ケリーは寝返りをうち、彼の肩をひっぱたき、かすかに声を洩らした。「寝る前に切っておけばいいのに、うっとうしい」

「待機中なんだよ」それが彼の返事だった。

「医者じゃあるまいし、えらそうに」彼女は文句を言いながら、床に脱ぎ捨ててあったズボンを穿くためにベッドの縁で腰をおろした彼にむかって蹴りを入れる。「ただのシステム管理者《アドミン》でしょ」

「仕事は仕事さ」

「昼も夜も働かされて、政府のロバってところね」彼女がたたみかける。「あたしの言うとおりだってこと、わかってるはずよ。そもそも、父親になったんだから、どこかのポルノサイトがいかれちゃったからって、真夜中の呼び出しに応えるべきじゃないと思うわ。ほっときなさいよ」

まぁ、正論にはちがいない。それでも、フェリックスは電話を取った。

〝メイン・ルータの応答がありません。BGPの応答がありません〟

システム監視機構からの通知は自動音声によるもので、彼が呪いの言葉を吐いたとしても意に介するはずがない。そんなわけで、彼は呪いの言葉を吐き、ささやかな憂さ晴らしをした。

「ここからでも直せるかもしれないな」本社のUPSにログインして、問題のルータを再起動すればいいのだ。UPSは異なるネットブロックにあり、別のルータがつながれていて、そちらはいきなり電源が落ちないようになっている。

ケリーが上体を起こし、ヘッドボードにぐったりともたれかかった。「結婚して五年になるけど、ここから直すとか言って、うまくいったことがないじゃない」

いや、それは誤解だ——たいていはうまくいっている。ただ、手早く作業をすませて、その成果をいちいち吹聴するわけでもないので、彼女は何も気がついていないだけだ。もっとも、彼女の指摘は当たらずとも遠からず、深夜一時以降のトラブルにかぎって本社へ行かなければ直せないというのが毎度のことである。皮肉な法則もあったものだ――〈フェリックスの法則〉とでも呼ぼうか。

五分後、フェリックスは自分の車の運転席に座っていた。やはり、自宅にいながら直すことはできなかった。独立ルータのネットブロックも沈黙していた。前にも同じような事態があったが、あのときは、何もわかっちゃいない建設作業員がデータ・センターにつながる共同溝をまともに掘り抜いてしまったとかで、フェリックスは五十人の怒れるシスアドのひとりとして、一万本の配線をつなぎなおすための現場に立ち、実際にその復旧作業をおこなうあわれな連中を一週間にわたって昼も夜もどやしつけるはめになったのだ。

運転中、また電話が鳴った。さらにもう一回。彼はそれをオーディオに同期させ、大型の重低音スピーカーをとおして、さらに深刻なネットワーク障害が発生したことを告げる自動音声を聞いた。そのあと、こんどはケリーが電話をかけてきた。

「ども」彼は短く応えた。

「怒ってるみたいな声……機嫌を直してよ」

彼は思わず笑みを浮かべた。「怒ってないさ」

「愛してるわ、フェリックス」

「ぼくもきみしか眼中にないよ、ケリー。さぁ、おやすみ」

「2・0が起きちゃったの」それが彼女の返事だった。生まれるまでは〈β《ベータ》テスト〉と呼ばれていた、ふたりの子供のことである。破水の報せを聞いたとき、フェリックスは〝マスターアップ、やったぜ！〟と叫びながら、仕事場を飛び出したものだ。初泣きが収まるよりも早く、その呼び名は〈2・0〉と決まった。「赤ん坊はおっぱいを飲むのが仕事みたいね」

「起こしちゃって、本当にごめんよ」彼は謝った。データ・センターはすぐそこだ。午前二時、道路はすっかり空《す》いている。彼は速度を落とし、駐車場の入口の手前でいったん車を停めた。地下にもぐってしまったら、ケリーと話せなくなってしまう。「あなたが今の仕事を始めて、もう七年でしょ。三人の部下がいて、報告してくれることになってるんでしょ。その三人にも電話を持たせておけばいいのに。あなたは仕事をかかえこみすぎるわ」

「他人を働かせておいて自分は報告を受けるだけっていうのは、ぼくの性分に合わないんだ」

「やめてよ」彼女が言葉を返す。「お願いだから、ね？　夜中にひとりでいなきゃいけないなんて、いやなの。さびしすぎるわ」

「ケリー――」

「あなたに腹を立ててるわけじゃないの。ただ、あなたと一緒にいたいの。そのほうが夢見も良いし」

「わかった」

「ずいぶん簡単に言うのね」

「そうとも。きわめて簡単なことさ。きみが悪い夢を見てるのには耐えられないし、ぼく自身も仕事が多すぎる。これからは、深夜の呼び出しを受けるにしても、休んだぶんの穴を埋めるだけにさせてもらうよ」

彼女が笑った。「シスアドに休みはないんじゃなかったかしら？」

「何事にも例外はあるさ」彼が答える。「約束するよ」

「よかった」彼女は声を洩らした。「あら、いやだ。2・0があたしのバスローブにコア《おも》ダ《ら》ンプ《し》しちゃったわ」

「ぼくの子にふさわしいな」

「まぁ、たしかに」

彼女が電話を切ったので、彼はデータ・センターの地下駐車場に車を停めると、入館バッジを胸につけ、睡眠不足のせいで重い瞼《まぶた》を大開きにして網膜認証スキャナを覗きこんだ。

自動販売機コーナーの前を通りかかったところで、フェリックスは足を止めた。ガラナ

／モダフィニルのサプリ・スティックを一本と、特濃のコーヒーを一杯――クリーンルームでも中身のこぼれる心配のない蓋つきカップに入っているやつだ。彼はむさぼるようにスティックをかじり、コーヒーをすすってから、次のドアの前にある掌紋認証スキャナに手をかざし、照合が完了するのを待った。ほどなく、そのドアが静かに開くと、彼はエアロックからの微風を全身に浴びながら、聖なる領域へと足を踏み入れた。

　そこは大混乱のありさまだった。本来、この部屋はせいぜい二人か三人のシスアドが動きまわれる程度の広さしかない。それ以外の空間はすべて機材に占有され、棚という棚にはサーバやルータやドライブがぎっしりと並んでいる。ところが、今は二十人を超えるシスアドが集まっているのだ。みんな、好き勝手なロゴやメッセージをつけた黒いTシャツを着て、いくつもの電話やマルチツールでいっぱいのベルトを巻いている。

　ふだんは寒いクリーンルームの中も、今は人口過密状態で汗をかくほどに暑い。彼の姿を見て、数人があからさまに顔をしかめた。とはいえ、名前を呼びかけてくれた相手も二人。フェリックスは腹をへこませながら狭い隙間を通り抜け、いちばん奥にあるアーデント社の棚のほうへと進んでいった。

「よぅ、フェリックス」そこで声をかけてきたのはヴァンだった。今夜は非番のはずじゃなかったか？

「どうして、きみがここにいるんだ？」フェリックスが尋ねる。「明日は二人とも爆睡なんてことになったら、洒落にならないぞ」

「何が？　あぁ、おれの個人用サーバがすぐそこにあるんだ。一時半ごろに落ちたらしくて、プロセス・モニターに叩き起こされちまったのさ。おまえさんに電話してやるべきだったよ――おれがいるから来なくてよかったのにな」

　フェリックスの個人用サーバは――いや、ほかにも五人の仲間と共用しているのだが――この下のフロアに置いてある。それも動かなくなっているのだろうか？

「トラブルの原因は？」

「大量のワームが送りつけられてきたんだ。どこのどいつだか、頭のいかれた野郎がウィンドウズ系のサーバを標的にしたゼロデイ攻撃をしかけてきやがって、モンテカルロ法でＩＰブロックをかたっぱしから走査しまくってる。ＩＰｖ６もやられたよ。シスコ製の管理用インターフェースはどれもＩＰｖ６だが、二桁以上の走査を受けると動かなくなっちまう。つまり、通信はほとんど壊滅状態ってことだな。おまけに、ＤＮＳもいかれてる――昨夜のうちにゾーン転送をめちゃくちゃにしたやつがいるらしい。あぁ、それと、誰のアドレス帳が元になってるのか知らんが、いかにも本物っぽいｅメールとＩＭコンポーネントがその当人のメアドでそこらじゅうにばらまかれて、イライザ・ダイアローグが勝手に返信を送ることでトロージャンが発動するようになってる」

「まいったね」

「だろ？」

　ヴァンはタイプ2のシスアドで、身長は六フィートあまり、長髪をポニーテールにまとめ、喉仏をひょこひょこと動かす癖のある男だ。お世辞にも厚みがあるとはいえない胸板を覆っているTシャツには〝武器を選びたまえ《CHOOSE YOUR WEAPON》〟の文字とともに、RPGで使われる正多面体の賽子《さいころ》がプリントされている。

　フェリックスのほうはタイプ1で、腹のまわりには八十ポンドかそこらも贅肉がついており、丸々とした顔の輪郭をごまかすために顎鬚をたくわえている。彼のTシャツは〝ハロー・クトゥルー《HELLO CTHULHU》〟、口のない顔で愛嬌を感じさせるハローキティもどきのクトゥルー神のイラストがついていた。彼らは十五年来のつきあいで、最初におたがいの存在を知ったのはユースネット、それからトロントのフリーネットが主催するオフ会でも顔を合わせるようになり、《スター・トレック》や何かのコンヴェンションでも二度ほど遭遇した。そんなこんなで、フェリックスはヴァンをアーデント社に誘い、自分の片腕として仕事をまかせることにしたのだ。ヴァンは信頼できるやつだし、頭の中身も理路整然としている。電気技師としての経験が豊富で、彼の雑記帳には自分自身の行動がきっちりと書き留められていた――その日時にいたるまで。

「こりゃ、PEBKACってわけでもなさそうだぜ」ヴァンが言葉を続ける。〝問題点《Problem》はキーボードと椅子のあいだに存在する《Exists Between Keyboard And Chair》〟。通常、ウイルスメールによる被害はその典型と考えられている――怪しげな添付ファイルを開封してはいけないという分別をわきまえたユーザーにとっては、ウイルスメールの脅威など過去の遺物にすぎないはずなのだ。しかし、シスコ製のルータが大量のワームの餌食にされてしまったのは、無知なユーザーのせいではない――技術的な欠陥によるものだった。

「あぁ、マイクロソフトが悪いんだ」フェリックスがうなずいた。「ぼくが夜中の二時に仕事をしなきゃならなくなる元凶は、PEBKACかぼんくらソフトか、ふたつにひとつさ」

結局、彼らは動かなくなったルータをすべてインターネットから切断することにした。もちろん、フェリックス自身がやるわけではない――彼としては、IPv6インターフェースの終了と再起動ぐらいはまかせてほしいと思っていたが、まぁ、しかたがあるまい。実際にその作業をおこなうのは〝地獄から来た凸凹コンビ〟とでも呼びたいような二人組のオペレータで、クリーンルームへ入るためには、両者がふたつの鍵を同時に開閉しなければならなかった――ミニットマンの格納庫で勤務する警備兵たちにまさるともおとらない至難の業《わざ》だ。しかも、彼らがいるデータ・センターにはカナダ全土を網羅する長距離情報幹線のうちの九十五パーセントが集中している。したがって、ミニットマンの格納庫よりも警備態勢は厳重なのだ。

フェリックスとヴァンはアーデント社のルータをひとつずつオンラインに戻してみた。いずれも、ワームによる走査でめちゃくちゃな状態になっている――それらをオンラインにしたところで、そこよりも下流側にある機器があらたな攻撃にさらされるだけだった。インターネットに接続してあったルータはどれもこれもワームの巣窟と化しているか、さらなるワームを生み出すか、あるいは、その両方だった。フェリックスは百回かそこらもタイムアウトをくりかえしたあげく、やっとのことで米国標準技術研究所《NIST》とバグトラックへのアクセスを成功させ、自分たちの会社のマシンに蔓延しているワームをおとなしくさせるためのカーネルパッチをいくつかダウンロードすることができた。すでに午前十時をまわっており、彼はクマの屍肉でも食べられるんじゃないかと思うほど空腹だったが、カーネルの最適化と再起動を続けていた。ヴァンも唇の隙間から舌先を覗かせたまま、管理用キーボードに長い指を躍らせ、マシンごとの動作状況を調べている。

「グリードは二百日も落ちてなかったんだけどな」ヴァンがぼやいた。グリードはここにあるサーバのうちでもっとも古く、彼らが《スター・ウォーズ》のキャラクターにちなんだ名前をつけていたころからの代物だ。《スター・ウォーズ》のあとは《スマーフ》だったが、それもすでに底をつき、今ではマクドナルドランドのキャラクターに移行している——その第一号がメイヤー・マックチーズ、ヴァンのラップトップというわけだ。

「グリードはよみがえるにきまってるさ」フェリックスが答える。「ぼくの486が下のフロアにあるけど、五年以上も落ちてなかったんだぜ。あれを再起動しなきゃならないなんて、悲しすぎるよ」

「486だと？　そんなもの、何に使ってるんだ？」

「使ってるわけじゃないけどね。でも、五年も動きつづけてるマシンをわざわざ終了させたいと思うかい？　自分の祖母《ばあ》さまを安楽死させるにひとしい行為じゃないか」

「とにかく、何か食いたいぜ」ヴァンが言った。

「言えてる」フェリックスが相槌を打つ。「まずは、きみのマシンを復活させよう。それから、ぼくのマシンだ。けりがついたら、レイクヴュー・ランチへ行って、ピザをおごってやるよ。きみはそこであがりにすればいい」

「じゃ、お言葉に甘えて」ヴァンが声を洩らした。「おれたちみたいな部下にはもったいないほどの上役だな。ふつうだったら、息抜きの暇も与えちゃくれないんだぜ。世間の常識ってやつさ」

「お〜い、電話」ヴァンが声をかけた。

フェリックスは486との格闘を中断した。何をどうやっても電源が入らなかったので、スパム撃退作戦にかかりきっている別のシスアドから予備電源を借り、そちらにつなごうとしているところだった。彼はヴァンから自分の電話を受け取った——マシンの裏側を覗きこんだときにベルトから落ちたのを、ヴァンが拾っておいてくれたらしい。

「やぁ、ケリー」フェリックスは口を開いた。電話のむこうから、こもった水音のようなノイズが聞こえてくる。何の音だろう？　2・0が浴室で遊んでいるのか？　「ケリー、もしもし？」

回線が切れた。彼はすぐにリダイヤルしたが、つながらなかった——呼出音はおろか、ヴォイスメールの応答もない。ほどなく、そのままの状態でタイムアウトになり、**ネットワーク・エラー**と表示された。

「くそっ」彼は小声でつぶやきながら、電話をベルトに戻した。ケリーのことだ、彼が何時に帰ってくるのかを尋ねるつもりだったか、あるいは、途中で買物をしてきてほしいという話だったにちがいない。こちらのヴォイスメールに伝言を残しておいてくれることを期待しよう。

彼がマシンの通電状態を調べているとき、ふたたび電話が鳴った。彼はすばやく電話をひっつかんだ。

「ケリー、どうかしたのか？」彼はいらだちの声を隠そうとした。罪の意識もあった。厳密に言うなら、アーデント社のサーバはすでに復旧し、彼はその仕事から解放されていたのだ。この三時間ほどは自分のための作業をおこなっているにすぎない——会社には超過勤務手当を請求するつもりだが、それはそれとして。

回線をとおして、彼女が泣いているのがわかった。

「ケリー？」たちまち、彼は自分の顔から血の気が失せていくのを感じた。足元もすっぽりと抜け落ちてしまったかのようだ。

「フェリックス」彼女はすっかり涙声で、何を言っているのかもわからないほどだった。

「死んじゃった……どうしよう、死んじゃったのよ」

「死んだって、誰が？」

「ウィルよ」それが彼女の答えだった。

ウィル？　どこかで聞いたような——とたんに、彼はその場で膝を落とした。ウィリアム。この手で出生届に書いた名前じゃないか。そう、2・0のことだ。フェリックスは喉の詰まったような呻き声を洩らした。

「あたし、もうだめ」彼女が言葉を続けた。「立ってられない。ねぇ、フェリックス——愛してるわ」

「ケリー？　どういうことなんだ？」

「みんな……みんな……」彼女はとぎれとぎれに答える。「テレビのチャンネルもふたつしか映らないの。助けて、フェリックス……窓の外はまるで死の世界……」彼女の吐く音が聞こえた。回線が不安定になり、その嘔吐音をエコープレックスさながらに反復させる。

「じっとしてろよ、ケリー」彼が大声で呼びかけたとたん、回線が切れた。彼はすぐさま９１１につなごうとしたものの、発信ボタンを押すと同時にまたもや**ネットワーク・エラー**の文字が現われた。

　彼はヴァンのメイヤー・マックチーズをひったくると、４８６のネットワーク・ケーブルにつなぎ、コマンドラインからファイアフォックスを起動させ、グーグルでトロント市警のサイトを検索した。すばやく、それでいて平常心のまま、彼はオンラインになっているフォームを探していった。フェリックスはつねに冷静沈着なのだ。そのおかげで、彼はさまざまな問題を解決することができた。頭が熱くなってしまっては、問題を解決できるはずがない。

彼はオンラインになっているフォームのひとつを選ぶと、バグ・レポートを作成するときのような調子で、ケリーとの会話をくわしく書いていった。そして、あっというまの早業でその文書をまとめあげ、確認ボタンを押す。

ヴァンが彼の肩ごしにそれを読んでいた。「フェリックス――」

「ちくしょう」フェリックスが声を洩らした。しばらくのあいだ、彼は床の上にへたりこんでいたが、やがて、ゆっくりと立ち上がった。

ヴァンは自分のラップトップを取り戻し、いくつかのニュースサイトにアクセスしようとしたが、いずれもタイムアウトに終わった。おそろしい事態が発生したのだろうか、それとも、ワームの大群がネットワーク全体をむしばんでいるのだろうか？

「家に帰らなきゃ」フェリックスが口を開いた。

「おれの車で送ってやるよ」ヴァンが声をかける。「そうすりゃ、奥さんに電話をかけっぱなしにできるだろ」

彼らはエレヴェーター・ホールへと歩いていった。この建物にはめずらしく窓のある場所で、分厚い強化ガラスから外が見えるようになっている。彼らはエレヴェーターが来るのを待つあいだ、そちらに視線を向けた。水曜日にしては交通量が少ないような気がする。それに、やたらとパトカーが多いんじゃないか？

「うわっ、やば――」

ヴァンはだしぬけに東の方向を指し示した。象牙のように白くて先端のとがったCNタワーがそびえている。しかし、それは濡れた砂の上に突き刺した小枝さながら、垂直に立ってはいなかった。揺れてる？　あぁ、錯覚じゃない。ゆっくりとではあるが、徐々に速さを増しながら、北東側に広がる金融街のほうへと倒れこんでいく。次の瞬間、タワーは重心を失い、あっというまに崩れ落ちた。彼らは愕然と目を見開いた。そこへ、すさまじいばかりの轟音と衝撃波が襲いかかった。たちまち、その一帯は塵埃《じんあい》の雲に覆われた。そして、世界でもっとも高いと謳われたこともある人工建造物の倒壊はとめどもないドミノ現象をひきおこした。

「放送センターがやられるぞ」ヴァンが叫んだ。まさしく――スロー・モーションを見ているかのような感じだった。地上にいる人々は必死に逃げようとしていたが、高層から落下した建材にひとたまりもなく押しつぶされてしまう。小さな窓の彼方にあるその光景は、まるで、そこいらのファイル・シェアリング・サイトでダウンロードできるようなCGIアニメーションを連想させるものだった。

いつのまにやら、ほかのシスアドたちもエレヴェータ・ホールに寄り集まっており、惨劇を凝視している。

「何があったんだ？」誰かが尋ねた。

「CNタワーが倒れた」フェリックスが答える。自分の声なのに、どこか遠くから聞こえてくるような感じだった。

「ウイルスはどうなってる？」

「ワーム？　何の関係が？」フェリックスはその男に視線を向けた。若くて小太り、タイプ2のシスアドだ。

「ワームの話じゃない」相手が言葉を返した。「ウイルスのせいで街が封鎖されたっていうeメールが届いたんだ。生物兵器じゃないかってさ」その男はフェリックスに自分のブラックベリーを渡した。

　フェリックスはその文面に目を奪われ——どうやら、カナダ保健省の公式発表を転送したものらしい——館内照明が消えたことには気がつかなかった。ややあってから、彼は停電に気がつき、ブラックベリーを持主に返すと、かすかな嗚咽を洩らした。

　一分ほどすると、自家発電装置が動きはじめた。シスアドたちは階段のほうへと殺到した。フェリックスはとっさにヴァンの腕をつかみ、その場にひきとめた。

「クリーンルームに戻ったほうがいいと思う」

「ケリーのことは？」ヴァンが訊きかえした。

一瞬、フェリックスは胸が詰まりそうになってしまった。

「とにかく、クリーンルームに戻ろう」あの部屋には超微粒子も通さないエアフィルターが設置されているのだ。

彼らは上のフロアへ駆け昇った。フェリックスがドアを開け、ヴァンをうながして室内へ入る。

「フェリックス、家に帰るはずじゃ――」

「生物兵器だ」フェリックスがさえぎった。「外へ出たら確実に死ぬぞ。ここなら安全だ――たぶん。とりあえず、フィルターが機能してるかぎりは」

「どうかな？」

「IRCを覗いてみろよ」

すぐさま、ヴァンはメイヤー・マックチーズを、フェリックスはスマーフェットを起動させた。彼らはいくつものチャットチャンネルをすっとばし、なじみのあるハンドルにたどりついた。

＞ ペンタゴンがなくなった／ホワイトハウスも

＞ 隣のおっさんがバルコニーで血ぃ吐きまくり@サンディエゴ

＞ガーキン爆発！　銀行屋が逃げちゃって、シティはからっぽ

＞ギンザは火の海だそうな

フェリックスもキーボードを叩いた。

＞トロントにいる。CNタワーが倒れた。生物兵器の噂もある。激速で感染するやつ

ヴァンがそれを読み、異論を唱える。「感染の速さはわからないだろ、フェリックス。三日前にばらまかれたのかもしれないじゃないか」

フェリックスは目をつぶった。「そうだとしたら、なんらかの初期症状が出てるはずだよ」

＞ホンコンが電磁波にやられたっぽい。パリのリアルタイム衛星画像も真暗で、どのネットブロックも反応なし

＞トロントの人？

とびこんできたのは、見たことのないハンドルネームだった。

＞だよ——フロント・ストリートにいる

＞妹がトロント大の学生なんだけど、連絡が取れない——電話できる？

＞回線がつながらない

フェリックスがキーボードを叩いているあいだにも、ネットワークの接続状態は不安定

になっていた。

「メイヤー・マックチーズのソフトフォンがあるんだった」ヴァンが言いながら、音声IPのアプリを起動させた。「すっかり忘れてたぜ」

フェリックスは彼のラップトップをひったくると、自宅の電話番号を入力した。一回だけ呼出音が聞こえたものの、それっきり、イタリア映画に出てくる救急車のサイレンにも似た単調でやかましいビープ音に変わってしまった。

＜回線がつながらない

フェリックスは同じ書きこみをくりかえした。

彼が視線を上げると、ヴァンが痩せた肩を震わせていた。「くそっ、どうしろっていうんだ……この世の終わりかよ」

一時間後、フェリックスは重い気分でチャットを終了した。

アトランタが焼失した。マンハッタンは被曝した――リンカーン・プラザに設置されているウェブカメラが使いものにならなくなるほどの高レベル放射能だ。当初は誰もがイスラーム圏の人々を非難していたが、メッカも煙に包まれ、サウジアラビアの王族たちが宮殿の前で縛り首にされたとあって、その憶測さえも疑わしくなっていた。

彼は手の震えがおさまらなかった。ヴァンはクリーンルームの片隅で静かに泣いている。フェリックスはあらためて自宅に電話をかけてみた。警察にも。十回、二十回と試したものの、回線の状況はあいかわらずだった。

彼は下のフロアにある自分のサーバにアクセスして、eメールにかたっぱしから目を走らせた。あれもスパム、これもスパム。なんともはや、スパムだらけじゃないか。いや、自動メッセージもあるぞ――アーデント社の不正侵入検知システムからの緊急警報だ。

彼はそのeメールを開き、文面に目を走らせた。どこのどいつか知らないが、彼のルータをあからさまに何度も走査しているやつがいる。ただし、問題のワームとはシグネチャが異なっていた。トレースルートをたどっていくと、相手は同じ建物の中、ふたつ下のフロアにいるらしい。

フェリックスは対策を講じることにした。ポートスキャンの結果、1337番ポートが開かれているとわかった。ハッカーたちのあいだで〝LEET《1337》〟、そこから転じて〝エリート〟の異名もあるこのポートは、ワームの侵入や放出に使われることも少なくない。彼はグーグルを起動させ、1337番ポートを開きっぱなしにすることで知られているスプロイトを選別してから、狙われたサーバの正規版OSをしらみつぶしに調べてみた。あった！

それは旧型のワームで、すべてのサーバが何年も前にパッチで退治したはずのやつだった。しょうもない。彼はクライアント側からルート・アカウントを作成し、問題のサーバにログインして、状況を確かめてみた。

彼以外にもうひとり、〝スケアディ〟とかいうやつがログインしている。プロセス・モニターによると、そいつは数百ものプロセスを走らせ、彼のサーバはもちろんのこと、ほかにも多くのサーバを走査していた。

フェリックスはチャットを開いた。

> ぼくのサーバを走査するなよ

怒るか？　謝るか？　否定するか？　あにはからんや、それに対する返事は意外なものだった。

> そこって、フロント・ストリートのデータ・センター？

> だよ

> 神がいた！　おれが最後の生き残りかと思ってた。四階にいる。外じゃ生物兵器の攻撃があったらしいね。クリーンルームから出たくないよ

フェリックスは大きく息を吐いた。

> トレースルートで自分の存在を知らせるために走査してたのか？

＞うん

＞名案だったな
　頭のいいやつだ。

＞こっちは六階だ。もうひとり、ぼくの同僚も一緒にいる

＞どうなってるの？

フェリックスはＩＲＣのログをそのままペーストして、相手がそれを読み終わるのを待った。ヴァンが立ち上がり、歩きまわりはじめた。その表情がひきつっている。

「ヴァン？　どうした？」

「しょんべん……漏れそう」そんな言葉が返ってくる。

「ドアを開けちゃだめだ」フェリックスが釘を刺した。「たしか、あっちのゴミ箱にマウンテンデューの空ボトルが捨ててあったんじゃないかな」

「そっか」ヴァンがうなずいた。彼はゾンビのような恰好でそのゴミ箱に歩み寄ると、中身の入っていない大型のボトルを拾い出した。それから、壁にむかって用を足しはじめる。

＞フェリックスだ

＞ウィル

とたんに、フェリックスは２・０のことを思い出し、胃がよじれそうになってしまった。

「フェリックス、おれはここにいられないよ」ヴァンが声を上げ、密閉されているドアのほうへ行こうとした。

　フェリックスはとっさにキーボードから手を離し、ヴァンを追いかけ、彼がドアにたどりつくよりも早く、その身体にしがみついた。

「ヴァン」彼は同僚の顔を覗きこんだ。ヴァンの表情はうつろで、目も焦点が合っていないようだった。「しっかりしてくれ、ヴァン」

「行かなきゃ」ヴァンがつぶやいた。「家に帰って、ネコたちに餌をやらなきゃ」

「外はやばいことになってる、一歩でも出たら即死だぞ。ここで待ってれば、風がきれいにしてくれるかもしれない。もしかしたら、今はもう危険な状態じゃなくなったかもしれない。でも、くわしい状況がわかるか、ほかの選択肢はないってことになるか、それまでは動かずにいるほうがいい。座れよ、ヴァン。おちつこうぜ」

「寒いんだよ、フェリックス」

　たしかに、凍えてしまいそうなほどだった。フェリックスの腕にも鳥肌が立っているし、足は氷塊のようになっている。

「サーバにもたれかかってろ。通気口の近くなら、排熱でちょっとは暖かいはずだ」彼自身も適当な棚のそばへ行き、そこで身体を丸めた。

＞　まだ、そこにいるかい？

＞　いるよ――今後の計画を考えてる

＞　いつになったら外へ出られると思う？

＞　わからない

それから長いこと、誰もキーボードを叩こうとはしなかった。

フェリックスはたてつづけに二回、マウンテンデューのボトルを使う必要に迫られた。そのあと、ヴァンも同じボトルでふたたび用を足した。フェリックスはなおもケリーへの電話をあきらめきれなかった。すでに、市警のサイトはつながらなくなっていた。やがて、彼はぐったりとサーバに背中をあずけ、両腕で膝をかかえ、赤ん坊のように泣いた。

ヴァンがそこへ歩み寄り、フェリックスのかたわらに腰をおろし、彼の肩に腕をかける。

「死んじゃったんだよ、ヴァン」フェリックスが口を開いた。「ケリーも、ぼくの……ぼくの2・0も。大切な家族だったのに」

「まだ、そうと決まったわけじゃないだろ」ヴァンが言葉を返す。

「いや、まちがいないさ」フェリックスが答える。「くそっ、どうしようもないのか？」

「あと何時間かしたら、外へ出てみよう。そのころになりゃ、状況もおさまるはずだ。消防がうまくやってくれるさ。軍も出動するにちがいない。大丈夫だよ」

フェリックスは胸が痛かった。こんなふうに泣くなんて、ひさしぶりのことだ——2・0が生まれたとき以来か。彼はひときわ強く膝をかかえこんだ。

そのとき、ドアが開かれた。

クリーンルームに入ってきたのは二人のシスアドで、どちらも顔がひきつっている。ひとりは〝わたしにヲタ言葉を使って《TALK NERDY TO ME》〟とプリントされたTシャツ、もうひとりはカナダ電子フロンティア協会のシャツを着ていた。

「無事だな」ヲタ言葉のほうが口を開いた。「ほかのみんなも最上階に集まってる。階段を使ってくれ」

フェリックスは思わず息を呑んだ。

「この建物に病原菌だのウイルスだのが入りこんでるとすれば、感染してないやつはいないさ」ヲタ言葉がたたみかける。「そういうわけだから、悩むまでもないだろう」

「四階にも残ってるやつがいたはずだけど」フェリックスは立ち上がりながら告げた。

「あぁ、ウィルだろ。彼にも声をかけたよ。上にいる」

ヲタ言葉は〝地獄から来た凸凹コンビ〟の片割れで、大型ルータの電源をかたっぱしから切っていく作業を担当していたやつだ。フェリックスとヴァンは彼の指示に従って、ゆっくりと階段を昇っていった。無人の空間にその足音だけが谺《こだま》する。クリーンルームの冷気にさらされたあとでは、まるで、サウナの中にいるかのような感じだった。

最上階はカフェテリアになっている。トイレも使えるし、飲料水やコーヒーやスナック類の自動販売機もある。それぞれの場所で、おちつかない様子のシスアドたちが列を作っていた。誰もおたがいに視線を交わそうとはしない。どいつがウィルかな――フェリックスはそんなことを考えながら、自販機の前の列に並んだ。

彼は残りわずかな小銭を使って、サプリ・スティックを二本と特大サイズのヴァニラ・コーヒーを買った。ヴァンが狭いながらもテーブルを確保しておいてくれたので、フェリックスはそこへ品物を運んでいった。

「ちょっとでいいから、ぼくにも残しておいてくれ」彼はそんな言葉とともにサプリ・スティックを渡すと、こんどはトイレの列に並んだ。

カフェテリアにいる面々がそれぞれに腹ごしらえをしているところへ、ヲタ言葉ともうひとりの男が戻ってきた。彼らはカウンターの上のキャッシュ・レジスターを押しのけ、ヲタ言葉がそこに立った。雑談の声がゆっくりと静まった。

「おれはウリ・ポポヴィッチ、隣にいるのはディエゴ・ローゼンバウムだ。集まってくれてありがとう。現時点でわかってることをまとめておこうか。この建物の自家発電装置が動きはじめてから三時間になる。窓から観察するかぎり、トロント中心部で電気が使える状態にある建物はここだけだ――あと三日はまかなえるはずの燃料もある。外では未知の生物兵器が使われた。数時間のうちに死をもたらすやつで、しかも、空気感染する。その空気を吸いこむだけでも一巻の終わりだ。今朝の五時以降、外につながるドアを開けたやつはいない。おれが認めないかぎり、誰もドアを開けることはできない。

　世界各国の大都市が攻撃を受け、危機管理システムは壊滅状態だ。攻撃の手段はサイバーテロ、バイオテロ、核テロ、通常の爆弾テロもあったようで、その範囲もきわめて広い。おれは警備会社の者なんだが、これまでの経験から言って、同時多発テロってやつは複数の組織がおたがいに便乗することも少なくないのさ。たとえば、Aグループが〝汚い核〟を使って、一般市民が逃げようとしてるところへ、Bグループが橋を爆破するとか、そんな感じだ。みごとな悪知恵だろ。オウム真理教の残党がソウルの地下鉄で毒ガス攻撃をやらかしたのが東部時間の午前二時ごろだった――確認できたかぎりじゃ、それが最初の事件らしい。そこで惨劇の幕が開かれたわけだ。しかし、オウム真理教がすべての黒幕ってことはありえない。情報戦の実績もないし、複数の標的をいっぺんに狙うだけの組織力もない。基本的に、たいしたことのできる連中じゃないんだ。

当面、おれたちはここを根城にする。それで、生物兵器の特定と駆除がおこなわれるのを待つ。マシン類を復活させて、ネットワーク環境を整えなおそう。いちばん重要なインフラだし、百パーセントとはいかないまでも、できるだけそれに近い稼働率を維持するのがおれたちの仕事だったはずだ。ましてや、国家的な非常事態とくれば、その責任はこれまでの倍も重くなるぞ」

ひとりのシスアドが手を挙げた。いい度胸をしてるじゃないか。《超人ハルク》の緑色のTシャツを着た若い男だ。

「おたく、命令できる立場なの?」

「命令ってわけじゃないが、おれはここのセキュリティ・システムを掌握してるし、すべての部屋の鍵も持ってるし、外へ出るドアのパスコードも知ってる——ちなみに、今はどこからも出られないようにしてある。きみたちを呼び集め、この会議を開くことにしたのも、このおれだ。かわりにやってくれるやつがいるんなら、好きにしてくれ。どうせ、憎まれ役にきまってるんだからな。しかし、誰かがやらなきゃならんだろ」

「そりゃそうだ」若者が相槌を打った。「じゃ、まかせてくれよ。おれの名前はウィル・サリオ」

ポポヴィッチは憮然としたように相手の顔を眺めた。「まぁ、おれの話が終わるまで待ってろ。きみの出番はそのあとだ」

「じゃ、そういうことで」サリオはそちらに背中を向けると、窓のほうへ歩み寄っていった。彼は外の様子をじっくりと俯瞰した。フェリックスもつられたように視線をひるがえした――街のあちこちから黒煙が立ち昇っている。

ポポヴィッチは話の腰を折られてしまった。「まぁ、とにかく、そういうわけだ」

しばしの沈黙がただよったあと、サリオがふりかえった。「あれっ、もういいの？」

あたりから笑い声が洩れた。

「それじゃ、おれの意見ね」サリオが言葉を続けた。「世界中がめちゃくちゃだ。同時多発攻撃のせいで、インフラはどこもかしこも壊滅状態だ。そんな連携プレイを可能にしたものはただひとつ、インターネットさ。組織同士の便乗っていう仮説が正しいとしても、短時間でそれを成功させる条件は何だと思う？インターネットしかないだろ？」

「つまり、インターネットを封鎖しろと言いたいのかな？」ポポヴィッチは笑いをこらえきれなかったが、サリオがそれを否定しないので、たちまち真顔に戻った。

「昨夜のサイバーテロで、インターネットはほとんど機能停止状態におちいったじゃないか。めぼしいルータにちょっとした妨害をくらって、DNSの一部がつぶされたら、〝はい、それまでよ〟ってね。ところが、警察や軍の連中はテクノロジーを苦手にしてるんで、インターネットをたよりに動くわけじゃない。つまり、インターネットを封鎖すればテロリストどもの連絡手段を奪うことができるし、その一方で、そいつらをやっつける側にとっては痛みが少ないんだ。いずれ、状況がおさまったら復活させるさ」

「あきれたやつだな」ポポヴィッチはまさしく開いた口がふさがらないという表情だった。

「でも、正論だと思うけど」サリオが言葉を返す。「きびしい決断を求められるときほど、正論を避けようとするやつが多いんだよね。そりゃ、理屈がまちがってるからじゃなく、人間の心の問題じゃないの？」

　たちまち、ほかの面々もいっせいにしゃべりはじめ、カフェテリアの中は喧騒に包まれた。

「**やめろ‼**」ポポヴィッチがどなった。とたんに、喧騒はさざめきに変わった。ポポヴィッチはもういっぺん大声を上げ、カウンターの上で足を踏み鳴らした。ようやく、シスアドたちは秩序の何たるかを思い出した。「ひとりずつにしてくれ」ポポヴィッチは顔を真赤にして、両手をポケットにつっこんでいる。

　あるシスアドはここで待機すべきだと主張した。別のシスアドは外へ出たいと言った。クリーンルームに隠れていることを望む者もいた。食糧や燃料などの備蓄を管理する必要があるという意見もあった。警察や病院に助けを求めようという声も聞こえた。外へのドアに歩哨を配置してはどうかという提案も出された。

フェリックスは無意識のうちに手を挙げており、そんな自分に驚いた。ポポヴィッチが彼を指した。

「ぼくはフェリックス・トレモントだ」彼は手近なテーブルの上に立つと、PDAを取り出した。「みんな、こんな文章を目にしたことはないかな？

> 産業世界の支配者たち、肉体と鋼鉄にこだわる時代遅れのでかぶつどもに告ぐ。おれはサイバースペースの住人、あらたなる精神をそなえた存在だ。今後、きさまらは過去の遺物にふさわしく、ひっこんでいろ。おれたちはきさまらに何の用もない。何の権利も認めない。
>
> おれたちの世界には選挙で選ばれた政府がないし、そんなものを望んでもいない。そこで、自由にもとづく全権をもって、おれはきさまらに宣告する。おれたちが築きあげようとしている全世界的な社会がきさまらの圧制を受けることはありえない。きさまらは統治者に必要な道義をそなえていないし、おれたちを屈服させる手段も持ちあわせていない。

政府というものは有権者の信任にもとづき、正当な統治を実践しなければならない。おれたちはきさまらを信任していない。きさまらは招かれざる者だ。おれたちのことを、おれたちの世界のことを、きさまらは何も知らない。サイバースペースはきさまらの勢力圏ではない。公共事業の建造物とちがって、きさまらの手には負えないだろう。この世界は自然の摂理に従っており、おれたちの共同作業によって自律的に成長していくものだ。

これは十二年前に書かれた〈サイバースペース独立宣言〉の一部だ。すばらしい文章だと思う。ぼくは、生まれたばかりの息子のために、サイバースペースは自由であってほしいと願ってた――そして、その自由が現実世界にも波及し、社会全体がもっと自由になればいいと……」

フェリックスの言葉がとぎれた。彼は片手の甲で目許をこすった。ヴァンが彼の靴をそっと撫でた。

「今日、ぼくはかわいい息子と美しい妻を亡くした。全世界での死者は何千万か、それどころじゃないかもしれない。多くの都市が文字どおり炎に包まれ、消滅した」

彼はまたしても言葉を続けられなくなり、しゃくりあげた。

「世界のあちこちで、ぼくたちみたいな人々がこういう建物に集まってるはずだ。一連の攻撃があったときにも、昨夜のワームを退治しようとしてたにちがいない。自家発電装置もある。水もある。食糧もある。

もうひとつ、ネットワークもある——テロリストどもはそれを悪用し、罪のない人々はどうすることもできなかったけど。

ぼくたちはみんなネットワークに対する想いや願いを共有し、そこでの自由を愛しているはずだ。その一方で、世界でもっとも重要な組織や政府にかかわるツールをあつかってきた経験もある。今や、まがりなりにも世界を管理できそうな立場にあるのは、ぼくたちだけだろう。ジュネーヴはクレーターと化した。イースト・リヴァーは火の海だ。国連本部には誰も残っちゃいない。

サイバースペース分散共和国はこの嵐をほとんど無傷でやりすごした。ぼくたちの手許にあるのは、滅ぶことのない、ものすごい、最高のマシンだ。これなら、もっといい世界を築きあげることも可能だろう。

ここでがんばらなきゃ、ぼくは生きてる価値もない」

ヴァンが涙を浮かべていた。彼だけではなかった。拍手喝采はなくても、それ以上の賛同が感じられた。誰もフェリックスのあとに発言を求めようとはせず、その沈黙はおよそ一分ほども続いた。

「……どうやって？」ポポヴィッチの問いかけにも、皮肉めいた響きはまったくなかった。

あらゆるニュースグループへの書きこみが始まった。彼らが最初にそれを表明したのは、スパム対策の専門家たちが集まることで有名な、結束の固い同志たちの牙城と呼ぶべきnews.admin.net-abuse.email だった。

新しいところでは alt.november5-disaster.recovery があり、.recovery.governance（政治）や .recovery.finance（財務）や .recovery.logistics（補給）や .recovery.defense（防衛）など、分野ごとの類別もおこなわれている。それだけの手間をかけてくれる当事者たちに感謝しなければ。

大勢のシスアドが活動を再開した。グーグル本社では、クイーン・コングと称する女傑が部下たちを叱咤激励し、広大なデータ・センターにある無数のマシンをかたっぱしから再起動する作業にあたらせた結果、すでに復旧が完了していた。プレシディオにあるインターネット・アーカイヴはなおも機能を停止したままだが、アムステルダムのミラーサイトが生きており、そこからＤＮＳをリダイレクトしているため、ほとんど何の違いも感じなかった。アマゾンはつながらない。ペイパルはつながる。ブロガーもタイプパッドもライヴジャーナルも大丈夫で、おびえきっている生存者たちが何百万という件数の書きこみを残し、電子社会の温もりの中でおたがいに寄り添っていた。

　フリッカーにアップロードされた画像はどれもこれも慄然とさせられるものばかりだった。どこかの家のキッチンで生物兵器にやられた母親と赤ん坊の無残な死体を見てしまったフェリックスはそれらの画像が表示されないようにしなければならなかった。ケリーと2・0でないことは一目瞭然だったが、そういう問題ではない。彼は身体の震えがおさまらなかった。

　ウィキペディアもつながっていたものの、負荷のせいで不安定な状態だった。あいかわらず、スパムの脅威はおさまっていないのだ。ワームの大群がネットワークをうようよしている。

.recovery.logistics はもっとも活発な動きを示していた。

＞　ニュースグループの投票システムを使って、地域ごとの選挙ができるはず

フェリックスはその可能性を信じて疑わなかった。ユースネットのニュースグループにおける投票システムは二十年以上もほぼ順調に機能しつづけているのだ。

＞　それぞれの地域から代議員を選んで、首相を決めればいい

アメリカ人たちは大統領という呼称にこだわっていたが、フェリックスはそれがいやだ

った。固定観念に縛られているような気がするのだ。彼の未来はアメリカ流の価値観とは別のところにある。アメリカ流の価値観はホワイトハウスもろとも消し飛んでしまった。彼はもっと大きな枠組を築こうとしているのだ。

フランス・テレコムのシスアドたちがニュースグループに参加してきた。また、ジュネーヴが壊滅したとはいえ、ＥＢＵのデータ・センターは無事だったようで、いかにも機嫌の悪そうなドイツ人たちの避難所となっていた――フェリックスよりも英語の上手な連中だ。カナリー・ウォーフにもＢＢＣの生き残りがいるらしい。

英語の得手不得手にかかわらず、そういった人々が .recovery.logistics で意見交換をおこなっている。フェリックスは自分のほうに流れが来ているという感触があった。くだらない煽りや荒らしもあるとはいえ、そのあたりの経験が豊富なシスアドたちは適当にあしらっている。役に立ちそうな提案もいろいろとあった。

フェリックスの頭がいかれているのではないかと思っている者はきわめて少なく、彼にとってはうれしい驚きだった。

＞なるべく早い時期に選挙をやろう。明日でも遅いぐらいだ。有権者の信任がないと、正当な統治ってことにならない

すかさず、それに対する反応があった。

〉「冗談でしょ？　有権者の信任？　あたしの目が節穴でなけりゃ、あなたの言う〝有権者〟とやらは茫然自失のありさまで、机の下にでも隠れてるか、街の中をさまよってるか、ふたつにひとつよ。投票できるような状態じゃないでしょ？

　もっともな意見だった。なるほど、クイーン・コングは切れ者だ。女性のシスアドが少ないというのは嘆くべきことだ。この業界はクイーン・コングのような女性たちをもっと採用しなければいけない。新しい政府を樹立するにあたっても、男女比を調整する必要があるかもしれない。それぞれの地域で、男性ひとりと女性ひとりを選ぶようにするか？

　フェリックスは積極的に彼女と議論を交わしていった。やがて、話がまとまった――選挙は明日。

「サイバースペース共和国の首相？　どうせなら、ネットワーク世界連邦の執政官ってことにすれば？　威厳がありそうな感じがするし、かっこいいし、どうせ、ただの肩書にすぎないんだからさ」カフェテリアの床の上で、サリオはフェリックスの隣に寝ていた。ヴァンもその反対側にいる。室内には饐《す》えた臭気が充満していた――昨日からシャワーを浴びていないシスアドたちが二十五人も同じ部屋にこもっているのだ。いや、そのうちの幾人かは、もう何日も汚れっぱなしだった。

「黙ってろよ、ウィル」ヴァンがたしなめた。「おまえ、インターネットを遮断したいと思ってたんじゃないのか？」

「誤解されてるみたいだな。インターネットを遮断したいと、今でも思ってるさ。過去形じゃなく、現在形だってば」

　フェリックスは片目を開いた。あまりにも疲れきっていたので、その瞼はバーベルさながらに重く感じられた。

「いいか、サリオ――ぼくのやってることが気に入らないんなら、自分がやるべきだと思うことをやれよ。ぼくのやりかたに反発してる連中はたくさんいるけど、そいつらに対して、ぼくはそれなりの敬意を払ってるんだ。別のやりかたを提案するとか、賛否をはっきりさせるとか、そういうところにね。自決権ってやつさ。でも、愚痴をこぼしたり文句を言ったりするだけじゃ、話が進まないだろ。さっさと寝るか、自分なりのやりかたを提案するか、いいようにしてくれ」

　サリオはゆっくりと起き上がると、枕にしていた自分のジャケットを広げ、袖を通した。

「うっとうしいから、場所を変えるよ」

「あいつは行かないだろうと思ってたけど、意外だったな」フェリックスは声を洩らすと、寝返りをうち、選挙のことを考えつづけた。

さまざまな人々が意見を述べていた――シスアドにかぎらず。たとえば、ワイオミングの別荘にいたアメリカ合衆国の上院議員がそこにある自家発電装置と衛星回線でニュースグループにアクセスしていた。そして、この選挙のことを知り、立候補を表明したというわけだ。あるいは、無政府主義を標榜するイタリアのハッカーたちがでたらめな英語もかまわずに徹夜で書きこみをくりかえし、新しい世界に〝統治〟はふさわしくないとか何とか、ほかの参加者たちを批判するということもあった。フェリックスはそいつらのネットブロックを調べ、トリノ近郊にあるインタラクション・デザインの専門学校を拠点にしているのではないかと見当をつけた。イタリアはかなりの被害を受けたらしいが、この無政府主義者たちは小さな町にいたおかげで助かったのだろう。

　インターネットの封鎖に賛同する人々もきわめて多かった。フェリックスはその実現性をおおいに疑っていたが、そうすることによって一切合財に決着をつけてしまいたいという衝動があることは充分に承知していた。無理もあるまい？

　インターネットの封鎖という選択肢に思案をめぐらせているうち、フェリックスは眠りに落ちた。そこで彼が見た夢は、自分がたったひとりでネットワークを護ろうとしているという悪夢だった。

　何かを削るような乾いた物音が聞こえてきたので、彼は目を覚ました。そちらに寝返りをうってみると、ヴァンが起き上がり、丸めたジャケットを膝の上に置き、細い腕をしきりに掻きむしっている。その部分の皮膚はコンビーフのような色と化し、ひどいありさまになっていた。カフェテリアの窓から入ってくる陽光の中で、剝がれた細片がとめどもなく舞い上がり、そこらじゅうに飛び散っていく。

「どうした？」フェリックスも起き上がった。ヴァンの爪が肌にくいこんでいる様子を眺めていると、こちらまで身体が痒《かゆ》いような気分になってしまう。彼が最後に頭を洗ったのは三日前のことで、そろそろ、シラミか何かが涌いているかもしれない。昨夜、眼鏡をかけなおしたとき、彼は耳の裏側に触れてみた。すると、指先にべっとりと垢がついたのだ。二日もシャワーを浴びずにいれば、きまって耳の裏側に吹出物ができる。それが腫れあがってしまい、ケリーがいやいやながら膿《うみ》を抜いてくれたことも一度や二度ではなかった。

「痒いんだよ」ヴァンが答える。頭を掻いても大量のふけがばらまかれ、腕からの細片ともども虚空をただよいはじめた。「ちくしょう、掻かずにいられないぜ」

フェリックスはヴァンのバックパックからメイヤー・マックチーズを取り出し、床の上でとぐろを巻いているイーサネットのケーブルのうちの手近な一本をつないだ。そして、グーグルを呼び出し、思いつくかぎりのキーワードをたよりに検索する。〝痒い〟だけなら四千万件をはるかに超えた。彼はさまざまなキーワードを組み合わせ、少しずつヒット数を減らしていった。

「ストレス性の湿疹じゃないかな」ようやく、フェリックスが所見を述べた。

「こんな湿疹があるかよ」ヴァンが言葉を返す。

フェリックスは彼に症例の画像を見せた。炎症で赤くなった皮膚のところどころに白いものが点々としている。「〝ストレス性湿疹の患部状況〟だってさ」彼はその表題を読んでやった。

ヴァンは自分の腕を観察した。「まぁ、湿疹かもな」

「これによると、肌を乾燥させないようにして、コーティゾン軟膏を使ってみるといいらしい。二階のトイレに救急箱が置いてあったはずだから、探してみよう」ほかのシスアドたちと同じく、フェリックスもこの建物の中にある事務所やトイレやキッチンや物置をくまなく探索して、トイレットペーパーを一巻きとサプリ・スティックを何本か確保し、自分のショルダーバッグに入れておいた。カフェテリアの食糧は公平に分配しようという不文律ができあがっているものの、誰もが空腹感にさいなまれていることは周知の事実なのだ。人目を盗んで食糧をくすねようとするやつがいないともかぎらない。もっとも、そんな疑念は、自分自身がそうするのではないかという罪の意識の裏返しなのだが。

ヴァンが立ち上がった。陽光を浴び、目を開けているのもつらそうな様子だった。

「抗ヒスタミン剤がないかどうか、メーリングリストで訊いてみるよ」フェリックスが言った。最初の会議が終わってから数時間のうちに、このデータ・センターでは四つのメーリングリストと三つのウィキが作成され、やがて、ひとつに統合されていた。それとは別に、フェリックスはもっとも信頼できる五人の仲間とのあいだで小規模なメーリングリストを共有しており、そのうちの二人は他国のシスアドたちだった。ほかのみんなも、多かれ少なかれ、こんなふうにしているのではないだろうか？

ヴァンはふたたび床にへたりこんだ。「おまえさんが当選することを祈ってるよ」彼はフェリックスの肩に手を置いた。

フェリックスは立ち上がり、その場を離れ、薄汚れた窓の前で足を止めた。あいかわらず、トロントは燃えつづけている。これまでよりも火勢が強くなっているかもしれない。彼はいくつかのメーリングリストやブログに目を通してみたが、ほかのデータ・センターにこもっている同業者たちを別にすれば、トロント市民からの書きこみは皆無だった。ひょっとしたら——いや、おそらく——生き残った人々はやるべきことで忙しく、インターネットどころではないのかもしれない。ちなみに、フェリックスの自宅の電話は二回に一回ほどの確率でつながるようになっていたが、事件の翌日を最後に、彼はかけてみるのをやめていた。ケリーのヴォイスメールを五十回も聞いたせいで、会議中に泣き出してしまったのだ。もちろん、彼にかぎったことではないのだが。
何はともあれ、投票日だ。勝っても負けても恨みっこなし。

＞気分がおちつかないんじゃないの？

＞べつに

フェリックスはキーボードを叩いた。

＞ぶっちゃけ、ぼく自身の当落はどうでもいいんだ。ここまでやってのけたことに満足してる。選挙がなかったら、何もできずに座ったまま、外から救いの手がさしのべられるのを待ってるだけだったと思うけど

カーソルがそこで止まったまま点滅をくりかえす。クイーン・コングはグーグル本社で隠然たる実力を発揮し、部下たちを存分に働かせ、そちらのデータ・センターのオンライン状態を維持するためにできるかぎりのことをしていた。とはいうものの、三カ所の海外サーバは落ちたままだし、冗長ネットワークも六系統のうちのふたつが失われてしまったのだとか。それでも、彼女にとって幸運だったのは、アクセス密度がおさまってきたということだ。

＞まだ、中国が残ってるわ

こんどは彼女がキーボードを叩く番だった。クイーン・コングの目の前にはグーグルの

アクセス密度を表示する巨大な世界地図があり、それは魔法さながら、刻々と色を変えていくらしい。彼女はこれまでに大量の映像をアップロードして、生物兵器や爆弾がどんなふうに世界をめちゃくちゃにしていったのかを世に知らしめた。状況を確かめようとする人々はまずグーグルに殺到したわけだが、今はすっかり意気消沈してしまったかのようだった。

＞　中国だけは通常の九十パーセント程度で推移してる

　この指摘に対して、フェリックスは首を振った。

＞　まさか、中国人の仕業だと思ってるわけじゃないよね

＞　それは

　その途中で別の操作をおこなったのだろう、彼女からの入力が一時停止した。

＞　それはありえないでしょ。ポポヴィッチの仮説は正しいと思うわ。世界のどこでも、根性の曲がった連中はきまって自分以外の誰かを利用しようとする。でも、そういう連中をやっつけたのは中国がいちばん最初だったし、いちばん徹底してた。こうなってみると、全体主義ってやつも捨てたもんじゃないわね

　たしかに、その点は否定できない。フェリックスはあらためてキーボードを叩いた。

＞　きみの上司にその書きこみを見られる心配がなくてよかったね。中国がインターネッ

ト版の〝万里の長城〟を構築するって話になったときには、きみたちの会社もずいぶん積極的に協力したんじゃなかったっけ？

＞　あたしが決めたことじゃないってば

　彼女がキーボードを叩いた。

＞　それに、あたしの上司は死んだわ。経営陣は全滅かも。ベイ・エリアは絶好の標的だったみたいだし、そのあとの地震もすさまじかったから

合衆国地質調査所《USGS》からの自動送信によれば、カリフォルニアの北部を襲ったその地震はマグニチュード六・九で、ギルロイからセバストポルにかけての一帯が跡形もなくなったという。ウェブカメラで映し出された光景はひどいものだった——ガスの貯蔵施設が次々と爆発し、耐震構造をそなえていたはずの建物もまるで積木を蹴り崩したかのようなありさまだった。巨大な鋼鉄製のスプリングに支えられているグーグル本社もゼリーさながらに揺れたそうだが、機器類を満載した棚はいずれも無事で、負傷者についても、飛んできたケーブルの端子が顔面にぶつかって痣ができてしまったシスアドがいるとか何とか、その程度ですんだらしい。

＞　ごめん。忘れてた

＞　気にしないで。おたがいさまでしょ？

＞まぁ、そりゃそうだけど。とにかく、ぼくにとっちゃ、選挙の結果はどうでもいいんだ。誰が勝つにしても、やれることをやろうとしてるわけだから

＞ただし、腐ったれどもに票が集まるようじゃ大問題だけどね

〝腐ったれ〟というのは、インターネットの封鎖を望んでいる面々に対する蔑称で、一部のシスアドたちが使っているにすぎない。もとはといえば、クイーン・コングの造語だった――おそらく、彼女がこれまでに遭遇したＩＴ業界の山師どもをこきおろしたのが始まりだったのだろう。

＞まぁ、無理だろうね。あいつらは疲れきっていて、悲しくて、それがすべてなんだ。きみが協力してくれたおかげで、おおいに助かったよ

グーグルの面々は、衛星通信部門や環太平洋地域の生存者たちもふくめ、彼にとっての一大支持母体となっていた。クイーン・コングがそれを表明したとき、彼は驚きもあらわにｅメールを送ったのだが、それに対する彼女の答えは簡単明瞭だった――〝腐ったれどもにはまかせておけないでしょ〟と。

＞ＧＴＧ

彼女はその三文字を残し、アクセスを終了した。フェリックスはブラウザを起動させ、グーグルを呼び出そうとした。タイムアウト。更新。もういっぺん更新。ようやく、グー

グルのトップページが表示された。何が問題だったのかはわからないが——電源が落ちたか、ワームか、地震か——クイーン・コングによる復旧作業は迅速だった。よく見ると、そのロゴマークの中央部に並んでいる〝O《オー》〟の文字がいずれもキノコ雲のかかった地球の絵になっていたので、彼は思わず笑い声を洩らした。

「何か食うもんはないかな？」ヴァンが尋ねた。午後三時をまわったところだった。データ・センターにこもっていると、時間の流れはわからないものだ。フェリックスはポケットを叩いてみた。シスアドたちは食糧などを配給制にしていたが、それが決まったのは、自販機の周辺で早い者勝ちの争奪戦がおこなわれてからのことだった。フェリックスも十本あまりのサプリ・スティックを買いこみ、リンゴもいくつか手に入れておいた。サンドイッチもふたつあったのだが、賞味期限が短いため、それはさっさと食べてしまった。

「サプリ・スティックが一本だけ」それが彼の答えだった。今朝、彼はズボンのベルトがゆるくなっていることに気がつき、ちょっとうれしくなったものだった。つづいて、ケリーにこの体重をからかわれてきたことを思い出したとたん、涙が出てきてしまった。そのあと、彼は二本のサプリ・スティックを食べ、最後の一本を残しておいたのだ。

「むぅ」ヴァンが声を落とした。彼はやつれきっており、腕もひときわ細くなってしまったようだ。

「やるよ」フェリックスがつけくわえた。「フェリックス候補に清き一票を」

ヴァンは受け取ったサプリ・スティックをそのままテーブルの上に置いた。「できることなら、〝施しは無用だぜ〟とか何とか啖呵《たんか》を切って、こいつもつっかえしてやりたいところなんだが、死にそうなほど腹が減っちまってるんで、すまん、食わせてもらう」

「かまわないよ」フェリックスがうなずいた。「堪能してくれ」

「選挙はどうなってるんだ？」ヴァンは包み紙をきれいに舐め取ったところで話題を変えた。

「さぁね」フェリックスの口調はそっけなかった。「見守ってるわけじゃないんだ」二時間ほど前の段階で、彼はほかの候補者たちにわずかながらも差をつけていた。こうなってみると、自分のラップトップが手許にないというのは不便なものだ。彼以外にも十人ほどのシスアドたちが同じ悩みをかかえていた。みんな、緊急事態にあわてて家から飛び出してきたせいで、ワイファイを置き去りにしてしまったのである。

「くだらないったら」サリオが彼らのすぐそばへ寄ってきた。眠っている姿を見た者はいないし、いつも他人の話に聞き耳を立てているし、ユースネットのみならず現実世界でも口論が多いということで、彼はこのデータ・センターの有名人になっていた。「誰が勝つにしても、この状況の本質をきっちりと理解してもらわなきゃ」彼は片手を上げ、項目ごとに指で数えていった。「その一――テロリストどもがインターネットを悪用してるんだから、おれたちはそれを断ち切らなきゃいけない。その二――おれの意見がまちがってるとしても、選挙なんか茶番にすぎない。もうじき、自家発電装置の燃料がなくなるんだからさ。その三――燃料が手に入るとなりゃ、つまり、古い世界が復活するってことで、おたくらの新しい世界はそれっきりだ。その四――議論もけっこうだけど、外へ出るっていう選択肢がないかぎり、おれたちは飢えて死ぬだけだ。世界をよみがえらせるために、おれたちは何をすべきだと思う？　インターネットを封鎖して、テロリストどもを孤立させる？　それとも、タイタニック号の甲板にデッキチェアを並べて、〝サイバースペースの独立〟とかいう夢物語を語りあう？」

　理屈からすれば、サリオの言うとおりなのだ。燃料はあと二日で底をつく――ちょっとしたことでも電源が落ちてしまうというトラブルがなかったら、もっと早かったにちがいない。それに、インターネットそのものがテロの温床になっているという彼の仮説が正しければ、封鎖こそが正解だろう。

　しかし、フェリックスは妻と息子を亡くしてしまったのだ。古い世界を再建したいとは思わない。新しいほうがいい。もはや、古い世界に彼の居場所はない。あるはずがない。

　ヴァンが赤剝けになった肌を掻きむしっている。皮膚の細片が飛び散り、体臭の充満する室内をただよっていく。それを見たサリオがあからさまに顔をしかめた。

「いいかげんにしてほしいね。ここの空気はリサイクルされてるって、おたくも知ってるはずだよ。つらいのはわかるけど、そうやって雑菌だらけの微粒子を空中にばらまくのは反社会的だと思うな」

「おまえの態度だって充分に反社会的だぞ、サリオ」ヴァンが言葉を返す。「気に入らなきゃ、どこかへ行ってろ。おれのそばにいるかぎり、生命の保証はないぜ」彼は身体を掻くのをやめ、腰につけているマルチツールの収納ケースをあたかもガンマンのような仕種で叩いてみせた。

「あぁ、おれは反社会的な存在さ。アスペルガー症候群で、もう四日もケアを受けてない。おたくにそんなことを言われる筋合はないよ」

　ヴァンが頭を掻いた。「すまん……知らなかった」

　だしぬけに、サリオは高々と笑い声を響かせた。「まったく、おたくらはごりっぱだよ。たぶん、ここにいる連中のうちの四人に三人は多かれ少なかれ心の病気じゃないかな。たしかに、おれはいかれてる。でも、真実を語ることは正しいと信じてるんだから、おたくらみたいなへっぽこよりはましだと思うね」

「腐ったれ」フェリックスが吐き捨てた。「くそったれ」

フェリックスがサイバースペース共和国の初代首相に当選した時点で、燃料はあと一日ぶんも残っていなかった。本来の投票がスパムによるシステム障害でめちゃくちゃになってしまい、それをやりなおすために貴重な一日を費やさなければならなかったのだ。

そして、そのあいだに、すべてが悪い冗談か何かのようになってしまった。データ・センターの半分はもはや闇の中だった。グーグルへのアクセス密度を示すクイーン・コングの地図も刻々と色を失っていき、世界各地でネットワーク接続の状況が悪化しつつあることを示している。それでも、彼女はひきつづき新規の検索にかかわるリーダーボードを更新していた――その上位を占めているのは〝健康管理〟〝避難〟〝衛生〟〝自己防衛〟などといった項目だ。

ワームはあまり活動しなくなっていた。一般家庭にあるパソコンの多くが電力供給を断たれているので、そこにひそむワームも休眠せざるをえなくなっている。情報幹線については今でも電源が維持されているが、やはり、ほかのデータ・センターとの連絡はきわめて困難になってきた。フェリックスは昨日から何も食べていなかった。環太平洋地域にある衛星通信基地でも状況はまったく同じだという。

さらに、水も少なくなっていた。

フェリックスが支持者たちへの挨拶と首相就任の受諾表明をあちこちのニュースグループに書きこもうとしているところへ、ポポヴィッチとローゼンバウムが現われた。

「ドアを開けることにした」ポポヴィッチが告げた。ほかのみんなと同じく、あきらかに体重が落ちており、全身が垢と脂で汚れきっている。くわえて、晴れた日の昼間に魚市場から運び出されていくゴミ袋にも似た強烈な臭気をまとっていた。まぁ、フェリックスも他人をとやかく言える立場ではないのだが。

「偵察かい？　燃料は手に入るかな？　そのためのチームを編成しようか——いい考えだと思うよ」

ローゼンバウムがさびしげに首を振る。「家族がどうなったのかを確かめたいんだ。生物兵器だって、あれほどの大火には勝てなかったはずさ。いや、わからんがね。いずれにしても、この建物の中に未来はない」

「ネットワークのメンテナンスは？」フェリックスは尋ねながらも、返ってくる答えはすでにわかっていた。「ルータの保守はどうする？」

「一切合財のパスワードをきみに教えるよ」ポポヴィッチが言った。彼の手は震えており、目もうつろになっている。データ・センターにこもっている喫煙者たちの例に洩れず、彼もこの一週間でひどい禁断症状におちいっていた。ちなみに、カフェイン系の飲食物も二日前でおしまいだった。ニコチンを摂取できなくなった喫煙者たちが、それらをものすごい勢いで消費してしまったのだ。

「つまり、ぼくがすべての機材を管理していくことになるのかな？」

「きみでもいいし、そうする意思のあるやつなら誰でもいい」

フェリックスは自分で自分の機会をつぶしてしまったことを悟った。この選挙には大きな意義と価値があると信じてきたのだが、今になってみれば、次にやるべきことを先延ばしにするための現実逃避にすぎなかったのかもしれない。ただし、問題は、次にやるべきことが何もないという点だ。

「……ここに残ってくれとは言えないな」彼はゆっくりと口を開いた。

「あぁ、聞くつもりもない」ポポヴィッチは踵《きびす》を返し、歩み去った。

ローゼンバウムはその背中を眺めていたが、やがて、フェリックスの肩に手を置き、しっかりと握りしめた。

「ありがとう、フェリックス。いい夢を見せてもらったよ。けっして色褪せることのない夢だ。うまくいけば、きみたちにも食糧と燃料を持ってきてやるからな」

ローゼンバウムには妹がおり、事件発生から数日のあいだはＩＭで連絡がついていたという。しかし、やがて、応答がなくなったらしい。ほかのシスアドたちにしても、家族と別れの挨拶を交わした者もいれば、そうでない者もいる。そして、おたがいに〝あいつらのほうが幸せだったんじゃないか〟と感じているのだ。

　ポポヴィッチの決断はこのデータ・センター内のニュースグループで伝えられた——結局のところ、ここにいる面々にとっては、コンピュータがすべての中心に存在しているのだ。そんなわけで、一階はちょっとした観閲式のようになり、外へ出ることにした二人がドアを開けるところに全員の視線が集まっていた。キーパッドを操作すると、鋼鉄製のシャッターが上がり、内側のドアが開かれる。二人はホールへと進み、内側のドアを閉めてから、外側のドアを開けた。そのむこうには陽光が満ちあふれており、人影がないことを別にすれば、何の変哲もなさそうだ。そんなはずはないのに。

　二人は最初の一歩をゆっくりと踏み出した。それから、もう一歩。そこでふりかえり、建物の中に残っている仲間たちにむかって手を振ってみせる。その直後、二人はみずからの喉をつかみ、悶絶したあげく、地面に倒れこんでしまった。

「そんな——!!」フェリックスが悲痛な声を洩らした。

　そのとたん、二人はふたたび起き上がると、服についた汚れを払い落としながら、腹をかかえんばかりに爆笑した。そして、もういっぺん手を振ったあと、歩み去っていった。

「あいつら、ふざけるにもほどがあるぜ」ヴァンがぼやいた。彼はまたしても腕を掻きむしった。そこに残された爪痕から血がにじんでいる。服のあちこちに皮膚の細片がこびりつき、まるで、砂糖菓子のようになっていた。

「笑えるっていうのは、いいことだよ」フェリックスが言葉を返す。

「おぉ、腹の虫が鳴いてやがる」ヴァンはおどけたような口調で言った。

「ここにある食糧はすべてぼくたちが掌握してるじゃないか」

「おまえさんのおかげだよな、大統領」

「首相だってば」フェリックスが訂正した。「それに、きみだって副首相なんだぞ。何かの行事でリボンに鋏を入れるとか、でっかい記念品の贈呈とか、そういう仕事をやってもらわなきゃ」

彼らはいくらか気分が軽くなった。ポポヴィッチとローゼンバウムがいなくなり、ちょうどいい転機になるだろう。たぶん、ほかのみんなが出ていく日も遠くないはずだ。

燃料の残りはわずかだし、それが完全になくなるまで待とうと思うやつなんて、いるわけがあるまい？

＞あたしの部下が半分になっちゃった

クイーン・コングからだった。もちろん、グーグルはそれなりに順調である。スタンフォード大の片隅でわずか数台の自作ＰＣをたよりに運営を始めたころとくらべれば、サーバの負荷はいちじるしく軽減されているのだ。

＞　こっちは四分の一だよ

　フェリックスが答える。ポポヴィッチとローゼンバウムが出ていったのは昨日のことだというのに、このデータ・センター内のニュースグループは誰も使わなくなっていた。彼にせよヴァンにせよ、サイバースペース共和国で遊んでいる暇はない。ポポヴィッチから引き渡されたシステムをすべて使いこなせるように勉強しなければならないのだ——なにしろ、ここにある大型ルータの数々はカナダ全土をつなぐネットワークの中枢なのである。

　それでも、ときにはニュースグループへの書きこみがあり、その大半は別れの挨拶だった。誰が首相にふさわしいか、インターネットを封鎖すべきかどうか、食糧をくすねているのは誰なのか——そんな論争の数々はすでに過去のものだった。

　彼はニュースグループを更新した。ありがちなメッセージが入っていた。

＞　ソラリスＴＫのランナウェイ・プロセスの件

＞

＞　ども。ぼくは下っ端のＭＳＣＥにすぎないんですが、ほかには誰も起きてないっていうのに、DSLAMが四つばかり落ちてます。たぶん、顧客管理用のアカウント・コードのうちのいくつかが原因で、万単位のスレッドが乱発されて、スワップが全滅しました。対処しようにも、ぼくの手には負えません。このままだと、顧客に請求書を送ることもできません。不可能を可能にする魔法の呪文みたいな方法はありませんか？　コードを書いた当人に訊ければいいんだけど、生きてるかどうかもわからないし

フェリックスはふたたび更新した。それに対する回答が入っていた。単刀直入で、毅然としており、しかも、役に立つものだった――専門家ばかりが集まるニュースグループに迷いこんだ初心者がくだらない質問をしたときにありがちな冷たい雰囲気はまったく感じられない。未曾有の危機を目の前にして、シスオペたちも人助けが大切だということを思い出したのだろうか。

ヴァンが彼の肩ごしに覗きこんだ。「まいったね、こんな親切心を見せるなんて、本当にあいつなのか？」

フェリックスはその回答を読みなおした。ウィル・サリオだった。

彼はチャットに参加した。

＞　サリオ、きみはインターネットの封鎖を望んでたはずなのに、それを維持しようとするMSCEに力を貸してやるなんて、どういうわけかな？

＞　まぁ、コンピュータの基本も知らないような連中がでたらめなことをやらかすのには耐えられないってことさ

　つづいて、フェリックスはクイーン・コングとの通信をおこなった。

＞　どうだい？

＞　あたしの睡眠時間のこと？　二日は寝てないわよ。燃料のこと？　あと三日でからっぽ。食糧のこと？　あと二日

＞　そっか。ぼくも昨夜は眠れなかった。人手が足りなくてね

＞　ちょっといい？　あたし、モニカ。パサディナに住んでるの。宿題なんて大嫌い。あたしの写真、見てくれる？

　もはや、ＩＲＣはどこもかしこもトロージャン・ボットだらけで、誰かが通信を始めるやいなや、そこへくらいついてくるのだ。ときには、五つか六つものボットがだましあっていることもある。マルウェア同士がおたがいに泥仕合を展開するというのは、なんとも奇妙な光景だった。

　すかさず、二人はボットを一蹴した。すでに、フェリックスもそのためのスクリプトを入手してあったのだ。問題のスパムは跡形もなく消滅した。

＞　どうして、スパムがちっとも減らないのかな？　どこのデータ・センターも、稼働率

は五割がいいところなのに

クィーン・コングからの答えはなかなか返ってこない。フェリックスのほうも慣れたもので、グーグルのトップページを更新してみた。案の定、つながらなくなっている。

＞　サリオ、食糧は？

＞　二食ぶんは確保できてるよ、首相閣下

ヴァンがメイヤー・マックチーズを起動させたが、その通信チャンネルはフェリックスのそれと同じだった。

「ひどいもんだな。もっとも、多少はましになったか」

ヴァン自身もひどいありさまだった。わずかな風が吹くだけでも飛ばされてしまうのではないかと思うほどの姿で、声もかすれきっており、口を開くのもつらそうだ。

＞　おーい、コング、大丈夫かい？

＞　大丈夫。ただ、ときどき気合を入れてやらなきゃならないけど

「こっちの状況はどうなってる、ヴァン？」

「今朝よりも二十五パーセントは落ちてるぜ」

もともと、ここのルータを経由するノードはかなりの数にのぼる。おそらく、一般家庭や商店では電源が入れっぱなしになっているのだろうし、電話会社の本局もまだ機能して

いるようだ。

かねてから、フェリックスはそれらを傍受して、世の中の最新情勢を伝えてくれる人はいないかと探しまわっていた。しかし、自動送信ばかりだった。ネットワーク・バックアップ。ステータス・アップデート。スパム。厖大な量のスパム。

Ｖ　スパムが減らないのは、スパムを防止するサーヴィスが止まるのが速すぎて、生成するサーヴィスに負けてるんだと思う。ワーム対策の中枢はたった数カ所だけど、ゾンビ・コンピュータはいくらでもあるんだから。素人ユーザーがほんのちょっと頭を使って、自分のＰＣの電源を切ってくれてりゃ、こんなことにはならなかったのに

Ｖ　このままじゃ、夜になったらスパム地獄だね

ヴァンが咳払いをした。痛々しい響きだった。「それを言うなら、今でも充分にスパム地獄だと思うぞ。なぁ、フェリックス、この状況でおれたちが撤退しても、たぶん、気がつくやつはいないよ」

フェリックスはそちらをふりかえった。あいかわらず、ヴァンの肌はコンビーフのようなありさまで、長い爪痕がいくつも残されている。そして、その指先は震えていた。

「水を飲んでるかい？」

ヴァンはうなずいた。「あぁ、十秒おきに飲んでるさ。腹の足しになるんだから、文句

はないぜ」彼は水をたっぷりと詰めこんだペプシの特大ボトルを指し示してみせた。

「会議を開こう」フェリックスが告げた。

あの運命の日、ここには四十三人のシスアドたちがいた。今はたったの十五人だ。ちなみに、六人はこの会議が招集されたとたんに出ていった。何のための会議なのか、みんな、話を聞くまでもなく知っているのだ。

「さぁ、すべてが終わりだってことを認めてくれる気になったかい？」こんなふうに怒る気力を残しているのはサリオだけだった。彼は墓場までも怒りを持っていけるにちがいない。喉許や額《ひたい》に浮かぶ青筋も怒りをあらわにしている。両手の拳も怒りに震えている。ほかの面々は彼の剣幕に目を伏せていたが、そうかといって、そこいらのチャットやサーヴィスのログを読むこともできないようだった。

「サリオ、きみの勝ちだな」フェリックスが言葉を返す。「お望みどおりの結末じゃないか」

「きれいに決着をつけたかったんだ！」サリオが声を荒らげた。「ここまでひどい状態になっちゃうのがいやだから、さっさと封鎖しようって言ったのに。インターネットは世界規模での意思決定の手段になるはずだった。人類の発展に大きく貢献するはずだった。少なくとも、エントロピーや不正コードやワームなんかの巣窟になるはずじゃなかった。それなのに、ちくしょう、このありさまだよ」

最上階のカフェテリアは壁面全体が偏光強化ガラスの窓になっている。最初の会議以来の慣例どおり、どの窓にもブラインドが降ろされていた。ところが、サリオはだしぬけにカフェテリアの中を駆けまわりはじめ、すべてのブラインドを素手でひきちぎっていった。そんなエネルギーがどこに残されていたのだろうか？　フェリックスは驚かずにいられなかった。こちらは階段を昇ってくるだけでも倒れそうになってしまったというのに。

まばゆいばかりの陽光がさしこんできた。外は快晴だったが、いずれの方角を眺めてみても、眼下に広がるトロントの街並からは柱のような煙が無数に立ち昇っている。ガラスブロックによる最新工法で建てられたＴＤタワーの巨大な黒い姿さえも、今は劫火に包まれているのだ。遠からず、最期を迎えることになるだろう。

「おたくら、わかってるの？　ネットワークをゆっくりと朽ちるがままにしておいたら、その一部はあと何カ月もくたばらずに残るんだよ。いや、何年かもしれない。だけど、そこで動きつづけるものは？　マルウェア。ワーム。スパム。システム・プロセス。ゾーン・トランスファー。おれたちの役に立つものは劣化しやすくて、定期的なメンテナンスが必要だ。おれたちにとって無用なものはしぶとくて、いつまでも生き延びる。ネットワークを放置するってことは、産業廃棄物をそこいらに投げ捨てるのと同じなんだ。負の遺産だよ――おれが、おたくらが、はかのやつらが、どこかでキーボードを叩くたびに、それを垂れ流してきたんだ。そうだろ？　生かさず殺さずの状態にしておくより、とどめの一撃をぶちこんでやるほうがいいとは思わないの？」

　ヴァンが頬を掻いた。フェリックスがふりかえると、そこには涙の跡があった。

「サリオ、おまえの意見はまちがっちゃいないが、正論がすべてじゃないんだぞ」ヴァンが言った。「瀕死だろうと何だろうと、見守ってやってくれよ。今後、おれたち自身も苦しい人生を送ることになるだろう。そのとき、誰かがネットワークを必要とするかもしれん。あるユーザーから別のユーザーへささやかなデータが送信されるとしたら、それこそがネットワークの存在意義なんだからな」

「きれいに決着をつけたいと思うなら、そうすればいいさ」フェリックスが言った。「首相として、きみの権利を認めるよ。ルート・パスワードを教えておこう。きみだけじゃなく、全員に公開だ」

　彼はホワイトボードのほうへと歩み寄った。カフェテリアが営業していたころは〝本日のおすすめ〟に使われていたものだが、あの運命の日からはシスアドたちによる熱い討論の要点で埋めつくされ、今もそれが残っている。

彼は袖口でその文字を消すと、長くて複雑な英数字の羅列をいささかも迷うことなく書いていった。そういったパスワードを憶えるのは彼の得意技だった。もっとも、今後はそんな記憶力も宝の持ち腐れになってしまいそうだが。

＞ぼくたちも出ていくことにしたよ、コング。どうせ、燃料もからっぽだ

＞まぁ、いいんじゃないの？　別れの挨拶をいただけるなんて光栄よ、首相閣下

＞そっちの様子は？

＞若手のひとりを指名して、欲求不満の解消を手伝ってもらうことにしたわ。未発見の食糧が出てきたんで、あと二週間は生きていけると思う。残りは十五人——ちょっとだけ贅沢ができるかも

＞すごいじゃないか、コング。でも、無理は禁物だよ。いよいよとなったら、外へ出てくれ。いいこともあるはずだ

＞あなたも気をつけて、フェリックス——ところで、ルーマニアからのアクセスが増えてるってことは伝えたっけ？　状況が改善されつつあるのかも

＞本当に？

＞もちろん。人類はしぶといのよ——ゴキブリみたいに

彼女の接続が切れた。フェリックスはすぐさまファイアフォックスを起動させ、グーグルのトップページを更新した。落ちている。彼はなおも三回にわたって更新をくりかえしたが、オンラインにはならなかった。彼は目をつぶった。ヴァンが脚を掻く音が聞こえる。それから、ヴァンがキーボードを叩く音。

「つながったぜ」

フェリックスは長い溜息をついた。彼はデータ・センター内のニュースグループにメッセージを書きこんだ――五回も推敲をくりかえしたあとで。〝ここはまかせた。いつの日か、ぼくたちはかならず戻ってくる〟。

サリオ以外は全員が出ていこうとしていた。サリオは梃子《てこ》でも動くつもりがないらしい。それでも、見送りのために一階まで降りてはきたが。

シスアドたちがロビーに集合すると、フェリックスは内側のドアを開けた。陽光がさしこんでくる。

サリオが右手をさしのべた。「幸運を祈ってるよ」

「そっちこそ」フェリックスが応える。握手を交わしてみると、サリオの掌は予想以上にたくましかった。「きみのほうが正しかったのかもしれないな」

「そうかもね」

「インターネットを封鎖するかい?」

サリオは飾り天井を見上げ、その彼方に置かれている多くの機器を透視するかのような表情になった。

「……どうしようかな?」それが彼の返事だった。

またしても、ヴァンが腕を掻きむしったので、白い皮膚の細片がそこらじゅうに飛び散った。

「とにかく、薬局を探してみよう」フェリックスが声をかけた。彼がドアのほうへ歩きはじめると、ほかのシスアドたちもそれに追随した。

全員がホールまで進んだところで、フェリックスは内側のドアを閉め、それから、外側のドアを開けた。たちまち、刈り取られた草のような匂いをたたえた空気が流れこんでくる。いや、雨が降りはじめたときの匂いだろうか。湖の匂い。青空の匂い。広い世界の匂い。なつかしい友達のような匂い。

「じゃあな、フェリックス」ほかのシスアドたちが別れの挨拶を告げた。そして、彼がコンクリート製の短い階段の上で茫然と立ちつくしているのを尻目に、それぞれの行きたい方角へと歩み去っていく。

陽光をまともに浴びているうち、フェリックスはまぶしさのあまり涙が出てきた。「たしか、キング・ストリートのどこかにショッパーズがあったはずだ」彼はヴァンに声をかけた。「窓から石を投げこんで、コーティゾンを手に入れるとしようじゃないか？」

「おまえさんが首相だからな」ヴァンが答える。「言うとおりにするさ」

二人はそれから十五分ほども歩いたものの、誰にも会わなかった。それどころか、耳に入ってくるのも、鳥のさえずり、遠くで何かがきしむ音、そして、頭上に延びる電線に風が吹きつける音だけだった。まるで、月面を歩いているかのようだ。

「ショッパーズならチョコレート・バーがあるはずだよな」ヴァンが口を開いた。

フェリックスの腹の虫がそれに応えた。食べ物のことを考えるだけで、涎《よだれ》がこぼれそうになる。「わ～ぉ」

通りすがりに、小型のハッチバック車が停まっていた。運転席に座っている女性が赤ん坊を抱いているのだが、どちらも死んでおり、すでにミイラ化していた。ぴったりと閉ざされた窓はほとんど屍臭を感じさせなかったものの、フェリックスの唾液はすっぱくなってしまった。

もう何日も前から、彼はケリーや2・0のことを忘れていた。記憶がよみがえったとたん、吐き気がこみあげてきて、彼はその場に膝を落とした。現実世界に存在していた彼の家族は死んでしまった。友達もみんな死んでしまった。自分も歩道に倒れたまま、死んでしまえばいいのに。

ヴァンが腋の下に手をつっこみ、なけなしの力をふりしぼって抱き起こす。

「やめろ。どこでもいい、安全な建物の中に入って、何かを食って、そのあとでどうするかはおまえさんの勝手だが、今はやめてくれ。わかるか、フェリックス？　立ち止まってる場合じゃないだろうに、くそっ」

最後の罵り言葉がフェリックスの意識を刺激した。彼はふたたび立ち上がった。膝が震えている。

「あと一ブロックだ」ヴァンが肩を貸し、よろめきながらも歩みを進めていく。

「ありがとう、ヴァン。すまない」

「気にするなって。それより、シャワーがあるといいんだけどな。いや、悪気があるわけじゃないんだが」

「わかってるよ」

ショッパーズには金属製のセキュリティ・ゲートが設置されていたが、そんなものは何の役にも立たなかったのだろう、窓という窓は粉々になっていた。フェリックスとヴァンはわずかな隙間をくぐり、薄暗い店内へと足を踏み入れた。ひっくりかえっている陳列棚もいくつかあったものの、大半は無事なようだった。キャッシュ・レジスターのすぐそばで、フェリックスはよりどりみどりのキャンディ・バーが並んでいる棚を発見した。ヴァンもほぼ同時に気がついたようだった。すぐさま、彼らはそこへ突進すると、いくつもまとめて口に放りこんだ。

「ブタが二匹ってわけね」

背後から聞こえてきた女性の声に、彼らはあわててふりかえった。その女性は白衣姿で、室内用の靴を履き、自分の身長ほどもありそうな斧を握りしめている。

「欲しいものはくれてやるから、さっさと出ていきなさい。言うとおりにしないと、痛い目に遭うわよ」

とがった顎、鋭い視線。年齢は四十代だろうか。ケリーとはまったく違っている。よかった――少しでも似たようなところがあったら、フェリックスは彼女に駆け寄り、抱きしめようとせずにいられなかったにちがいない。ようやく、生きている人に会うことができた！

「お医者さんですか？」フェリックスは訊いてみた。彼女の白衣の下には手術着が見え隠れしている。

「出ていくつもりはあるの？」彼女が斧をかまえる。

フェリックスは両手を広げてみせた。「真面目な話、お医者さんですか？　それとも、薬剤師なのかな？」

「十年前は登録看護師だったわ。最近はもっぱらウェブデザインをやってるけど」

「冗談でしょ」

「女にはコンピュータをいじれるはずがないとでも思ってるの？」

「いや、友達のひとりがグーグルのデータ・センターをとりしきってるんですけど、それも女性ですから」

「冗談でしょ」白衣の女性がまったく同じ言葉を返す。「グーグルのデータ・センターを女性がとりしきってたなんて、信じられない」

「今もとりしきってます」フェリックスが訂正する。「彼女のおかげで、今もオンラインですよ」

「それは知らなかったわ」その女性は斧を下ろした。

「とにかく――コーティゾン軟膏はありませんか？　とりあえず、話を聞いてください。ぼくはフェリックス、こいつはヴァンといいます。こいつのために、抗ヒスタミン剤が必要なんです」

「薬があるかって？　そんなもの、百年かかっても使いきれないほど大量にあるわよ。その前に使用期限が切れちゃうけどね。それより、ネットワークが生きてるっていうのは本当なの？」

「本当ですよ」彼が答える。「どうにかこうにか。先週から今週にかけて、ぼくたちはその作業にかかりきりだったんです。今のところはつながってます。先々《さきざき》のことはわかりませんけどね」

「えぇ」白衣の女性がうなずいた。「期待はしてないわ」彼女は斧の先端を床に置いた。

「何か、物々交換に使えそうなものは持ってる？　欲しいものがあるわけじゃないけど、ほかの人たちとも物々交換で取引してるのよ。気分の問題ってやつね。そのほうが文明人らしいでしょ」

「ほかの人たちがいるんですか？」

「少なくとも十人ぐらいは」それが彼女の答えだった。「通りのむこうにあるレストランへ行けば、おいしいスープを出してくれるわ。具のほとんどは缶詰だし、ここにあった固形燃料がなきゃ湯を沸かすこともできなかったんだけど」

「物々交換で生活してるんですか？」

「まぁ、名目にすぎないけどね。ひとりぼっちはさびしいでしょ。応急手当はまかせてちょうだい。接骨ぐらいなら朝飯前よ——手首を折っちゃった人も診てあげたわ。ねぇ、食パンとピーナッツバターはいかが？　在庫がいっぱい残ってるのよ。そっちの彼なんか、骨と皮だけみたいな姿になっちゃって」

「えぇ、お願いします」ヴァンが口を開いた。「物々交換は無理ですけど、二人ともワーカホリックなもんで、やれることは何でもやります。人手が必要だったりしませんか？」

「べつに」彼女は斧の柄を回転させた。「話につきあってくれるんなら、それでいいわ」

三人はそろってサンドイッチを食べ、やがて、スープも欲しいということになった。レストランの面々がそれを届けてくれたので、フェリックスとヴァンも彼らと挨拶を交わしたものの、どうやら、彼らは二人の体臭をひどく気にしていたようだった。今も使える水道が倉庫にあると聞いて、ヴァンは入浴用スポンジをひっつかみ、すっとんでいった。フェリックスもすぐにそのあとを追った。

「どうすればいいのか、誰もわかってないのよ」白衣の女性が言った——ローザという名前だそうだ。彼女は日用雑貨コーナーからプラスティック製の使い捨てカップを持ってきて、ワインの栓を抜いた。「ヘリコプターや戦車が出動するはずだと思ってたし、略奪に遭うことも覚悟してたんだけど、何もありゃしない」

「そのわりには、みんな、平然としてるみたいですね」フェリックスが感想を述べた。

「無用の注目を惹《ひ》きたくないのよ」

「同じようにしている人々がほかにもいるかもしれませんよ？　大勢が集まれば、どうすればいいのかを決めることができるんじゃないかと思うんですが」

「喉を切り裂かれて一巻の終わりかも」彼女が言葉を返す。

ヴァンがうなずいた。「まぁ、それもありうるよな」

フェリックスは立ち上がった。「いや、そんなことはないって。ねぇ、ローザ、ぼくたちは重大な分岐点にさしかかってるんです。漫然とひきこもったままでいるか、状況を改善しようとするか、ふたつの道があります」

「改善？」彼女はあからさまに鼻を鳴らした。

「まぁ、改善とは言えないかもしれませんけどね。とにかく、〝何かをしよう〟ってことですよ。ひきこもってるよりはましでしょう。だって、ここにある雑誌をすべて読みつくして、ポテトチップもなくなったら、そのあとはどうするつもりなんですか？」

ローザは首を振った。「説得力があるわね。でも、どうしろっていうの？」

「何かをするんですよ」フェリックスが答える。「どんなことでもいいんです。何もしないのにくらべりゃ、はるかにましでしょう。世界の断片みたいなこの界隈にいる人々同士で話しあうんです。それを広げていくんです。できるだけ多くの人々とつながりを作るんです。手を貸してあげることもあるでしょうし、手を貸してもらうこともあるでしょう。きっと、いろんな問題が生じると思います。失敗の連続だと思います。だけど、失敗ばかりだとしても、あきらめるよりはいいじゃありませんか」

ヴァンが笑った。「おまえさん、サリオのいかれっぷりを超えてるぜ」

「そうだ、あいつにも声をかけなきゃ。明日の朝にでもデータ・センターから連れ出して、話に加わってもらうんだ。あいつだけじゃなく、あらゆる人々に声をかけよう。これが世界の終わりだなんて、誰にわかる？　この世界が終わるなんて、ありえないね。そんなことをほざくやつがいたら、くそくらえってもんさ。人類が滅ぶには早すぎるぜ」

ローザはふたたび首を振った。「あなたってば、何者なの？　教皇？」

「こいつ自身は〝首相〟っていう肩書のほうが好きなんですがね」ヴァンがわざとらしく声を落とした。抗ヒスタミン剤の効果はまさに奇跡のごとく、さっきまで真赤だった肌の色がすっかり薄くなっている。

「厚生大臣をやってみませんか、ローザ？」フェリックスが尋ねた。

「ごっこ遊び？」彼女が言葉を返す。「男どもの考えそうなことだわ。こうしましょ。あなたを〝首相〟と呼ぶつもりはないし、わたしも〝厚生大臣〟と呼ばれたくはないけど、それでよければ、できるかぎりの協力はしてあげる。いかが？」

「手を打ちましょう」フェリックスが答えた。

ヴァンはそれぞれのカップにワインのおかわりを注ぎ、壜をからっぽにした。三人は乾杯することにした。

「世界のために」フェリックスが音頭を取った。「人類のために」彼はなおも思案をめぐらせた。「再建のために」

「何かのために」ヴァンがつけくわえた。

「何かのために」フェリックスがくりかえした。「すべてのために」

「すべてのために」ローザも唱和した。

こうして、三人は乾杯した。フェリックスは自宅の様子を見に行きたかった――ケリーと2・0がどうなったのか、想像するだけでも気分が悪くなりそうだったが、だからといって、放置しておくわけにはいくまい。しかし翌日、彼らは再建にとりかかった。数カ月後、人々のちっぽけな集まりが意見の相違から結束力を失うと、彼らはふたたび再建にとりかかった。一年後、彼らはあらためて再建にとりかかった。五年後、彼らはまたしても再建にとりかかった。

フェリックスは下溝を掘り、缶詰を探し集め、死体を埋めた。植物を植え、その実りを収穫した。車の修理もできるようになったし、バイオディーゼルの製造法も学んだ。やがて、彼はデータ・センターへ戻り、ささやかな政府を樹立した——それは離合集散をくりかえしながらも、さまざまな事柄を記録にとどめていった。その役割を果たすべく、ヴァンが一緒にいてくれた。

彼らはチャットルームで長い時間をすごし、ときおり、かつてのサイバースペース分散共和国を知っている旧友たちもそこへアクセスしてきた。その面々はあいかわらず彼を〝首相〟と呼びつづけているのだが、現実世界で彼をそう呼ぶ者はいない。

おおかたにおいて、いい人生ではなかった。フェリックスの傷はけっして癒えることのないものだったし、ほかの多くの人々も同じような傷をかかえていた。不治の病もあり、不時の病もあった。つらいことばかりだった。

しかし、フェリックスはこのデータ・センターが気に入っていた。棚に並ぶマシンのかすかな作動音を聞いていると、今日という日がすばらしい世界の始まりだとは思えないにせよ、その終わりを予感させるようなこともないのだ。

＞寝なさいよ、フェリックス

＞もうちょっとなんだ、コング、もうちょっと——このバックアップが終わるまでだから

＞　救いようのない仕事中毒ね

＞　そっちこそ

彼はグーグルのトップページを更新した。クイーン・コングはすでに二年かそこらもオンライン状態を維持しつづけている。彼女が何かを思いつくたびに、そのロゴマークの〝O《オー》〟はデザインが変更されるのだ。今日のそれは丸い顔が笑ったり怒ったりするアニメーションだった。

彼はひとしきりそれを眺めたあと、バックアップの進行状況を確認した。とりあえず、何の問題もないようだ。ささやかな政府の記録はきっちりと保管された。

＞　よーし、完了！　おやすみ

＞　いい夢を

首や肩の凝りをほぐしながらドアのほうへ歩いていこうとする彼に、ヴァンが手を振ってみせた。

「ゆっくり休んでくれ、ボス」

「徹夜はだめだぞ」フェリックスが釘を刺す。「きみだって、ちゃんと休まなきゃ」

「おれみたいな部下にはもったいないほどの上司だな」ヴァンは言葉を返すと、ふたたびキーボードを叩きはじめた。

フェリックスは外へ出ると、夜闇の中を歩いていった。背後ではバイオディーゼルを使った発電機が動きつづけており、刺激臭のある排気ガスをただよわせている。秋の月が空高く浮かんでいた。いい風情《ふぜい》だ。明日はまた別のコンピュータを修理して、エントロピーとの戦いをくりひろげることになるだろう。それでいいじゃないか？

やるべきことをやるまでだ。彼はシスアドなのだから。

コールダー・ウォー
A Colder War

チャールズ・ストロス Charles Stross

金子 浩訳

チャールズ・ストロス（一九六四‐）

初出は二〇〇〇年の《スペクトラムSF》第3号。米国・ソビエト連邦の冷戦が終結するまで、米国のスパイ小説《エスピオナージュ》の定番の敵はソ連だった。本作はそのパロディ的ホラーSFで「より冷たい戦争」を硬く重たい文体で描く。米ソによる異次元の戦争利用競争は、宇宙開発競争を彷彿とさせる。なお中篇「ミサイル・ギャップ」も冷戦期の話で、こちらは地球が切り開かれて平面状世界に移植される。ストロスは本作の後に『残虐行為記録保管所』（早川書房・海外SFノヴェルズ）から始まるお仕事小説スリラー〈ランドリー・ファイル〉シリーズでもクトゥルー神話を扱っている。

ストロスは一九六四年生まれ。英国スコットランド在住。一旦は薬剤師になるがプログラマーやライターに転向する。八〇年代後半から短篇を発表してきたが、長篇デビューは『シンギュラリティ・スカイ』（ハヤカワ文庫SF）の二〇〇三年。本領を発揮している『アッチェレランド』（海外SFノヴェルズ）や「ローグ・ファーム」（『スティーヴ・フィーヴァー』収録／ハヤカワ文庫SF）は入手困難だが、ぜひ探して読んでほしい。

分析官

ロジャー・ジョーゲンセンはファイルを読みながら椅子の背にもたれる。

ロジャーは三十代なかば、金髪をレザーカットにしており、ほとんどの時間を人工照明のもとで過ごしているため、肌が青白い。眼鏡をかけ、半袖のワイシャツを着てネクタイを締め、写真入りのＩＤバッジをチェーンで首から下げている。いまは空調の効いた窓のない部屋で仕事をしている。

ロジャーが目を通しているのは恐ろしいファイルだ。

ロジャーは子供のころ、父親に、カリフォルニアの砂漠にあるネリス空軍基地の一般公開日へ連れていってもらったことがある。フェンスとちかちか光る放射線モニターで隔てられ、コンクリートで舗装された分散待機所にずらりと鎮座している大型爆撃機の銀色に輝く機体が、陽射しをまばゆく撥《は》ねかえしていた。爆撃機のピトー管に結びつけられて風になびいている色鮮やかなリボンテープが、お祭り気分といっていい、奇妙な陽気さをかもしだしていた。けれど、爆撃機は眠りについている悪夢だった。いったん目覚めたら、原子力爆撃機の一マイル以内に近づいた者は――搭乗員はべつとして――確実に命を落とすはめになるはずだった。

　翼端の懸架装置《パイロン》にとりつけてある光り輝くふくらんだポッドを見ながら、ロジャーはそのなかで手ぐすねひいている炎を、けたたましい空襲警報のサイレンを反響させる冷えびえとした恐怖を予感した。楽隊がスーザの陽気なマーチを奏でながら行進していたが、ロジャーは不安げにアイスクリームを舐め、父親の手をぎゅっとつかんだ。恐怖を忘れたのは、サンダーチーフ戦闘爆撃機の編隊が頭上を飛び過ぎて周囲数マイル以内の車の窓をがたつかせた瞬間だけだった。

　ロジャーはいま、同じ感情に襲われている。いい大人が、この諜報報告書を読みながら、コンクリートのベッドで眠りについている原子力爆撃機を見ている子供のようにおびえているのだ。

　そのファイルには、六一年秋に高高度を飛行するＵ２偵察機が撮影した、コンクリートでできた箱の不鮮明な写真が添付されている。北極圏の陽射しを浴びている棺桶形の湖が三つ、陰気くさく黒ぐろとひろがっている。ソ連中心部の奥深くで、水路が西へと、三つ葉マークと武装した警備兵に囲まれてのびている。カルシウム塩をたっぷり含んだ深い水、金と鉛で内張りされたコンクリート製の囲い堰《コファダム》。いかなる核兵器より恐ろしい、NATOをねらう眠れる巨人。

　コシチェイ計画だ。

赤の広場の復活

警告
　以下の状況説明《ブリーフィング》フィルムはシークレット・ゴールド・ジュライ・ブージャムに分類されている。あなたがシークレット・ゴールド・ジュライ・ブージャムの機密情報取扱許可を所持していないなら、ただちに上映施設を出て、所属部隊の保安将校に申し出、事後報告をおこなわなければならない。この告示の見落としは禁固に処せられうる違反である。
　六十秒以内に従うこと。

映像

春の赤の広場。空はよく晴れている。高空に小さく薄い絹雲《けんうん》。轟音をたてて空を横切っては、次から次へとクレムリンの高い壁の向こうに消えていく五機の四発爆撃機編隊にとって輝かしい背景だ。

ナレーター

赤の広場、一九六二年のメーデー・パレード。このときはじめて、ソ連は極秘兵器ゴールド・ジュライ・ブージャムを公開しました。その映像がこれです。

映像

同日後刻。果てしがないように思える機甲部隊と歩兵のパレードが広場を横切る。ディーゼルの排気ガスで空気が灰色になっている。後部に兵士が背中をまっすぐにのばして座っているトラックが横八列に並んでやってくる。さらにT‐56戦車の大隊が轟音を響かせながら続く。車長たちが展望塔《キューポラ》で直立不動の姿勢をとり、スタンドに敬礼する。ジェット機が低くやかましく頭上を通過する。ミグ17戦闘機の編隊だ。

戦車の後ろから、四両の低荷台トラック部隊がやってくる。巨大な牽引車が車台の低いトレーラーをひいている。なにかが縛りつけられている荷台には濃いオリーブ色の防水シートがかぶせてある。なんであれ、平らではないものだ。小さな家ほどの大きさがある食パンに見えないこともない。トラックの両側には、ジープに似た車両が付き添っている。その後部では、武装した兵士が背筋をのばして座っている。

防水シートには、銀色で大きな星形が描いてある。星形の輪郭だけだ。星は様式化された銀色の円で囲まれている。おそらく部隊章だろうが、赤軍のものとしては異色だ。円のまわりに、奇妙に様式化された字体の文字が書かれている。

ナレーター

これらは一時的にコントロールされている、生きた奉仕者です。牽引している車両には、ブハラに駐屯し、ウクライナとアゼルバイジャンの核施設に関する構造工学的任務に従事している四人建設部隊、第二警護工兵旅団の旅団章がついています。ドレスデン協定調印国がこの技術を所有していることを公然と示したのは、これがはじめてです。ソ連はこれによって、第六十七警護工兵旅団にも四体が配備されているとわたしたちに結論づけさせようとしています。この部隊が例外でないとして、現在のソ連軍の戦力にあてはめて計算すると、奉仕者は全部で二百八十八体あることになります。

映像

五機の巨大なＴｕ－95ベア爆撃機がモスクワの空を轟音とともに横切る。

ナレーター

この結論には疑問があります。たとえば、一九六四年、ベア爆撃機はレーニン廟前の観閲台の上空を、計二百四十回通過しました。ところが、当時の技術偵察によって、ソ連空軍はこの爆撃機のための駐機場を百六十機分しか持っていないことが判明したのです。また、偵察写真から推測したツポレフ設計局の繁忙状況に基づく機体製造のペースからすると、この時点までに完成していたこの爆撃機は六十機から百八十機のあいだのはずでした。

一九六四年のパレードの証拠写真をさらにくわしく分析したところ、五機の編隊に分かれた二十機が、同じ空域を何度も通過しているらしいことが判明しました。モスクワからは視認できないところで弧を描く周回飛行をおこなっていたのです。これによって、一九六四年の戦力推定は誤ったものになっていました。ソ連の第一撃運搬能力を三百パーセント過大評価してしまっていたのです。
　したがって、戦力推定をする際には、眉につばをつけて赤の広場のパレードを見なければなりません。おそらく、ソ連は四体しか奉仕者を所持していないのでしょう。それでも、ソ連軍の戦力は実際に大幅に向上したと考えられます。

地形の連続写真

　山間《やまあい》の僻村を非常な高高度――ひょっとしたら軌道上――から撮影したスーパー鳥瞰写真。岩山の下に、小さな小屋がごちゃごちゃと建っている。そばで山羊の群れが草を食《は》んでいる。
　二枚目の写真。なにかが村を蹂躙《じゅうりん》し、破壊した跡が見える。爆撃の跡ではないのは明らかだ。およそ四メートルの幅で、岩だらけの高原が平らに均《なら》されている。高熱で溶かしたかのようだ。粗末な小屋の端が傾いて、いまにも倒れそうになっている。残りの部分は消えうせている。その跡の上で、白骨がかすかに輝いている。舞い降りて死体をついばむハゲワシさえいない。

ナレーター

　これら二枚は、軌道を周回しているＫＨ－11偵察衛星がごく最近、同一地点を連続して撮影した写真です。時間の間隔はちょうど八十九分です。この村は、ムジャヒディンの有力な指導者の出身地でした。一九六二年のパレードに登場したトラックに積まれていたものが荷台に、類似した跡を残していた点に注目してください。

　これらの証拠を考えあわせると、ソ連はアフガニスタンで奉仕者部隊を実戦に投入したと推測できます。幅四メートルの同化の跡も符合します。その跡では、有機質が完全な分子崩壊を起こしています。破壊は迅速でした――開始から終了まで、五千秒かかっていません。生存者は写っておらず、衛星が二度目に上空を通過したとき、破壊をもたらしたものはすでに回収されていました。村民はＤＳｈＫ重機関銃、ロケットランチャー、ＡＫ－47で武装していたにもかかわらず。最後に、破壊をもたらしたものが少しでもコースをそれた形跡はありませんが、あたり一帯から住民が消えています。白骨死体をべつにすれば、人っ子ひとりいなくなっているのです。

　こうした特異な証拠からして、ソ連はドレスデン協定に違反し、ゴールド・ジュライ・ブージャムをカイバル峠で実戦に投入したと結論せざるをえません。ＮＡＴＯの機甲師団が、核兵器の支援なしで、この村のムジャヒディンたちのように一蹴されないと信じられる根拠はありません……

謎宮殿

ロジャーは兵士ではないし、熱烈な愛国者でもない。大学を卒業してＣＩＡに入局したのは、七〇年代はじめのチャーチ委員会の公聴会でＣＩＡの非合法活動が追及された影響が残っているころだった。ＣＩＡは暗殺をやめ、国家安全保障にまつわる報告書を作成する行政機関にすぎなくなっていたが、ロジャーにはなんの不満もなかった。だが、入局から五年たったいま、ゆるい坂道をニュートラルでくだっていく車のように、定年を、年金を、金時計をめざしてのんびりとマイペースで業務をこなすことは、もう不可能になった。

ロジャーはファイルをデスクに置くと、震える手で、抽斗《ひきだし》に隠してある箱から禁制のタバコを一本抜きだした。タバコに火をつけ、つかのま椅子の背にもたれて深呼吸をし、おちつけ、と自分に言い聞かせて、手の震えがおさまるまで、しらじらとした照明に照らされながら立ちのぼる煙を見つめていた。

ほとんどの人が、スパイは銃やＫＧＢの工作員や鉄条網を恐れていると思っている。しかし、じつのところ、スパイにとってもっとも危険なのは書類だ。書類は秘密を伝える。

死刑執行令状にもなりうる。こんな、十八年前のぼんやりしたミサイルの偽造写真やら時間／生存曲線と凄まじく高い精神病罹患率の推計やらが付された文書を読んだら、悪夢にうなされてしまう。真夜中に、悲鳴をあげながら目を覚ましてしまう。これはロジャーが、国家安全保障会議および――部長とＣＩＡ副長官が許可すれば――次期大統領の閲覧に供するために要約している一連の極秘文書のひとつだ。そしていまロジャーは、次のページをめくる前に、タバコで心を鎮めなければならなくなっているというわけだ。

　数分で、手の震えがおさまった。ロジャーはタバコを鷲の頭つきの灰皿に置いて、ふたたび機密書類を手にとる。その書類自体が要約だ。何千ページもの書類と何百枚もの写真のエッセンスだ。全部でたった二十ページ。一九六三年当時、ＣＩＡはまだ準備段階だったコシチェイ計画について、ごくわずかしか知らなかった。ほんの概略と、トップクラスのスパイが嗅ぎつけた噂しか。もちろん、アメリカにもそれに相当する計画があることも。ソ連の現況が不明だったため、アメリカ空軍はＮＢ‐39計画という、銀色の鋼板でできたもてあましものを活用した。ソ連が掩蔽壕の封印を解く気配を見せたら、すぐにコシチェイ計画を阻止できるように、ＸＫ‐プルートで武装した十二機の原子力爆撃機だ。ひとつの標的を三百メガトンの水爆がねらっていたが、それでなんとかなるという確信はだれにもなかった。

そして南極で、ごまかしようのない大失敗をしでかしてしまった。面目丸つぶれだった。なにしろ、国際地域での地下核実験だ！　少なくとも、ＪＦＫはそのせいで二期目に出馬できなくなった。核実験だったというのは下手な言い訳だった。だが、エレバス山の向こうの極寒の高原で第五〇一空挺師団にほんとうはなにが起きたのかを公表するよりはずっとましだった。世間はその高原を知らなかった。ヒトラーですら遵守した、一九三一年のドレスデン協定に調印した国々の政府の地質調査機関が発行した地図にも載っていなかった。その高原は、ソヴィエト連邦よりも多くのＵ２スパイ偵察機を、暗黒大陸アフリカよりも多くの探検隊を飲みこんでいた。

くそ、いったいどうすれば、これを次期大統領に見せられるようにまとめられるんだ？

ロジャーはもう五時間、この二十ページの報告書とにらめっこしていた。冷厳な数値を算出可能なその恐怖を、思考の限界を超えている事柄を思考できるような表現に要約し、かつ、読む者が圧倒されずにすむような方法を探しつづけていたが、それは至難のわざだった。ホワイトハウスの新顔は、単純明快に話し、単純明快な答えを求める。超常現象を信じないほどには信心深いし、朝、目をつぶってアメリカを信じられるなら感動できる演説ができるほどには堂々としている。コシチェイ計画を、ＸＫ‐プルートを、ＭＫ‐ナイトメアを、あるいは門を説明するには、おそらく、たんなる兵器システムにまで評価を落とすほかないだろう――実際にはそうではないのに。兵器はおぞましい人殺しの道具にもなりうるが、道徳的な使い方もできる。ところがこれらの計画には、古《いにしえ》の邪悪が染みついているのだ……

ことがはじまるとき、サイレンが鳴り響くとき、ロジャーは自分とアンドレアとジェイスンがあとに残されて核の炎に包まれることを願った。あっちに、門の向こうの未踏のひろがりに潜んでいるのではないかとロジャーが疑っているものと比べれば、そのほうが苦しまずに死ねるはずだった。そのひろがりは、ニクソンに有人宇宙飛行計画を断念させ、無用の長物となりはてたシャトルを物笑いの種にした。ニクソンは、宇宙開発競争のとんでもない危険性に気づいたのだ。その闇はジミー・カーターを背信行為に向かわせ、リンドン・B・ジョンソンをアル中にした。

ロジャーは立ちあがり、そわそわと一方の足からもう一方の足へ体重を移す。小部屋の壁を見まわす。一瞬、灰皿の端でくすぶっているタバコに注意を惹かれる。渦を巻いて立ちのぼる紫煙が、のんびりくつろいでいるドラゴンのように宙でたゆたっている。のたくって、奇妙な楔形《くさびがた》文字を描く。目をしばたたくと、楔形文字が消える。だれかがロジャーの墓に小便をひっかけたように、腰のあたりがちくちくする。

「くそ」とうとう、言葉が静寂を破る。ロジャーは震える手でタバコを揉み消す。くよくよしたってしょうがないじゃないか。ロジャーは壁をちらりと見る。一九〇〇時。もう遅い。家へ帰ろう。きっとアンドレアが心配してる。

もうたくさんだ。ロジャーは薄いファイルを椅子の後ろの金庫におさめ、取っ手をまわし、ダイヤルをひねると、署名して閲覧室を出、いつものように退出検査を受ける。

三十マイルの家路をたどる途中、ロジャーは車の窓から唾を吐いて、アウシュヴィッツの灰の味を消し去ろうとする。

深夜のホワイトハウス

大佐は熱狂的な興奮状態で、居ても立ってもいられないのか、室内を歩きまわっている。「きみがまとめた報告書はじつに見事だったぞ、ジョーゲンセン！」ファイルキャビネットと壁のあいだの隙間の前でくるりと向きを変え、反対側の壁際に据えられた自分のデスクまで戻ってくる。「きみは基本を心得てる。すばらしい。きみのような局員がもう何人かいたら、テヘランであんなへまをしでかさなかっただろうにな」そして、ついつられてしまいそうな笑顔になる。大佐のボルテージは最高潮で、四〇年代のコミックブックに出てくるヒーローのように常軌を逸している。その勢いに気《け》おされて、ロジャーは椅子に浅く、背筋をぴんとのばして座っている。意識していないと過剰な敬語を使ってしまいそうだ――ロジャーは軍人ではないし、大佐の部下でもないのに。「だからマクマード副長官に頼んで、きみにわたしのチームの一員になってもらい、このオフィスでCIAとの連絡係として働いてもらうことにしたんだ。マクマード副長官が同意してくれてよかったよ」

　ロジャーは思わず訊ねる。「ここで働くのでありますか？」ここはホワイトハウス別館の行政府ビルの地下。どれだけ影響力があるか知らないが、大佐がロジャーを大抜擢したのだ。「どのような仕事をするのですか？　チームというのは……」

「まあおちついて、コーヒーでも飲みたまえ」大佐はデスクの後ろに戻って椅子に座る。ロジャーはおずおずと、海兵隊のエンブレムつきマグカップのなかの茶色いどろどろをすする。「大統領からチームをつくるように命じられたんだ」と大佐が、さりげなくそんなことを言うので、ロジャーはコーヒーにむせそうになる。「この不測の事態に、十月の奇襲に、ニカラグアのアカどもに対処するためのチームを。〝悪の帝国には目には目をで立ち向かうぞ、オジー。まばたきしてる暇なんてないからな〟――大統領はそうおっしゃったんだ。悪の帝国は汚い手を使う。だが、近頃じゃ、われわれのほうが上手なんだ。第三世界の独裁国家みたいな、ショゴスを持ったオートボルタみたいな田舎っぺどもよりな。

わたしの仕事は、やつらの首根っこを押さえて切り刻むことだ。やつらに、国連の演壇を靴で叩いたり、譲歩を要求したりする機会は与えない。こけおどしには絶対に乗らない。もしもやりあう気なら、相手になってやる」大佐は立ちあがって、またぞろ歩きまわりはじめる。「五〇年代、六〇年代には、ＣＩＡがこの手の仕事を、それも巧みにやってのけていた。だが、甘っちょろい連中が多すぎる——反吐《へど》が出るよ。もしもきみらがまた汚れ仕事に手を染めたら、ジャーナリストどもが、特ダネを拾えるかもしれないと思って、きみらがトイレへ行くたびに跡をつけるだろうな。

今回はやり方がちがう。チームは少人数だし、わたしが全責任を負う」大佐は言葉を切って、ちらりと天井を見上げる。「まあ、全責任を負うのはこの上かもしれないがな。だが、いいたいことはわかるだろう？　チームにはＣＩＡをよく知っている者が必要なんだ。高度の機密情報取扱許可を持っていて、くそいまいましいあら探し屋の役人どもからなる委員会のもとへ達する前に内部情報をすくいあげられるインサイダーが。〝謎宮殿《パズル・パレス》〟からも加わってもらうことになってるし、ビッグ・ブラックにもコネをつけてある」大佐は鋭い目つきでロジャーを一瞥《いちべつ》する。ロジャーはうなずく。ロジャーはパズル・パレス——国家安全保障局（ＮＳＡ）——の情報の取扱許可を持っているし、存在自体がいまも機密扱いになっている極秘機関ビッグ・ブラック——国家偵察局（ＮＲＯ）——のことも知っている。

ロジャーは心ならずもこの大佐に感銘を受けている。なにしろ、アメリカの諜報社会という魑魅魍魎《ちみもうりょう》が跋扈《ばっこ》する世界で、こぢんまりした軍艦を建造し、大統領が署名した敵国船拿捕《だほ》免許状を持って、髑髏と骨が描かれた旗《ジョリー・ロジャー》を掲げて出帆しようというのだ。だが、ロジャーにはまだ訊ねなければならないことがある。ノース大佐にどこまで可能かを突きとめておかなければならない。「フィーヴァー・ドリームについてはいかがですか？」

大佐はコーヒーカップを置いて、「持ってる」とあっさり同意する。「それにナイトメアも。プルートも。〝必要なものはすべて使うように〟と大統領はおっしゃったし、それを証明する、まだインクが乾ききっていない大統領令だってある。それらの計画はもう、わが国の指揮系統に属していない。表向き、それらはすでに退役し、兵器削減交渉の次のラウンドで検討されることになっている。それはもはや抑止戦力ではない。これからは核兵器だけでやっていくことになっている。だが、非公式的にはわたしのグループのものだし、悪の帝国の戦争遂行能力を抑止し、削減するために必要なら、わたしはためらいなく使用するつもりだ」

ロジャーの肌が、子供時代の恐怖の残響でぞくぞくする。「ですが、ドレスデン協定では……」

「安心しろ。やつらが破らないかぎり、こっちから破ったりはしないさ」大佐は歯を見せてにやりと笑う。「きみが加わるのはそういうチームなのさ……」

月明かりのヴォストーク湖岸

金属製の桟橋は乾燥していて冷えきっている。気温は摂氏マイナス十八度近く。氷の下の洞窟は息苦しくなるほど暗く、断熱材を幾重にも重ねた服を着こんだロジャーは、震えながら、体重を片方の足からもう片方の足へ移しつづけて体が冷えないようにしている。人が生存できるようにポンプで送りこまれた、氷の天井の下、ロス棚氷《たなごおり》の底にへばりついている人工的な加圧空気の泡のなかにいるので、唾を飲んで耳抜きをしなければならないし、かすかに眩暈《めまい》がする。地上に戻るときは、一日以上、減圧室で座っていなければならない。

桟橋のすぐ下をひたひたと洗っている水からは、なんの音も聞こえてこない。湖面を照らす投光照明は水中まで届いている――南極の氷の下にひろがっている湖の水は信じられないほど透明なのだ――が、光はたちまち飲みこまれてしまい、真っ黒で底なしの闇の印象だけが強い。

　ロジャーは大佐の代理として、探査艇の到着に立ち会って積み荷を受けとり、万事順調かどうかを報告するためにここに来ている。他の人員はロジャーを無視しようと努めている。ワシントンからやってきた男の存在に、ぴりぴりしているのだ。小型潜水艇の運用支援のためにマクマード基地経由で飛んできた工兵と軍事技術兵の一団がいる。緊張した面持ちの中尉が、浮き桟橋の端に配置され、銃とビデオカメラの中間のような複雑な見かけの武器を持った海兵隊員たちを指揮している。それから、例によって、深海リグの整備員とおぼしいプラットフォーム作業員たちがいる――だが、表情は不安そうに沈んでいる。彼らは、南極の氷床の底につくられた、加圧空気の泡のなかで浮いている。下には、ヴォストーク湖の過冷却された静かな水がひろがっている。

　彼らはランデブーを待っている。

「五百ヤード」と技術者が報告する。「十で浮上中」相棒がうなずく。彼らは、小型潜水艇に乗って深さ三マイルの冷えきった水のなかで静かに浮上している男たちを、遠い昔に沈んだ墓を荒らした男たちを待っている。「さっさとプラットフォームまでひきあげてくれよ」潜水艇が出発してから、ほぼ一日がたっている。潜航を開始したとき、電池の残りは目的地までの往復に充分だったし、万が一故障が起きても乗組員がかなり長いあいだ呼吸できるだけの空気を積んでいた。だが、フェイル・セーフ・システムなどというものが存在しないことは、嫌というほど思いしらされている。ここ、人間世界のさいはてでは。

ロジャーはまたも足踏みをする。「おまえが取り替えた電池の残量不足のせいで低電圧遮断機が作動して、ここから永久に抜けだせなくなるんじゃないかって心配してたよ」と潜水艇の操縦士が隣の男に冗談を飛ばす。

周囲を見まわしているとき、ロジャーは海兵隊員のひとりが十字を切っていることに気づく。「ゴーマンとサスロウィッツから連絡はありましたか？」とロジャーはおだやかに訊ねる。

中尉はクリップボードをチェックしながら、「いえ、出発以来、一度も」と答える。「潜水中は艇と連絡をとる手段がないんです。小さすぎて極超長波《ELF》通信機は積めないし、それに、だれかが、その、聞きつけて警戒するといけませんから」

「たしかに」投光照明器が投げかけている光の端に、小型潜水艇が猫背の黄色い影を現わす。潜水艇が浮上するにつれ、水面がねっとりと波打つ。

「要員輸送艇を目視」と操縦士がマイクにつぶやく。操縦士は突然、忙しく姿勢を調整したり、圧縮空気をバラストタンクに送りこんだり、電池残量やスクリューの回転速度について副操縦士と話しあったりしはじめた。クレーン操縦士たちも、長いブームをあわただしく湖面にのばす。

やがて潜水艇のハッチが見えてきて、水面で上下に揺れる。突如として、中尉が指示を出しはじめる。「ジョーンズ！　シヴァッティ！　よく見ろよ、中央左だぞ！」クレーンはすでに、潜水艇の上に巨大なリフティングフックを垂らしており、ひきあげる準備をととのえている。「舷窓にぶつけて叩き割るんじゃないぞ！」潜水艇が湖底の針の穴を、古代の神殿にそっくりな沈んだ構造物を通り抜けたのは、これが十回目――有人だと七回目――だが、ロジャーは悪い予感を覚える。このままずっとうまくいくはずなんかないんだ、と考える。遅かれ早かれ……

ばかでかい黄色のお風呂おもちゃのように、ユーモアのセンスがある神がつくったサイボーグ鯨のように、潜水艇が浮上する。緊張の数分間で、潜水艇は吊りあげられ、無事プラットフォームにおろされる。海兵隊員たちが位置につき、潜水艇のなめらかな曲線を描く艇首部から出目のように突きでているふたつの舷窓のなかを懐中電灯で照らす。上のほうでだれかが、ずんぐりした司令塔のなかにつながっている送受器をとって話している。ハッチのハンドルがまわりだす。

「ゴーマンです」と中尉。ナトリウム灯の投光照明のせいで、なにもかもが黄色っぽく、色あせて見える。濡れた段ボール紙の色をした軍人の顔が、安堵でゆるむ。

ロジャーは、潜水艇乗組員――ゴーマン――が危なっかしくトップデッキに降りてくるのを待つ。長身のゴーマンはいかにもやつれている。赤の保温服は三サイズ大きい。胡麻塩の無精髭で覆われた顎が紙やすりのようだ。いまのゴーマンはコレラ患者に見える。黄ばんだ皮膚、体がみずからの貯蔵タンパク質を食うときに出る、鼻をつくケトン臭。そしてそれ以上に胸が悪くなる瘴気を漂わせている。アルミ製の薄いブリーフケースがチェーンで左手首につながれており、その上の肌がぐるりと黒ずんで痣《あざ》になっている。ロジャーは進みでる。

「あなたですね？」ゴーマンがつかのま、体をまっすぐにする。とうてい軍人の直立不動とはいえない。たちまちふらつく。「受けとりました。こちらが品質サンプルで、残りはなかです。解錠コードはご存じですね？」とゴーマンは大儀そうに訊ねる。

ロジャーはうなずく。「1、5、8、1、2、2、9」

ゴーマンはブリーフケースの組み合わせ錠のダイヤルをゆっくりとまわす。ブリーフケースをぱかっと開いて、手首からチェーンをはずす。白い粉を詰めたポリ袋が投光照明を反射して輝く。アフガニスタンの山岳地帯でつくられた五キロの高純度ヘロインだ。そればかりでなく、箱詰めされた四分の一トンのヘロインが乗員室に積みこまれている。中尉は検分してからブリーフケースを閉め、ロジャーに渡す。「引き渡しを完了しました」タクラマカン砂漠の高原の廃墟から南極のアメリカ領土まで、異星同士をつないでいる門を、先住者以外はだれも、つくり方も壊し方も知らない――そして先住者は語らない――門を経由する迂回路を利用して運ばれてきたのだ。

「どんなところを通ってきたんだ？」とロジャーは肩をこわばらせて訊ねる。「なにを見たんだ？」

　潜水艇の上では、サスロウィッツがハッチのなかで座りこんで、クレーンのアタッチメントの支柱にぐったりともたれかかっている。ひどく具合が悪そうだ。ゴーマンはかぶりを振って視線をそらす。青白い照明が、その顔の深く刻まれた皺を際だたせている。まるで木星の衛星のでこぼこだらけの表面のよう。目尻には烏の足跡。皺くちゃだ。老いの色が濃い。髪は月明かりの色になっている。「長くかかりました」とゴーマンは泣き言じみた口調で言う。がっくりと膝をつく。「あっちにいたあいだずっと……」潜水艇の側面にもたれる。見る影もなくやつれ、年齢よりずっと老けこんでしまっている。「太陽がぎらぎら輝いていました。それに放射線検出器。太陽フレアかなにかだったにちがいありません」体をくの字に曲げ、プラットフォームの端で空《から》えずきをする。

　ロジャーは考えこみながらゴーマンをじっと見つめる。ゴーマンは二十五歳、ビッグ・ブラックの運び屋で、元グリーンベレー隊員だ。二日前、受けとりのために門をくぐって出発したときは健康そのものだった。ロジャーは中尉をちらりと見て、「すぐに大佐に報告したほうがよさそうですね」と言う。ひと呼吸間を置いて、「あのふたりを回復室に運んで、介抱してやってください。当分、だれかにヴィクター‐タンゴをくぐらせることはないと思いますよ」

ロジャーは向きを変え、昇降機をめざして歩きだす。両手を背中で組んでいるのは、手が震えるのを防ぐためだ。背後では、異星の月明かりが、ヴォストーク湖の底を通してちらついている。この星から、三マイルと計り知れない光年を隔てた光だ。

ルメイ将軍の誉《ほま》れ

警告

以下の状況説明フィルムはシークレット・インディゴ・マーチ・スナイプに分類されている。あなたがシークレット・インディゴ・マーチ・スナイプの機密情報取扱許可を所持していないなら、ただちに上映施設を出て、所属部隊の保安将校に申し出、事後報告をおこなわなければならない。この告示の見落としは禁固に処せられうる違反である。

六十秒以内に従うこと。

映像

巨大な爆撃機のショット。丸みを帯びた砲塔が、腐った丸太から生えているキノコのように機体から突きだしている。異様に膨れたエンジン・ポッドは、両翼端に近すぎるように思えるところからぶらさがっている。それぞれの炉心の周囲に四本のタービン管が寄り集まっている。

ナレーター

コンベアＢ-39ピースメーカーは、合衆国戦略空軍の平和をもたらすための武器庫のなかでも、とりわけ恐るべき武器です。八発のプラット&ホイットニーＮＰ-４０５１原子力ターボジェットを装備するこの爆撃機は、命令を待って、いつまでも北極の氷冠の上空を旋回しつづけられます。これはアイテム・ワン、飛行訓練用のテスト機です。他に十二機が、臨界に到達するのを地上で待っています。いったん離陸すると、Ｂ-39は専用の施設を備えるアラスカのふたつの飛行場にしか着陸できません。このＢ-39は、これまでに九カ月間飛行を続けていますが、劣化の兆候はまったくありません。

画面変わる

ボーイング727並みの大きさの鮫が怪物の開いた爆弾倉から落ちる。ずんぐりした三角翼で空気を切り裂き、ロケットのまばゆい炎で推進される。

ナレーター

改良されたナバホ・ミサイル――実際に積みこまれるXK-プルートの試作品――が運搬機から投下されるところです。実物とちがって、このミサイルには水爆も、敵に報復的破壊をもたらす直接サイクル核分裂ラムジェットも搭載されていません。XK-プルートはマッハ三で敵の領土上空を飛びながらメガトン級の水爆を落とし、爆弾がなくなると、最終的な敵を見つけだしてその周囲で旋回しはじめます。そして目標に到達するや、炉心を放出して、敵の頭上に溶けたプルトニウムをぶちまけるのです。XK-プルートは完全兵器です。木の高さほどの高度で高速に飛行するときに発する衝撃波から原子炉の構造にいたるまで、あらゆる面が損害を与えるために設計されているのです。

画面変わる

ベルゼンの絵はがきとアウシュヴィッツの映画――地獄の休日。

ナレーター

これが、XK‐プルートのような兵器が必要な理由です。これを阻止するために必要なのです。そもそも第三帝国のトート機関が目覚めさせた忌わしきものたちは、現在はウクライナに移送され、新ソヴィエト人を自称するわたしたちの敵の軍隊で実戦配備についているのです。

画面変わる

禍々《まがまが》しい灰色のコンクリート板、東ドイツのセメントでつくられたマヤの階段ピラミッドの上面だ。有刺鉄線に銃。水のない水路がピラミッドの基部から北へ、バルト海のほうへ刻まれているのは、導入過程の名残りだ。それはそちらからやってきた。ピラミッドのかたわらに建ち並ぶ平べったい奴隷宿舎は、言うなれば黒い制服を着た建設作業員たちのおぞましい記念物だ。

画面変わる

新しい休息所。コンクリートで内張りされた三つの湖と水路に囲まれた大きなコンクリート製のモノリス。それはウクライナの風景の只中でうずくまっている。パンケーキのように平べったく、四方八方にえんえんとのびている。

ナレーター
これがコシチェイ計画、クレムリンが握っている地獄の門の鍵なのです……

科学技術の鑑定人

「彼らがやってきたのは先カンブリア時代だったとわかっています」
グールド教授は聴衆を意識しすぎないようにしながら、視線を落として、オーバーヘッド・プロジェクターの投影シートをせっせと替えている。「古生物学者チャールズ・D・ウォルコットがブリティッシュコロンビア州東端付近のカナディアン・ロッキーでおこなった先駆的な発掘調査によって発見した、大型動物相の標本が存在します――」スクリーンに、なんとも形容しがたい奇怪な生物の手描きスケッチが表示される。「――たとえばこのオパビニアは、そこで六億四千万年前に死亡しました。これほど古い時代の軟体動物の化石は希少です。バージェス頁岩《けつがん》は、これまでに発見された先カンブリア時代の動物相の記録として最高のものなのです」

　大きく膨らませたヘアスタイルで、それよりもっと大きな肩パッドの入った服を着た痩せぎすの女が、鼻でせせら笑う。女にとって、太古の時代のことなど知ったことではないのだ。ロジャーは学者に同情して顔をしかめる。あんな女、なんで来たんだろうと思うが、女はどういうわけか高名な古生物学者の来訪を嗅ぎつけた――そして女は大佐の秘書なのだ。女に出ていけと言ったら、昇進に差し支える。

「特筆すべきは――」オパビニアの面影をいまに伝える圧迫された岩石の写真。「――歯形です。歯形は、一九二六年のピーバディ南極探検隊が持ち帰った――まったく同種である――Zシリーズの標本の環節にも認められます。先カンブリア時代の地球の様相はいまと異なっていました。現在は別個の大陸に分裂している陸塊のほとんどが、ひとつの巨大大陸だったのです。実際、これらの標本は、もともと、二千マイルかそこらしか離れていないところにありました。おそらく、寄生生物も一緒だったでしょう」

「われわれは、歯形が意味するなにを知っていなければならないんですか？」と大佐が訊ねる。

博士が顔を上げる。目が輝く。「生きがよかったころのオパビニアが好物のなにものかがいたということですよ」聴衆から短い笑いが洩れる。「カメラの絞りのように開閉する顎を持つなにものかが。絶滅してしまったと思われるなにものかが」

　次のシート。こんどは不鮮明な水中写真だ。奇態な魚に見えなくもないものが写っている――サイドスカートとスポイラーを備えたターボチャージャーつき装甲ヌタウナギ、または触手が足りないイカというところか。頭の上部は扁平な円盤状で、先端からシダに似た奇妙な触手が二本突きだしており、頭の下部には不気味な吸盤様の口がある。「これは去年、ヴォストーク湖で撮影された写真です。いまはもう死んでいることでしょう。餌がありませんから。この鋭い歯で獲物を嚙み砕く生物は、みなさん、アノマロカリスと呼ばれています」教授は一瞬、黙りこむ。「これを見せてくださって、みなさんには感謝しています」そして付け加える。「大勢の同僚がかんかんになることでしょうが」

　照れ笑いなのだろうか？　グールド教授はすぐに話を続け、ロジャーに教授の心中を忖《そん》度《たく》する余裕を与えない。「さて、とびきり興味深いのはこれです」とグールド。なんだかわからないが、カリフラワーか、それとも脳のようなものだ。茎が長さと太さを減じながらフラクタル的に分岐しつづけ、最終的には虹色のぼんやりした集合体となって中心の茎を包みこんでいる。その茎の基部は、四本のずんぐりした触手に支えられて立っている樽型の構造体につながっている。

「アノマロカリスは、どうにか分類学に押しこむことができました。しかし、この生物には先例がありません。ハルキゲニアの膨らんだ体節とは酷似しています――」そして教授は次のシートを投影する。触手でできた羽根飾りをつけ、ヒールがナイフになっている靴を履いたムカデとでもいうべきしろものだ。「――しかし一年前、われわれは気の毒な生物を逆さまにしていたのであって、実際のハルキゲニアはただの棘を持つ虫だったと判明したのです。しかもこれの頭部には、イリジウムとダイヤモンドが大量に含まれていました……これは生物ではありません。少なくとも、わたしが三十年にわたって研究してきた動物界の生物ではないのです。細胞構造はまったく存在しません。同僚の研究者に協力を求めたのですが、ＤＮＡもＲＮＡも、これからはまったく分離できませんでした。むしろ、生物レベルの複雑さを備えた機械なのです」

「いつの写真かわかってるんですか？」と大佐は訊ねる。

「ええ」教授は笑みを浮かべた。「一九四五年にはじめて実施された大気圏内核実験が、続々とおこなわれるようになる以前です。その程度ですね。今世紀の前半か、前世紀の後半だと考えられています。これはもう何年も前に死んでいるでしょうが、それ以前に生まれてまだ存命中の人がいるころですよ。一方――」教授はアノマロカリスの写真を映しだす。「——岩のなかから発見されたこの標本は、およそ六億一千万年前のものです」教授は次の写真に切り換える。構造はそっくりだが、ずっと鮮明だ。「この、死んではいるが腐敗はしていないほうとそっくりなことに注目してください。こちらのアノマロカリスは、明らかにいまもどこかで生きているのです」

教授は大佐に視線を向ける。だしぬけに、当惑して口ごもる。「話してもかまいませんか？　わたしたちが、その、以前に……」

「ああ、どうぞ。ここにいる者には聞かれても問題ありません」大佐はこともなげに手を振って、ボリュームたっぷりの髪型の秘書、ロジャー、メモをとっているビッグ・ブラックのふたりの男、シークレット・サービスのまじめくさった顔の女、さらに二重顎でコーラの瓶の底のような眼鏡をかけ、不安げな表情をしている頭の薄い海軍大将を示す。

「わかりました」当惑が消える。「わたしたちは、あなたがたから提供されたアノマロカリスの組織の、予備的な解剖をおこないました。標本の一部は分析のために研究所に送りました——たいしたことはわかりませんでした」教授はあわてて付け加える。そして体をまっすぐにのばし、「わたしたちが解明した事柄とは、それらの標本は地球の生態系に起源を持っていない、というごく単純なものです。細胞の特徴の分岐学的解析と生化学的特性の分析結果から、それらは絶対にわたしたちと共通の先祖から分岐した生物ではないと判明したのです。この生物と比べたら、キャベツのほうがまだしも人間に近く、数多くの共通点を持っていると言えます。死後六億年の化石を調べても、それはわかりません。しかし、生の組織標本があれば話はべつなのです。

説明しましょう。この生物は多細胞生物です。ところが、全部でひとつであるかのように個々の細胞が協同して機能しているらしいのです——一般的には、これは合胞体と呼ばれています。DNAはありません。地球の生物が利用していない塩基対をふたつ持つRNAを利用しているのです。ほとんどの細胞小器官《オルガネラ》は、どんな機能を果たしているのか、地球の生物だとなんにあたるのかは、まだ解明できていません。また、わたしたちが使っていないふたつのアミノ酸を使ってタンパク質を合成します。これは決定的な証拠ではありません。古細菌以前にわたしたちの祖先と分かれた祖先から進化したのか、それとも——こっちのほうが可能性は高いとは思いますが——わたしたちとはまったく無関係なのか断定できないのです」教授はもう微笑んでいない。「門ですね、大佐？」

「まあ、そんなところですね。あなたがたに提供した化け物は、われわれの、その、ミッションのひとつが持ち帰ったものです。門の向こう側から」

グールドはうなずく。「もっといただくわけにはいきませんよね？」と希望をこめて訊ねる。

「今年はじめの事故以来、原因が究明されるまで、すべてのミッションが延期されているんですよ」そう言うと、大佐は意味ありげにロジャーのほうをちらりと見る。サスロウィッツは二週間前に死亡した。ゴーマンも、全身の結合組織が腐るという深刻な病状が続いている。多量の放射線被曝が原因と考えられている。乗員をうしなうことなく運べる方法をだれかが考えつくまで、輸送任務は再開されず、ルートはふさがったままだろう。ロジャーはわずかに首をかしげる。

「参りましたね」と教授は肩をすくめる。「再開されたら、ぜひ知らせてください。ところで、門の反対側の位置を特定する手がかりは得られたんですか？」

「いえ」と大佐。そしてこんどは、大佐が嘘をついていることをロジャーは知っている。大佐が移送能力をべつの目的に転用するようになる前の第四次ミッションで、門の向こう側の都市のがらんとした中庭に、小型電波望遠鏡が設置されているのだ。XK‐マサダでは、酸素なしでは呼吸できないほど空気が薄く、空が藍色で、血のように赤い太陽に焼かれて硬度が陶器並みになってしまっている岩盤が露出した平原に、建物がくっきりとした影を落としている。その後、記録されたパルサーの電波を基地で解析することによって、地球と同一の渦状腕の内側、ほぼ六百光年、銀河核に近い位置と判明した。異星の建物に記されているのとよく似た絵文字が、ミノックスカメラで撮影した、ウクライナの掩蔽壕の扉のぼんやりした白黒写真にも写っている。その象徴の背後では、コシチェィ計画の対象が死ならざる眠りについている。バルト海の海底の、沈んだ都市の残骸に巣くっていたのを引き剝がしてきた邪悪なるものだ。「どこから持ってきたかを知りたがるのはなぜですか?」

「どのような環境で生命が進化するかについて、ほとんどわかっていないからですよ」つかのま、教授は考えこんだような表情になる。「基準はひとつしかありません——ありませんでした。この星、地球です。それがいま、第二の基準が、その断片が手に入ったのです。もしも第三の基準が得られたら、たとえば〝地球外にも生物は存在するのだろうか〟ではなく——その答えはもうわかっているからです——〝地球外にはどんな生物がいるのだろうか〟とか〝人類が住める星はあるのだろうか?〟などという深遠な疑問を検討できるようになるのです」

ロジャーはぞっとする。ばかめ、と思う。事実を知ってたら、そんなにお気楽ではいられないはずだ——ロジャーはぶちまけてしまいたい衝動を抑える。それもまた、昇進に差し支える行為だ。さらに言えば、そんなことをしたら教授の命に差し支えかねない。協力してくれている教授に、そんなひどい罰を受けなければならない落ち度はない。それに、ワシントンの行政府ビルを訪れているハーヴァード大学教授を消すのは、ニカラグアのジャングルのなかのみすぼらしい村でアカ教師を消すより厄介だ。だれかの注意を惹く恐れがある。大佐はいい顔をしないだろう。

　ロジャーはグールド教授に見つめられていることに気づく。「なにか質問でも？」と著名な古生物学者は訊ねる。

「その――ちょっと待ってください」ロジャーはぶるっと体を震わせる。時間／生存曲線を、〝バルト海の珍品〟への接近に人間の脳がどこまで堪えられるかが計測されている、ナチスドイツから接収した残虐な医学記録を思いだしたのだ。メンゲレの狂気のあかし、生き残りを、目撃者を一掃するための、親衛隊《SS》の最後のあがきだ。コシチェイは、準備万端ととのった上で、禍々《まがまが》しい邪悪な大砲のように、アメリカの心臓部に向けられている。〝世界を食らう心〟は、うとうとと輝かしい狂気の夢を見ている。獲物がいないので休眠しているのだ。体が樽状で翼で飛んで触手があるものどもであれ、その後継者たる人間であれ、知性を持つものたちの心を夢見ているのだ。「彼らは知的でありうるとお考えですか、教授？　人間のような意識を持っている可能性は？」

「ありうると思います」グールド教授の目が輝く。「こちらは――」と投影シートを示す。「――ご承知のように生きてはいません。しかしこちらは――」なんと、教授は先住者を、樽状の体に蝙蝠《こうもり》のような翼を持つ生物を見つけていた。「――わたしたちが知っている脳とは異なりますが、少なくとも容積が人間の脳と同程度になる、きわめて複雑な神経節とおぼしいものが多数あります。そして、道具を使用できたと解釈しうる、ものをつかむことに適応し特殊化した器官もあります。これらふたつの特徴を考えあわせれば、高度な技術文明を築いてもおかしくないと結論できます。異なる恒星をめぐっている惑星と惑星をつなぐ門。異星の植物相だの動物相だの。恒星間文明を想定しても、まんざら的はずれとは言えないと思いますね。はるか昔の地質年代に——恐竜が絶滅したより十倍も昔に——滅亡した恒星間文明を。それなのに、その文明の遺物はいまだに作動しているのです」教授の声は感動で震えている。「わたしたちは、わたしたち人類は、まだうわっつらを撫でているだけなのです！　人類の遺物はどれだけもつでしょうか？　二万年もたてば、建造物はすべて塵に還ってしまうでしょう。ピラミッドですら。静かの海に残っているニール・アームストロングの足跡だって、五十万年かそこらで、流星塵の衝突によって跡形もなくなってしまうでしょう。一千万年たてば、空になった油田がふたたびいっぱいになり、マントルからメタンが湧きあがってきます。大陸移動が、すべてを消し去ってしまうでしょう。それなのにこの人々は……！　長持ちするものをつくりあげたのです。わたしたちには彼らから学ぶべきものがたくさんあります。でもわたしたちに、彼らの後継者として技術文明の王座につく資格があるでしょうか？」

「もちろんですよ、教授」と大佐の秘書が厚かましく口をはさむ。「そうですよね、オジー？」

大佐はにやっと笑ってうなずく。「そうとも、フォーン。そうだとも！」

大悪魔

ロジャーはキング・ダビデ・ホテルのバーのカウンターに座り、背の高いグラスに注《つ》がれたうまくないレモネードを飲みながら、エアコンが効いているにもかかわらず汗をかいている。時差ぼけでふらふらし、頭がまわらない。腹が痛くて一時間前にやっと部屋から降りてきたが、アンドレアに電話できる時間になるまで、まだあと二時間もある。出発前に、またもアンドレアと激しく言い争ってしまった。アンドレアには、どうして夫がしょっちゅう世界の果てへ出かけなければならないのかわかっていない。わかっているのは、息子が父親を、とんでもない時刻にかかってくる電話の声だと思いながら成長していることとだけだ。

このようなレベルで仕事をすることに興奮しながらも、ロジャーは気がふさいでいる。

万が一ことが露見したら、いったいどうなるのだろうとしょっちゅう不安に駆られている。もしもロジャーが手錠をかけられ、フラッシュを浴びながら歩くはめになったら、アンドレアはどう思うだろう？　それを言うなら、父親と電話で話した覚えしかないジェイスンはどう思うだろう？　大佐がしゃべったら、あの気の弱そうな禿頭の海軍大将がびびって議会で口を滑らせたら、だれが妻子の面倒を見てくれるんだ？

　ロジャーは秘密工作の安全性について幻想を抱いていない。関係者が多すぎるし、手のこんだ偽装会社やら、匿名口座やら、いかがわしい中東の武器商人やらが多すぎる。遅かれ早かれ、だれかが秘密をばらす理由を見つけて、ロジャーは窮地におちいるだろう。ロジャーはもう、たんなるＣＩＡとの連絡係ではない。大佐の運び屋にして影、外交官パスポートばかりか、ヘロインと最終利用者証明書でぱんぱんになったブリーフケースをも持つ男になっている。

　少なくとも、上から下まで一蓮托生なんだ、とロジャーは考える。雲の上にも、大佐にうまくやってほしいと願っている人々がいる。大騒動になって、ワシントンポストの一面で活字が躍るようなはめになったら、閣僚や国務長官の首がいくつも飛び、大統領自身も証人台に立ってすべてを否定しなければならなくなるだろう。政界は上を下への大騒ぎになるだろう。

だれかが肩をぽんと叩いて、ロジャーのもの思いを断ち切る。「よう、ロジャー！ なに不景気なツラをしてんだ？」

ロジャーはげんなりした様子で顔を上げる。「べつに」と暗い声で応じる。「座ってくれ」大使館の田舎っぺ——隠れみのとして大使館儀典課の下っ端として働いているマイク・ハミルトン——は椅子をひきだし、愛想のいい自動車事故よろしくどすんと腰をおろす。ロジャーは、ハミルトンが実際には田舎っぺではなく——田舎っぺが、イェール大学で国際関係学の学位をとれるわけがない——田舎者と思わせておいて相手から情報を得ようとしているだけなのを知っている。

「早いな」ハミルトンがそう言って、ロジャーの耳の向こうに目をやる。口調がいきなりビジネスライクになっている。「計画どおり、おれは鈍いけど善人の、いい警官役をやる。シナリオは頭に入ってるな？ まず、拒否するんだぞ」

ロジャーはうなずく。ちらりと見まわすと、メフメット（姓は不明）がバーの反対側から歩いてくるのが見える。メフメットは一分の隙もない身なりをしており、ロジャーの月収よりも高い、ジャーミン・ストリートの老舗で仕立てたスーツを着ている。きちんと手入れしてある顎髭と口髭をたくわえており、明らかなイギリス風アクセントの英語を話す。メフメットはトルコ人の名前で、イラン人の名前ではない。もちろん偽名だ。どう見ても欧米化されたトルコ人ビジネスマンで——とてもイラン人革命家には見えない。だがメフメットは、ヒズボラと深い繋がりがある。それどころか（大きな声では言えないが）、コムの隠者ことルホラ・ホメイニじいさんとも。小悪魔イスラエルのテルアビブを任地とする非公式なイラン大使には絶対に見えない。

　メフメットは大股で歩いてくる。社交辞令的な会話が会合の本質的な公式性を覆い隠す。メフメットが早めに来たのは、ロジャーたちの調子を狂わせるための手だ。メフメットがひとりで来たのも、やはりロジャーたちを守勢に立たせるための手だ。というのも、外交でもっとも重要なのは交渉の現場で相手に道徳的権威を行使させないことであり、人数の多さというのは強力な心理学的ツールだからだ。

「ロジャーさん」とメフメットはロジャーに微笑みかける。「それに、そうそう、ハミルトン博士」笑みをいっそう大きくする。「大佐どのはお友達のみなさんの近況を喉から手が出るほど知りたがってるんじゃありませんか？」

　ロジャーはうなずく。「まったくそのとおりですよ」

　メフメットは笑みを消す。一瞬、十歳も年をとったように見える。「わたしは彼らのもとを訪れました」と簡潔に言う。「いえ、連れていかれたのです。由々しい事態ですよ。彼らはきわめて危険な人々の手中にあります。うしなうものがなにもなく、憎しみに満ちあふれた人々の手に」

　ロジャーが口をはさむ。「わたしたちには貸しが――」

　メフメットは片手を上げる。「焦らないでください。その件に関してはまたあとで。彼らは暴力的になっています。家が壊され、家族が辱めを受けるのを目《ま》のあたりにして、怒りで胸が張り裂けそうになっているのです。彼らを動かそうと思ったら、心から悔い改め、高い血の代償を支払わなければなりません。それがわたしたちの法なのです、おわかりですか？　殺された者の家族は罪人の血を代償として求めます。そうでなかったら、世界はどうなってしまうでしょう？　彼らはこんなふうに考えています。あなたがたはアッラーの御心を汚す者に対する聖戦を起こすことによって前非を悔い、彼らに手を貸さなければならない、と」

　ロジャーはため息をついて、「できることはやってますよ」と言う。「武器を輸出してるし、全面戦争を引き起こすにいたらないかぎりにおいて、あらゆる方法でソ連と戦ってます。これ以上、どうしろと言うんですか？　人質というのは――ワシントンでは受けがよくありません。なんらかのギブ・アンド・テイクが必要なんです。もしも人質を早期に解放しないと、だれもが、ヒズボラには真剣に交渉する気がないと確信してしまうんです。そうなったら最後ですよ。大佐はあなたがたに手を貸したがっています。でも、トップと話すためにはなにかしら材料が必要なんです。わかってもらえますよね？」

　メフメットはうなずく。「あなたやわたしのような世故にたけた人間には、あんなふうに人質をとるのは道理にかなっていないと理解できます。しかし、彼らはあなたがたが自分たちを攻撃している大悪魔との戦いに加勢してくれることを期待しています。そして、あなたの国が、口先ばかりでなんの行動も起こさないせいで頭に血をのぼらせているのです。大悪魔がアフガニスタンで非道のかぎりを尽くしています。ひと晩で村が全滅しています。それなのに、なにをしてくれたと言うんですか？　アメリカは背を向けています。そして、裏切られたと感じているのは彼らだけではないのです。我が国のバース党はイラクと敵対しています……バスラでは、ティクリートの不浄な一族と彼らの手下ムハバラートが夜ごと、ヤイル＝ストートの祭壇に生贄を捧げています。テヘランの血の泉がその確たるあかしです。もしも地球上でもっとも豊かでもっとも力の強い国が戦うことを拒んだら、ベカー高原の暴力的になっている人々は、あの国の耳栓をいったいいくつ抜けばいいんだ、と考えるでしょう。そして彼らは、あなたやわたしのように洗練されていないのです」

　ロジャーはメフメットに見つめられながら、困ったように背を丸めて、「表だってソ連に反対することはできないんですよ！　そんなことをしたら、自分たちが戦っている局地戦どころの騒ぎじゃない大事《おおごと》になることくらい、彼らだってわかってるはずじゃありませんか。アメリカがタリバンを助けるとしても、おおっぴらに援助することはできないんです」

「問題はソ連じゃありませんよ」とメフメットはおだやかに指摘する。「ソ連が選んだ同盟者が問題なんです。彼らは自分たちを無神論者だと思っていますが、真実は行動によって明らかになります。彼らには、レン高原の冷えびえとした悪臭が染みついているのです。彼らの手先については、キタブ・アル・アジフに記されています。わたしたちは、彼らがドレスデン協定の条項に違反したことを示す証拠を握っています。ヒマラヤの凍てついた山道を、夜ごと、呪われた不浄なものどもが歩きまわって、出くわした人々を襲っています。さらに、ロシア人が見当はずれな自信を深めているというのに、邪悪の力での優位を確立したと信じているというのに、それでもあなたがたは耳をふさぎつづけるのですか？予言されていたとおり、門がいたるところで開いています。先週、ポッドに中継カメラを装備したF-14Cをそのひとつに突入させました。パイロットと兵装オペレーターはいまは天国にいますが、おかげで地獄を垣間見ることができ、それを証明するフィルムとレーダー探知の記録が手に入りました」

イラン大使は大使館からやってきた田舎っぺを氷のような眼差しで凝視する。「大使にお伝えください。わたしたちはすでに、ネゲブ砂漠のディモナにある工場から製品を購入するための予備的協議をモサドと開始していると。わたしたち全員をおびやかしている危険に鑑《かんが》みて、過去の遺恨は水に流されるでしょう。あなたがたはそうでなくとも、彼らはわたしたちの議論に耳を傾けてくれています。ホメイニ師《アヤトラ》は、非公式に、魂を食らうものの住み処《か》に核爆弾を持って飛びこむ戦士はまちがいなく天国へ行けると断言されています。それで、この地上で古《いにしえ》の邪悪に従う者どもにとどめを刺せるはずです、ハミルトン博士。たとえ、みずからの手で連中の喉元に核爆弾を持ちこまなければならなくとも！」

プール

「ミスター・ジョーゲンセン、あなたはどの時点でイラン政府が国連決議二一六号、および一九五六年のジュネーヴ協定の不拡散議定書に違反しようとしていると気づいたのですか？」

　ロジャーは照明の熱さで汗を掻いている。鼓動が速い。「申し訳ありませんが、質問がよくわかりません」

「単刀直入に質問したのですがね。どの部分が理解できないのですか？　ゆっくりと繰り返しましょう。あなたはいつ、イラン政府が決議二一六号と一九五六年の核拡散に関するジュネーヴ協定に違反しようとしていると気づいたのですか？」

　ロジャーはかぶりを振る。まるで悪夢だ。目に見えない昆虫が、ロジャーのまわりをぶんぶんと猛烈な勢いで飛びまわっている。「わたしはイラン政府と直接取引をしておりません。わかっているのは、ベイルートに囚《とら》われている我が国の人質についてなんらかの情報を握っていると説明された、メフメットなる人物との連絡役を務めろと命じられたことだけです。わたしが理解しているところによれば、大佐がその男性、すなわち彼の黒幕との秘密交渉を、かなりの期間——二年ほど——にわたって指揮していました。メフメットはイラン政府の動きについてほのめかしましたが、それが真実かどうかを知るすべはありませんし、いかなる外交信任状も目にしておりません」

　これは向かい側に居並ぶダークスーツ姿の下院議員たちによる審問、教師が悪さをした生徒のお仕置きを評定しているようなものだ。ただし、この教師連はロジャーを裁判官の前へ突きだし、刑務所で長い年月を過ごさせることができる。そうなったら、ジェイスンは正真正銘、電話の声でしかない父親、そばにいてくれず、航空ショーや野球を見に連れていってくれず、成長の儀式を体験させてくれない父親しか知らずに育ってしまう。下院議員たちは低い声で話しあって、次はどの線から質問するかを決めている。ロジャーは座ったままおちつきなく身じろぎする。この聴聞会は非公開で、テレビカメラは議会の公文書保管所用に一応撮影しているにすぎない。血に飢えた民主党員たちは、水のなかに共和党員の匂いを嗅ぎつけている。

　中央の下院議員がロジャーを見つめる。「ごまかすのはやめてください。そのメフメットなる人物のことを、どこで聞いたんですか？　だれから彼に会いにいけと言われ、だれから彼がどういう人物かを説明されたんですか？」

　ロジャーはごくりと唾を飲みこむ。「いつものように、フォーンからメモを渡されました。ポインデクスター海軍大将が、すぐさまだれかにその人物と話をさせたがっているということでした。要するに、すでに事情に通じているメッセンジャーを送りたかったのです。ノース大佐はそれを承認し、出張経費は大佐の機密資金から出すようわたしに言いました」まずいことを口にしてしまったにちがいない。なにしろ、ふたりの下院議員が体を寄せあい、ひそひそと互いに耳打ちしはじめたと思ったら、スタッフが如才なく横歩きでそっちに寄っていって走り書きを受けとり、走り去ったからだ。「メフメットは仲介者だと説明されました」とロジャーは付け加える。「ベイルートの人質解放に尽力してくれているのだと」

「仲介者ね」質問していた下院議員が、信じられないという表情でロジャーを見る。

その左の――まばらな白髪、老人斑の浮いた鷲鼻、たるんで袋のようになったまぶたという容貌で、月と同じくらいの年寄りに見える――下院議員がうれしそうにくすくす笑う。

「なるほど。ヒトラーを外交官と言うようなもんだな。〝またまた領土を要求〟というわけだ――」その下院議員はあたりをさっと見まわす。「だれも覚えていないのかな？」と寂しげに訊ねる。

「はい、覚えておりません」とロジャーは生真面目に答える。

主たる質問者が鼻を鳴らして、「正確には、イランはどうするつもりだとメフメットはあなたに言ったのですか？」

ロジャーはつかのま考えて、「ディモナの工場からなにかを買うつもりでいると言いました。わたしはイスラエル国防省の核兵器研究施設から――あの会話の前後関係では――唯一論理的に妥当な品物である核兵器、複数の核兵器を買うのだと思いました。メフメットによれば、バスラにあるヨグ＝ソトースの神殿を自爆攻撃によって破壊した者は天国へ行ける、とアヤトラが宣言したそうです。イランは、ソ連がアフガニスタンで、ある協定違反の兵器システムを実戦配備したことを示す確たる証拠を手に入れたとも言っていました。このことは、協定違反兵器の拡散に関する会話のなかで言及されました。彼はイラクに関して非常に強硬でした」

「それは、正確にはどのような兵器システムですか？」と第三の審問者、一団の左側に座っている物静かで鷹のような顔をした下院議員が訊ねる。

「ショゴス、または奉仕者と呼ばれているものです。ショゴスは分子を構成要素とする高度なロボット・システムで、いくつかの種類に分かれています。ショゴスは不定形で、原子レベルで物質を再構成します――腐食性の強酸にもなれれば、ダイヤモンドを分泌することもできるのです。薄い霧のようなやつ――マサチューセッツ工科大学《MIT》のドレクスラー博士が言うところの実用的な霧――もいるし、ぬらぬらした塊になっているやつもいます。自己複製も可能なようですが、わたしたちが知るどんな意味においても、本当には生きていません。ショゴスを残して消えた先行種族の発掘された記録から推測したコマンド言語を使って、ロボットのようにプログラムすることが可能です。一九三〇年のモロトフ隊が大荷物を持ち帰りました。わたしたちにできるのは、彼らが見逃したものの落ち穂拾いと、南極調査報告書の分析だけです。リーブクンスト教授のファイルがいちばんじれったくて――」

「ちょっと待った。それでは、ロシア人はその、ええ、ショゴスを所持しているが、我が国は所持していないんですね？　そして、バグダッドの、あのアラブのろくでなしどもまですが、ショゴスを手に入れようとしているんですね？　つまり、我が国には、その、ショゴスの不均衡という問題があるわけだ。我が国の鎧には戦略的なひびが入っているというわけだ。そして、イラン人によれば、ロシア人がそれらをアフガニスタンで使用していると言うんですね？」

ロジャーは早口で、「まちがってはいませんが、対抗しうる兵器が開発され、一方的先制攻撃から神に準ずる力の応酬へエスカレートする危険は少なくなっています」中央の下院議員が、励ますようにうなずく。「過去三十年間、Ｂ－39ピースメーカー部隊は単一統《SI》合作戦《OP》計画にのっとり、コシチェイ計画を阻止するため、つまりロシア人が先の大戦末期にナチスから奪った休眠中の異星生物を活性化させるのを防ぐため、ＸＫ－プルートの脅威で対抗してきました。我が国には、十二発のプルート級原子力巡航ミサイルがあって、それらが昼夜を分かたずその化け物にねらいを定めています。メガトン数は、ミニットマン大陸間弾道ミサイルを全部あわせたものに匹敵します。原理的には、完全に目覚め、二百マイル以内の全員の心を食らいはじめる前に、化け物をこなごなに吹き飛ばせるはずです」

ロジャーはさらに熱をこめて、「第二に、ソ連のショゴス制御技術は、まだせいぜいが初歩段階にとどまっていると思われます。アフガニスタンの山村を襲うように命じることはできても、自己複製させることには成功していません。ショゴスの兵器としての有用性はかぎられておりまして——とはいえ恐るべき威力がありますが——それはたいした問題ではありません。もっと大きな問題はバスラの神殿です。そこに機能している門があるのです。そしてメフメットによれば、イラクの秘密警察、ムハバラートはその門を操作する方法を解明し、そこからなにかを呼びだそうとしているのです。メフメットは、彼らが——そしてロシア人が——そのなにか、おそらくはコシチェイ計画の核心をなすK-トゥルーなる存在と同様な、神に準ずるほどの怪物をコントロールできなくなることをもっとも恐れているようでした」

　老人が言う。「そのフールーだかなんだかは——頭のKはとっちゃってかまわん——特別なのかね？」

　ロジャーは首を振って、「わかりません。門は少なくとも三つの他の惑星につながっていることが判明しています。わたしたちが知らない門もたくさんあるかもしれません。わたしたちには、門をつくることも、閉ざすこともできません。できるのは、門の向こうに人を送ることと、開口部に煉瓦を積むことだけです」ロジャーはあやうく口を滑らせそうになって焦る。なぜなら、つながっている惑星は三つより多く、ロジャーは少なくともそのひとつ、XK-マサダの、国家偵察局《NRO》が秘密予算で建設した避難所に行ったことがあるからだ。そしてバックミンスター・フラーが死ぬ前の十年間を費やして設計したとんでもなく高いドームや、パトリオット防空ミサイル網を目《ま》のあたりにした。スカンクワークスが開発した、レーダーに映らないという真っ黒な菱形の戦闘機の編隊が、ＸＫ‐マサダの虚空を哨戒している。水耕農場と空っぽな仮設小屋と団地が、上院議員と下院議員とその家族、それに彼らの生活を支えるための何千人もの要員を待っている。戦争が勃発したら、彼らは行政府ビルの地下、かつてＪＦＫがマリリンと全裸で泳いだプールの下の部屋に移された小さな門から避難するのだ。

「この先はオフレコだ」と老議員がなにかを断ち切るように手を振る。「オフレコだと言ったんだぞ」カメラマンがカメラのスイッチを切って立ち去る。老議員はロジャーのほうに身を乗りだす。「きみの話によれば、我が国は秘密の戦争を戦っていることになるな。いつからだ？　第二次大戦終結後か？　もっと前、二〇年代に、ピーバディ南極探検隊の生き残りがはじめて異星人の遺物を持ち帰ってからか？　そしていま、イラン人どもがゲームに加わって、サダムとの戦いにひと役買おうとしてるんだな？」

「はあ」とロジャーはどうにかうなずく。

「なるほど」老議員は隣の議員に鋭い眼差しをくれる。「きみは〝大いなるフィルター〟という言葉を聞いたことがあるはずだな。どういう意味だね？」

「大いなる――」ロジャーは言いよどんで、グールド教授だ、と思いだす。「教授を招いて古生物学のレクチャーを受けたことがあります」と説明する。「その教授が口にしたんだと思います。どうして円盤に乗った異星人がしょっちゅう飛びまわっていないかを説明したときに」

老議員が鼻を鳴らす。隣の議員がぎくりと腰を浮かす。「ピーバディ、それに彼の追随者のリーブクンストらのおかげで、宇宙にはたくさんの生命が存在していることがわかった。大いなるフィルターというのは、そのほとんどが知性を発達させられず、地球を訪問できないようにしているなんらかの力のことだよ。どういうわけか、なにかが知的種族を、そのための技術を開発する以前に滅ぼしてしまっているんだ。そういうことなら、古《いにしえ》の種族の遺物をいただいちまったらどうだ？　それならうまくいくと思わんかね？」

ロジャーはおちつきなく唇を舐める。「充分に可能性があると思います」と応じる。不安が高まる。

老議員の舌鋒はさらに鋭さを増す。「きみの上司の大佐がもてあそんでいるのは、核兵器がおもちゃの弓矢のように思える兵器だというのに、〝充分に可能性がある〟しか言うことがないのかね？　どうやら、大統領執務室のだれかが職務怠慢だったようだな」

「一九八〇年一月に発布された大統領令二〇四七号で、大量破壊兵器は核兵器に一本化されております。他のすべての兵器はその時点で開発を中止し、すでに備蓄されていた分はポインデクスター海軍大将を長とする合同軍需品消費委員会の監督のもとで配分されたはずです。海兵隊最高司令部は、ホワイトハウスの確たる承認を得た上で、ノース大佐に特別任務を――」

ドアが開く。老議員がむっとして振りかえる。「邪魔するなと言っておいただろう！」戸口で、不得要領な表情のスタッフが、「その、安全保障上の重大事態が発生いたしまして、すぐに避難していただかなければ――」

「どこへ？　なにが起きたんだ？」老議員が問う。しかしロジャーは、血の気がひくのを覚えながら、スタッフが見ているのが下院委員会のメンバーではないことに、そしてその後ろにシークレット・サービスがいることに気づく。

「バスラです。攻撃があったのです」スタッフはロジャーを盗み見る。信じられないという様子で、どうやら思考が停止しているらしい。「みなさん、どうぞこちらへ……」

十五分以内にミサイル攻撃

議会スタッフがあわただしく書類を運びだし、緊迫した口調で叫びかわしている廊下を進む。ダークスーツ姿のシークレット・サービスの一団がやってきてロジャーを囲み、委員会メンバーと同じほうへ案内する。耳鳴りじみたサイレンが轟いている。「なにがあったんだ?」とロジャーは訊ねるが、答えはない。

地下に降りる。またも廊下を進む。二名の海兵隊員が、銃を構えて護衛している。シークレット・サービスたちは無線で簡潔に交信している。委員会のメンバーが狭い管理用トンネルに、急ぎ足で入っていく。ロジャーは入口で足止めされる。「なにがあったんだ?」とロジャーは護衛に訊ねる。

「少々お待ちください」護衛はさらに無線に耳を傾ける。男たちは頭を一方に傾けながら指示を受けている。獲物を求めて地平線を眺めわたしている猛禽類のようだ。「デルタ・フォー、入ります。通信終了《オーバー》。もうトンネルに入ってかまいません。どうぞ、こちらです」

「なにがあったんだ?」ロジャーはそう訊ねながら、急いでトンネルに入る。トンネルを抜け、直角に曲がる。ショックで頭がぼんやりしたまま、ひたすら足を交互に前へ出しつづける。

「警戒態勢《デフコン》1が発令されております。あなたの名前が、ホワイトハウス職員として特別リストに記載されているのです。次の左側のドアを開けてお入りください」

薄暗い地下の部屋のなかの行列はどんどん進んでいる。白手袋をした衛兵がクリップボードをチェックすると、スーツ姿の男性たちと少数の女性が、ひとりずつ鋼鉄製の防爆扉のなかに入り、消えていく。ロジャーは当惑して見まわす。見慣れた顔が目につく。「フォーン！　なにがどうなってるんだ？」

秘書は困惑の表情で、「さあ。あなたはきょう、証言をしてるんじゃなかったの、ロジャー？」

「してたさ」ふたりは扉に近づく。「なにか知ってることは？」

「ロニーはヘルシンキで重要なスピーチをしてた。わたしは大佐に命じられて、大佐のオフィスでそのスピーチを録音してたの。悪の帝国と共存するつもりはないとかいうスピーチだったわ。ロニーが、十五分でミサイルを撃ちこめるっていうジョークを飛ばしたんだけど、そのあとすぐに、この――」

ふたりは扉の前で止まる。扉は鋼鉄製のエアロックと一体になっている。海兵隊の衛兵がＩＤバッジを受けとり、ふたりを扉のなかへ送りだす。ふたりの事務職員タイプと、ひとりの中年の准将が加わってから、扉がばたんと閉じられる。聞こえていた物音が消え、ロジャーの耳がぽんと鳴る。すぐに奥の扉が開き、べつの海兵隊員が彼らを到着ホールに手招きする。

「ここはどこ？」とボリュームたっぷりのヘアスタイルの秘書が、あたりを見まわしながら訊ねる。

「XK-マサダにようこそ」とロジャーは答える。そして子供のころの恐怖に囚われ、嘔吐を我慢しながらトイレを探しはじめる。

復帰

　ロジャーは次の一週間を茫然自失したまま過ごす。ここは小さなホテルの部屋のようなアパートメントだ——セキュリティがしっかりしていてエアコン完備だが、窓は屋内アトリウムに面しているものしか開かないホテルの。ロジャーは周囲にほとんど注意を払っていない。帰る故郷があるとは思えないからだ。

　ロジャーはずっと髭を剃っていない。ずっと靴下を替えていない。鏡を見たり、髪をとかしたりもしていない。続けざまにタバコを吸い、購買部に安いバーボンを注文し、毎晩、前後不覚になるまで飲んだくれている。ありていに言って、ふぬけてしまっている。自暴自棄になっている。一瞬のうちに、なにもかもが足元で崩壊してしまったからだ。仕事も、敬意を抱いていた人々も、家族も、自分の命も。あるひとつの情景が、放射線症で内側から腐り、もう死んでいるのにそれに気づかぬまま、潜水艇の前に立っていたゴーマンの顔が、どうしても頭から追いだせない。鏡を見るのをやめたのはそのせいだ。

四日目、ロジャーがぐったりと椅子にもたれて、ビデオに録画しておいた《アイ・ラブ・ルーシー》の再放送を見ていると、アパートメントのドアが静かに開く。だれかが入ってくる。振りかえらないでいると、大佐が前を通って壁際のテレビのコンセントを抜き、ロジャーの隣の椅子に腰をおろす。大佐の目の下はたるみ、隈《くま》ができている。上着はくしゃくしゃで、シャツの襟元のボタンがはずれている。

「いいかげんにしろ、ロジャー」と大佐はおだやかに言う。「ひどい顔だぞ」

「大佐の顔もひどいですよ」

大佐は薄いフォルダーをロジャーに渡す。仕方なく、ロジャーは封筒から一枚きりの紙を抜きだす。

「やっぱり、やつらだったんですね」

「ああ」一瞬の沈黙。「それはそれとして、まだ負けたわけじゃない。まだ、きみの奥さんと息子さんを無事に救いだせる可能性はあるんだ。あるいは、きみが故郷に帰れるかもしれない」

「たぶん、大佐のご家族も」大佐の気づかいが、アンドレアとジェイスンが無事だというあえかな希望が、悲嘆の殻を貫いてロジャーの心を揺さぶる。ふと気づくと、グラスが空になっている。ロジャーは注ぎなおさず、足元のカーペットの上に置く。「なぜです？」

大佐はロジャーの麻痺した指から紙をとる。「おそらく、何者かがキング・ダビデ・ホテルできみを見つけ、われわれのもとまで跡をつけたのだろう。ムハバラートの工作員はそこいらじゅうにいるし、もしも連中がＫＧＢとつるんでいたら……」と肩をすくめる。「事態は急速にエスカレートした。そして大統領が、スイッチが切れているはずなのに切れていなかったマイクでジョークを飛ばした……きみは今週、概況報告書に目を通したかね？」

ロジャーは無表情で大佐を見る。「通さないといけませんか？」

「事態はまだ流動的だ」大佐は椅子にもたれ、脚を前にのばす。「あっちから得た情報から察するところでは、まだ全員が死んだわけじゃない。リガチョフはホットラインを通じて、われわれが大量虐殺を犯しているとわめいている。つまり、まだ口をきける状態ってことだ。ヨーロッパはひどいありさまだし、中東がどうなっているかはだれも知らない――――もはやブラックバード偵察機でも帰ってこられないんだ」

「ティクリートのあいつですね」

「ああ。悪いニュースだ、ロジャー。復帰してくれ」

「悪いニュース？」

「最悪だよ」大佐は両手を膝のあいだにはさんで、人見知りの子供のように床に視線を落とす。「サダム・フセイン・アル・ティクリートは何年も前から、古《いにしえ》の技術を手中におさめようとしていたらしい。そしてどうやら、とうとうソトースに通じる門を安定させることに成功したらしい。多くの村が消え、イラク東部の湿原で暮らしていたマーシュ・アラブ族は全滅した。黄色い雨が降って、住民の皮膚がたちどころに溶けて骨からはがれたという。イラン人は痺れを切らしてついに核兵器を使った。問題は、それが例のスピーチの二時間前だったことだ。プロックで馬鹿がウラルスコエＳＳ-20ミサイル網の半分を発射して――やつらは八カ月前から警報即発射態勢になっていたんだ――ああ神さま、南を焼いた。中東はひと掻きでおしまいだ――ナイル川からカイバル峠までが焼け野原さ。われわれはまだモスクワからの返事を待っているが、戦略空軍司令部はピースメーカー全機を空中待機させている。これまでのところ、われわれは東部沿岸を南はノースヴァージニアまでうしない、やつらはドネツ盆地とウラジオストクをうしなった。ひどいありさまだよ。戦っている相手が、アカなのかほかのなにかなのかもわからないんだ。だが、チェルノブイリの箱——コシチェイ計画——のドアは開いてるんだ、ロジャー。偵察衛星KH-11をその上空を通過する軌道に乗せたところ、通った跡が西へのびているのがわかった。プルートの攻撃では止められなかった——ワルシャワ条約諸国がどうなっているかはだれにもわからない。フランスも、ドイツも、日本も、イギリスも」

　大佐はロジャーのワイルドターキーをつかむと、瓶の口をぬぐってからラッパ飲みする。そして激した表情でロジャーを見つめる。「コシチェイが解き放たれたんだぞ、ロジャー。連中は化け物を目覚めさせた。そしてコントロールできなくなってる。信じられるか？」

「ええ、信じられますよ」

「明日の朝、またデスクについてくれ、ロジャー。あのトゥルーという怪物になにができるかを突きとめる必要がある。どうすれば止められるかを突きとめる必要があるんだ。イラクなんかどうだっていい。イラクはもう地図上の煙を上げている穴だ。だがK-トゥルーは大西洋岸に向かってるんだ。もしも止められなかったら、いったいどうなる？」

マサダ

ＸＫ－マサダの街は巨大なキノコのようにひろがっている。死にかけの恒星をめぐっている乾いた惑星の冷えびえとした高原上に出現した直径一マイルのドームだ。夕刻と夜明けに、黒くてごつごつしたＦ－１１７の編隊がドームの外の虚空を、轟音を響かせながら飛ぶ。渺々《びょうびょう》たる不吉な空虚を哨戒しているのだ。

街の通りを影が動く。制服を着た、人の抜け殻だ。彼らは聳《そび》え立つコンクリートの塊の基部を、秋の枯葉のようにかさこそ動きまわっている。残された日々に枠組みを与えてくれる任務にしがみついているのだ。彼らの頭上では、鋼鉄の巨柱に支えられて、巨大なジオデシックドームがアーチ状に空を覆っている。ドームが敵意ある異星の星座を遮断し、古びた世界の骨格を定期的にこすりたてている砂塵嵐からひ弱い人類を守っている。重力はわずかに弱く、昼を照らしてくれている死にかけの星から勢いよく吐きだされるガスの薄膜のせいで、夜空は渦を巻き、大理石模様を描く。長い冬の夜には二酸化炭素のにわか雪がドームの表面に降りかかることがあるが、空気はからからに乾燥しており、街は地下帯水層に頼って渇きを癒している。

この惑星もかつては生きていた――いまも、赤道付近には藻類が生息する浮きかすだらけの海があって大気に酸素を供給しているし、北極付近にはプレートがいまも動いていることを物語る火山脈が存在する――が、明らかに死にかけている。この星には、歴史はたっぷりあるが、未来はない。

　ときどき、眠れないまま迎えた早朝、ロジャーは街の外へ出て、乾ききった高原の端を歩く。背後では機械が、せっせと働いて街をかろうじて維持しているが、ロジャーはそれらにほとんど注意を向けない。数年以内に地球へ調査隊を派遣し、時の焼尽の翼が残っているものをすべて消し去る前に、なにかしらをサルベージしようという計画の噂が流れている。ロジャーはその計画について考えまいとしている。できるだけ、地球のことを考えないようにしている。ただし、眠れなくて崖のてっぺんを歩くときは、アンドレアとジェイスンのことを、両親や妹や親類や友人を思いかえす。そのひとつひとつが、歯の抜けた跡のように痛む。この高原の端で、口いっぱいの空虚がひどくうずく。

　ときどき、ロジャーは自分が人類の最後のひとりではないかといぶかる。ロジャーはオフィスで働いている。なにがいけなかったのかを必死に突きとめようとしている。そんなロジャーのまわりを人体が動きまわり、話をし、食堂で食事をとり、ときにはなんとロジャーに話しかけてきて、会話を期待しているかのように待つ。そこでは男性といくらかの女性、民間人といくらかの軍人の人体がぺちゃくちゃ話している——だがそれらは人ではない。人体のひとつである軍医はロジャーに、よくあるストレス障害をわずらって、生き残りの罪悪感に苦しんでいるだけだと言う。そうかもしれない、とロジャーは認めるが、だからといってなにも変わらない。魂を欠いた日と眠りを欠いた夜が続くうちに、すべてが曖昧になっている。断崖を流れる砂塵が、掘られていない家族の墓に撒《ま》く砂のようだ。

　高原の端にそって細い道がのびている。原子炉の放熱器によって温められた空気を巨大な開口部から吐きだしている街の発電所の土台のそばから、道はややくだりはじめる。ロジャーは小道を進む。くたびれた靴の下で、砂利と砂質の石が鳴る。頭上で輝く異星の星々がつくっている識別不能なパターンが、故郷から遠く離れていることを思いださせる。小道は高原の上を離れてくだり、やがて街は、背後の斜め上に浮かびあがっているぼんやりした影になる。右手には目がくらむようなパノラマがひろがっている。眼前にひろがる大地溝には古《いにしえ》の死者の街がある。その先には異星の山々が聳えている。それらの頂《いただき》は、火星の死火山と同じくらい高く、空気が薄い。

　ドームから一マイルほど離れたところで、小道は岩の露頭をまわりこみ、ジグザグに曲がりながらさらにくだっていく。ロジャーは曲がり角で立ちどまり、眼下にひろがる砂漠を見はるかす。腰をおろし、ざらつく崖面にもたれて両脚を小道に投げだす。足先の下にはなにもない。はるか下の死の谷には、矩形《くけい》のくぼみが並んでいる。かつて、何百万年も昔、それらは畑だったのかもしれないが、いまではいっさいの痕跡をとどめていない。それらは完全に死んでいる。この星のすべてと同様に。ロジャーと同様に。

　シャツのポケットに、くしゃくしゃになった貴重なタバコの箱が入っている。ロジャーは震える指で白い円筒をひきだすと、匂いを嗅いでからライターで火をつける。品不足のため、本数を減らさざるをえなくなっている。臭い煙を肺に吸いこんだとたん、苦しげなしゃがれ声で咳きこんでしまう。世界大戦のおかげで肺癌にかからずにすみそうだという皮肉の強烈さは、いまだに薄らいでいない。

　ロジャーは煙を吐きだす。薄い煙が、崖にそって立ちのぼっていく。「なんでわたしなんだ？」とロジャーはおだやかに問う。

　だいぶたってから、虚無が答える。大佐の声だ。「理由はわかっているはずだ」

「嫌だったんだ」ロジャーは自分がそう言っているのに気づく。「家族をあとに残していきたくなんかなかったんだ」

　声はロジャーを嘲笑する。ロジャーのぶらぶらしている足の下には、何マイルにもわたって虚空がひろがっている。「選択の余地はなかったんだ」

「あったさ！　こんなところに来なくてもよかったんだ」ロジャーはしばし黙りこむ。

「なんにもする必要はなかったんだ」おだやかに言って、また死を肺いっぱいに吸いこむ。

「いや、ほかにどうしようもなかった。ひょっとしたら避けられなかったのかもしれないな」

「——かもしれないな」こだまが遠い地平線に消えていく。真っ黒でごつごつしたものが、絶滅した翼竜のこだまのように星空を横切る。Ｆ‐１１７は腹のなかでターボファンエンジンのうなりをあげながら狩りを、古《いにしえ》の邪悪を寄せつけないための警戒を続ける。もう戦いに敗れていることに気づかぬまま。「きみの家族はまだ生きているかもしれないじゃないか」

ロジャーは顔を上げる。「家族が？」アンドレアが？　ジェイスンが？　「生きているかもしれない？」

虚無はまたも笑う。冷ややかに。「魂を食らうもののなかには永遠の生があるんだ。だれも、忘れられたり、安らかに眠ることは許されない。彼らは魂を食らうものの精神のシミュレーション空間に住まい、ありうる最期をすべて体験する。死よりも悪い運命というものが、たしかにあるのだよ」

ロジャーは信じられないという表情でタバコを見る。地面のはるか上の夜空へ、タバコを思いきり投げる。落ちていくタバコを、火が見えなくなるまで見送る。そして立ちあがる。長いあいだ、崖の端でじっと立ちつくす。勇気を奮い起こしながら。思案しながら。やがて、一歩下がり、向きを変え、高原の上の砦をめざしてゆっくりと小道をのぼりはじめる。もしもロジャーの状況分析がまちがっていたら、少なくとも彼はまだ生きていることになる。そしてもしも正しければ、死んだところで逃れられない。

この時期、どうしてこんなに地獄は寒いんだろう、とロジャーはいぶかる。

可能性はゼロじゃない

Non-Zero Probabilities

N・K・ジェミシン　N. K. Jemisin

市田 泉訳

N・K・ジェミシン（一九七二‐）

ニューヨークで突然すべての確率がよくも悪くも大当たりになり、ありえないことが次々起こる。そんな中でもごく平凡な主人公はお守りを身につけて日々出勤を続ける。未曾有の災害を前に普通の個人が取れる対応は祈るか、慣れるか、立ち去るかくらいだ。9・11同時多発テロ事件を思い出させられる。初出は《クラークスワールド》誌二〇〇九年九月号。ヒューゴー賞とネビュラ賞で候補作になった。

N・K・ジェミシンは一九七二年米国生まれ。ニューヨーク州ブルックリン在住。心理学や教育学を専攻したカウンセラーでもある。二〇一〇年のデビュー長篇『空の都の神々は』（ハヤカワ文庫FT）はヒューゴー賞、ネビュラ賞、ローカス賞、世界幻想文学大賞の候補作になった。二〇一六年に〈破壊された地球〉三部作の第一巻『第五の季節』（創元SF文庫）でヒューゴー賞長篇部門を獲得し、同部門を受賞した初のアフリカ系米国人となる。三部作の二巻と三巻も同賞同部門を獲得し、三年連続受賞という前代未聞の快挙を遂げた。登場人物の過酷な生きざまや複雑で深みのある世界観が醍醐味だ。

朝、アデルは戦いに備える戦士のように出勤の支度をする。まずは祈りを捧げる。先祖のアイルランド人が信じたキリスト教の神と、先祖のアフリカ人が信じたオリシャ（西アフリカのヨルバ人が信仰する神々）の両方に――オリシャのほうは馴染みが薄いが、だんだん詳しくなってきている。次にハーブ入りの風呂に浸かる。ハーブは乾燥したチコリやオールスパイスのミックスで、近所のボタニカ（民間信仰で用いるハーブ等を売る店。「植物の」を意味するスペイン語に由来）の女店員からもらった（スペイン語もよく知らないが、それも覚えてきている。今日の単語はスエルテ――運）。そのあと、コーヒーとパンプキンパイの香りがほんのり漂う中、甲冑を身に重ねていく。母が送ってくれた聖クリストファーのメダイは、道中の安全のために。それからラリーと別れたときにつけていた髪留め――あれは人生で最良の決断だった。そしてとりわけ危険な日には、ラリー以後初めて、自力でイッたときに穿《は》いていたショーツを身につける。何度もコインランドリーで洗ったせいで少しほつれてきたが、まだちゃんと穿ける（最近はウーライト〔ウール・絹用洗剤〕で手洗いし、平干ししている）。

それから仕事に出かける。自転車はあるが使わない。隣に住む女性は、自転車を漕いでいたとき前輪がはずれて腕の骨を折った。下手をすれば、どんな惨事にもなりかねなかった。だけど小さな事故ですんだ。とはいうものの……。

そこでアデルは腕を振って歩き出す。お天気ならば楽しげに、雨降りの日はボロ雨傘と格闘しつつ（今ではもう室内で傘を開いたりしない〔欧米では縁起の悪い行為とされる〕）。自分と違って隙のありそうな者はいないかと、油断なく目を光らせながら。タンゴは二人でないと踊れないが、大惨事を引き起こすには一人で十分――この界隈の格言だ。そして、なんということ！　たった三ブロック歩いたところですさまじい衝突音が聞こえ、地面が揺れ、クラクションが鳴り、悲鳴が上がり、通行人が駆け出していく。鼻を突くオゾンに満ちた、汚れた血みたいな味の煙が押し寄せる。アデルが気を引き締め、いつでも逃げ出せる体勢で曲がり角まで行くと、短い路線の数箇所が高架になっている小さな電車、フランクリン・アベニュー・シャトルが、浜に打ち上げられたアルミニウムのクジラさながら、アトランティック・アベニューに横たわっている。脱線して三十フィート下の地面に落ち、車両の中や下や近くにいた人々を皆殺しにしたのだろう。

アデルはもちろん助けに走る。だが、ほかの善良な人々と一緒に、大破した車両から死体や悲鳴を上げる怪我人を引っ張り出していると、多少なりとも軽蔑を覚えずにはいられない。それは防壁なのだ——アデルの苛立ちは。砕かれた手足、断ち切られた生命を前に、恐怖を感じるより、怒りを覚えるほうが気が楽だから。かすかな後ろめたさも感じるが、怒りを手放すつもりはない。怒りのほうがよい盾になってくれるから。

この人たちは考えが足りなかったのだ。脱線事故の確率は限りなく低い。つまり発生は時間の問題ということ。

隣人——廊下を挟んだ向かいに住む、別の隣人——が答えを出すのを手伝ってくれた。数学マニアが数字をはじき出すよりずっと前に。

「見てて」隣人はアデルのコーヒーテーブルに一組のトランプを伏せたまま置いた（テーブルにはベイリーズ〔クリームリキュール〕をたっぷり入れたコーヒーが載っていた。そんなコーヒーを安心して勧められるくらい、感じのいい男なのだ）。トランプをごく手際よく、かすんで見えるほどのスピードでシャッフルし、カットし、またシャッフルし、すべてのカードをやはり伏せたまま広げてみせた。「一枚選んで」

アデルは選んだ。ジョーカー。

「ジョーカーは二枚しか入ってない」男はいって、またシャッフルし、カードを広げた。

「もう一枚」

選んだ。またジョーカー。

「偶然よ」（これは何か月も前、まだアデルが半信半疑だったころの話だ）

隣人はかぶりを振って、トランプを脇へ置いた。ポケットからサイコロを二つ取り出す（部屋に入れてもいいくらい好感の持てる男だけれど、そういうたぐいの人間なのだ）。

「見て」と、サイコロをテーブルに放る。1のゾロ目。隣人はすくい上げ、ゆすって、ふたたび放る。また1が揃った。三度目は6のゾロ目——アデルは得意げな顔で指差した。でも四度目はまた1のゾロ目。

「おもりなんか入ってないよ、念のため」男はいった。「角をやすりで削ったりもしていない。通りの先の食料雑貨店で買ったんだ。店主が食料の棚にあきを作るために放り出していたガラクタの中にあった。新品、袋から出したて」

「不良品かも」

「かもね。でもトランプは不良品じゃないし、きみの指だって」前かがみになった男の目は、ベイリーズ効果で気持ちよさそうにとろんとしているが、それでも真剣な色を帯びていた。「四回投げて三回が1のゾロ目、残る一回は6のゾロ目。イカサマ勝負だってそんなことにはならない。じゃあこれを見て」

あいている手の中指と人差し指をしっかり交差させる（幸運を祈るしぐさ）。それからふたたびサイコロを投げた。今度は六回。やはり1が二つ揃ったが、ほかの数字もゾロ目になった。4、3、2、5。6のゾロ目も一度だけ。

「そんな莫迦な」

「だよね。でも効果ありだ」

男のいうとおりだった。そこでアデルは心に決めた。幸運の神々について研究し、鏡は割らないようにしよう。そして一ブロック先にある雑草だらけの一画で、四葉のクローバーを探すとしよう（チャイナタウンでも売っているが、作り物だそうだ）。ここ二、三か月のあいだに数回、一度など数時間にわたって、雑草の中を探してみた。今のところ収穫なしだが、希望は持ち続けている。

ニューヨーク市に限られた現象なのだ。それが実に奇妙なところ。北隣のヨンカーズ？　異常なし。対岸のジャージーシティ？　同じく。ロングアイランド？　まあ、相変わらずロングアイランドだ。つまり、島の西端のイーストニューヨークを除けば、何もかも正常な状態なのだ。

この怪現象を最初に突き止めたのはニュースチャンネルだが、宗教団体の浮かれようといったら尋常ではなかった。中には千年前から終末を待っていた団体もある。ならばこの興奮ぶりもやむをえないとアデルは思う。とはいえ、妙にひねくれた解釈をするのはいかがなものか。世界にはもっと大きな「不正の巣窟」があるはず。デリーには貧しい人々が溢れている。モスクワでは暴徒が騒いでいる。バンコクは小児性愛者の天国だ。太平洋岸北西部には今なおサンダウン・タウン（日没と同時に有色人種を締め出す白人だけの町）があるとのこと。なのに、だれもがニューヨークを目の仇にしている。

それにこの現象は、悪いことばかりでもなさそうだった。州は宝くじ業務を一時中止するはめになった。一週間のあいだに当選者が多く出すぎて、財源が破綻してしまったのだ。ニックスが決勝まで進み、メッツがワールドシリーズ優勝を遂げた。たくさんの癌患者が自発的寛解に向かい、発症したエイズ患者の中にも、ウィルス量が検出限界以下になった者がいた（今や新たなツアーができた。二階建てバスが病人や身障者を満載してやってくる。アデルはあの人たちも旅行客にすぎないのよ、と自分に言い聞かせている）。

街の外から来る伝道者はいちばんたちが悪い。いつだって目の前に立ちはだかり、鼻先にパンフレットを突きつけ、アデルがもう救われているかを確かめようとする。そんな連中を遠くから見つけるのが、アデルはだんだん上手になってきた。歩道という川の流れをせき止める、ぺちゃくちゃしゃべる小島のようなもの。その顔は内面からの光に輝いている。誇りある地元住民なら、ビール三杯プラス給料日の高額小切手抜きでは、そんな顔などできやしない。ほら、あそこにも一人いる。工事用足場に付属したはしごの、ほぼ真下に立っている。莫迦な男だ——二歩後ろへ下がったら、バスにはねられる確率が二倍になるだろう（その後バスは炎に包まれるのだ）。

　アデルが男に気づくと同時に、向こうもアデルに気がつき、そばかすのある顔に満面の笑みを浮かべる。アデルは皮膚の一部で光を感知する盲目のイモリを連想する。この男は救われていない者を感知できるのだ。アデルは工事用足場を迂回しようと右へ向かい、男は大きく一歩進んでふたたびアデルの行く手をさえぎる。アデルが左へ向かう。男が再度立ちはだかる。

　アデルはため息とともに足を止める。「何かしら」

「もうお手元に——」

「カトリック教徒なの。生まれたときから。おわかり？」

　許しを与えるような微笑。「それでも、お話くらいかまわないでしょう？」

「急いでるの」男の不意を突けるかと、フェイントを試みる。男はラインバッカーなみの敏捷さで、アデルに合わせて移動する。

「ならこれだけでも差し上げましょう」何かを手に押し込んでくる。パンフレットではなく、もっと大きいもの。ビラだ。「忘れないで、八月八日ですよ」

そう聞いてようやく興味が湧いてくる。八月八日。8/8――中国人によれば縁起のよい日だ。ジップカー（カーシェアリング用の車）を借りてイケアに行ったりするのによい日として、カレンダーにしるしをつけてある。

「場所はヤンキー・スタジアム」男がいう。「ぜひ参加してください。街を元通りにするために祈りを捧げるんです」

「ああ、そうなの」アデルはついに男の横をなんとかすり抜ける（実をいうと、男が逃がしてくれたのだ。もう釣れたとわかっていたから）。

ダウンタウンを抜けるまで待ってからビラを読む。なにしろダウンタウンの通りは狭くてごみごみしており、油断は禁物なのだ。暑い日で、どこでもエアコンを使っている。たいていの人間は、危険物をきちんとボルト留めしていない。

「**街の魂のための祈り**」ビラにはでかでかとそう書いてあり、アデルは思わず引き込まれる。ビラによれば、五十万人以上のニューヨーク市民がその日に集まり、こぞって祈りを捧げると約束したそうだ。今ならそういう行為には力があるとアデルは思う。プリンストン大学のさる研究室——近ごろ再評価され、新たな資金を与えられた——が、そのことを証明してみせた。つまり誰かが聞いているということなのか、単に科学者のいうとおり、人間の思念波が物事に影響を及ぼすということなのか、アデルには判断できない。どっちだろうとかまわない。

　アデルは思う——また電車に乗れるかも。

次の十三日の金曜日は、笑い飛ばしてやれるかも。

それから——ここで一瞬考えが途切れる。今まで考えまいとしてきたことがあるのだ。だけどしばらくご無沙汰だし、もともと敬虔なカトリック教徒ではなかった。ひょっとしたら、ことによると、また誰かと付き合ったりできるかもしれない。

　そう考えながら、アデルは公園の中を歩いていく。広い芝生を通り過ぎる。芝生の上に見えるのは、元気よく駆け回る黒人の子供たち、のんびりと日光浴する白人の大人たち、ジェラートのカートを押して回る、褐色の肌の老人数人。ふだんならこういう状況には用心するのだが、ビラに夢中で気がつかない——近くにいたジェラート売りが立ち止まり、柔らかい芝土に車輪が埋まったといって、スペイン語でののしっていることに。

　こうしてジェラート売りは、駆け回る子供の行く手をもろにさえぎる形になる。子供の目は落ちてゆくフリスビーに釘付けだ。都会の子供の生来の傲慢さで、自分があそこへ行くまでに、カートはどいているはずと思い込んでいる。ところがそうはいかず、子供はフルスピードでカートに激突、とうとうアデルも注意を向ける。そして遅ればせながら、コメディ映画と変貌した街でしか起こらない、悲惨な出来事の連鎖のど真ん中にいると自覚する。絶対起こりそうにない事柄の、からくり連鎖装置《ルーブ・ゴールドバーグ・マシン》的連なりによって、カートがひっくり返り、鮮やかな色のジェラートが容器ごと芝生に撒き散らされ、男の子はまったく偶然にも、アクロバット的正確さでジェラートの上で宙返りし、両足で容器の上に着地する。この衝撃をまともに受けて、容器が中味を勢いよく射出し、ブルーベリー・ココナッツ・レッドの疾風がアデルの顔めがけて押し寄せる。ものすごいスピード、悲鳴を上げる暇もない。きっとおいしいだろう。そしてアデルを突き倒し、近づいてくる自転車と衝突させるだろう。

もうおしまい、と思った瞬間、飛翔する塊にフリスビーがぶつかり、その軌道を変える。ひんやりした果実のフレイバーが、近くで日光浴する人々の裸の背中に飛び散って、大きな困惑を引き起こす。

間一髪助かったアデルは膝の力が抜け、どきどきする心臓を抱えて、芝生にどすんとすわりこむ。一方、日光浴していた人々は悲鳴を上げ、ジェラート売りは男の子が無事かを確かめ、ハトが集まってくる。

アデルはふと目を落とす。指先の近くに、四葉のクローバーが生えている。

やがて再び帰途につく。住んでいるブロックの角まで来ると、ゴミ箱の上に黒猫が横たわっている。頭が潰されており、誰かが焼こうとした痕が見える。こんなことをされたのは、死んだあとだといいんだけど、と思いながらアデルは先を急ぐ。


アデルは非常階段に菜園を作っている。一つの鉢には茄子とハーブが植えてある。クローバーもここに植えた。別の鉢には唐辛子と花。大きな鉢にはトマトと葉の縮れたコラード（キャベツの仲間の葉野菜）。コラードはこんなにしょっちゅう葉を収穫していたら、そのうち枯らしてしまいそうだ（でもアデルは緑の野菜が好きなのだ）。今年菜園を作ることにしたのは運命――幸運だった。なにしろ状況が変化してからというもの、卸売業者が街へ食料を持ち込むのは困難になり、値段がはね上がってしまったのだ。アデルが土曜日ごとに訪れる農産物直売市場《ファーマーズ・マーケット》は、今や物々交換市場《バータラーズ・マーケット》にもなっている。そこでアデルは交換用に、濃紫色の細い茄子を数本と、激辛小型唐辛子を一つかみ収穫する。新鮮な果物が食べたい。ベリーなんかいいかもしれない。

出しなに隣人のドアをノックする。ドアをあけた男は驚いたようだが、アデルの顔を見てうれしそうだ。この人もささやかな幸運を期待していたのかも、とアデルは思う。少し考えてから、茄子を一本手渡す。男はぽかんとして眺める（茄子を食べるような男ではないのだ）。

「あとで寄って、料理のしかたを教えるわ」アデルがいうと、男は顔をほころばせる。

ファーマーズ・マーケットで、激辛小型唐辛子を新鮮小粒ラズベリーと交換し、茄子一本を名残のルバーブ二本と交換する。情報もほしいので、しばらく腰をすえ、周りにすわった人間を手当たり次第につかまえておしゃべりを交わす。みんな以前よりよくしゃべる。いいことだ。

そして全員が――アデルが話しかけた全員が――祈りに参加するつもりでいる。

「透析を受けているの」花の咲いた木の下にすわっている老婦人がいう。「装置に繋がれるたびにこわくなるのよ。透析のせいで死ぬこともあるんだもの」

昔から透析で死ぬことはあった、とはいい返さない。

「ウォール街で働いてるの」別の女性がいう。歯切れよく話し、新鮮な魚の入った袋を黄金のようにかかえている。黄金のようなものかもしれない。今や魚は高級品だ。女性のネックレスの先に、エジプトのスカラベの小さなペンダントがぶら下がっている。「定量分析をしてるんだけど、今じゃどんなモデルも役立たずよ。住宅市場が暴落したとき、クビにならなかったのはわたしたちくらい。そしたら今度はこれだもの」だから彼女も祈りにいくつもりだ。「どちらかといえば無神論者なんだけど。効果があるなら何だっていいじゃない」

アデルはほかの人たちとも話をする。みんな日々の儀式を行うのに疲れ、自分がホームレスになって死に至る可能性におびえている。

アデルはアパートに帰り、スイートバジルを摘んで、茄子とバジルを向かいの部屋へ持っていく。隣人はいささか緊張した面持ちだ。部屋は今までにないくらいきれいで、バスルームにはパインソル（住居用洗剤）の香りがまだきつく漂っている。アデルは笑いをこらえながら、茄子の剝き方と切り方をやってみせ、毒を抜くために塩を振り（「ほら、茄子の仲間には毒があるでしょう？」）、バジルと一緒にオリーブオイルでソテーする。男は感心した顔をしようとするが、野菜を好んで食べるタイプではないと、アデルにはわかっている。

食事のあと二人は座ってくつろぎ、アデルは祈りのことを話して聞かせる。男は肩をすくめる。「行くつもり？」アデルはきく。

「いいや」

「どうして。事態が落ち着くかもしれないのに」

「かもね。ひょっとすると、今の状況が気に入ってるのかも」

アデルは愕然とする。「だって、先週電車が脱線したのよ」二十名が亡くなった。あれ以来、悲鳴が聞こえるような気がして、夜中に冷や汗をかいて目が覚める。

「いつだって脱線する可能性はあった」男はいい、アデルははっとして目をしばたたく。確かにそのとおりだったから。公式調査によれば、誰かが——保線作業員か誰かが——線路の上の、電気連結器が通過する付近にレンチを置き忘れたのだそうだ。レンチが連結器に当たってショートさせ、爆発を引き起こす可能性は百万分の一。だけどゼロではない。

「でも……でも……」今までに起きた別の惨事を挙げたいと思う。ガス漏れ。浸水。ハーレムであったビルの倒壊。命にかかわるカモの襲撃。このアパートにも空き部屋がちらほら見られる。耐え切れなくなった人がたくさんいるから。隣人——腕を折ったほうの隣人——は月末に引っ越していく。引っ越し先はシアトルだ。ここよりはましな自転車道がある。

「困ったことは起こるさ」男がいう。「昔も起こった、今でも起こる。ちょっと多いか少ないかの違いはあるけど……」また肩をすくめて、「本質は変わらないだろ」

アデルはその言葉について考える。長いこと考える。

二人はトランプで遊び、少しワインを飲み、アデルはチキンが焼きすぎだったと男をからかう。男ががんばってくれているのがうれしい。自分がどんなに寂しかったか、頭に浮かばないのはもっとうれしい。

そこで二人は寝室に行き、照れくさい気分になり、しばらくご無沙汰だったアデルは、練習不足で下手糞なのが恥ずかしく、男はたぶんポルノのせいで悪い習慣を身につけているからぎこちなく、でも最後にはなんとかやってのける。二人はコンドームを使う。男がそれをつけるとき、アデルは指を交差させる。ベッドの手すりにウサギの足（幸運のお守り）のキーチェーンが吊るしてある。男は再びアデルに注意を向ける前に、そのお守りを撫《な》でさする。男は病気持ちではないと誓ったし、アデルはピルを飲んでいるが……それでも。困ったことは起こるものだ。

アデルは目を閉じ、しばらく忘れることにする。

祈りの会はどこのニュースでも取り上げている。翌週は準備期間となる。モーニングショーの出演者たちは、十分な数の人々が参加し、「ポジティブなエネルギー」を発揮すれば、何か効果があるはずと考えている。テレビでは、特定の信仰に関わる言葉を用いないよう気をつけている。ここは今でもニューヨークなのだ。福音派（保守的な信仰を持つプロテスタント）のテントに入りたくない人のために、街じゅうで代わりとなるイベントが企画されている。祭りの時期でもないのに、スカー（ユダヤ教徒が仮庵の祭りの際に用いる仮小屋）を載せた車が走り回り、シナゴーグのひとつで行われる何かの儀式について伝えている。アデルがブルックリンのフラットブッシュを歩けば、一ブロックごとにエホバの証人から声をかけられる。倫理文化協会（倫理的な生き方を重視する無宗教派の団体）のメンバーのための「前向きで具体的な想像《コンストラクティヴ・ヴィジュアライゼーション》」の場がどこかに設けられる。神や神々が救ってくれると誰もが信じているわけではない。ただ、今や世の中はこんなふうに動いていて、誰もがそれを承知しているのだ。指を交差させるだけで一時的にサイコロの出目を変えられるなら、もっと大きなこともできるにちがいない。もともと指を交差させる仕草に特別な意味などなかった。みんなが信じているから「幸運の」ジェスチャーなだけだ。みんなに別のことを信じさせれば、それもきっとうまくいくだろう。

とはいうものの……。

アデルは植物園の前を通りかかる。植物園では大がかりな神道の儀式を準備している。アデルは立ち止まり、作業員が優美な赤い門を立てるのを見守る。

まだ地下鉄はおそろしい。隣人について期待を膨らませるほど世間知らずではない。それでも……彼はなかなか素敵だ。あいかわらず沐浴《もくよく》の儀式を中心に朝の予定を立て、徒歩で通勤するときは危険な場所を迂回する——でも実際のところ、それは以前にやっていたことと、どこか違いがあるのだろうか。あのころは化粧と髪のセットに時間をかけ、路上強盗におびえていた。最近は以前よりたくさん歩いている。体重が十ポンド減った。今では隣人たちの名前を知っている。

　周りに目をやると、近くに何人か人がいて、やはり門が立てられるのを眺めている。彼らはアデルをちらりと見て、うなずいたり、笑いかけたり、無視して目をそらしたりする。あなたたちはどれかの礼拝に参加するの、と尋ねる必要はない。参加しないのだとわかる。不安な状況に耐えられず、安全と、好転と、落ち着きを求める人もいる。そうでない者は、変化を受け入れ、淡々と暮らしていく。

「あの――」アデルがはっとして振り向くと、若い男が立っていて、おなじみのビラを差し出している。ダウンタウンにいた男ほど強引ではない。アデルが受け取ると、男は立ち去る。**街の魂のための祈り**は明日行われる。シャトルバス（「特別に祝福された！」）が街じゅうのあちこちで参加者を拾ってくれる。

信じる気持ちが必要なのですと、ビラの下のほうにある。

　アデルは微笑を浮かべ、ビラをていねいにたたむ。指が子供のころのコツを覚えていて、やがて完璧な形ができあがる。ビラが印刷されているのは厚手の上等な紙だ。

　聖クリストファーを取り出し、キスして、後ろのほうの折り目から差し込み、ちょうどよい重さを加える。

　それから紙飛行機を飛び立たせる。それは飛んで、飛んで、飛んで、小さくなりながら信じがたいほど遠くまで行き、ついには明るい青空へ消えていく。

暗黒整数
Dark Integers

グレッグ・イーガン　Greg Egan
山岸 真訳

グレッグ・イーガン（一九六一‐）

主人公が世間や敵、そして妻にばれないよう密かに人類の危機を救う数学ＳＦ。作中では物理法則が不変ではなく、数学定理の証明はこの宇宙と異なる数学体系を持つ別の宇宙との均衡を崩しかねない危険性を秘めている。隣の宇宙の住人たちとの関係が突然緊迫し、主人公はオーストラリアとニュージーランドをまたにかけて奔走する。視覚的な表現では語りきれない戦いをスパイスリラーや災害パニックものの手法で描いたユニークな作品。初出は《アシモフズ》誌二〇〇七年十月号で、同誌の読者賞を獲得した。ヒューゴー賞ノヴェレット部門候補。二〇一〇年星雲賞海外短編部門を受賞。

著者は一九六一年、オーストラリア生まれ。プログラマー業に並行して一九八〇年代末からＳＦを発表し始める。日本ではＳＦマガジン読者賞を五回、星雲賞を海外長短編部門で合計七回受賞するほどの根強い人気を誇る。本作が趣味に合ったイーガン入門者には「ボーダー・ガード」か本作の前日譚「ルミナス」を、ついていけなかった人には「スティーヴ・フィーヴァー」や初期短篇集『しあわせの理由』（ハヤカワ文庫ＳＦ）をおすすめしたい。

「おはよう、ブルーノ。そちら過疎界の天気はどうかな？」

ぼくの対話相手を示すスクリーンアイコンは、三角形を敷きつめて作った三穴トーラスで、それが絶えず裏返しになりつづけている。耳に届く男性の合成音声の上品な口調には素性を特定させるところはないが、それでもなぜか、話し手の母語が英語以外のなにかであることを感じさせた。

ホームオフィスの窓の外にちらりと視線をむけると、雲間に覗く青空と、ウェストライドのひっそりした袋小路に建つ家々の緑豊かな庭が目に入った。サムは時間と無関係に〃おはよう《グッド・モーニング》〃という言葉を使うが、いまはじっさいに午前十時をまわったばかりで、のどかなシドニー郊外には日ざしと鳥の声があふれている。

「申し分ないよ」ぼくは答えた。「なのに、この机に鎖でつながれているだなんて」

長い間があいた。これはもしかすると、翻訳ソフトが慣用表現を妙な具合にいじりまわして、ぼくが無慈悲な敵に襲われて束縛されているというイメージを作りあげたせいとかなのだろうか。しかしながらその敵は、ぼくをインスタント・メッセージ・プログラムに楽々アクセスできるようにしておいたことになるが。そんなことを考えていると、サムがいった。「きみがきょう、ランニングに出かけていなくてよかった。すでにアリスンとユワンには連絡してみたが、ふたりともつかまらなかったのだ。もしきみとも連絡をつけられなかったら、わたしの仲間の者たちの一部を押しとどめておくのがむずかしくなっていただろう」

憤りまじりの不安が湧きあがった。iウォッチをはめて二十四時間連絡可能になるのを、ぼくは拒否している。数学者であって、産科医ではないのだから。たぶん素人外交官ではあるかもしれないが。それにしても、アリスンとユワンとぼくとですべての時間帯に対応しているわけではないとはいえ、サムが三人のうちの最低ひとりと連絡をつけるまでに二、三時間以上かかることはありえないはずだ。

「きみの周囲の人たちがそんなに短気だとは思わなかったな」とぼくは返事をした。「それほどの緊急事態とは、いったいなんだ？」ぼくの声の鋭さを、翻訳ソフトが忠実に伝えてくれているといいのだが。サムの仲間たちは、とてつもない武力ととてつもない資源を持っている。そんな相手に、幻が原因でパニックを起こさせるわけにはいかない。たしかに、ぼくたちはかつて、かれらを消滅させようとしたことがあるが、あれは十年以上も前の、まったくの無知による過ちだったのだ。

サムが答えた。「そちら側の何者かが、境界を跳びこえたようだ」

「跳びこえた？」

「こちらにわかる範囲では、境界を横断する堀は存在しない。だが数時間前、こちら側の命題の塊《クラスター》ひとつが、そちらの公理に従いはじめた」

ぼくは啞然とした。「孤立したクラスターが？　ぼくたちの側へたどり返せるような導出なしに？」

「こちらで見つけられたものはない」

ぼくはしばらく考えてから、「もしかして自然現象じゃないかな。バックグラウンドノイズから来る一瞬の大波《サージ》が境界を超えて、一種の潮だまりを残したんだ」

サムはそれを即座に否定した。「それにしてはクラスターが大きすぎる。その確率は無視できるほど小さいだろう」データチャンネルで数字が届いた。サムのいうとおりだった。

指先で両方のまぶたをこする。突然、くたびれきった気分になった。われらが古き天敵、工業代数《インダストリアル・アルジェブラ》社はこの方向の探求をとうの昔にあきらめたものと、ぼくは思っていた。連中は賄賂の申し出も、傭兵を送ってきてぼくに手を出すのもやめていたので、ぼくは連中が、〈不備《デイフエクト》〉などというものはでっちあげか蜃気楼だったと見切りをつけて、本来の仕事に立ち戻ったに違いないと思っていたのだ。世界じゅうの軍隊がいっそう洗練されたやり口で、人々から命や手足を奪うのを助ける仕事へと。

　おそらく、これは工業代数《IA》社の仕業ではない。〈不備〉——ぼくたちの数学と、サムたちの世界の基礎をなすバージョンの数学との境界をしるしづける、数論における一連の矛盾する結果——の存在に最初に思いあたったのはアリスンとぼくで、その探索のために、ぼくたちはインターネットを通じて膨大な量の計算を外注に出すという手段をとった。何千人もの有志《ボランテイア》が、各人のコンピュータの空き時間にマシンの処理能力を提供してくれたのだ。ぼくたちがそのプロジェクトから手を引いた——IAに〈不備〉を兵器に応用されないようにするために、自分たちの発見を秘密にした——とき、プロジェクトのボランティア参加者の何人かが憤慨して、探索の続行を口にしていた。その人たちにとって、アリスンとぼくが使っていたのと同じオープンソースのフレームワークを改変して独自のソフトウェアを書くのはごくたやすいことだろうが、公募のたぐいをなにもしていないというのに、じゅうぶんな数の協力者を集められたとは考えがたい。

ぼくはいった。「いまこの場で、この件に説明をつけてみせることはできない。できるのは、調査するという約束だけだ」

「了解した」とサムは返事を寄越した。

「そちらではなんの手がかりもないのか？」十年前、上海《シャンハイ》で、アリスンとユワン教授とぼくがルミナスという名のスーパーコンピュータを使って、〈不備〉に対する連続攻撃を仕掛けたとき、ぼくたちはそれが彼方側《ファーサイド》への攻撃になるとは知らずにやっていた。それに対して、あちら側の数学者たちは当時でさえ、ぼくたち三人だけをねらった精密照準で、境界を超えてもうひとつ《オルタナティヴ》の数学を噴流のように送りかえしてくるほどに、その攻撃を細部まで精確に捕捉できたのだ。

　サムの答えは、「クラスターがなにかと連結していれば、跡をたどるのは可能だったろう。だがそれは孤立しているので、そこからはなにもわからない。だからわたしの仲間たちは、これほど気を揉んでいるのだ」

「なるほど」それでもぼくはまだ、この件全体がなにかの誤り——レーダーに映った鳥の群れが、たまたまもっと不吉ななにかに見えてしまったケースの数学版のような——だったと判明するのではないかと期待していたが、状況が非常に重大なものであることが、ようやく頭に染みとおってきた。

彼方側の住人たちは、だれもが当然のごとく隣人たちにそうあってほしいと望むような、温和な人々だが、もし彼方側の数学的基盤《インフラストラクチャー》が危機にさらされたとしたら、かれらは文字どおり絶滅の可能性に直面することになる。かれらはかつていちど、そのような危機から自らを守ったことがあり、そのときに危機の原因を突きとめて、その性質を理解できたあとには、たいへんな寛容さを見せてくれた。攻撃者たちに死をもたらすことも、上海を消滅させることも、ぼくたちの此方側《ニアサイド》の宇宙を支える基盤を奪い去ることも、しなかったのだ。

今回のあらたな攻撃は連続的ではなかったが、その源も、それがなにかの前触れなのかも、だれにもわからなかった。隣人たちは自らの存続を確保するために必要となる以上のことをしないはずだ、とぼくは信じているが、闇雲に反撃せざるをえなくなった場合には、かれらはぼくたちの世界を塵と化すのが安全への唯一の道だと気づくことになるだろう。

上海時間はシドニーの二時間遅れでしかないが、ユワン教授のインスタント《I》・メッセージ《M》・ステータスは〝不在〟のままだった。ぼくはユワンにメールして、同時にアリスンにも送信したが、いまチューリッヒでは真夜中だから、あと四、五時間は起きてこないだろう。この全員が、サムと通信するプログラムを持っている。通信は〈不備〉の小さな一部分をモニタし、修正することでおこなわれ、具体的にはバランスの不安定なひと握りの数論的真理を改変し、ふたつの系《システム》の境界を行ったり来たり揺り動かすことで、送信される情報《ビット》をエンコードするのだ。此方側のぼくたち三人も、同じ方法でたがいに連絡をとりあえるはずだが、熟慮の結果、秘密を隠しておくには従来どおりの暗号技術のほうが安全だという結論になった。通信データが無から送られてくるように見えるという事実だけでも、疑いを招く可能性があるのだから、ぼくたちはネット上でフェイクのパケットを送るソフトウェアを書くことで、ほかには説明のしようがないサムとの会話をごまかしていた。よほど仕事熱心で処理能力に恵まれた盗聴者でもなければ、サムはリトアニアのネットカフェからぼくたちと話していると結論づけるはずだ。

　ユワンからの返事を待ちながらぼくは、情報採掘ソフトに設定した評価基準に問題があって、盲点が生じていたのではないかと考え、関連性が低いとされた結果が記録されているログを丹念に見ていった。もし、だれかがどこかで、〈不備〉につながりうるような計算をおこなうという意向を公表したら、そのニュースは数秒以内に、点滅する赤い文字でぼくのデスクトップを埋めつくすことになっている。いやたしかに、そんな計算に必要な資源を持っている組織の大部分は、その性質上、秘密主義をとっているが、そういう組織は同時に、そんな正気とも思えない芸当に首を突っこむ動機があるとも思えない。ルミナスもまた、二〇一二年に廃棄されている。理屈をいえば、国家安全保障に携わるいくつもの機関や、ＩＴ主軸の二、三の企業でさえ、いまや本気で取りくめば〈不備〉を探しだせるだけのシリコンを持っているのだが、ぼくの知るかぎり、〈不備〉の存在を確信しているのは、いまだに全世界でユワンとアリスンとぼくの三人だけだ。最高に金遣いの荒い政府の闇予算や、いちばん裕福な大物実業家の豊富な資金でさえ、大博打や気まぐれで〈不備〉の探索につぎこまれることはないだろう。

ＩＭのウィンドウがポップアップして、そこにはアリスンの顔が映っていた。くたくたに疲れているようだ。「そっちはいま何時？」とぼくは聞いた。

「夜明けのずっと前。ローラが疝痛《せんつう》を起こしたの」

「大したことないといいんだが。いま話せるか？」

「ええ、あの子は寝ているから」

さっき送ったメールはごくかんたんなものだったので、ぼくは詳細を説明した。アリスンはしばらく黙ったままでその話について考えながら、無頓着にあくびをした。

「ひとつだけ思いつくのは、数カ月前のローマの学会で耳にした噂ね。ニュージーランドの男の人が、数論での計算をおこなうことで物理学の基本法則をテストする方法を発見したと考えているっていう、何重もの又聞きの話」

「変人が口から出まかせをいっているだけかもしれないが……もしそうでないとしたら？」

アリスンはもっと脳に血を送ろうとするかのように、こめかみを揉んだ。「さあね、なにか判断を下すには、わたしの聞いた話は漠然としすぎている。その人はそれを論文として発表しようともしていないし、ブログで触れたこともないみたい。たぶんその人自身は数人の相手に直接打ちあけただけで、でもそのうちのひとりが、面白すぎて黙っていられなくなったのね」

「その人の名前は聞いた？」

アリスンはカメラの前を離れて、しばらくなにかを探しまわってから、「ティム・キャンベル」と告げた。データチャンネルでメモを送って寄越す。「組み合わせ論やアルゴリズム複雑性、最適化の分野で立派な研究をしている。前にネットを調べてまわったけれど、この妙な話に触れているところはなかったわ。この人にメールしようとずっと思っていて、手がまわらずじまいだったの」

その理由は推測がつく。ちょうどローラが生まれたころのことだったのだ。ぼくはいった。「きみがまだ自分で直接、とてもたくさんの学会に出かけてくれて助かるよ。ヨーロッパにいればずっと楽だしね、あらゆることが近場であるから」

「なにいってるの！　いつまでもこれが続くとは思わないでよ、ブルーノ。いつかはあなただって、そのデカ尻を飛行機に乗せなくちゃならなくなるわ」

「ユワンにもそういうのかい？」

アリスンは眉をひそめた。「話してなかった？　あの人は数日前に入院したの。肺炎で。娘さんに聞いたところでは、具合がいいとはいえないって」

「悪いことをいってごめん」アリスンはぼくよりもずっとユワンと近しい。ユワンはアリスンの博士号の指導教官で、だからアリスンは、三人を結びつけたできごとのずっと前からユワンを知っている。

ユワンは八十歳近い。じゅうぶんな医療を受ける金銭的余裕のある中流階級の中国人男性としてはまだ老年とはいえないが、永遠に元気でいられるわけではない。

ぼくはいった。「ふたりだけでやっていこうっていうのは、ありえない話かな？」その言葉の意味はアリスンに伝わっていた。サムとの連絡を続け、境界を管理し、ふたつの世界の対話は保つが、両側を安全かつそのままのかたちで分離させておこうとすること。

アリスンの返事は、「取りかえしのつかない真似をしないって信用できる政府がどこかにある？　これを悪用しようとしないところが？」

「ひとつもない。でも、ほかにどんな手がある？　きみはこの仕事をローラに引き継がせるのか？　ケイトは子どもを作る気がない。じゃあぼくは、どこかの若い数学者を行き当たりばったりで後継者に任命するのか？」

「行き当たりばったりは避けたいわね、できれば」

「なら募集広告を出せっていうのか？　〈必須条件・数論に堪能、マキャヴェリを熟知、『ザ・ホワイトハウス』（七シーズン放送されたアメリカのテレビドラマ）の完全版ボックスセットを所有〉とか？」

　アリスンは肩をすくめた。「しかるべき時が来たら、あなたが信頼できる適任の人を見つければいいのよ。要はバランスの問題。知っている人が少ないほど、望ましい。知識が完全に失われる危険のないだけの人数が、そろっているあいだはね」

「そして何世代にもわたってこれが続いていく？　なにかの秘密結社みたいに？　〈数論矛盾騎士会〉とでも名乗る？」

「会の紋章はわたしが作るわ」

　もっとマシな計画が必要だったが、いまはそんなことを議論している場合ではない。

「ぼくがこのキャンベルって人と連絡をとって、結果を知らせるよ」

「了解。がんばって」アリスンのまぶたは下がりかけていた。

「そっちこそ体に気をつけろよ」

　アリスンはくたびれた笑顔を無理して作った。「それは本気で気にしてくれているの、それともひとりきりで聖杯を守るハメになるのが嫌だからいっているの？」

「両方だよ、決まっているだろ」

「あすの飛行機で、ウェリントンに行かなくちゃならない」

ケイトはパスタをいっぱいに巻きつけたフォークを口に運んでいる途中だったが、それを下に置いて、怪訝そうに顔をしかめてぼくを見た。「急な話ね」

「うん、ぼくも勘弁してほしいよ。ニュージーランド銀行の仕事でね。現場に行って、セキュアなマシン相手に作業しなくちゃならないんだ、ネットでのアクセスがだれにも許可されていないやつだから」

ケイトはいっそう顔をしかめて、「いつごろ帰れそう？」

「なんともいえない。早くても月曜だと思う。ほとんどの作業はあすじゅうに片づけられるはずだけれど、支店がオフラインになる週末限定の作業も確実にあってね。その先どうなるか見当がつかないんだ」

ケイトに嘘をつきたくなどなかったが、だんだんと慣れてきていた。上海でのできごとから一年後、ケイトと出会ったときのぼくは、工業代数社の雇った殺し屋のひとりがぼくの体内からデータキャッシュをほじくり出そうとしたときの腕の傷が、まだときどきうずいていた。ケイトとのつきあいが深まっていく中、ぼくはある時点で、たとえどんなに親密になっても、たとえどれほど信頼できると思っても、〈不備〉のことをいっさい知らせなければ、ケイトにとってはそのほうが安全だ、と結論を下した。

「現地の人じゃできない仕事なの？」ケイトが聞く。疑ってはいないだろうが、かなりいらついている。ケイトは病院で長時間の勤務をこなしていて、隔週末にしか休みが取れない。そしてこの週末は休みの予定なのだ。とくに予定があるわけではないが、その時間をいっしょにすごすことは、ぼくたちふたりの決まりごとのひとつになっていた。

ぼくはいった。「そんなことはないはずだけれど、急ぎでだれか見つけてくるのはたいへんだろうからね。それに、知ったことかなんて返事をしたら、契約がまるごとご破算になる。週末一回のことだよ、世界の終末じゃない」

「ええ、世界は終わらないわね」ケイトはようやく、フォークを手に取った。

「ソースの出来は？」

「おいしいわよ、ブルーノ」ケイトの口調から、ぼくがどんなにがんばって料理を作っても週末の件の埋めあわせにはならないことは明白だったので、そういうことには気をまわさないでおくことにした。

ケイトが食事をするのを見ていると、腹の中で嫌なしこりが大きくなっていく。スパイ稼業の連中は、自分の仕事について家族に嘘をつくとき、こんな風に感じているのだろうか？　しかしぼくの場合の秘密は、むしろ精神科病棟むきのシロモノだ。ぼくは、ふたりの友人とともに、ぼくたち自身の世界と同じ場所に存在しているが目には見えない幻の世界と結んだ協定の、円滑な運用をゆだねられている。幻の世界は決して敵ではないが、これは人類史上もっとも重要な協定だ。どちらの側も、核兵器によるホロコーストが針で刺された痛み程度に思えるような完璧さで、相手側を灰燼《かいじん》に帰す力を持っているのだから。

　ヴィクトリア大学は首都ウェリントンを見晴らせる郊外の丘の上にあった。ケーブルカーを使うと、金曜午後の研究会の時間にちょうどまにあった。この場でぼく自身が論文を発表する段取りをつけようとしたらたいへんだったろうが、聴衆のひとりとして会場にもぐりこむ許可を得るのはかんたんだった。大学を出てから二十年近くになるが、古い博士号と、研究会のテーマとの関連は薄いとはいえひと握りの論文を発表していたことのおかげで、まだ受けいれてもらえたのだ。

　キャンベルが出席しているかどうかは賭けだった――研究会のテーマはキャンベル自身の公式非公式含めた研究にとって、周辺的なものだった――ので、学部のウェブサイトで見ていたキャンベルの顔を聴衆の中に見つけたときには、ほっとした。アリスンと話したあと、ぼくはキャンベルに直接メールを送っていたが、返事はていねいな拒絶だった。キャンベルはぼくの又聞きした研究が、アリスンとぼくの立ちあげた悪名高い探索の恩恵を受けている部分があることは認めたものの、自分のアプローチを公にする準備はできていないという。

ぼくは〈単位的半群《モノイド》と制御理論〉の発表を一時間聞きとおし、あとで研究会の主催者から、〝観光旅行〟を中断してまで出席するほどこのテーマに興味を持ったのはなぜかと突っこまれたときに恥をかかなくてすむ程度には、集中して話を聞こうとした。研究会が終わると、聴衆はふた手に分かれた。一方は建物の外にむかい、もう一方は軽食が用意された隣室へ入っていく。キャンベルが足早に屋外へむかうのが目にとまり、そうなったら、みっともない真似をせずとも相手に声をかけられるところまで近づくのは当然の行動だ。

「キャンベル博士？」

キャンベルはふりむいて、部屋を見まわした。たぶん、教え子のひとりが課題の〆切延長を頼みにきたとでも思ったのだろう。ぼくは片手をあげて、相手に近づいていった。

「ブルーノ・コスタンゾです。昨日メールをさしあげた」

「ええ、覚えてますよ」キャンベルは三十代はじめの、やせた青白い男性だった。ぼくと握手はしたものの、あきらかにいきなりのことで驚いている。「ウェリントンにおいでだとは書かれてませんでしたね」

ぼくは大したことじゃないという仕草をして、「書きかけたんですが、ちょっと厚かましい気がしたんですよ」数論の矛盾がどうのというたわごとについて、ぼくがキャンベルと同様に相反する気分を持っていると相手が勝手に思うように、こまかいことは口にしないでおく。

にしても、こうしてめざす相手と運命的に会えたなら、この機会を最大限活用しないでおく手はない。

「この大学にはおいしいスコーンがあるともっぱらの評判ですね」ぼくはいった。ウェブでの研究会の告知は、出席者は大きな収穫を得るだろうと謳っていた。「お忙しいでしょうか？」

「あー。書類仕事はありますがね。あとまわしにできます」

喫茶室に落ちつくまでのあいだ、ぼくは休暇の予定についてきとうなことをまくしたてた。ニュージーランドに来るのはこれがまったくのはじめてで、ここにはまだ着いたばかりであることを強調する。キャンベルもぼく同様、地元の地理や動植物には興味がなく、ぼくが熱をこめて語れば語るほど、キャンベルの視線はよそよそしくなった。相手がハイキングコースのことをくわしく問いつめてきたりはしないことがはっきりした時点で、ぼくはバタースコーンを握りしめたまま、唐突に話題を切り替えた。

「本題に入りますが、あなたが不備を探すためのより効率的な方法を考案したと耳にしました」ぼくはあやうく、〈不備〉の前に定冠詞をつけてしまうところだった。それがまだ仮説上の存在でしかないかのように話すことなど、だいぶ前からなかったからだ。「アリスン・ティアニー博士とぼくがかつてかき集めたちょっとばかりの計算能力のことは、ご存じでしょうか？」

「もちろん。当時はまだ学部生でしたが、探索のことは耳に入ってました」

「あなたもボランティアのひとりだったんですか？」当時の記録はチェックずみで、そこにキャンベルの名前はなかったが、匿名で登録するという手も使えるようにしてあった。

「いいえ。大して魅力的なアイデアに思えなかったんです、当時は」そういったときのキャンベルは後悔している感じだったが、それは単に、十二年前に自分の持っていた資源を提供しなかったからというだけではないように見えた。この男はじっさい、アリスンとぼくが最初はおふざけでいいだした仮説を、許容しがたいほど馬鹿げていると思った人々のひとりだったのではないか、とぼくは思いはじめていた。アリスンとぼくは、それを本気だと思ってくれとはいちどもいわなかった——それどころかぼくたちのウェブページから、計算能力を必要としている生物医学分野の有意義なプロジェクトのありったけに目立つリンクを貼ることまでして、余剰の計算能力《メガフロップ》にはもっとマシな用途があるとわかるようにしていた――しかしそれでも数学的／哲学的石頭の中には、ぼくたちの仮説が純粋に不合理で愚直であることに憤懣やるかたない人たちがいた。事態が深刻なものに変わるまでは、ぼくたちの努力を注目すべきものにしているのは、そうした反発による見せ物的な側面だった。

「でもいまのあなたは、そのアイデアをなんらかのかたちで精緻化したんですね？」ぼくはキャンベルを持ちあげながら、自分の上を行かれたことにはなんの敵意も感じていないことが自然と伝わるよう、最善をつくした。事実、あの仮説自体はアリスンの思いつきなので、仮にこの場でいちばん重要なのがぼくの自尊心だとしても、そんなのはなんの問題にもならない。サーチ・アルゴリズムに関していえば、それはぼくがアリスンの仮説のまちがいを証明しようとして、ある日曜の午後に作ったやっつけ仕事だった。するとアリスンはぼくのまちがいを証明するといい、そのアルゴリズムを世界にむけて公開するよう主張したのだった。

　キャンベルは、話の聞こえるところにだれがいるかを確かめるように周囲に視線を走らせたが、自分の着想に関する話がローマやチューリッヒ経由でシドニーにまで届いているのなら、ウェリントンでの自分の評判が傷つかないようにしておこうとする戦いは失敗に終わったようだと気づいたらしい。

キャンベルはいった。「あなたとティアニー博士がいわれたのは、初期宇宙におけるランダムなプロセスは整数に関する相互に矛盾した定理の証明を含んでいたかもしれない、ということでした。そして、初期宇宙ではその矛盾をあきらかにする計算がおこなわれるだけの時間がまだ経ってなかった、と考えられた。この要約のしかたでよろしいでしょうか？」

「適切ですね」

「ここでわたしにとって問題になるのは、どうしたらいま現在において、検知可能な矛盾を導けるかがわからないことです。もし物理的システムAが定理Aを証明し、物理的システムBが定理Bを証明してるとしたら、宇宙には異なる公理に従う異なる領域が存在することになりますが、普遍的な数学の教科書が時空の外側に浮かんでいて、そこにはすでに証明ずみのあらゆる定理が記載され、われわれのコンピュータはそれを参照してどのようにふるまうかを決めてる、というわけじゃなさそうです。古典系《システム》のふるまいは、そのシステム自体の因果過去によって決定される。もしわれわれが、定理Aを証明した区画の宇宙の末裔だとしたら、われわれのコンピュータは、定理Bが誤りであることを完璧に証明できるはずです、たとえ宇宙のほかのどこかで百四十億年前になにが起きてたとしても」

ぼくは考え深げにうなずいた。「それがどういう結論に至るかは、見当がつきます」数学の永遠の真理を列記した、実体を持たない教科書のようなものが存在する、という純粋なイデア主義を受けいれないとしたら、教科書は最初は白紙だが、さまざまな定理がテストされるにつれて一行ずつ書きこまれていくという不完全版イデア主義は、妥協案の中でも最悪のものに思えるだろう。じっさいには、十年前の上海で、彼方側がユワンとアリスンとぼくに、数分間だけかれらの数学の姿を把握する力をあたえてくれたときに、ユワンはその数学的情報の流れはまちがいなくアインシュタインの局所性に従っていると指摘した。普遍的な真理の書などは存在せず、過去の記録が光速あるいはそれ以下でうろつきまわりながら、混合したり競合したりしているのだ、と。

けれど、たった一台のコンピュータが、ある定理とその否定の両方を証明可能であるのをぼくが事実として知っていることはもちろん、そのコンピュータが計算をおこなう際の順序しだいで、ひと組の公理が機能しなくなって別の公理系に取ってかわられる境界を動かすことさえ時には可能だ、などとキャンベルに話すわけにはいかない。

かわりにぼくは、「それでもなお、あなたは矛盾を探索する価値があると信じている？」

「そうです」キャンベルはしぶしぶ認めた。「でも、わたしはまったく異なるアプローチでそのアイデアに達したんです」ためらってから、隣のテーブルにあったスコーンを手に取る。

「ひとつの岩、ひとつのリンゴ、ひとつのスコーン。そうした語句がなにを意味するか、われわれには明確な概念がありますが、そのそれぞれは十の・十の三十数乗・乗のわずかに異なる形状の物質の総称であるはずです。わたしの〝ひとつのスコーン〟は、あなたの〝ひとつのスコーン〟と同じじゃない」

「そうですね」

「銀行が大量の現金をどうやって数えるか、ご存じですか？」

「重さを量る？」じっさいには、ほかにも数種類の照合がおこなわれるはずだが、話のむかう先が見えていたぼくは、こまかいことにこだわってキャンベルの邪魔をしたくはなかった。

「そのとおり。では、スコーンを同じ方法で数える場合を考えてみます。ひと山のスコーンの重さを量って、ひとつあたりの重さということになってる数値で割り、いちばん近い整数に切りあげる。個々のスコーンの重さはばらばらですから、われわれがふだんやってる算術とは別ものになってしまうでしょう。もし、別々のふた山を〝量って〟、そのあとふたつの山をあわせていっしょに〝量った〟ら、ふつうに整数の足し算をした場合のように結果が一致する保証は、どこにもありません」

「あきらかに一致しないでしょうね。しかしデジタル・コンピュータはスコーンでは動いていないし、重さを量ってビットを数えてもいない」

「もうちょっと話を聞いてください」ぼくの言葉にキャンベルはそう答えて、「これは完璧なアナロジーじゃありませんが、あくまでも正気な話なんです。さてこんどは、われわれが〝ひとつの物〟として扱ってるあらゆる物には、膨大な数の可能な形状があり、われわれはそれを故意に無視してるか、あるいはわれわれにはそれを識別するのが文字どおり不可能であるかだ、としましょう。ある量子状態におかれた電子ひとつのような、単純な物でさえもです」

ぼくはいった。「それは隠れた変数の話でしょうか？」

「一種の、ですね。ヘーラルト・トホーフトの決定論的量子力学モデルをご存じですか？」

「ごく大まかになら」ぼくは正直にいった。

「トホーフトは、完全に決定論的なプランク・スケールの自由度が存在すると仮定し、量子的状態というのは、この自由度の取りうる多くの異なる状態をひとつまとめにした同値類に対応すると考えました。さらに、われわれが原子レベルで作りだす通常の量子状態のすべては、始源の状態の複雑な重ね合わせだと仮定することで、トホーフトはベルの不等式を回避しました」ぼくはかすかに顔をしかめた。ある程度は理解できたものの、どこかでトホーフトの論文を読んでくる必要があるようだ。

　キャンベルが言葉を継ぐ。「ある意味、物理学的なこまかいことはそれほど重要じゃないんです、対象とする物体の種類に関係なく、〝ひとつの物〟がほかの〝ひとつの物〟とまったく同一であることは決してないのを受けいれるならば。その仮定を前提にすると、さまざまな算術計算と厳密に等価であるように見える物理的プロセスは、ふつうに考えられてるほど確かなものじゃなくなります。スコーンの計量の場合、欠陥は明白でしたが、いまいってるのは、物質の根本的性質を誤解してるために起こる、もっと微妙かもしれない結果についてなんです」

「ふーむ」キャンベルがほかのだれかにこの話をしたところで、この考察をぼくのように真剣に受けとる人がいるとは思えないが、ぼくだって相手の話をほいほい鵜呑みにするやつだと思われたくはないし、いまキャンベルが口にしたことの中に現実とほんのわずかでも関連のあることが含まれていたのかどうか、正直なところまったくわからなかった。

　ぼくはいった。「面白い着想ですね、しかし、それがどうして矛盾探しを捗《はかど》らせることになるのか、まだわからないんですが」

「わたしはひと組のモデルを作りました」とキャンベルはいった。「そのモデルには物理学に関するトホーフトのアイデアのいくつかと合致するようにするための、同時に、算術計算をきわめて広い範囲の物体に対してほぼ無矛盾であるようにするための、制限が課されてます。ニュートリノから銀河団に至るまで、われわれが正常な状況で出会うような種類の数が関係する基礎的な計算は、通常の方法できちんと答えが出るべきなんです」キャンベルは笑って、「じっさい、われわれはそういう世界に住んでるわけですよ、ね？」

　われわれの一部分は。「そうですね」

「ところが面白いことに、最終的には算術計算がズレるようにしないと――ある超天文学的な数字があって、それ以上の数では物理学的表現による計算の完璧な再現が不可能になるようにしないと――物理のほうが全然うまくいってくれないんです。そしてわたしのモデルの各々は、どこでそうした影響があらわれるはずであるか、おおよそのところを予言させてくれます。基礎的な物理法則からはじめることで、ほとんどどんなコンピュータでおこなわれた場合でも矛盾があきらかになるはずの、大きな整数での一連の計算を推定することが可能なんです」

「〈不備〉に直接導いてくれるわけですね、いっさいの探索の必要なしに」定冠詞が口をついて出たが、もはやそんなことが問題になるとは思えなかった。

「理論上はそうなります」キャンベルはわずかに顔を赤らめていた。「ですが、〝いっさいの探索をしない〟というとき、じっさいには非常に小規模な探索が必要なものです。わたしのモデルには、まだ調整すべきパラメータがあります。テストすべき可能性は、潜在的に数十億はあります」

ぼくは無遠慮ににやりと笑ったが、その表情は自分が内心思っているとおり、強がりに見えたかもしれない。「だが、まだ〈不備〉を見つける幸運には恵まれていない、と？」

「ええ」自意識過剰がまた頭をもたげてきたようで、キャンベルは聞き耳を立てている人がいないかとあたりを見まわした。

この男は嘘をいっているのだろうか？　すでに結果が出ているのに、検証をあと百万回おこなうまで秘密にしておいて、そのあと、懐疑的な同業者たちや物わかりの悪い世間にそれを説明するベストの手段を判断する気でいるのか？　それとも、サムたちの宇宙に小さな手榴弾を投げこむ結果になったこの男の行為がどんなものだったにせよ、どういうわけかそれはキャンベル自身のコンピュータ内では通常どおりの計算として記録されていて、境界を超えたという証拠が埋もれてしまっているのだろうか？　どちらにせよ、騒動の種となった命題のクラスターはぼくたちの世界の公理に従ったのだから、たぶんキャンベルは、そのクラスターが過去にそんなことをしたことがないとはまったく気づかないまま、強制的に従わせることに成功したのだろう。キャンベルの着想は、あきらかに真実に近づいていた——ぼくにはもはや、これがサムたちの宇宙のできごととたまたま同時発生しただけだとは思えなかった——だがキャンベルの理論には、ぼくには真実だとわかっているあることを受けいれる余地はないように見えた。計算は単に矛盾しているのではなく、動的だということ。その矛盾点を手に取って、カーペットの皺のように自由に移動させることができるということ。

キャンベルはいった。「そのプロセスには、容易には自動化できない部分がいくつかあります。モデルを大まかなクラスに分類し、それぞれに適した探索をおこなうには、ある程度の手作業が必要なんです。いままで、空き時間にしかそれをやってこれませんでしたから、すべての可能性の検討を終えるには、まだしばらくかかるでしょう」

「なるほど」もしキャンベルがこれまでにおこなった全計算のうちで、彼方側を直撃したのがいちどきりだとしたら、残りの計算はなんの問題も起こさずに終わるとも考えられる。キャンベルは注目されていない物理理論のある一部門を可能性から除外する否定的な結果を発表し、矛盾の両側で人生は変わりなく続いていくことになるだろう。

とはいえぼくも武器査察官として、そんな楽観的な推測を信じこむわけにはいかない。

キャンベルは書類仕事が気にかかっているのか、落ちつかないようすだった。ぼくはいった。「この機会に、ぜひもう少しくわしくこの話をしたいですね。今夜はお暇ですか？　市街地のバックパッカー・ホステルに泊まっているんですが、このあたりにお薦めのレストランがあれば、そこで続きをどうです？」

キャンベルは一瞬、疑わしげな顔をしたが、もてなし好きの性格がためらいを抑えこんだらしい。「妻に話してみます。どのみちレストランにはあまり行きませんが、では今夜はわたしが料理をすることにしますから、うちにおいでになりませんか」

キャンベルの家は大学から歩いて十五分のところにあった。ぼくの提案で酒屋にまわり道し、料理にあわせてワインを二本買う。玄関を入るとき、ぼくはドアフレームにわざわざ手をかけて、今後、無断でこの家に入る必要が生じたときに役立つ小さな装置をくっつけた。

キャンベルの奥さんのブリジットは有機化学者で、やはりヴィクトリア大学で教鞭をとっていた。夕食のあいだの会話は、学部長や予算や交付申請のことに終始したが、大学を出てからだいぶ経っているぼくでも、夫婦のグチに理解ある返事をするのは別にむずかしくなかった。ホスト夫婦はぼくのグラスが長いこと空《から》にならないよう、つねに気をつかってくれた。

食事が終わるとブリジットは、ニュージーランド南島の小さな町に住んでいる母親に電話するといって席を外した。キャンベルはぼくを書斎に案内し、キーの文字が消えかけた確実に二十年ものだろうラップトップのスイッチを入れた。この種のコンピュータがある家は多い。最新流行のクソ重い《ブロート》ソフトはどうやっても走らせられないが、オリジナルのOSでまだ完璧に動作するのだ。

キャンベルはぼくに背中をむけてパスワードをタイプし、ぼくはぼくで盗み見をちらりとでも疑われないように気をつかった。そしてエディタでC++のファイル数個をひらいたキャンベルは、サーチ・アルゴリズムをスクロールしていった。

ぼくはめまいを感じたが、ワインのせいではない。どんな人間の内臓がエタノールを吸収するのよりも早く、それをグルコースと水に分解する市販の酔い覚まし薬で胃をいっぱいにしておいたのだから。工業代数社《IA》がこの件の探求をほんとうにあきらめていることを、ぼくは強く願った。ぼくが半日でキャンベルの秘密にここまで迫れたのだから、IAならオルタナティヴ数論を使ってひと月かからずに株式市場を操り、次には矛盾応用兵器をペンタゴンに売りこむことが可能だろう。

ぼくには写真的記憶力はないし、キャンベルも断片を見せてくれたにすぎない。ぼくをからかって馬鹿にする気ではなかったと思う。キャンベルはぼくに、形になったものがあるのを見せたかっただけなのだ。プランク・スケールの物理学や、当たりをつけた探索戦略が、大風呂敷にとどまらないことを。

ぼくは声をあげた。「ちょっと！　いまのはなんだ？」キャンベルはページダウンキーを押すのをやめ、ぼくは画面中央の変数宣言のリストを指さした。

```
long int i1, i2, i3;
dark d1, d2, d3;
```

“long int” は長整数型《ロングインテジャー》、通常の二倍のビットで表現される量のことだ。この年代物のマシンでは、それはたぶん合計六十四ビットのことだろう。「“dark” ってのは、なんなんだ」詰問口調になった。ふだんなら初対面の相手にそんな口のききかたはしないが、いまは冷静を装う気はなかった。

キャンベルは笑いながら、「暗黒《ダーク》整数ですよ。わたしが定義した型《タイプ》です。四千九十六ビットあります」

「でも、なぜこんな名前を？」

「暗黒物質《ダークマター》、暗黒《ダーク》エネルギー……そして暗黒整数《ダークインテジャー》。このすべてがわれわれのまわりじゅうにありますが、かならずしもルールに従って行動してないので、ふつうは見ることができません」

うなじの毛が逆立った。ぼくが自分で、サムたちの世界の基盤《インフラストラクチャー》をこれほど簡潔に表現できたことは、これまでになかった。

キャンベルはラップトップを終了させた。ほんの少しのあいだでいいから、キャンベルの疑いを招くことなしにそのマシンを操作できる機会を探ったが、あきらかにそんなことは起こりそうになかったので、ふたりで書斎を出るとき、ぼくはプランBに打ってでた。

「なんだか気分が……」といきなり廊下の床にすわりこむ。一瞬の間をおいてポケットから携帯を出すと、それをキャンベルにむけて掲げた。「タクシーを呼んでもらえませんか？」

「ええ、もちろん」キャンベルは携帯を受けとり、ぼくは両腕に頭をうずめた。キャンベルが番号を押すよりも早く、ぼくは小声でうめきはじめた。長い間があいた。たぶん相手は、さまざまな選択肢がどんな面倒を招くかを比較しているのだろう。

ようやくキャンベルが、「よろしければ、今夜はカウチでお休みになってください」なんといい人なのか、と思ってぼくはほんとうに心が痛んだ。ほとんど面識のないお調子者にこの種の芝居でだまされたとしても、ぼくなら少なくとも、夜中に吐いたら自分で掃除しておけと約束させるだろう。

夜中にいちど、ぼくはトイレに立ったが、吐く真似はしないでおいた。そして途中でそっと書斎に入り、闇の中で書斎を横切って、どこかの修理業者が何年も前にラップトップの外側に貼った粘着ラベルの上から、薄い透明なパッチを貼った。ぼくがなにかを貼ったのは肉眼ではわからないし、剝がしとるには外科用メスが必要だろう。パッチとの通信用中継器はそれよりは大きくて、コートのボタンくらいある。それは本棚の裏にくっつけた。キャンベルが部屋を塗りかえるとか、新しいカーペットを敷こうとかしないかぎり、それは二年は見つからずにいるだろうし、ぼくは地元の無線インターネット・プロバイダーに二年分のアカウントを支払いずみだった。

ぼくは夜が明けてすぐに起きだしたが、そんな風に非・酔っぱらい的早起きをしたからといって、芝居が嘘くさくなることはなかった。キャンベルがカーテンをあけっぱなしにしていたので、朝日が全力でぼくの顔を照らす結果になったのだが、それはほぼ確実に意図的なものだった。聞き耳を立てている人がいた場合、二日酔いにしては足どりがしっかりしていると思われないよう注意しつつ、家の中を十分ほどこっそりと歩きまわってから、ぼくはカウチ脇のコーヒーテーブルに感謝とお詫びを走り書きしたメモを残すと、キャンベル家を出てケーブルカーの駅にむかった。

市街地におりると、ぼくはバックパッカー・ホステルのむかいのカフェに陣どって、キャンベル家の中継器に接続した。すると中継器は、ラップトップに貼ったパッチのポリマー回路と順調なリンクを確立した。正午をまわってもキャンベルはログオンせず、ぼくはケイトに、少なくとももう一日銀行に缶詰だというメッセージを送った。

ニュースフィードを見たり、値段の高すぎる軽食を注文したりして時間をつぶす。カフェのほかの客たちも、半分は同じことをしていた。ようやく、三時ちょっとすぎになって、キャンベルがラップトップを立ちあげた。

パッチにはキャンベルのディスクドライヴは読めないが、キーボードと画面のあいだの電流を拾うことで、キャンベルがタイプし、キャンベルが見ているあらゆるものをそこから導くことができた。パスワードの入手はかんたんだった。そればかりか、ログインしたキャンベルはファイルのひとつの編集に取りかかり、サーチプログラムを新しい分類《クラス》のモデルに対して拡張した。キャンベルがあちこちにスクロールしてくれたおかげで、作業中のファイルの内容がまるごとパッチのスクリーンショットにおさまるまでに大して時間はかからなかった。

キャンベルは二時間以上も作業をして、自分の書いたものをデバッグしてから、プログラムを走らせはじめた。この老朽化した二十世紀のマシンは、全インターネット規模での〈不備〉の探索以前の代物だが、すでに彼方側への直撃一回をなし遂げている。ぼくはこの新しいクラスのモデルが、数日前に成果をあげたモデルとまったく相容れないのを祈るばかりだった。

それからまもなくして、キャンベルが部屋を出たとパッチの赤外線センサーが告げた。パッチはキーボードの接続ケーブルに電流を誘導できる。ぼくはその場にいるかのように、マシンにむかってタイプできるのだ。ぼくは新しい操作ウィンドウをひらいた。ラップトップはインターネットにいっさい接続していなくて、ぼくのスパイウェア経由だけが例外だったが、ものの十五分で見るべきものをすべて表示させ、記録できた。メインプログラムが依拠しているいくつかのライブラリとヘッダー・ファイル、そしてこれまでのすべての探索を記載したデータログ。オペレーティング・システムに侵入して、今後の探索がことごとく失敗するよう手を打つのもむずかしくはないだろうが、状況の全貌をもっとよく把握するまで待つことにした。シドニーに引きあげてからでも、使用中のラップトップをいつでも盗聴できるのだし、ラップトップの前に人がいないときにいつでも干渉できる。ぼくがウェリントンに残っているのは、キャンベルの家をぼく自身が再訪する必要が生じた場合に備えてのことにすぎない。

日暮れどきになって、急ぎの用事がなにもないことに気づいたが、ケイトには電話しなかった。窓のないコンピュータルームでこき使われていると思わせておいたほうが、賢明に思えたからだ。カフェを出て、ホステルでベッドに寝転がる。共同寝室はがらんとしていた。ほかの客たちはみな、街に繰りだしているらしい。

ぼくはチューリッッヒのアリスンに連絡して、最新状況を伝えた。画面の外から、アリスンの夫のフィリップが別の部屋でローラをあやそうとして小声のフランス語で赤ちゃんしゃべりをし、それに対して娘が激しく泣き叫んでいるのが聞こえる。

アリスンは話に引きつけられた。「キャンベルの理論が完璧ということはありえないけれど、ものすごくいい線まで来ているのは確かよ。たぶんその理論を、わたしたちが知っている動力学にうまくあてはめる方法を見つけられるはず」〈不備〉に偶然行きあたってからの十年間、それに関するぼくたちの作業は嫌になるほど経験主義的なものだった。計算の実行とその影響の観測。深層で基礎をなすなんらかの原理の発見には、まったく近づいたことがない。

「サムはこのことを全部知っているのかしら?」アリスンが聞いた。

「見当もつかない。知っているとしても、かれがそれを認めるとは思えない」上海でぼくたちに彼方側の数学を味見させたのはサムだったが、それはぼくたちがルミナスを使って消し去ろうとしているのが荒れ地などではなく、ひとつの文明であることを知らせるために、耳の上を一発殴っただけの話だった。その大破滅寸前の最初の接触のあと、サムはぼくたちとの通信の確立に取りくみ、ぼくたちの言葉を学ぶと、こちら側の世界についてぼくたちが提供した説明を喜んで聞いていたが、それに対してかれが同様の情報をもたらすことはなかった。彼方側の物理学や天文学、生物学、歴史、文化について、ぼくたちはなにも知らないも同然だ。地球と同じ空間を占める生物が存在するということは、ふたつの宇宙は相互に不可視であるにもかかわらず、なんらかのかたちでともかく密接に結びついていることを示唆している。だがサムは、境界のかれの側ではぼくたちの側より生物がありふれたものであることをにおわせていた。少なくとも太陽系内では地球にしか生物はいなくて、周囲には数光年の不毛な真空が広がっているとぼくが話して以来、サムはぼくたちの側を〝過疎界〟と呼ぶようになったのだ。

　アリスンがいった。「どちらにせよ、このことはサムには知らせずにおくべきね。協定によれば、彼方側が知らせてきたあらゆる領域侵害に対して、わたしたちは能力の範囲内のあらゆる手段で対処しなくてはならない。いま現にやっているようにね。でも、キャンベルの活動の詳細を伝える義務は、わたしたちにはないわ」

「それはそのとおりだ」けれどぼくは、アリスンの提案に全面的に賛成とはいえなかった。サムと仲間たちが取ってきた態度――それは、ぼくたちになにか教えたらすべて悪用され、彼方側はいっそう攻撃されやすくなる、と思っていることのあらわれだ――にもかかわらず、ぼくの中にはつねに、ぼくたちの側でできる誠実さを示す行為、信頼を築く手段がなにかないだろうかと思っている部分があった。キャンベルと話をして以来、ぼくの心の片隅で、キャンベルの発見がぼくたちの意図にはやましいところがないことをきっぱりと証明する機会につながるのではないか、というほのかな希望が大きくなっていた。

アリスンはぼくの気持ちに気づいていた。「ブルーノ、サムたちはこれまで、わたしたちになにひとつ寄越したことがないのよ。上海の件は、ある程度の慎重さの理由にはなるけれど、わたしたちは上海の一件で、かれらにとってルミナスが、蚊を追いはらう程度にしか問題にならなかったのを知っている。かれらはわたしたちを一瞬で押しつぶせるだけの計算能力を持っていて、しかもなお、手に入れられるかぎりの戦略的優位に固執しているわ。こちらの側でも同じことをしないでいるのは、単に愚かで無責任というものよ」

「つまり、ぼくたちはこの秘密兵器を守りぬくべきだというのか？」刺すような頭痛がひどくなってきた。ぼくはふだん、ぼくたち三人に降りかかった超現実的な責任などというものは存在しないふりをすることで、その責任とつきあっている。三日間続けて絶え間なく、その責任について考えなければいけなかったおかげで、この十年間になかったほどの緊張感と直面することになった。「結局、そういうことになるのか？　ぼくたちの冷戦がはじまる？　じゃあ月曜になったらＮＡＴＯ本部を堂々と訪ねて、知っていることを洗いざらい引き渡せばいいだけの話だろ？」

アリスンはそっけなく、「スイスはＮＡＴＯに加盟していないの。そんなことをしたら、この国の政府に反逆罪で告発されるかもしれないわ」

アリスンといい争いたくはない。「この話はまたあとでしよう。現状の正確な把握すらできていないんだ。まずぼくがキャンベルのファイルをこまかく調べて、彼がほんとうにぼくたちの考えているとおりのことをしたのか、確認する必要がある」

「いいわ」

「シドニーに戻ってから、また連絡する」

キャンベルから盗みとったものすべての意味を理解するにはしばらくかかったが、最後には、キャンベルが各々の状況でおこなったのが、ログファイルに記録されているどの計算かを特定できるようになった。続いて、キャンベルがテストした命題を、〈不備〉の大ざっぱな静的マップと比較する。サムが報告してきたできごとは彼方側の奥深くでのことだったから、境界で自然に起こる変動を考慮に入れる必要はない。

ぼくの分析が正しいとすれば、水曜の夜遅く、キャンベルの計算は彼方側の数学のまん中に着弾していた。だが、キャンベルがぼくにいったことはほんとうだったのだ。そこでは、なんら通常と異なるものは見つからなかった。かわりに、キャンベルの探していたものは、彼の目の前で消えてなくなっていた。

アリスンとぼくがおこなってきたすべての計算を通じて、命題の帰属先を無理やり変えて、ぼくたちの世界の公理に従わせられたのは、境界においてのみだった。これはまるで、どこかの高次元から飛びこんできたキャンベルが、持ってきたホースで、数論に関してぼくたちの知っている、そして愛しているあらゆることをまき散らしたようなものだ。

サムと仲間たちにとって、それはなにもないところにいきなりあらわれたスーツケース核爆弾に等しく、追跡と迎撃の方法がわかっているICBMの対極だった。なのにアリスンは相手にむかって、「わたしたちを信じてください、こちらできちんと処理しました」と説明しようといっているのだ、兵器そのものを相手に見せることもなく、兵器がどのように作動するかを示すこともなく、兵器に対する新しい防御手段を考えるチャンスをあたえることもなしに。

アリスンは此方側がひそかになにかを用意しているようにしておきたいのだ、タカ派が彼方側の実権を握って、過疎界などというのは実体のない世界であり、そこをうろついている有害生物がいなくても自分たちにはなんの影響もない、といいだしたときに備えて。

土曜の夜を遊びまわった酔っぱらいたちがホステルに戻ってきはじめた。調子っ外れに歌ったり、盛大に吐きまくったりしている。もしかするとこれは、ぼくが酔ったふりをしたことに対する詩的正義なのかもしれない。だがだとしたら、この罰は千倍は重すぎる。宿代をケチらずにもっと高級なところに泊まればよかったという気になりかけたが、費用を持ってくれる雇い主がいるわけでもなく、今回の旅行でこれ以上の金を使わなくても、ケイトに対して嘘を取りつくろうのは、かなりやっかいなことになりそうだった。

　スコーンの計算のことは忘れろ。魔法使いの弟子がほうきに列を組んで行進させたように、ぼくは電子通貨を複製する方法を知っている。サムに気づかれることなく、利益をかすめることさえ可能だろう。メッセージのやりとりで日常的におこなっている境界の操作の裏に、彼方側《ファーサイダー》取引を隠せばいい。

　だが、副作用を封じこめる方法は見当もつかなかった。そんな悪さがほかになにを混乱に陥れるのか、その過程でぼくはどれだけの人を殺したり傷つけたりすることになるのか、まったくわからなかった。

　枕の下に頭をうずめて、騒音の中でなんとか眠りにつこうと努力する。結局ぼくは、七の累乗を計算していた。子どものころにしかやったことのない方法だ。ぼくは暗算の名人だったことはいちどもなく、かんたんなほうの計算を終わらせていくのに要する集中力でさえ、どんな肉体労働よりもはるかに急速にぼくを疲労困憊させた。（二億八千二百四十七万五千二百四十九……）数字が豆の茎《ビーンストーク》のように成層圏へ立ちのぼり、あまりに高く育ちすぎて自壊してしまい、あとにはぼくの頭の中を黒い紙吹雪のように漂う数字の雲が残った。

「問題は制御下においた」ぼくはサムにいった。「発生源を突きとめて、再発防止の処置をしたよ」

「それは確実だといえるのか？」サムがしゃべるあいだ、画面上の三穴トーラスは休みなくねじれつづけていた。じっさいにそのアイコンを選んだのはぼく自身で、アイコンの外見はサムとはいっさい関係ないのだが、そのくねくねした動きに感情を見てとらずにいるのは、不可能だった。

ぼくは答えた。「水曜日の侵入がだれのせいかは、まちがいなくわかっている。その行為にはなんの害意もなかった。というより、それをおこなった人物には、自分が境界を超えたという認識すらなかった。その男のコンピュータのオペレーティング・システムを修正して、二度と同じことができないようにした。もし同じことを試みたら、コンピュータは前回と同じ答えを返すが、こんどはじっさいには計算はおこなわれない」

「それを聞いて安心した」サムはいった。「その計算がどんなものか、説明してもらえるか？」

サムの姿がぼくに見えないのと同様、こちらの姿もあちらには見えないが、習慣的にぼくは平静な表情を崩すまいとした。「それは合意事項に含まれていないだろ」ぼくは答えた。

サムは数秒間沈黙した。「そのとおりだ、ブルーノ。だが、侵害のそもそもの原因がわかっていれば、わたしたちはいっそうの安心感を得られるだろう」

「それは理解できるよ。でも、ぼくたちは説明しないことに決めたんだ」ぼくたちとはアリスンとぼくのことだ。ユワンはまだ入院中で、なにかができるような状態ではない。アリスンとぼくが、全世界を代表してしゃべっている。

「きみたちの対応は仲間たちに伝える」とサム。「わたしたちはきみたちの敵ではないのだ、ブルーノ」残念そうな口調だったが、サムはその種のニュアンスをどうとでも調整できる。

「わかっているよ」とぼくは応じ、「そしてぼくたちもきみたちの敵じゃない。なのにきみたちは、自分たちの世界についてのくわしいことを、ぼくたちからほとんど隠したままでいる。それでもぼくたちはそれを敵意のあらわれとは考えていないのだから、ぼくたちの側でも二、三のことを秘密にしたからといって、きみたちが不満をいう理由にはならない」

「またすぐに連絡する」サムがいった。

メッセンジャー・ウィンドウが閉じた。ぼくはいまの交信を暗号化してアリスンにメールしてから、机に突っ伏した。頭がずきずきするが、いまの論戦は、取りかえしがつかないようなものではまったくなかった。サムと仲間たちがすべてを知りたがるのは、当然のことだ。そして、失望してこちらを責めたてることになるのも当然だろう。だがそれは、この十年とってきた温和な方針を、かれらが破棄するということにはならない。重要なのは、侵害が繰りかえされることはないというぼくの保証が、信頼できるものだと証明されることだ。

やるべき仕事があった、食べていくために必要な仕事が。ぼくは自制心をなんとか呼びおこして、この問題の一切合切を心から押しのけると、シンガポールの企業のために書くことになっている、分散プログラミングのボトルネック解決のための確率論的手法に関する報告書に猛然と取りくんだ。

四時間後、玄関のベルが鳴ったとき、ぼくは机の前を離れてキッチンをあさりまわっていた。玄関カメラの画面に目をやる手間もかけずに、まっすぐ廊下を歩いていってドアをあける。

キャンベルがいった。「こんにちは、ブルーノさん」

「こんにちは。シドニーに来る予定があるなら、いってくだされればよかったのに」

「お宅をどうやって見つけたか、知りたくはないですか？」

「どうやって？」

　キャンベルは携帯を掲げてみせた。ぼくからの、というかぼくの携帯からのテキスト・メッセージが表示されている。それはぼくの知らない間にショート《S》・メッセージ《M》・サービス《S》で全地球《G》測位《P》システム《S》座標をキャンベルに教えていた。

「悪くない手だ」ぼくは認めざるをえなかった。

「オーストラリアじゃ最近、テロリズム関連犯罪リストに〝通信機器の不正使用〟が加わったはずです。お望みならたぶんわたしを、最高に警戒厳重な刑務所の独房に放りこめますよ」

「きみがアラビア語の単語を最低十個知っていればね」

「じつはエジプトに一カ月いたことがあるので、なんだってありです。でも、本気で警察に通報したくはないはずです」

　ぼくはいった。「まあ、中に入って」

　キャンベルを居間に案内しながら、内心焦りまくっていた。きっと本棚の裏の中継器を見つけたのだろうが、それはぼくが帰ってからのはずだ。この男はぼくの携帯へのウイルス感染を遠隔操作でやってのけたんだろうか？　その程度のことでは破られないセキュリティ対策をしていたつもりなのだが。

　キャンベルが口をひらいた。「なぜわたしのコンピュータを盗聴したか、説明してほしいんですが」

「自分でもなぜだったか、どんどんわからなくなっている。きみがそうさせたかったから、というのが正解かもしれない」

キャンベルは鼻を鳴らして、「なにを馬鹿な！　自分の研究についての噂がわざと流れるようにしたことは認めますよ、なぜあなたとアリスン・ティアニーがあの探索を中止したか、知りたかったから。あなた方が嗅ぎまわりにくるかどうか、試したかったんです。ビンゴでした。でもそれは、わたしの研究をまるごと盗んでくれということじゃ全然ない」

「じゃあ、きみのやったことはいったいなんだというのかな、アリスンとぼくからなにかを盗もうとしたのでないなら？」

「そのふたつをいっしょにしないでください。わたしはただ、あなた方がじつはなにかを見つけてたんじゃないかという疑問を確かめたかっただけです」

「で、確かめられたと思っているわけか？」

キャンベルは首を横に振ったが、それは面白がっているのであって、否定ではなかった。

ぼくはいった。「なぜここへ来た？　きみの奇抜な理論をぼくが自分名義で発表しようとしている、なんて思っているのか？　ぼくはフィールズ賞の年齢制限を超えているが、きみはあの理論をノーベル賞ものだと思っているんだろうな」

「いえ、あなたが名声なんかに興味があるとは思ってません。さっきもいったとおり、あなた方はとっくに、受賞に値するものを見つけてたんですから」

ぼくは思わず立ちあがっていた。自分が顔をしかめ、両手を握りしめているのがわかる。

「それで、要点はなんなんだ？　ラップトップを盗聴したことで、ぼくを告発したいのか？　やれよ。たがいに欠席裁判のあげく、罰金を食らうだろう」

キャンベルはいった。「タスマン海を越えてきて、嘘をついてわたしの家に入り、わたしの親切につけこんだ上、ファイルを盗みだすほどに、あなたにとって重要なこととはいったいなんなのか、知りたいんですよ。単なる好奇心だとも、嫉妬だとも思いません。あなた方は十年前になにかを見つけて、いま、わたしの研究がそのなにかを危険にさらすんじゃないかとおそれてるんだと思います」

ぼくはまた腰をおろした。さっき追いつめられたときに感じたアドレナリンの奔流は、雲散霧消していた。耳もとでささやくアリスンの声が聞こえる気がする。「こいつを殺すか、でなければ、ブルーノ、仲間に引きこむかよ」人を殺す気はさらさらないが、選択肢がこのふたつしかないのか、ぼくにはまだ確信が持てなかった。

ぼくはいった。「もしぼくの答えが、おまえの知ったことじゃない、だったら？」

キャンベルは肩をすくめた。「そのときは、さらに研究に力を入れます。あのラップトップに細工をしたのはわかってますし、うちのほかのコンピュータもたぶん同様の目にあってるでしょうが、新しいマシンを買えないほど困窮してませんから」

そのマシンは、ラップトップの百倍は速いだろう。そしてキャンベルは、これまでにおこなったすべての探索を、たぶんパラメータの範囲を広げて、繰りかえすだろう。このごたごたすべてのはじまりとなった過疎界からのスーツケース核爆弾がふたたび爆発し、おそらくそれは前回の十倍、いや百倍の威力を持つ可能性がある。

ぼくは聞いた。「秘密結社に入会したいと思ったことはあるかい？」

キャンベルは疑わしげな笑いで応じて、「いいえ！」

「ぼくもそうだった。残念なことに」

ぼくはキャンベルにすべてを話してきかせた。〈不備〉の発見。その結果を手に入れようとねらってきた工業代数社。上海での顕現《エピファニー》。サムによる接触の成功。協定と、平穏無事な十年間。そこへほかならぬキャンベルの研究が突然もたらした衝撃と、まだ進行中の事態のいきさつ。

キャンベルはあきらかに動揺していたが、彼がもともと持っていた疑いをぼくが裏づけたというのに、ぼくの話が事の一部始終だと思う気にはなれないように見えた。

ぼくはキャンベルを自分のホームオフィスに連れていってデモンストレーションをする

ほど、馬鹿ではなかった。そこでなら、ぼくにはいくらでもでっちあげができてしまう。ふたりで地元のショッピングセンターまで歩いて、キャンベルに二百ドル渡すと、新品のノートブックを買わせた。ダウンロードの必要があるソフトウェアの種類は教えたが、じっさいにどの製品を選ぶかはキャンベルにまかせた。それからさらにいくつかの指示をあたえる。三十分かからずに、キャンベルは自力で〈不備〉を目撃し、境界を此方側と彼方側の双方に、短い距離だけ動かしていた。

　ぼくたちは飲食店のある一角に陣どっていて、放課後になって飛んできたティーンエイジャーたちがまわりで騒いでいる。キャンベルは、まるでおもちゃのマシンガンを持っていたのを取りあげられて、それを金属の塊に変えられた上、その塊で頭をぶん殴られたかのような目でぼくを見ていた。

　ぼくは声をかけた。「心配するな。上海以降は、宇宙戦争《ウォー・オブ・ザ・ワールズ》は起きていないんだ。今回の一件も切り抜けられると思うよ」これだけの長い年月のあと、だれかに新しく重荷を分けあってもらえるという可能性を前に、ぼくはどうしても過度に楽観的になっていた。

「〈不備〉が動的だなんて」キャンベルがつぶやいた。「それだとすべてが変わる」

「それは知っているよ」

キャンベルは顔をしかめた。「政治的な問題や、潜在的な危険性のことだけじゃありません。これは基礎をなす物理モデルの話なんですよ」

「というと？」ぼくはその問題を真剣に検討するところまで至っていなかった。キャンベルの独創的な計算を消化するだけでもひと苦労だったのだ。

「わたしはずっと、プランク・スケールの物理学には完全な対称性が存在していて、巨視的な数論のあいだの境界が安定してるのはそれが理由だと決めてかかってました。それは人為的な制限だったのに、なんの疑いも持たなかったんです、なぜならほかの考えかたはすべて……」

「信じがたかったから？」

「そうです」キャンベルはまばたきして横をむくと、いつの間にこんなに人が増えたんだろうという顔で夕食どきの人混みを見まわした。「あと数時間で帰りの便の時間です」

「ブリジットさんは、あなたがここに来た理由を？」

「くわしくは話してません」

ぼくはあらたまって、「ぼくが話したことは、ほかのだれにも知られちゃいけない。危険があまりにも大きいし、すべてはあまりにも流動的だ」

「そうですね」キャンベルはまっすぐにぼくの目を見ていた。ぼくに調子をあわせているのではない。工業代数社のような連中がどんな真似をしかねないか、この男は理解していた。

「長期的には」とぼくは言葉を続け、「これを危険のないものにする方法を見つける必要がある。あらゆるものに、危険がおよばないようにするんだ」その目標をはっきり口にしたことはこれまでいちどもなかったが、ぼくはまだキャンベルの洞察から予想される種々の問題を咀嚼しはじめたばかりなのだ。

「どうやって？」キャンベルが聞く。「壁を作ってですか、それとも壊してですか？」

「わからない。まずぼくたちに必要なのは、もっとくわしいマップだ。領域全体を、もっとよく把握しなくては」

キャンベルはここへ来てぼくと対決するために、空港で車を借りていた。車はぼくの家のそばの脇道に駐めてあった。ぼくは徒歩でそこまで彼を送った。

別れ際に、ぼくたちは握手をした。ぼくはいった。「消極的秘密結社へようこそ」

キャンベルは鼻白んだようすで、「消極的じゃなく、消滅させる方法を見つけましょう」

続く数週間、キャンベルは自分の理論の改良に取りくみ、数日おきにアリスンとぼくにメールを寄越した。キャンベルを仲間にするとぼくがひとりで決めたのを、アリスンは予想よりはるかにあっさり受けいれていた。「テントの中に入れておいたほうがマシだから」とだけいって。

それは過小評価というものだった。アリスンとぼくはほどなく、専門的事項に至るまでキャンベルの理論を把握したが、この問題に対してキャンベルが長年の試行錯誤で培った直感が、最近の彼のめざましい進展の鍵であることは明白だった。単に彼からメモやアルゴリズムを盗んだだけでは、アリスンとぼくにはここまで到達することは絶対にできなかっただろう。

しだいに、キャンベルの理論の動的バージョンが形を取りはじめた。巨視的な物体に関するかぎり――この文脈での〝巨視的〟とは、素粒子レベルの量子状態にまでおよぶ――イデア主義的な数学は痕跡も残さずに追いはらわれた。整数に関するなんらかの〝証明〟は物理的プロセスの一クラスにすぎず、その証明の結果は、普遍的な真理の書のどれからも読まれることもなく、そこに書きこまれることもない。そればかりか、証明どうしのあいだに一貫性があるのは、同じ事柄の証明と見なせる異なるプロセスのあいだの、強力だが不完全な相関を意味するにすぎなかった。そうした相関は、プランク・スケールの物理的現象の始源の状態が、どのようなかたちで区別可能な複数の対象のように見えるサブシステムへと――不完全に――分割されたかに由来していた。

特定の数学的真理が永続的で普遍的に見えるのは、それがたいへんに効率よく、物質と時空の状態の中で持続しているからだ。だが、対象の区別というイデア化の過程自体に欠陥が組みこまれていて、その欠陥がついに裂け目をひらいた地点こそが、ボランティアたちのデータの中にアリスンとぼくが見つけた〈不備〉であり、それは矛盾する数学的システム間の境界でのあらゆる巨視的なテストにあらわれてくる。

その境界が移動するのは、ある命題に隣接する命題が多数決で勝利した場合だ、というのがアリスンとぼくの導きだした不完全な経験則だった。$x+1=y+1$と、$x-1=y-1$を証明できたなら、次には$x=y$が、たとえそれまでは真でなかったとしても、絶好の証明対象になる、と。キャンベルの探索の結果は、現実はもっと複雑なものであることを示していて、彼の新しいモデルでは、境界に関する古い規則はもっと微妙なプロセスの近似であると判明した。そのプロセスは、電子やリンゴの算術計算のことをなにも知らない始源状態の動力学につなぎとめられている。キャンベルが彼方側に撃ちこんだ此方側の計算は、目標を演繹で包囲攻撃することによってそこに到達したのではなかった。それがそこに到達したのは、〝整数〟という概念そのものに存在する、アリスンやぼくが夢にも思わなかったほど根深い欠陥に、キャンベルがまっしぐらにむかったからだった。

サムはこんな事態を少しでも考えたことがあったのだろうか？　ぼくはサムからのあらたな連絡を待っていたが、数週間がすぎても相手は沈黙したままだったし、こちらからかれを呼びだすのは、いちばん気が進まないことだった。サムを加えずとも、ぼくにはもう、嘘をつく必要のある相手が多すぎる。

ケイトに仕事の調子はどうと聞かれて、ぼくは最近手をつけた心躍らない三件の請負仕事の詳細を垂れ流した。ふとしゃべるのをやめると、ぼくを見るケイトは、まるでぼくがこれまで黙っていた犯罪についての、説得力のないたどたどしい否認を続けていたかのような顔をしていた。これまで隠してきた高揚感と恐怖の混ざった気分が、どうしてケイトに伝わったのだろう、とぼくは思った。情熱的だがやましさを感じている不倫の大部分は、こんな風にして露見するのだろうか？　ぼくは告白寸前になったりはしなかったが、そこに近づいている自分を想像できた。いまでは、なにも知らせずにおくと最初に決心したときよりも、秘密を知ったらケイトに害がおよぶと考える理由は少なくなっていた。だがしかし、もしぼくがケイトになにもかもを話して、その翌日キャンベルが誘拐され、拷問を受けたとしたら？　ぼくたち関係者全員が監視されていても、監視者たちが手練《てだ》れだったら、ぼくたちは手遅れになるまでそうとは気づかないだろう。

キャンベルからのメールはしばらく途絶え、それは障害に突きあたったせいだろうとぼくは思った。サムもあれ以来、文句をいってこない。たぶん、この状態こそがあらたな維持すべき現状で、次の平穏無事な十年のはじまりなのだろう。これならなんとかやっていける。

と思っていたところへ、キャンベルが二発目の手榴弾を投げこんできた。インスタント《I》・メッセージ《M》で連絡してきたキャンベルは開口一番、「マップの作成を開始しました」

「マップって、〈不備〉の？」ぼくは聞きかえした。

「惑星のです」

ぼくはぽかんとして、画面の中のキャンベルを見つめた。

「彼方側の惑星数個です」キャンベルはいった。「物質界ですよ」

キャンベルはしばらくのあいだ、地球の各地に散らばったひと組のプロセッサ群を使って作業をしていた。前にやらかした危険な侵害を繰りかえすようなことは、もちろんもうなかったが、潮の干満のような境界の自然な移動をいじりまわしているうちに、キャンベルはとんでもない発見をしたのだった。

アリスンとぼくはずっと以前に、自然界でのランダムな〝証明〟が境界でのできごとに影響しているようだと気づいていたが、キャンベルの理論は、その考えをより精緻にしたものだった。世界じゅうの別々のコンピュータ一ダースで測定して、境界に位置する命題が変化する正確なタイミングを観察することで、キャンベルは一種の……レーダーというか、ＣＴマシンというか、そういうものを作りあげたのだ。呼び名はともかく、それを使うことでキャンベルは問題となるプロセスが自然に発生する位置を推定できるようになり、彼のモデルは此方側と彼方側のプロセスを、そして物質の中で起こるプロセスと真空中で起こるそれを、区別することが可能になった。キャンベルは彼方側の物質の密度を数光年の先まで測定し、近くの惑星を大ざっぱに映像化することができるようになっていた。

「彼方側だけじゃありません」とキャンベルはいい、「この技法を実証するために、こちら側の世界の惑星を映像化してみました」そして比較用のオンライン年鑑を添えて、データログを送ってきた。キャンベルが位置を特定できた惑星のうちでいちばん遠いのは木星で、その位置は十万キロメートルもズレていた。ＧＰＳ並みの精度とはとてもいえないが、そんな比較をするのは、算盤の計算結果で北と北西の区別がつかないと文句をいうようなものだ。

「もしかして、サムはこうやって上海のぼくたちを見つけたのか？」ぼくは推測を口にした。「同じ種類の、ただしもっと精密な手段で？」

キャンベルはいった。「たぶん」

「で、彼方側の惑星がどうしたって？」

「それなんですが、まず興味深いことはこれです。彼方側の惑星のどれひとつとして、われわれの側の惑星と同じ空間を占めてないんです。あちら側の太陽とこちら側の太陽も、同様です」キャンベルは彼方側の星系の映像を送ってきた。ひとつの恒星と六つの惑星が、こちら側の太陽系と重ねられている。

「しかしサムのタイムラグは」ぼくは反論した。「たがいに通信するときに――」

「もしサムがはるか遠いところにいるとしたら、すじが通りませんね。たしかに。だから、かれはその映像の惑星のどれかに住んでるのでもないし、あちら側の恒星をめぐる自然の軌道上にいるのでさえないことになる。動力つきで飛行して、地球といっしょに移動してるんですよ。そこから推測できるのは、かれらはわれわれを、上海のはるか以前から知ってたということです」

「ぼくたちのことを知ってた」ぼくはそう口にしてから、「だがそれでも、かれらは上海でのようなことになるとは、まるで予想していなかったかもしれない」ぼくたちが――だれかを脅《おびや》かすことになるとは知らずに――ルミナスに〈不備〉を消去するタスクに取りかからせたとき、彼方側から反応があるまでに数分かかった。地球といっしょに動いている宇宙船に搭載されたコンピュータは即座に攻撃を探知するだろうが、それを食いとめるには、もっと大きな、数光分離れた惑星上のマシンを動員する必要が出てくるだろう。

　キャンベルの理論と出会うまでのぼくの作業仮説は、次のようなものだった――サムたちの住む世界は、ぼくたちのまわりの空気や水や岩のすべてに異なる意味をあたえる異なる算術計算によって、隠されたメッセージのように地球にエンコードされている。だがじつは、サムたちの物質とぼくたちの物質に、結びつきはなかったのだ。かれらは暗黒整数を表現するために、ぼくたちの世界の塵の粒も空気の分子も必要としない。ふたつの世界はとても低いレベルで分割されているのだった。片方の世界に真空しかないところに、もうひとつの世界では岩が存在しうるし、岩は真空でありうる。

ぼくはいった。「さて、ノーベル賞は物理学賞と平和賞、どっちで獲りたい？」

キャンベルは遠慮がちに微笑んで、「両方でないと嫌だ、というのはダメですかね？」

「それがぼくの探していた答えだよ」ぼくは馬鹿げた冷戦のメタファーを頭から追いだせずにいた。もしサムの仲間のうちで短気な人たちが、かれらの領域の上にぼくたちが偵察機を飛ばすようになったのを知ったら、どう考えるだろう？　「やっつけろ、先にはじめたのはやつらだ！」というのは無理もない反応だが、それはあまり有益ではない。

ぼくはいった。「ぼくたちがかれらのスプートニクと張りあうのは絶対無理だ、きみにたまたま信頼できる超富豪の知りあいがいて、ぼくたちが宇宙プローブをものすごく変な軌道で打ちあげるのを援助してくれる気にならないかぎりは。ぼくたちがしたいことは、すべて地球上からおこなうしかない」

「じゃあ、リチャード・ブランソン（コングロマリット、ヴァージン・グループの創設者）宛てに書いた手紙は破りますが、いいですね？」

　ぼくは彼方側太陽系のマップを見つめた。「あちら側とこちら側の星のあいだには、なんらかの相対運動があるはずだ。それほど長いあいだ、こんなに接近していられるはずがない」

「わたしの測定法は、速度について意味のある概算ができるほど正確じゃないです」キャンベルが応じる。「でも、あちら側の恒星間の距離を大ざっぱに出してみたら、こちら側のそれよりずっと小さかったんです。だから、こちら側の恒星に近いものもあるのは、そんなにおかしなことじゃありません。たとえ、それが千年前に近くにあったのと同じ星ではありえないとしても。しかしさらに、ここには選択効果が働いたはずです。サムの文明がわれわれに気づけた理由は、われわれがかれらのそばを通過するとき、光速の数分の一といったとてつもない速さじゃなかったから、ということに尽きます」

「わかった。そうすると、これがかれらの母星系かもしれないが、数千年間ぼくたちの太陽を追いつづけているチームの遠征基地にすぎない可能性もじゅうぶんにある」

「ええ」

　ぼくが聞く。「それで、これからどうする？」

「解像度はそれほど上げることができません」キャンベルは答えた。「ずっと多くのクラスターの時間を買えば別ですが」それはキャンベルが計算の処理能力をもっと必要としているということではなく、なにをするにしても支払わなくてはならない最低価格というものがあり、もしもっと鮮明な映像が欲しければ、それをかなえてくれるのはもっとたくさんのコンピュータであって、各々のコンピュータをもっと長時間走らせることではない、という話だった。

ぼくはいった。「昔やったように、ボランティアを募る危険はおかせない。ダウンロードの目的について嘘をつく必要があるし、それをリバースエンジニアリングしてぼくたちの嘘を見破る人が出てくるのは確実だ」

「まちがいなく」

ぼくはその問題をひと晩考えて、午前四時にあるアイデアを思いついて起きだすと、キャンベルがメールに答える前に細部を詰めるためにオフィスに入った。メッセンジャー・ウィンドウがひらいたとき、キャンベルの目はとろんとしていた。ウェリントンはシドニーより先に朝になっているが、キャンベルもぼく同様、ほとんど寝ていないらしい。

ぼくはいった。「インターネットを使う」

「それは危険すぎるということになったんじゃ」

「ボランティアのスクリーンセイバーのことじゃないよ。インターネットそのもののことをいっているんだ。データ・パケットとネットワーク・ルーターしか使わずに計算する方法を考える。トラフィックを世界じゅうに行き来《バウンス》させて、地理的な解像度を無料で手に入れる」

「冗談をいってるんですよねぇ、ブルーノ――」

「どこが冗談なんだ？　どんな計算回路でも、じゅうぶんな数のＮＡＮＤゲートをつなぎあわせることで作れるだろ。パケットスイッチングをＮＡＮＤゲートに使えないと思っているな？　でもそれは、そうすることが可能だという証明でしかない。じっさいには、その千倍もスリムにできると思うね」

キャンベルはいった。「アスピリンを飲んでから、戻ってきます」

アリスンも巻きこんで手伝わせたが、それでも、ものになるデザインができるまでに六週間を要し、それを機能させるまでにさらにひと月かかった。最後には、いくつかの異なるレイヤーでインターネットに組みこまれた認証およびエラー訂正プロトコルを突破口にした。異種混合的アプローチは必要な計算すべてをおこなうのに役立ったのみならず、計算能力の控え目な横領を探知されたり、害意のあるなにかとまちがわれたりする可能性をいっそう小さくした。じっさいには、ぼくたちがネットのルーターやサーバーから〝盗む〟計算能力は、ハードコア３Ｄゲームのマルチプレイヤー・セッションに参加しているときよりもはるかに小さいのだが、なにが公正使用であってなにが疑わしいかに関するセキュリティ・システムの見解は、独自のものだった。ぼくたちがかけている負担の大きさではなく、ぼくたちがなにをしたかの痕跡を最重要と見なすのだ。

　ぼくたちの新しい惑星規模の計算望遠鏡は、以前よりはるかに鮮明な映像を生成した。解像度が十億キロメートル単位から一キロメートル単位になったのだ。これでぼくたちは彼方側の惑星の起伏地図を手に入れることができ、惑星のうち四つには山地が、その四つのうちふたつには海と思われるものがあることがわかった。もし人工の構造物があるとしても、小さすぎて見えないか、あまり人工物らしくないのだろう。

　ぼくたちの太陽と、観測対象の惑星たちが周回している恒星の相対運動は、毎秒約六キロメートルと判明した。上海以降の十年で、ふたつの太陽系の相対的位置は約二十億キロメートル変わっていた。境界の支配をめぐってルミナスと争ったコンピュータがいまどこにあるにせよ、あの時点ではこの四つの惑星のどれにもなかったのは確かだ。たぶん彼方側の宇宙船は二機あって、一機は地球といっしょに移動し、もっと大きいもう一機は太陽といっしょに移動して燃料を節約しているのだろう。

　ユワンはようやく健康を回復し、観測結果を検討するために秘密結社の全構成員によるＩＭ会議がひらかれた。

「この結果は地質学者や、異生物学者や……とにかくあらゆる人々に見せるべきだ」ユワンは弱音を吐いた。本気の提案ではないが、そのやるせない気分は理解できる。

アリスンがいう。「なにが残念といって、この写真でサムの顔をなでてやれないことね、かれが考えているほどわたしたちも馬鹿じゃないとわからせてやるために」

「かれの持ってるこちら側の写真のほうが、鮮明だと思われます」とキャンベルが答えた。

「それは予想の内よ」アリスンがいい返す。「何世紀も先行しているんだもの。彼方側の連中がはるかに賢いんだとしたら、あなたがどうやって境界を跳びこえたかを、わたしたちに教えてもらう必要があるのは、なぜ？」

「かれらはわたしがなにをしたか、正確に推定したんだと思います」キャンベルが反論する。「それでも、裏づけが欲しかったんでしょう。たぶんかれらがほんとうに求めてるのは、われわれの発見がかれらの考えてるものとは違うなにかだ、という可能性の排除です。かれらがいちども考えなかったなにか」

　ぼくは偽色彩法で着色され、等高線を刻まれたひとつの球を見つめながら、灰青色の海を、異星の森に覆われ、雪を頂いた山を、異様な都市を、不思議な機械を想像した。たとえそれが純粋な空想で、この一時的な隣人が不毛の地だったとしても、ぼくたちを追いかけている宇宙船が打ちあげられた、生命を持つ母星がかならずある。

上海以降の十年間、サムと仲間たちはぼくたちに秘密を持つという選択をしてきたが、その不信感を強固にしたのは、偶然手にしたキャンベルの兵器を秘密のままにしておくというぼくたち自身の決定だった。もしサムたちがその兵器の正体をすでに推測しているなら、それに対する防御手段もすでに見つけているかもしれず、その場合ぼくたちが沈黙を続けることは、それがかれらに生じさせる疑念を埋めあわせるような利点を、なんらぼくたちにもたらさない。

だが、いまの仮定がまちがっているとしたら？　その場合、キャンベルの研究の詳細を引き渡すことは、彼方側のタカ派にとって待望の事態になるにすぎず、そのあとかれらは防壁を強化して、ぼくたちを壊滅させるだろう。

ぼくは口をひらいた。「複数の計画を立てる必要がある。ぼくは希望を持ったままでいたいし、前むきなベストの方法を探しつづけたいけれども、ぼくたちは最悪に備える必要もある」

その提案を具体的な形にするには、ぼくの予想をはるかに超える作業が必要で、断片がまとまりはじめるまでに三カ月かかった。ある日、久しぶりに日常世界に目をむけたぼくは、ここらでひと休みしてもいいと判断した。もうすぐ、ケイトが休みになる週末が来る。

ぼくはブルーマウンテンズ国立公園への日帰り旅行を提案した。

ケイトは最初、皮肉を返してきたが、ぼくが何度も繰りかえすと、少しずつ態度を軟化させ、とうとう同意した。

車で街から離れるにつれて、ぼくたちのあいだに育っていたよそよそしさはゆっくりと和らぎはじめた。カーラジオをJJJ《トリプルJ》（国内音楽中心のオーストラリアのラジオ局）にあわせ――最新のカッティングエッジと称する曲の大半が、ぼくたちが二十代のころのヒット曲のカバーか再サンプリングであることに気づいて、そんな馬鹿なとふたりで笑った――はじめて出会ったころに飽きることなく口にしたジョークを掘りかえした。

けれど、曲がりくねった山道を進んでいくうちに、時計を巻きもどすのは単純に不可能であることがわかった。ケイトはこういった。「ここ数カ月、どこの仕事をしているのか知らないけれど、そいつらをブラックリスト入りさせられない？」

ぼくは笑いながら、「むこうは震えあがるだろうな」そしてせいぜいマーロン・ブランド《ゴッドファーザー》を真似て、「おまえはブルーノ・コスタンゾのブラックリストに載った。この町で分散ソフトウェアを効率的に走らせることは、二度とできないと思え」

だがケイトは、「真剣な話をしているの。そんなにストレスの溜まるのが仕事のせいか依頼主のせいかわからないけど、そのせいで、あなたほんとうにぼろぼろよ」

ここで安請けあいをしてみせることもできただろうが、それを誠実に聞こえるように口にするのも、ましてじっさいに約束を守るのも、ほとんど無理だったろう。ぼくはいった。

「物をもらうのに、えり好みはできないのさ」

ケイトは首を横に振り、いらだたしげに口もとを引きつらせて、「本気で心臓発作を起こしたいならご自由に。でも、すべてはお金のためだというふりはしないで。うちはそこまでするほど貧乏じゃないし、そこまでするほどお金持ちでもない。全部があなたのチューリッヒの口座に入るんでなければね」

いまのが単にスイス銀行を指した言葉にすぎないと確信が持てるまで、数秒かかった。ケイトはアリスンのことを知っているし、昔ぼくたちが親密だったのも知っているし、いまも連絡をとりあっているのも知っている。ケイトにも昔からつきあいのある男友だちが大勢いて、全員がシドニーに住んでいる。もう五年以上、アリスンとぼくは同じ大陸の土を踏んでいたことさえない。

車を駐めて、ぼくたちは見晴らしのいい小道を一時間歩いたが、ほとんど口はきかなかった。古代の川に平らにされた岩が段になったところが小川の脇にあったので、ぼくが作ってきたランチをそこで食べた。

森がうっそうと茂る眼下の谷が青くかすんでいるのを眺めやりながら、ぼくは星に満ちた彼方側の空を思い浮かべずにはいられなかった。目もくらむような豊かな世界がぼくたちをとりまいている。異星世界、異星生物、異星文化。サムの側とぼくたちの側、双方の疑念に終止符を打ち、隠しごとなく知識を伝えあえるようにしていく方法があるはずだ。

車に引きかえしはじめたところで、ぼくはケイトのほうをむいた。「たしかに、最近はきみのことをおろそかにしていた」ぼくはいった。「ここしばらくきつかったんだ、状況は変わるはずだ。ぼくが状況をよくする」

取りつく島もない返事をされて落ちこむ覚悟をしていたが、ケイトはしばらく黙っていた。やがて小さくうなずくと、「わかった」

ケイトが腕を伸ばして、ぼくの手を取ったとき、ぼくの手首が震動した。ぼくはプレッシャーに屈してiウォッチを買い、一日二十四時間ネットに縛りつけられるようになっていた。

ケイトの手を放して、顔の前にウォッチをかざす。山の中で届く帯域幅では動画は無理だったが、記憶されていたアリスンのスナップショットが画面にあらわれた。

「これは緊急時専用だぞ」ぼくは怒鳴った。

「ニュースフィードを見て」とアリスンはいい返した。音声はぼくの両耳に焦点をあわせているので、ケイトは、故障した補聴器をつけてパーティに出ているような気分を味わっているだけだろう。この機能のせいで、通勤電車の中でウォッチにしゃべっている人を殴りたくなる乗客は少なくない。

「ぼくが気づいていることがなんなのか、要約してくれればすむ話だろ」

金融関係のコンピュータ・システムが次々とおかしくなっていて、それはすでにテロリズムと呼べる域に達していた。週末なので大半の商取引は休みだったが、専門家の中には、月曜になったら今世紀最大の暴落が起こると予言する人もいた。

責められるべきはぼくたちの秘密結社だろうか、とちょっと思った。インターネットのふるまいを〈不備〉と結びつけたせいで、うかつにもネット全体を汚染してしまったのだろうか。だが、そんなことはあるはずがない。異常をきたした商取引の半分はセキュアな銀行間ネットワークでおこなわれていて、ぼくたちの全地球コンピュータと共有しているハードウェアはいっさいない。これは彼方側の仕業だ。

「サムとは連絡をとったのか？」アリスンにたずねる。

「呼びだしに応じないのよ」

「どこ行くの？」ケイトが腹を立てて叫んだ。ぼくは無意識に駆け足になっていたのだ。車のところに、街に、オフィスに戻ろうとしていた。

立ち止まってケイトをふり返る。「走ってついてきてくれ。いいかい？　重大事態なんだ」

「馬鹿いわないで！　半日歩きまわったあとなのよ、どこへも走ったりなんかしないから！」

ぼくはためらい、一瞬、ゴムの木の根もとにすわって、電池が切れるまでにこの秘密兵器の腕時計ですべての必要な指示を出す、という夢のようなことを考えた。

だが、ぼくは口をひらくと、「車道に出たらタクシーを呼ぶんだぞ」

「ひとりで車に乗っていっちゃう気？」ケイトは信じられないという目でぼくを凝視した。

「最っ低なやつ！」

「ごめん」ぼくはバックパックを地面に放りだすと、全速力で走りはじめた。

「兵器を展開しよう」ぼくはアリスンにいった。

「わかってる」アリスンは答えた。「もうはじめているわ」

その判断は正しかったが、その言葉を聞いたときのほうが、彼方側の攻撃がはじまったと気づいたときよりも、はるかにびびった。彼方側の動機がなんであれ、少なくともかれらは意図している以上の害をおよぼすことはないはずだ。ぼくたちも同じようにできるかどうかは、それほど自信が持てない。

「サムと連絡をつける努力を続けてくれ」ぼくは念を押すようにいった。「もしかれらがぼくたちの兵器のことを知れば、それだけでじっさいに使うより千倍は効果があるんだがな」

アリスンが、「いまは『博士の異常な愛情』ジョークをいっているときじゃないと思うけど」

過去三カ月かけてぼくたちは、インターネット〝望遠鏡〟のソフトウェアを補強して、もしそれがぼくたちの側の数学が侵害されているのを観測したら、彼方側の命題へキャンベル型攻撃の弾幕を放つようにする方法を考えだした。そのソフトウェアには境界全体を防衛することはできないが、数百万カ所の個別のトリガーポイントがランダムに変動する地雷原を形成している。報復攻撃の実行まで行くことなしに、こちら側にある程度の安全をもたらす、という計画だったのだ。テストの最終過程が完了するのを待って、このバージョンのプログラムをネット上に解きはなとうとしているところだったのだが、プログラムを立ちあげて走らせるには、ものの数分とかからない。

「金融関係以外に攻撃を受けたところは？」ぼくは聞いた。

「わたしの気づいた範囲にはない」

もし彼方側が意図的に市場《マーケット》を標的にしたのなら、それはほかのものとは比較にならないほど絶好の対象だったからだ。この大規模な攻撃の進路上で、金融システムがもっとも脆弱な標的だったということ。現代のエンジニアリング・システムや航空システムの大半は、失敗に頭を抱えるよりも、代替《フォールバック》システムを用いるほうに関心を示す。銀行のコンピュータは、なにかの合計額が一致しないとわかった瞬間、復旧不能な障害が発生しましたといって全面的に終了してしまう。だが化学プラントや大型航空機のコンピュータはもっと優雅に作動停止するよう設計されていて、より単純な代替案を試行し、動員できる人間をすべて巻きこむ。

「ユワンとティムは——？」と聞く。

「ふたりとも持ち場にいる」とアリスンは請けあった。「兵器の展開をモニタして、必要ならソフトウェアをいじれるよう待機中よ」

「よし。それだったら、ぼくは全然用なしじゃないのか？」

　アリスンの返事はデジタルノイズに飲みこまれ、接続が切れた。だが、それを不吉な意味に取る気はない。現在位置を考えれば、電波が届いただけでもついていたのだ。ぼくは走る速度を上げて、上海でサムが数学的メスをぼくたち三人に振るったときのことを考えないようにした。あのときはルミナスが、ビーコンのようにぼくたちの所在地を叫びたてていた。だが、あのときのサムよりも雑な手段を使えば、彼方側のタカ派は此方側のあらゆる人の頭に斧を振るうことができる。かれらはそこまでするつもりだろうか？　この事態が単なる脅迫どころではない意図を持ったものだとしたら、キャンベルのアルゴリズムを引き渡せとぼくたちを脅迫するのにとどまらないとしたら、そのときはそれもありうる。

これが最終段階だとしたら――いっさいの警告もなく、交渉もなしに、過疎界をマップから永久に消去しようとしているのなら。

　アリスンの連絡を受けてから十五分後、ぼくは車にたどり着いた。エンターテインメント・コンソール以外、この車にはただの一個もマイクロチップが使われていない。ぼくがそれを二度も確かめたので、車のセールスマンに笑われたのを覚えている。「なにをご心配ですか？　西暦三〇〇〇年問題《Y3K》？」エンジンは一発でかかった。

　トランクに積んでおいた中古の旧式ラップトップを助手席に置いて、連絡道路に乗りながらそれを起動させ、ハイウェイにむかう。アリスンとぼくは二週間がかりで、無駄をいっさい排し、可能なかぎり単純で頑強《ロバスト》なオペレーティング・システムを作り、こうした古いコンピュータで走るようにした。もし彼方側が数論成層圏から手を伸ばしつづけてきたとき、最近のマシンがガラスの超高層ビルだとするなら、こうした旧式はコンクリートの掩蔽壕《えんぺいごう》になるだろう。さらにぼくたち四人は各人がそのＯＳの異なるバージョンを、異なる命令セットのＣＰＵで走らせることになっている。ぼくたちの掩蔽壕は、数学的にも地理的にも分散しているわけだ。

　ハイウェイに乗ると、ウォッチが徐々に息を吹きかえした。アリスンの声が、「ブルーノ？　聞こえてる？」

「その後の状況を」

「ジェット旅客機が三機墜落」とアリスン。「ポーランド、インドネシア、南アフリカ」

頭がまっ白になった。十年前、サムの数学的世界全土をブルドーザーでつぶして海に沈めようとしたときでも、かれはぼくの命を奪わずにいたのだ。だがいま、彼方側は無実の人々を虐殺している。

「ぼくたちの地雷原は作動しているのか？」

「十分前から、でもまだなにも引っかからない」

「彼方側はそこをすり抜けてきているんだろうか？」

アリスンは口ごもって、「それは無理だと思うんだけど。安全なルートを予想する方法はないもの」ぼくたちは量子雑音サーバーを使って、テストする命題をランダム化していた。

ぼくはいった。「地雷は手動で作動させるべきだな。反撃ののろしとして、かれらの頭を悩ませてやるんだ」ぼくはまだ、ジェット機撃墜が意図的なものではなかったという期待を持っていたが、報復しないという選択はありえない。

「そうね」画面上のアリスンは生《ライブ》になっていて、いまマウスに手を伸ばしたところだった。

そして、「反応しないわ。ネットが重すぎる」ルーターが使っていた、そしてぼくたちがまんまと映像処理ソフトとして使っていた、手のこんだアルゴリズムすべてのせいで、いまやルーターは文鎮にするしか使い道がなくなっていた。インターネットは高レベルの通信ノイズや数千の接続の損失に対しては頑強だが、数論自体の崩壊に対してはそうはいかない。

ウォッチが死んだ。ラップトップに目をやる。まだ動いていた。手を伸ばしてひとつのホットキーを押し、サムと話していたのと同じ方法で――境界の一部を変化させて――アリスンやほかのふたりに連絡をつけるプログラムを立ちあげる。理論的には、彼方側のタカ派が境界全体を移動させたということもありうる――その場合、ぼくたちはお手あげだ――が、境界は広大だし、かれらにとっては、計算資源を攻撃そのものに関わる特定の必要な部分につぎこんだほうが理にかなう。

ラップトップの画面に小さなアイコンがあらわれた。白黒反転したAの文字がひとつ。ぼくはいった。「聞こえてる？」

「ええ」アリスンから答えがあった。アイコンはいちど消えかけたが、もとに戻った。ぼくたちはヘディ・ラマー（受信する周波数を次々に変えて検知されずに通信するというアイデアを考えた女性）的手段をとって、探知される危険を最小限にするために境界上の地点を所定の順に目まぐるしく跳びまわっているのだった。その地点のいくつかはいずれ消滅するだろうが、じゅうぶんな数がまだ無傷で残っているようだ。

　ＡにＹ《ユワン》とＴ《ティム》が加わった。意味があるかどうかはともかく、これで秘密結社全員がオンラインになった。ぼくたちが必要としているのはＳだったが、Ｓの応答はなかった。

　キャンベルが険しい声で、「飛行機の話を聞きました。攻撃を開始しました」ぼくたちが示しあわせていた作戦は、地球各地に分散した各人のマシンで順に、キャンベルの境界跳躍アルゴリズムの異なる変種を走らせる、というものだった。

　ぼくはいった。「かれらの攻撃方法がぼくたちの反撃方法と同じでないのは、奇跡といえる。かれらは従来の多数決法で、境界の一部を段階的に押しさげているだけだ。要求どおりのものを渡していたら、いまごろぼくたちは、全員お陀仏だ」

「そうとは限らない」ユワンが応じる。「途中までしか証明していないが、ティムの手法は非対称だと九割方確信を持っている。これは一方向にしか働かないのだ。もしこれを教えてやっていたとしても、かれらはそれをわれわれにむけて使うことはできなかっただろう」

　ぼくは反論しようと口をひらいたが、ユワンが正しいとすると、完全にすじが通るのだ。彼方側でも数学の同じ分野を、数世紀にわたって研究してきたに違いない。かれらに有利な地点から使用できる、キャンベルのものと同等の兵器が存在するなら、彼方側ではとっくの昔にそれが発見されていたはずだ。

ぼくのマシンはキャンベルのと同期していて、自動的に攻撃を引き継いだ。ぼくたちは、自分たちが具体的になにを攻撃しているのか、わかっていなかった。対象としている命題が境界から遠く離れていて、彼方側がぼくたちの側で触れたことのあるどんなものよりもはるかに単純な、暗黒整数に関する計算を記述しているということ以外には。ぼくたちは機械を故障させているのだろうか？　命を奪っているのだろうか？　ぼくは報復に成功した輝かしい未来と、むざむざとこんな事態を招いたことへのうしろめたさに引き裂かれた。

数百メートルおきに、ハイウェイの道端で動けなくなっている車の脇を通った。まだ車を走らせているのがぼくだけということは全然ないが、ケイトがタクシーをつかまえられるほどのツキに恵まれることはなさそうだと思った。ケイトのバックパックには水が入っているし、車を駐めた場所には小さな避難所もあった。オフィスまで行く利点は、もうほとんどない。必要なことはラップトップですべてできるし、いざとなったらラップトップは車のバッテリーでも動かせる。だが、Uターンしてケイトのところに戻ったら、説明すべきことが多すぎて、ほかになにもする時間がなくなってしまうだろう。

カーラジオをつけたが、デジタル信号プロセッサが不必要に高性能すぎるか、地元局がすべて沈黙しているかだ。

「だれかまだ新しいニュースを聞ける？」ぼくはたずねた。

「まだラジオが生きてます」キャンベルが答えた。「テレビはダメ、インターネットもダメ。固定電話も携帯電話もここじゃ死んでます」アリスンとユワンのところでも同様だった。ラジオではあらたな大惨事は報告されていなかったが、おそらくいまやラジオ局も、外部と連絡がとれないことでは聴取者と変わるまい。アマチュア無線家はまだたがいに通信しているだろうが、ジャーナリストやニュース編集室がそこに含まれているとは思えない。十年間の準備と世界の人々への告知があればいまごろはできていたであろう、危機管理計画については考えたくなかった。

ペンリス市に入るころには乗り捨てられた車が増えすぎて、まだ走っている車も渋滞寸前だった。家にたどり着くのは、いっさいあきらめることにした。上海でサムがぼくにしたことの標的を定めたとき、ぼくの脳を文字どおりスキャンしてそれを使ったのかどうかも、いま、その神経構造情報を使って、ぼくがどこにいても攻撃できるのかどうかも知らないが、いつもの根城から離れていることが、ささやかながら有利な要因のひとつになると考えたいではないか。

まだ動く車に乗っている客を、備蓄目的で空《から》の容器を持って歩いてきた人よりも優先しているガソリンスタンドがあった。店の電子決済《EFT》ＰＯＳは止まっていたが、ガソリンとチョコレートバー数本程度の現金は持ちあわせていた。

夕闇が迫り、街灯が点いた。信号機はまったく消えていなかった。四人のラップトップはすべて持ちこたえていて、彼方側に手榴弾を投げこんでいた。彼方側の攻撃の最前線が単純な計算に近づくほど、境界で此方側の結果に投票する自然のプロセスからの、大きな抵抗に直面することになる。ぼくたちの敵はかれらのスーパーコンピュータを持っている。ぼくたちにあるのは、数十億年保たれてきたバージョンの真理に従う、地球のありとあらゆる原子だ。

ぼくたちはこの展開《シナリオ》を模擬実験ずみだった。地球の全物質の純粋な数論的慣性は時間稼ぎにはなるが、それでも長期的には、スーパーコンピュータによる首尾一貫した持続的な攻撃が、強行突破を成功させるだろう。

そのときぼくたちはどんな風に死んでいくのだろうか？　まず意識を失い、苦痛は感じずにすむ？　それとも、脳はもっと頑強なのか？　体内の全細胞は、生化学的エラーが増大して修復不可能になったら、自然死するだろうか？　もしかすると放射線病と似ているのかもしれない。まるで核の炎であるかのように、崩壊する数論に焼かれるのかも。

ラップトップのブザーが鳴った。ぼくはハンドルを切って、明かりの点いていない店の脇に続くコンクリートの前に車を駐めた。新しいアイコンが画面にあった。Ｓの文字。

サムがいった。「ブルーノ、これはわたしが決めたことではないのだ」

「信じるよ」ぼくはいった。「それで、メッセンジャーになりさがったというなら、どんなメッセージを持ってきたんだ？」

「わたしたちが求めていたものを渡してくれるなら、攻撃を中止する」

「ぼくたちはそちらに被害をあたえているということだな？」

「わたしたちがそちらに被害をあたえているのは、わかっている」サムは答えた。一点取られた。ぼくたちは推測して、見境なく撃ちまくっているだけだ。かれには、ぼくたちの側の被害をたずねる必要はなかった。

　ぼくは覚悟を決めると、秘密結社で合意に達したシナリオを演じはじめた。「アルゴリズムは渡すよ、ただし、きみたちが以前の境界まで撤退して、それを封鎖してからだ」

　ぼくの心臓が何回も打つあいだ、サムは沈黙していた。

「封鎖する？」

「どういう意味かはわかるはずだ」上海で、絶対に工業代数社が〈不備〉を悪用できないようにしようとしてルミナスを使ったとき、ぼくたちは〈不備〉を完全に消去するよりも、境界を封鎖できないかと真剣に考えた。多数決の影響が境界を移動させられるのは、境界に皺が寄って、境界の一方の側にある命題が反対側の命題に数で負けるような場合だけだ。

時間と計算能力がじゅうぶんにあれば、境界をなめらかにする――アイロンをかけて皺を伸ばす――ことができる。ひとたびその作業が完了したら、境界全体が固定されるだろう。宇宙に存在するどんな力でも、二度とそれを動かすことはできない。

　サムがいった。「きみが求めているのは、わたしたちからきみたちを攻撃する武器をなくしておいて、きみたちはわたしたちに危害を加える力を持ったままでいる、ということだ」

「ぼくたちがその力を持っていられるのは、長くはない。いったいぼくたちがどうやって攻撃しているかがわかったら、きみたちはそれを阻止する手段を見つけるだろうから」

　長い間があいた。そして、「こちらへの攻撃を中止したら、わたしたちはきみの提案を考慮するだろう」

「攻撃を中止するのは、ぼくたちの生命が危険にさらされることのなくなる地点まで、きみたちが境界を戻したときだ」

「わたしたちがそのとおりのことをしたかどうか、そもそもきみたちに知る手段はあるのか？」サムが聞きかえす。その声に見下すような響きがこめられているのか、それとも使われている言葉がそうだというだけなのかはわからないが、どちらにせよそれは歓迎すべきことだ。彼方側がぼくたちの能力を低く見積もれば、その分この取引はかれらにとって魅力的になる。

　ぼくはいった。「そんなことをいうなら、ぼくたちの全通信システムが復旧するよう、せいぜい手を貸してくれ。ニュースが報道されるようになって、もう飛行機も落ちていないし、発電所も爆発していないとわかったら、停戦の指示を出す」

　ふたたび沈黙が返ってきて、それは単なるためらいの長さを超えていた。けれどサムのアイコンは、明滅しないSの字は、まだ画面上にあった。ぼくは自分の肩を鷲づかみにして、この焼けるような痛みはただの筋肉痛であってくれと思った。

　そしてようやく、「よろしい。同意しよう。境界の移動に取りかかる」

　ぼくは終夜営業のコンビニを探して車を走らせた。そういう店にはレジ係の目をさまさせておくために、古いアナログテレビが店の隅にあるだろうからだ――そっちのほうがぼくのラップトップへの無線接続よりもずっと早く機能しはじめるのは、確実に思えた――だが、キャンベルに先を越された。ニュージーランドのラジオやテレビは、〝デジタル機能停止《ブラックアウト》〟は終わったようだと報じ、十分後にはアリスンがインターネットにアクセスできるようになったと知らせてきた。大手のサーバーの多くはまだ落ちているか、サイトが不気味に文字化けしていたが、ロイターは今回の危機に関する最新情報をポストしはじめていた。

サムは約束を守り、ぼくたちは反撃を中止した。ロイターのサイトに入ってくるニュースを、アリスンが拾い読みする。十七機の飛行機が墜落し、四つの列車衝突事故があった。ひとつの石油精製所と半ダースの製造工場で死亡者の出る事故があった。あるニュース解説者の推定によれば、全世界での死者の数は五千人でさらに増加中。

ぼくはラップトップのマイクを切ると、三十秒かけて悪口雑言をわめきちらし、ダッシュボードを殴りつけた。それから、秘密結社に復帰した。

ユワンがいう。「自分のメモを見返していたんだがね、わたしの直観もまんざらではないようだ。先ほどいった、ティムの手法は一方向にしか働かないという考えは、正しかった。もし境界が封鎖されたら、かれらにはわれわれに手を出す手段がなくなる」

「かれらにとっての、上空はどうですか？」アリスンがたずねた。「ティムのアルゴリズムを理解したら、かれらはそれに対する自衛もできるようになると思いますか？」

ユワンはためらってから、「イエスでもありノーでもある。此方側の真理値を持つクラスターをティムのアルゴリズムが彼方側に投入したら、どんな場合でもなめらかでない境界が生じるだろう。だからかれらは、それを純粋な計算能力で除去できる。その意味では、かれらが無防備になることは絶対にない。だが、そもそもの攻撃をかれらが防ぐことのできる手段がありうるのかは、わからない」

「われわれを消滅させる以外には」キャンベルがいった。

赤んぼうが泣きじゃくる声がする。アリスンがいった。「ローラだわ。いま家にはわたしだけなの。五分待って」

ぼくは両腕で頭を抱えた。どうするのが正しかったのか、いまだにさっぱりわからない。もしキャンベルのアルゴリズムを躊躇なく引き渡していたら、善意がぼくたちに戦争を回避させてくれたのだろうか？　それとも、現に起きたのと同じ攻撃が、早まっただけだろうか？　自分たちはこの責任を背負うことができるなどと考えた十年前のぼくたちのうぬぼれぶりは、犯罪的にも程がある。五千人が死んだ。彼方側の実権を握ったタカ派は、ぼくたちの提案を検討した結果、戦闘続行しか選択肢はないと決断するかもしれない。

あるいは、消極的秘密結社がその重荷を、キャンベラに、チューリッヒに、北京に譲り渡していたとしたら？　ほんとうに平和は訪れただろうか？　それともぼくは、もっと多くの手が同じ血にまみれ、罪を分かちあってくれることを望んでいるだけなのだろうか？

そのアイデアはどこからともなく浮かんできて、ほかの考えをすべて払いのけた。ぼくはいった。「彼方側が連結したままでいなくてはならない理由は、なにかあるだろうか？」

「連結ってなにに？」キャンベルが聞く。

「彼方側自身にだよ。位相的な連結。かれらには、境界から棘を突きだして、それからそれを引っこめて、でもそのときに改変された真理値の泡を残す、ということができるはずだ。そういう飛び地を一種の前哨として此方側内部に設置して、完璧になめらかな境界でそれを難攻不落にすることが。違うかな？」

ユワンがいった。「かもしれないな。かれらとわれわれが協力して作れば、たぶん可能だろう」

「だったら、こちら側の数論の領域内で、ぼくたちが生きつづけるのに絶対必要なプロセスはなにひとつ含んでいないが、ティムの手法を使うためには必要な場所をその飛び地にしてしまえば、ティムの手法を使う可能性を完全かつ安全に抹消できる。問題は、そんな場所をぼくたちが見つけられるかだ」

「すごすぎです、ブルーノ！」キャンベルがうれしそうに叫んだ。「切りつけるための小さなアキレス腱をひとつ、かれらにくれてやって……それでかれらは、こちらをおそれる理由がなにもなくなる！」

ユワンがいう。「そのような水も漏らさない証明には数週間、いや数カ月かかるだろう」

「なら、いますぐ作業をはじめましょう。そして妥当そうな仮説がまずひとつ見つかったら、それをサムに伝えるんです。かれらが自分たちの資源を使って、証明を手伝えるように」

アリスンがオンラインに復帰して、提案に用心深く賛意を示した。静かなカフェが見つかるまで、ぼくは車を走らせた。エレクトロニック・バンキングはまだ動いていないし、手もとにはもう現金がなかったけれど、ウェイターはぼくのクレジットカード番号とサインした百ドルの引き落とし承諾書があればいいといった。ぼくの飲食代を引いた分は、チップだと思おう。

ぼくはカフェに腰を落ちつけて、世界を心から閉めだすと、数学に没頭した。ぼくたち四人はばらばらの課題に取りくむこともあれば、ふたりがひと組になって、袋小路や難題からたがいを抜けださせることもあった。キャンベルのアルゴリズムには無数のバリエーションが存在したが、一時間また一時間とすぎるうちに、ぼくたちは概念の本質的でない部分を削りとっていって、キャンベルの兵器のどのバージョンもそれなしではすませられない共通基盤を見つけた。

朝の四時になるころ、ぼくたちはひとつの強力な仮説を手にしていた。ぼくはサムを呼びだして、ぼくたちが成就したいと思っていることを説明した。

サムはいった。「これはいいアイデアだ。検討してみよう」

カフェが閉まった。ぼくはくたびれ果てて、しばらく車の中でぼうっとしていてから、ケイトがどうしているかと思って電話した。ある夫婦がペンリスのあたりまで同乗させてくれて、そこで車が故障すると、ケイトは残りを歩いて帰宅していた。

四日近く、起きているあいだのほとんどを、机の前にすわって、赤い波が〈不備〉のマップを横切ってじりじりと動いていくのを眺めていた。色あいの変化はかんたんに起きているのではない。ピクセルのひとつひとつが赤に変わる前に、十二台の独立したコンピュータが、そのピクセルが表示している境界の一部分が平らになったのを確認することが要求される。

五日目に、サムがかれの側のコンピュータを終了させて、広大な彼方側と、いまやぼくたちのアキレスの踵を包囲している小さな飛び地を結んでいる狭い通路に対する、こちら側からの攻撃開始を許可した。この細長い糸が残っていても、ぼくたちは数論の基幹部分を失うというような実害を被ることはないのだが、通路を小さくかつ難攻不落に保っておくのは不可能だとわかった。当初どおりの計画が、決着への唯一の道だった。境界を完璧に封鎖して、彼方側本体が分身とつながったままではいられなくすることが。

次の段階は、此方側と彼方側の共同作業で飛び地を完全に封鎖し、彼方側とつながっていたヘソの緒が剪断《せんだん》された地点の傷跡を磨きあげることだった。その作業が完了すると、マップ上の飛び地は光沢のある一個のルビーのように見えた。もはや既知のどんなプロセスも、それを変形させることはできない。キャンベルの手法は飛び地の境界に触れることなしにそこを突破することができ、飛び地内部に到達したら内側からそこを改造しようとするだろう——だがそのキャンベルの手法こそ、まさにこのルビーが不可能にしているものなのだ。

　失われたヘソの緒の反対側で、サムのマシンは傷跡を平らにして消し去る作業に取りかかった。夕方早くまでに、その作業も終わった。

　これで残っているのは、境界のちっぽけな欠陥ひとつだけになった。此方側と彼方側のあいだの通信を可能にする、ひと握りの命題だ。この欠陥をどうするかについて、秘密結社では数時間の議論になった。この小さな皺が残っているかぎり、原理上、これを使ってなにもかもをほころびさせ、境界全体をふたたび移動可能にすることができる。境界全体を対象にするのと比べれば、そんな小さな場所はモニタするのも守るのもたやすいだろうことは確かだが、それでも、境界のどちら側からでも力ずくの計算で連続射撃を浴びせれば、いかなる抵抗をも圧倒して、欠陥を悪用することができるかもしれない。

　結局は、サムの上にいる政治家たちが、ぼくたちのかわりに決断を下してくれた。それはつねに確実性を強く指向する人々で、たとえ優位に立てるだけの力を持っていたとしても、この賭けにだけは乗ろうと思わないのだった。

　ぼくはいった。「幸運な未来を」

「過疎界の幸運を」サムが答える。サムはタカ派に抵抗しようとしたのだとぼくは信じているが、かれの友情を確信できたことはいちどもなかった。サムのアイコンが画面から消えていくのを見ながら、ぼくは残念に思うよりもほっとしていた。

　ぼくは高い授業料を払って、なにかを永久不変だと思いこんではいけないことを知った。たぶん千年のうちには、キャンベルのモデルがもっと奥深いなにかの近似にすぎないことを発見して、完璧ということになっている防壁を壊す方法を見つけだす人が出てくるだろう。もし運に恵まれれば、そのときまでには此方側と彼方側のどちらもが、いまよりは共存の方法を見つける準備ができているかもしれない。

　ケイトを探しにいくと、キッチンですわっていた。ぼくはいった。「聞きたいことがあれば答えられるようになったよ、もしきみがそう望むなら」大惨事の翌朝、いずれこのときが来るとぼくは約束していた――数週間以内のことで、何カ月も待たせはしないと――そしてケイトは、そのときまではぼくといっしょに暮らすと約束したのだった。

　ケイトはしばらく考えこんでいた。

「あなたは先週の事件と関わりがあるの？」

「そうだ」

「それは例のウイルスをばらまいたということ？　あなたがみんなの探しているテロリストなの？」そうたずねるケイトの口調は、仮にぼくが自分はチンギス・ハーンだといい張ったときに返事するのとほぼ同じだろうものだったので、ぼくは心底ほっとした。

「違う、ぼくがあの事態を引きおこしたんじゃない。それを止めようとするのがぼくの仕事だったんだが、失敗したんだ。あと、あれはコンピュータウイルスなんかじゃ全然ない」

　ケイトは探るようにぼくの顔を見た。「じゃあなんだったの？　わたしにちゃんと説明できる？」

「長い話になる」

「どうぞ。夜もまだ長いわ」

　ぼくは話しはじめた。「話は大学生のときに遡る。はじまりはアリスンの思いつき。才気あふれる、美しい、狂ったひとつの思いつきだ」

　ぼくがわざと赤っ恥をかかせることをいったかのように、ケイトは顔をまっ赤にして目をそらした。ぼくが大量殺人犯でないことは、ケイトもわかっている。けれど、ぼくのことで、それほど確信の持てないことがあるのだ。

「この話はアリスンからはじまる」ぼくはいった。「でも結末は、ここで、きみとともに迎えるんだ」

ジーマ・ブルー
Zima Blue

アレステア・レナルズ *Alastair Reynolds*

中原尚哉訳

アレステア・レナルズ（一九六六－）

謎多き著名芸術家ジーマは、ある時期から独特の青色を使うことに執心していた。彼が引退すると知ったジャーナリストのキャリーは、駆けつけた先で思いもよらずジーマの邸宅に招かれ、彼の驚くべき前身と青にまつわる原体験を取材することになる。成長と成功を経てもかけがえのない思い出が胸を打つ。Netflix の短篇ＳＦドラマシリーズ『ラブ、デス＆ロボット』で、二〇一九年に本短篇と同タイトルで映像化された。

著者は一九六六年英国ウェールズ生まれ。一九九〇年に《インターゾーン》誌に短篇ＳＦが掲載され、作家としてデビューする。二〇〇〇年に大長篇『啓示空間』で長篇デビュー。同一世界観を舞台とした長篇『カズムシティ』『量子真空』と短篇集『銀河北極』『火星の長城』（以上ハヤカワ文庫ＳＦ）がある。一九九一年から二〇〇四年にかけては物理学者、天文学者として欧州宇宙技術研究センターに勤務し、その後は専業作家となった。ニュー・スペースオペラにカテゴライズされる作家の代表格である。大きなスケール、ハードＳＦ要素、過剰さやグロテスクさに満ちた冒険譚から叙情性まで様々な要素を持ち合わせる。二〇〇八年に「ウェザー」で星雲賞海外短編部門を受賞した。

一週間で客は潮が引くように島から去った。プールをかこむ観覧台は日を追って閑散としていった。大型の旅客船は次々と星間空間へ帰った。美術ファンも解説者も評論家もベネチアにもどって帰り支度をしていた。失望がよどんだ空気のようにこの潟湖《せきこ》全体をおおっていた。

ムリエク星に残ったのはわたしをふくめてかぞえるほどだった。毎日観覧台を訪れ、何時間もプールを眺めた。水面に映じて揺れる青い光に目を細める。ジーマの青白い体は顔を伏せたままゆっくりとプールの端から端へ移動する。緩慢すぎて溺死体にまちがわれそうなほどだ。それを見ながら、彼の記事をどう書こうかと考えていた。書いたらどこに売ろうか。大昔に最初に寄稿した火星の新聞の名を思い出そうとした。大新聞ほど支払いはよくないが、いまは昔懐かしい場所にもどりたい気持ちがあった。ずいぶんひさしぶりだ……。紙名を記憶から掘り起こそうと、ＡＭに尋ねた。これまでに寄稿した新聞は多く、数百紙はくだらないからだ。しかし返事がない。待ってようやく、ＡＭは前日に使用停止したことを思い出した。

「いまは一人よ、キャリー。慣れなくちゃ」自分に言い聞かせた。

プールで泳ぐ人影はむこう側に着いて、こちらへもどりはじめた。

二週間前、わたしはサンマルコ広場のカフェの席にすわって、白大理石の時計塔の上で白大理石の像が動いて正午を告げるのを見ていた。ベネチア上空は船腹を接して停泊する船でいっぱいだった。その眺めは、宇宙拡大時代以前に錯視的な透視図法と構図を駆使して、循環する滝や組みあったトカゲを描いたある画家の作品を思わせた。おおまかな絵のイメージを頭に描いて、そばを飛ぶＡＭに尋ねてみたが、作品名は返ってこなかった。

高額の勘定書を予想しながらコーヒーを飲み終えた。

この白大理石版のベネチアを訪れたのは、ジーマの最後の作品の発表を見るためだった。わたしはこのアーティストに長年興味を持ち、インタビューの打診を続けていた。残念ながらおなじことを考える同業者が数千人いた。そして競合の多寡より、そもそもジーマは取材を受けないことで知られていた。

ウェイターがテーブルに折ったカードをおいた。

わたしたち美術関係者に伝えられたのはムリエク星への招待だけだった。この水びたしの無名の惑星で唯一知られているのは、ベネチアの百七十一番目の複製都市があること。そして白大理石のみを使って再現されているのはここをふくめて三カ所のみであることだ。ジーマはそんなムリエク星を最後の作品の発表会場として、また引退後の隠棲の場として選んだ。

わたしは懐《ふところ》への被害を確認しようと暗い気分で紙片をとった。しかしそれは勘定書ではなく、青地に細い金文字が斜字体で印刷された小さなカードだった。その青は、まさしくジーマの名刺がわりの淡いアクアマリン。宛名には〝キャリー・クレイ〟とわたしの名が明記され、今回の発表会について話をしたいとあった。興味があるなら、ちょうど二時間後にリアルト橋においで願いたいと。

興味が……あるなら……？

注記として、記録機材の持ちこみはいっさいご遠慮願うとあった。紙と筆記具もなし。カフェへの支払いは無用とも追記されている。ならばコーヒーのおかわりを注文しておなじ勘定書につけさせてもいいか。考えたが、実行はしなかった。

時間より早く橋に行くと、ジーマの使用人がいた。精巧な機械仕掛けを軟性ガラスの下からネオンの光で浮かばせたマネキンボディのロボット。深々と腰を折り、穏やかに話した。

「ミス・クレイでいらっしゃいますね。おいでいただきましたので出発しましょう」

水辺へ下りる階段へ案内された。ＡＭも肩のあたりを飛びながらついてくる。水面から一メートル離れて浮かんだ通船が待っていて、ロボットに手をとられて後部の船室に乗船した。ＡＭもついてこようとしたが、ロボットは手を挙げて制した。

「申しわけありませんが、こちらはご無用に。記録機材はご遠慮いただくお約束です」

金属光沢のある緑のハチドリの姿を見ながら、この忠実な護衛を身辺から離すのはいつ以来だろうと考えた。

「おいていけと？」

「ここは安全な星です。帰りに回収できます」

「断ったら？」

「ジーマとのご面会もなくなります」

返事を引きのばしてもロボットは午後じゅう待たないだろう。ＡＭなしでの行動を考えると血の気が引く。しかし待望のインタビューだ。どんな条件も忍ぼう。

もどるまでここで待機するようにＡＭに命じた。

忠実な機械は緑の金属光沢をきらめかせて離れた。わが身の一部が切り離される思いだ。ガラスの船体が閉じて、生《なま》の加速を感じた。

ベネチアの街並みが傾いて眼下に遠ざかり、やがて地平線に消えた。

この距離でＡＭの反応を試そうと、七百回目の誕生日を祝った惑星の名を尋ねてみた。返事はない。有効範囲の外。やはり頼りは加齢飽和した記憶力のみだ。

わたしは身を乗り出した。

「なんのための面会か、話してもらえる？」

ロボットは後頭部に顔を映して答えた。

「うかがっておりません。しかしもしご気分がすぐれないようなら、いつでもベネチアへ引き返すように申しつけられています」

「まだいいわ。あの青いカードでの招待者は何人目？」

「知るかぎり、お客さまだけです」

「もしわたしが断ったら？　次の候補者を招待する予定だったの？」

「いいえ。しかし正直なところ、ミス・クレイ、あなたが断ることはないと思っていました」

高速で飛ぶ通船の衝撃波で海面には白い航跡ができた。大理石の上に薄く延ばした水彩絵具のようだ。筆でなぞると絵具の下の白い表面があらわれる。ジーマの招待状を出して前方の水平線にあわせ、この青は空の色か海の色かと比較した。しかし二つの可能性のどちらともつかなかった。

ジーマの青《ブルー》。それは光の波長と強さで科学的に定義される。アーティストならだれでも定義にしたがって色を調合できる。しかしジーマ・ブルーを使うアーティストはかならずジーマに言及した。

ジーマは世間に知られはじめたときからすでにユニークだった。極端な身体改造のおかげで鈍重な与圧スーツなしに過酷な環境に耐えられた。たくましい体は密着したボディスーツでつつんだように見える。しかし近づいて観察すると、これが本人の皮膚だとわかる。全身をおおうこの新しい皮膚は特殊な材料でできていて、気分と環境にしたがって色と特性を変える。社会的に必要な場面では服を着ているように見せられる。真空に出れば圧力を保持し、巨大ガス惑星に飛びこめば硬化して高圧に耐える。強靭でありながら、あらゆる繊細な感覚を脳に伝える。呼吸はしない。心血管系は密閉サイクルの生命維持システムにおきかえられている。水も食料も不要で排泄もしない。微小な修復機械が全身をめぐり、常人を数分で死にいたらしめる放射線を浴びても平然としている。

このように過酷な環境に耐える頑強な体を持つおかげで、ジーマは着想のおもむくままにどこへでも行ける。真空を漂いながら恒星の表面をのぞきこむことも、金属が溶岩のように流れる灼熱の惑星の渓谷を渉猟することもできる。目はきわめて広い電磁スペクトルに対応するカメラにおきかえられ、複雑な処理モジュールを介して脳と接続している。共感覚ブリッジによって光学情報を音楽として聞いたり、音を極彩色の調和として見たりできる。皮膚はアンテナとしても働き、電磁場をそのまま感じられる。それどころか周辺にある多数の機械のデータフィードを傍受することもできる。

こんな体のジーマのアートは独創的で人目を惹くのが当然だ。描く風景や星空は強調されて恍惚感があり、明るく色彩豊かで、錯視的な透視図法をもちいていた。伝統的な画材ながら大きなサイズで描かれた作品には、画壇の中心的なバイヤーがすぐにむらがった。そうやって私的コレクションになったものも多いが、公共スペースに描かれたジーマの壁画も銀河のあちこちで登場した。一辺数十メートルという大きさでありながら、目が痛くなるほど細密に描きこまれている。そんな大作も一気呵成に描く。ジーマは睡眠を必要としないので完成まで休まない。

壁画はたしかに印象的だった。構図と技法の巧みさは言うにおよばず。描かれるものは峻厳かつ冷徹。風景に人間が存在しない。画家本人の視点が暗示されるだけ。

こうもいえる。鑑賞するにはいいが、自宅には飾りたくない。

もちろん同意しないむきもある。だからこそジーマの作品は完成するはしから売れた。しかし買い手は本当に画家を理解して買っているのかと、わたしは疑っていた。作品の金銭価値しか見ていないのではないか。

最初にわたしがジーマに注目したころはそうだった。興味深いがゲテ物。本人や作品になにかあれば記事を書く価値はあるという程度だった。

書く機会はたまにあった。しかし、わたしをふくめて万人の目を惹く変化が起きたのは、しばらくあとのことだ。

よくある沈黙期間をやや長くすごしたあとのある日、発表されたジーマの壁画はこれまでと異なっていた。星が渦巻く星雲を、空気のない岩塊上の視点から見ている。中景にはクレーターの縁がある。その上に小さな青い四角が立ち、星雲の一部をさえぎっている。はじめは真っ青なキャンバスのそこだけが塗り残されているように見えた。なにしろその四角には立体感も細部もなく、風景や背景とのつながりは描かれていないのだ。影を落とさず、周囲の物体への色の反映もない。それでも意図して描いたものだった。近くから見ると、クレーターの岩に塗り重ねられているのがわかる。なんらかの意味があるのだ。

この四角が皮切りとなった。以後、ジーマがあちこちで発表する壁画には同様の幾何学形状がはいっていた。四角、三角、楕円などの形が構図のどこかに埋めこまれている。どの絵でもおなじ青であることにだれかが気づいたのは、かなりあとのことだ。

それがジーマ・ブルーだった。わたしあての金文字のカードの色とおなじ。

十数年のうちに抽象図形はジーマの画面を支配し、ほかを構図から追い出した。宇宙の風景は細い境界線として残るだけになり、絵は平面的な円や三角や四角ばかりになった。初期作品は豊かな筆使いと複雑に塗り重ねられた色彩が特徴だったが、青の図形は鏡のように平らだった。

増殖する青い抽象図形に辟易した一般的なバイヤーはジーマの作品から離れていった。まもなくジーマは青だけの壁画を発表しはじめた。千階建てのビルの壁面をおおう青一色の壁画を見て、多くの人はジーマもここまでかと考えた。

それはまったくのまちがいだった。

通船が減速し、小さな島に近づいた。まわりに島影は見あたらない。

「この島をご覧になるのはお客さまが初めてです。普段は眩惑スクリーンで宇宙からも観測できないようにしています」ロボットが教えた。

島は直径約一キロメートル。平たい亀の甲羅の形で、白い砂浜が帯状に細く巻いている。

中央に低い台地があり、四角いエリアの植生が切り払われている。そこに光を反射する青く小さなパネルが地面におかれているように見える。まわりにはひな壇状の観覧台らしいものがある。

　通船は速度と高度を落とし、揺れながら観覧台のエリアのすぐ外へ下りていった。上空からは気づかなかった白い小石壁のシャレー風の低層建築があり、そのそばで止まった。

　ロボットが先に下り、その手を借りてわたしも下船した。

「ジーマはまもなくまいります」

　ロボットは言い残して、通船で上空へ去った。

　急におきざりにされて不安になった。海風が吹きつけて砂が目にはいる。太陽はすぐに傾き、肌寒くなるだろう。かすかなパニックを感じはじめたころ、建物からようやく一人の男があらわれた。両手をこすりあわせ、石敷きの歩道にそって歩いてくる。

「無事のお着きでなによりです、キャリー」

　ジーマ本人だ。顔を隠しているだろうと予想した自分を恥じた。

「こんにちは」

　わたしはぎこちなく挨拶した。握手すると、わずかにプラスチックめいた感触の人工皮膚を感じた。いまは鈍い灰色がかった白鑞《しろめ》色を呈している。

「バルコニーにすわってお話ししましょう。夕日がきれいですよ」

「いいですね」

ジーマは背をむけてシャレーのほうへ歩きだした。白鑞色の皮膚の下で筋肉の動きがよくわかる。背中には鱗のような光沢がある。反射性の剝片を埋めこんだモザイクを思わせる。彫像のように均整が取れ、豹のように筋肉質。全身を改造していながらハンサムな男性だ。しかし愛人がいるという噂はない。そもそも私生活の話を聞かない。作品がすべてだ。

わたしは緊張して無言でついていった。ジーマはシャレーの室内を案内してくれた。昔風のキッチンに昔風の応接間。千年物のアンティーク家具や装飾品でいっぱいだ。

「通船の旅はいかがでしたか？」

「快適でした」

急に足を止めて振り返る。

「確認を忘れていましたが、ロボットは……記憶助手《AM》をおいてくるように言いましたか？」

「はい」

「結構です。キャリー、あなたに話したいのですよ。代理の記録デバイスではなく」

「わたしに？」

　白鑞色の顔が奇妙な表情を浮かべた。

「短い単語だけでなく、長い文章も話せますか？」

「それは……」

「落ち着いてください。試すつもりも、侮辱するつもりもありません。罠ではないし、危険もない。深夜までにはベネチアにお送りします」

「大丈夫です。有名人に会って緊張しているだけです」

「そんなことはないでしょう。有名人なら僕のほかにもお会いになっているはずだ」

「それはそうですが……」

「僕のまえではみなさん緊張されます。でもしばらくすると緊張は解けて、なぜあんなに固くなっていたのかと思うのです」

「なぜわたしをお招きくださったのですか？」

「丁重に何度も依頼があったので」

「本当の理由を聞かせてください」

「いいでしょう。理由はほかにもありますが、依頼が丁重だったのはたしかです。あなたの記事は昔から拝見していました。世間の誤解を解くために信頼できるあなたの取材を受けたい人がしばしばいる。とりわけ人生の最期にね」

「引退とはうかがいましたが、死期はまだ先でしょう」

「公的生活を去る点ではいずれも変わりない。キャリー、あなたの記事にはつねに真実がある。誤った解釈で記事を書かれたという人を知りません」

「たまにはあります。ですから、言った言わないの争いを避けるためにいつもAMをともなって取材するのです」

「僕の取材では不要ですよ」

わたしは鋭く相手を見つめた。

「ほかにもあるはずです。あえてわたしを選んだ理由が」

「あなたを助けたいのですよ」ジーマは言った。


ジーマの〝青の時代〟とは、一般的に巨大壁画の時期をさす。この場合の巨大とは本当に巨大だ。作品はビルや公共スペースの規模をすぐに超えて、衛星軌道から鑑賞すべきものになった。銀河のあちこちで高さ二十キロメートルの青いシートが私有地の島や嵐の海からそびえ立った。費用は問題ない。ジーマの最新かつ最大の作品に資金提供しようと競うスポンサーが多数いた。シートはどんどん大きくなり、重力と天候にさからって保持するために低速技術をもちいた複雑な機械を必要とするようになった。作品はまもなく大気圏を抜けて宇宙に飛び出した。ほのかに自発光しながら弧を描き、散開し、鑑賞者の視界を青で埋めた。

このころにはジーマの名声は比類ないものになっていた。アートに興味がなくても知らない者はいないほどだ。巨大な青い構造物をつくる奇妙なサイボーグの有名人。メディアの取材をいっさい受けず、自分のアートの意味について私見すら述べない変わり者。

しかしそれもすでに百年前の話だ。ジーマのキャリアはまだ先があった。

作品は惑星におさまらない規模になった。ジーマは嬉々として惑星間空間に出て、一辺一万キロメートルの青いシートを無重力空間で広げるようになった。駆使するのは筆と絵具ではなく採掘ロボットの群れ。小惑星を削って製作物の原料にした。星系の経済がジーマ作品のスポンサーになろうと競った。

わたしがジーマへの興味を新たにしたのもそのころだ。〝月ラッピング〟シリーズの一つを見にいった。帽子を箱にいれるように、宇宙の天体をまるごと青い容器におさめて蓋をするという作品だった。二カ月後には巨大ガス惑星の赤道を一周ぐるりと青く染めた。それもわたしは特等席から鑑賞した。六カ月後には太陽をかすめる軌道にある彗星の表層の化学組成をいじって、星系を横断するジーマ・ブルーの尾を引かせた。

それでもわたしは記事を書けなかった。インタビューを申しこみ、断られても依頼をくりかえした。青へのジーマの執着には、たんなる美的な気まぐれ以上の理由があると確信していた。その執着を理解せずに本当の記事は書けない。ただの伝聞記事にしかならない。わたしは伝聞記事は書かない。

だから待ちつづけた。そこに最終作の発表通知が——数百万人の同業者と同様に——飛びこんできた。だからムリエク星の偽物のベネチアへ出かけた。インタビューや新発見は期待せず、現地に足を運ぶだけのつもりだった。

ガラスのスライディングドアを開けてバルコニーへ出た。白いテーブルをはさむ二脚の白いシンプルな椅子。テーブルには飲み物と果物のボウルが用意されている。手すりのないバルコニーのむこうは草木のない急な下り斜面。おかげでさえぎるもののない海の眺めを楽しめた。海面は穏やかで美しく、低い太陽が銀貨のように映じている。

好きな席にとジーマはしめした。二本のワインのあいだで手をさまよわせる。

「赤と白、どちらに？」

わたしは答えようと口を開けたものの、言葉が出なかった。普段なら問いから答えまでの一瞬に、ＡＭが選ぶべき選択肢を無言でしめしてくれる。そのＡＭがいないせいで思考停止してしまった。

「赤にしましょう。とくに異存がなければ」ジーマが言った。

「自分で決められないわけではないのですよ」

ジーマはわたしのグラスに赤を注いで、空の光にすかして透明度を見た。

「もちろんわかっています」

「奇妙な感覚に慣れないだけで」

「奇妙なはずはないのですよ。何百年もそうして生きていれば」

「自然のままで、という意味ですか？」

ジーマは自分のグラスに赤を注いだが、飲まずに香りだけを楽しんだ。

「そうです」

「でも誕生から千年生きることそのものが自然ではありません。わたしの生体記憶は七百年くらいまえに飽和しました。頭はすでに家具でいっぱいの家のようなもの。なにかをいれるには、なにかを捨てなくてはいけない」

「ワインに話をもどしましょう」ジーマが言った。「普段はＡＭの助言にしたがうのですね？」

わたしは肩をすくめた。

「そうです」

「ＡＭは選択肢の一方を毎回提案するのですか？　いつも赤とか、いつも白とか」

「そこまで単細胞ではありません。もちろんわたしが一方を強く好んでいれば、たしかにＡＭはいつもそちらを推薦します。でも実際のわたしはちがいます。赤を好むときもあれば、白を好むときもあります。両方とも好まないときもあります」

　わたしは苛立ちをおもてに出さないように努力した。青のカード、ロボット、通船という巧妙なしかけに誘われてきたのに、わたし自身の不完全な記憶力についてジーマから問われるのは愉快な展開ではない。

「ではランダムですか？　赤と白をおなじ確率で提案する？」

「それもちがいます。ＡＭはわたしを数百年観察し、数十万通りの状況で数十万回ワインを飲むのを見ています。一連のパラメータがある組みあわせの場合のわたしの好みを、高い確率であてます」

「その提案にいつもしたがう？」

　わたしは赤を飲んだ。

「もちろんです。自由意思をしめすためだけに反対の選択をするのは子どもっぽいでしょう。提案された選択のほうが満足する可能性が高いのですから」

「しかしたまには提案を無視しないと、なにもかも予測可能な日々になってしまいませんか？」

「かもしれません。でもそれが悪いことでしょうか。わたしが満足できればそれでいい」

「批判しているのではありませんよ」ジーマは質問の連続で緊張した空気をほぐすように、微笑んで椅子に背中を倒した。「ＡＭの使用者は近年、減っているようです」

「詳しくは存じません」

ジーマはワインの香りをかぎ、グラスを空にかざして透かし見た。

「銀河全体の人口の一パーセント以下です。あとの大半は不可避のことを受けいれています」

「千年分の記憶を管理するには機械が必要。それだけでしょう」

「異なる機械もあるのですよ。神経インプラントです。使用者の自意識に完全に統合され、生体記憶と区別できない。ワインの選択をＡＭに問いあわせるようなことをしなくていい。確認のささやきを待たなくていい。ただ自然にわかるのです」

「ちがいはないでしょう。わたしはつねに寄り添う機械に経験を記録させている。機械はなにも見逃さない。こちらの問いを上手に推測するので問いあわせる労力も最小限です」

「機械は脆弱《ぜいじゃく》です」

「定期的にバックアップをとっています。脆弱という点では頭に埋めこんだインプラントもおなじ。残念ながら理にかなった批判ではありませんね」

「もちろんそうです。しかしＡＭについてはもっと深い問題が指摘されています。完璧すぎるということです。記憶はゆがまず、忘却しない」

「そのためのものですから」

「かならずしもそうとはいえない。たとえばあることを、そう、この会話を百年後に思い出すとします。すると記憶ちがいがいくつか発生する。その誤った細部も記憶の一部になり、思い出すたびに立体感と触感をともなってくる。千年後に思い出すこの会話は事実とは似ても似つかないものになる。それでも正しい記憶だとあなたは主張するでしょう」

「ＡＭを同伴していればここでの会話を克明に記録できたはずです」

「そうでしょうね。でもそれは生きた記憶ではない。写真です。機械的な記録プロセスであり、想像力は排除される。選択的な記憶ちがいの細部は生まれない」

しばし沈黙してわたしのグラスにワインを注いだ。

「想像してみてください。こんなふうに屋外ですわって午後をすごす機会があるたびに、あなたはほぼ毎回、白ではなく赤ワインを選ぶ。その選択をとくに悔やむ理由もない。ところがあるとき、なんらかの理由で、ＡＭの判断に逆らって白を選んだとします。そしてそれはおいしかった。そこに話し相手と、会話と、遅い午後の雰囲気と、美しい眺めと、いい酔い心地が魔法のように組みあわさる。そんな完璧な午後が完璧な夜へと続いていく」

「ワインの選択とは関係なく起きることでは？」

「そうです。だからこそＡＭはその幸福な状況の組みあわせになんら重要性をみいださない。一回かぎりの例外的な事象で予測モデルはほとんど変わらない。次の同様の機会にはこれまでどおりに〝赤ワイン〟を選ぶでしょう」

不愉快ながら理解できてきた。

「人間の記憶はそうではありませんね」

「そうです。人間の記憶は一個の例外にこだわり、過度な重要性をみいだす。午後の記憶の魅力的な部分を強調し、不愉快な要素は抑制する。顔のまえを飛びまわる蠅や、帰りの船にまにあうだろうかという心配や、午前中に買い忘れた誕生日プレゼントについては忘れてしまう。黄金色に輝く幸福な思い出だけが残る。すると次回も白を選ぶかもしれない。その次も。一回の例外で行動パターンが大きく変わる。ＡＭだとそんなことは起きません。何回も何回も助言に反する選択をされて初めて、ＡＭは不承不承にモデルを更新し、赤ではなく白を提案するようになる」

自分ではなくジーマについて話したいのにと思いながら、わたしは認めた。

「そうですね。でも人工記憶が頭の内にあるのと外にあるのとで、実質的なちがいがありますか？」

「大きなちがいですよ。ＡＭに蓄積された記憶は永遠に固定されます。何度呼び出しても細部に誇張や省略は起きない。インプラントの仕組みは異なります。生体記憶とシームレスに統合されるように設計されていて、使用者でも区別できません。すると当然ながら可《か》塑《そ》的で、柔軟で、錯誤やゆがみが起きる」

「それは誤謬《ごびゅう》です」

「誤謬がなければアートではない。アートがなければ真実はない」

「誤謬が真実を導くと？　おもしろいですわね」

「この場合の真実とは、高い次元の比喩的な意味です。さっきの黄金色の午後の話。あれが真実です。飛びまわる蠅を思い出しても本質にはなにも加わらない。むしろ削られる」

「そんな午後はありませんでしたし、蠅も飛んでいませんでした」わたしは我慢の限度に達した。「いいですか、お招きいただいて光栄ですが、わたしの記憶管理法についてご高説をうかがうためではなかったつもりです」

「じつはこの話は関係あるんですよ。僕自身の話であり、同時にあなたの話でもある」グラスをテーブルにおいた。「すこし散歩しましょう。プールをお見せしたいんです」

「まだ夕日になっていませんけれども」

ジーマは微笑んだ。

「それはまたの機会に」

屋内にもどり、来たときとはべつの経路を通ってべつのドアから出た。傾いた日差しに金色に照らされた小石壁にはさまれて、蛇行するゆるやかな坂道を上った。出たところは通船から見下ろした平たい台地の上。見えたとおりの観覧台がある。高さ三十メートルのひな壇状の構造物で、裏手の階段で各階を移動するようになっている。しかしジーマに導かれたのは手前の観覧台の下の暗い通路。隠れたドアを抜けて中央のエリアに出た。上空から青いパネルに見えたのは、小ぶりの四角いスイミングプールだった。水ははいっていない。その縁へ連れていかれた。

「プールですね。たしかに。ぐるりとかこんだ観覧台はなんのための？」

「ここが会場だからです。ここで僕の最後の作品と、公的生活からの引退を発表します」

プールは未完成だった。まだ反対の隅で小さな黄色いロボットが陶製のタイルを貼っている。こちら側のタイルは貼り終わっている。ただし、ところどころ欠けたりひび割れたりしているのがいやでも目についた。午後の傾いた日差しが濃い影をつくっていてわかりにくいが、タイルの色はおそらくジーマ・ブルーだ。

「惑星をキャンバスにしたキャリアの最終作にしては、スケールが小さいのでは？」わたしは尋ねた。

「僕にとってはそうではありません。これは僕の旅の終着点。すべてはここへ至る道だったのです」

「このちっぽけなプールが？」

「ただの古いプールではないのですよ」


ジーマはわたしを連れて島内を歩いた。太陽は水平線に沈み、風景は色を失った。

「初期の壁画は心から発した作品でした」ジーマは話した。「大きなスケールで描いたのは、題材がそれを求めている気がしたからです」

「いい作品でしたわ」

「金めあての通俗作品でした。大きく、派手で、金と労力を要し、人気になった。でも結局のところ、魂がこもっていなかった。心から発しても充分ではなかったのです」

わたしはなにも言わなかった。当時の作品をおなじように感じていたからだ。着想が巨大で非人間的なのは、ジーマの改造された体がその絵にあたえたユニークさにすぎない。

それを称賛するのは、たとえば筆を口にくわえて描いたという理由でその絵を称賛するようなものだ。

「宇宙を描いた僕の作品は、すでに宇宙が語った以上のことは語らない。なにより僕自身について語らない。そこで僕自身が真空中を歩いたり、液体窒素の海を泳いだらどうかと考えました。紫外線を見たり電磁場を感じたりできるようになったらどうか。そんな奇怪で極端な人体改造をほどこしてみました。でもそれは、普通のアーティストが高性能のテレプレゼンス技術とドローンで体感できるものと変わりなかった」

「ご自分にきびしすぎるのではありませんか？」

「そんなことはありません。いまこうしてお話しできるのは、そのあと価値あるものを生み出せたからです。でも当時はまったく五里霧中でした」

「価値あるものとは、例の青？」

「例の青です」ジーマはうなずいた。「きっかけは偶然でした。ほぼ完成したキャンバスに誤って色をつけてしまった。漆黒に近い背景のなかの淡いアクアマリンのしみ。電気に打たれたようでした。なにか強烈で原初的な記憶にふれてショートしたように感じました。その色が世界でもっとも重要だった経験が僕のどこかに眠っている」

「なんの記憶ですか？」

「わかりませんでした。わかるのはその色が語るものだけ。それを発見し、解放するために僕の生涯はある」しばし考えて続けた。「青という色にはなにか特別なところがある。千年前にイヴ・クラインは、青には色の本質があると言いました。ほかのすべての色を象徴すると。子どものころに出会った思い出の青を追い求めることに生涯をついやした男もいました。みつけられずに絶望し、あの色は幻だったのか、自然界に存在しないのかと思いはじめたある日、偶然みつけたそれは、自然史博物館に展示された甲虫《こうちゅう》の色だった。男は歓喜の涙を流したそうです」

「ではジーマ・ブルーは？　甲虫の色ですか？」

「いいえ。甲虫ではありません。でも答えが必要でした。なんとしても知りたかった。なぜこの色が僕にとってこれほど重要なのか。なぜこの色に絵を支配されたのか」

「支配させたのでしょう」

「そうするしかなかったのです。青が強く、大きくなるほど答えに近づく気がしました。この色に全身を浸せば、知りたいことがすべてわかる。アーティストとして自分を理解できると思いました」

「それで？　理解できましたか？」

「できました。でもそれは予想外でした」

「なにがわかったのですか？」

ジーマは長いこと答えなかった。ゆっくりと散策を続けた。その筋肉質の背中からすこし遅れて歩きながら、わたしは肌寒さを感じ、コートを持ってくればよかったと思った。もしあるなら一着貸してほしいと頼みたかったが、いま思索をさえぎるのははばかられた。わたしの仕事でもっとも難しいのは口をつぐむことだ。

「記憶の誤謬性について話しましたね」ジーマが言った。

「はい」

「僕の記憶も不完全です。インプラントをいれているのでなんでも憶えていますが、さかのぼれるのは三百年前まで。実際はもっと年をとっています。しかしインプラント手術前の記憶は断片的。粉々に割れた破片を組み立てられませんでした」

ゆっくりと立ち止まり、振り返った。顔の半分に水平線の鈍いオレンジ色が映っている。

「ジーマ・ブルーがなぜ重要なのか理解したければ、過去へさかのぼる必要がありました」

「どこまで？」

「考古学のようでした。たどれる記憶で信頼できてもっとも古い出来事は、インプラント手術直後のものです。それにしたがって、ガーリン湾曲の惑星ハリコフ８へ行きました。

ここから約一万九千光年。憶えているのはそこにいた男のコバーゴという名前です」

コバーゴという名に思いあたるところはないが、ガーリン湾曲はＡＭの補助がなくてもよく知っている。居住可能な六百の星系が集まる銀河の一角で、三大経済圏にはさまれた位置にある。そこでは恒星間法は通用しない。ガーリン湾曲といえば犯罪者の逃亡先だ。

「ハリコフ８には特産品があります。よそではできない種類の医療サービスを提供することに惑星全体が特化しています。たとえば、違法な人体改造など」

「つまりそこで……？」わたしは言いよどんだ。

「そこで僕はこの姿になりました。もちろんハリコフ８以後も体のあちこちに手をいれています。過酷な環境に耐えられるようにしたり、感覚機能を改良したり。でもこの体の基本形はコバーゴのクリニックで、その執刀によってつくられました」

「ではハリコフ８に来るまえは生身の人間だった？」

「そこが難しいところです」ジーマは暗い道を用心深く進んだ。「惑星を再訪した僕はもちろんコバーゴを探しました。彼の助けを借りれば頭のなかの記憶の断片を多少なりと再構成できるのではと考えました。でもコバーゴはいませんでした。ガーリン湾曲のほかの星へ渡ったまま行方不明。クリニックはまだありましたが、経営者はその孫でした」

「簡単には話してくれなかったでしょうね」

「はい。説得が必要でした。さいわい手段にはこと欠きませんでした。多少の賄賂と多少の脅迫」軽く微笑む。「やがて同意を得てクリニックの古い記録を開き、祖父の代に僕が訪れたときの記録を調べました」

わたしたちは角を曲がった。海と空はすでに一様な灰色で、青は残っていない。

「結果は？」

「記録によると、僕はもともと人間ではありませんでした」ジーマはその言葉に疑問の余地を残すまいと、しばし黙った。「クリニックに来るまえのジーマは存在しなかったのです」

そのときほど記録ドローンがほしかったことはない。昔ながらのノートとペンでもいい。わたしは飽和した記憶をすこしでも働かせようと力をこめた。

「ではあなたは何者ですか？」

「機械です。精巧なロボット。自律人工知能。ハリコフ8に来たときすでに数百歳で、法的に完全な独立性を得ていました」

わたしは首を振った。

「まさか。機械部品を移植した人間でしょう。機械のはずがない」

「クリニックの記録は明白でした。僕はロボットとして到着した。人間型のロボットですが、機械にはちがいない。クリニックではそれを分解して認知コアを取り出し、培養槽で成長させたホスト生体と一体化させたのです」白鑞色の頭を指先で叩いた。「このなかには生体材料とサイバネティクス機械部品がいずれも大量に詰まっています。どちらが先かはわからない。どちらがマスターでどちらがスレーブだったのか判別できない」

　わたしは隣に立つ人の姿を見て、それが人間ではなく、柔らかな細胞部品を多く持つものの純然たる機械なのだと考えてみようとした。しかしそんな認識の飛躍はできなかった。まだ無理だ。

　苦しい反論を試みた。

「クリニックが嘘をついたのかもしれませんわ」

「それはないでしょう。むしろ知られたくなかったはずです」

「そうですね。たんなる議論のための指摘です……」

「事実なのですよ。簡単に検証できる事実でした。ハリコフ8への入境管理記録を調べると、クリニックで医療処置がおこなわれる数カ月前に、一体の〝自律ロボット体〟が惑星近傍に入境していることがわかりました」

「それがあなたとはかぎらない」

「それ以前に惑星を訪れたロボット体の記録は数十年ありませんでした。僕だと考えてまちがいない。それより重要なのは、出発地も記載されていたことです」

「どこだったのですか？」

「ガーリン湾曲の外でした。ムアラ星群のリンタン3」

AMがいないのが歯がゆい。

「知っているとしても思い出せませんわ」

「ご存じないでしょう。あえて行く場所ではない。超光速船の定期便は運行していません。僕もこの目的がなければ訪れようとは――」

「行ったのですか？」

「ええ、二回。一回目はハリコフ8での手術前。二回目が最近です。リンタン3のまえはどこから来たのか調べに行きました。痕跡はかすかで難渋しましたが……適切な検索技術で適切なデータベースをあさって、自分の来歴をみつけました。それでもまだ最終解答ではなかった。さらにいくつもの惑星に渡って探しました。痕跡をさかのぼるごとに手がかりは薄れる。でもこちらは執拗さがとりえです」

「そして資金も」

「資金も」ジーマは穏やかに小さくうなずいた。「金の力はおおいに役立ちました」

「そして最後は？」

「出発地にたどり着きました。ハリコフ８に来たときの僕は高速思考が可能で、人間なみの知性を持った機械でしたが、最初から賢くはなかったし、複雑でもありませんでした。時間と環境のなかで段階的に強化されたのです」

「自力で？」

「最後のほうはそうです。自律性と法的独立性を獲得したあとは可能でした。でも、ある水準の知性を得るまでそんな自由は許されません。それ以前は単純な機械でした。いわば……先祖伝来の家宝かペットのように、人から人へ、世代を超えて受け継がれていました。そのたびに強化され、賢くなったのです」

「あなたの始まりは？」

「あるプロジェクトでした」


ジーマの先導でプールへもどった。赤道付近の夕暮れは短く、プールはすでに観覧台の上に設置された投光器で照らされていた。さきほどのロボットはタイルを貼り終えていた。

ジーマは言った。

「できました。明日は防水をして、明後日は水をいれます。水は循環処理して透明度を上げます」

「そのあとは？」

「僕はパフォーマンスの準備をします」

プールまでの道でジーマは自分の来歴について判明したことを話してくれた。最初に生み出された場所は地球だった。わたしが生まれるより昔のことだ。工作好きの才能ある若者の手で組み立てられた。彼は実用的なロボット工学に興味があった。当時は人工知能の難問に取り組む個人やグループが多く、彼もその一人だった。

若者が関心があったのは認知、経路決定、問題解決の三つの分野だった。彼はいくつもロボットをつくった。キットや壊れたおもちゃや汎用部品を寄せ集めて組み立てた。精神（というのもはばかられるが）はコンピュータのジャンク部品で、単純なプログラムをいれただけでメモリーとプロセッサ速度は限界だった。

そんな単純な機械が若者の家じゅうで動いていた。それぞれ特定の作業専用に設計されていた。ある蜘蛛型ロボットは粘着性の脚で壁を這いまわり、額縁の埃を払うのが仕事だった。待ちかまえて蠅やゴキブリを捕食するロボットもいた。消化した獲物はバイオマスとして化学分解し、取り出したエネルギーで屋内のべつの場所へ移動した。家の外壁をひたすら塗り替えるロボットもいた。おかげで家はいつも季節にあわせた色だった。

そして、プールに住むロボットもいた。

陶製タイルのプールの側壁を動きまわって掃除するのが仕事だった。安価なプール掃除機を通販会社から買うこともできたが、若者は独自の設計思想によるロボットを白紙からつくるほうがおもしろいと考えた。まずフルカラーの視覚システムを載せ、その視覚データから周囲の3Dモデルを作成できる大きめの頭脳をあたえた。最適な清掃方法はロボット自身に決定させた。清掃するタイミングも、水から上がって背中のソーラーパネルで充電する時間も自分で選ばせた。初歩的な報酬の概念も組みこんだ。

この小さなプール掃除機から若者はロボット設計の基礎を多く学んだ。得られた教訓はほかの家庭用ロボットに組みこまれた。そのうちの一つである単純な家庭用掃除機が充分な堅牢さと自律性を持つものに仕上がり、若者はこれを組み立てキットの形で通信販売した。このキットはよく売れ、一年後には組み立てずみの家庭用ロボットとして売り出した。製品は爆発的な人気を呼び、若者の会社は家庭用ロボットの業界大手に成長した。

彼のつくった賢明で勤勉な機械は十年で世界じゅうに広がった。

しかし最初のプール掃除機も忘れられていなかった。新しいハードウェアやソフトウェアをテストする試験機としてくりかえし使われた。やがて彼の作品のなかでもっとも賢くなり、分解して部品取りにしようとは考えられなくなった。

彼が亡くなると、プール掃除機は娘が受け継いだ。そして家族の伝統として知能を増強しつづけた。娘が亡くなると、若者の孫にあたる人物が相続した。彼は火星に住んでいた。

「もうおわかりでしょうが、これはその最初のプールです」ジーマは言った。

「残っていたのですか？」

「とても古いですが、陶器は耐久性にすぐれています。探し出すほうが困難でした。地表から二メートル掘ったところにありました。かつてシリコンバレーと呼ばれた場所です」

「タイルの色がジーマ・ブルーですね」

「ジーマ・ブルーはタイルの色なのです」穏やかに訂正された。「若者がたまたま選んだプールのタイルの色だったのです」

「その色をあなたはどこかで憶えていた……」

「ここが僕の始まりの場所です。単純な知能とともにプールを這いまわる粗末な機械だった。それでもここが僕の世界だった。それが理解できました。理解すべきことのすべてでした」

「そして……これから？」

　わたしは尋ねてすぐに、その答えを恐れた。

「そこにもどります」

わたしは立ち会った。観覧台はパフォーマンスを見に集まった人々で埋まった。島の上空には浮かんだ船がモザイク画のようにぎっしりと並んだ。眩惑スクリーンは解除され、それぞれの船上展望台から何十万人もの客がこのプールを遠望した。

その注目のプールの水面は鏡のように平らで、水は清冽に澄んでいた。ジーマはその縁に立った。背中のソーラーパッチは蛇の鱗のような光沢を放っていた。観客はこれからなにがおこなわれるのか、それがなにを意味するのか、だれもわかっていなかった。期待だけがあった。過去のジーマ作品をくつがえすような驚異的なものが発表されると思っていた。平凡なプールには困惑していた。これがあの大気圏を突き抜けるキャンバスや、惑星全体を青でつつむパフォーマンスに匹敵するものになるのか。じつはプールは目くらましかもしれない。引退を記念する華やかな大作がどこかにあって、まだ見えないそれが堂々とお披露目されるのではないか。

みんなそう思っていた。

わたしは真実を知っていた。わかったうえで、プールの縁から青に身を投じるジーマを見守った。やり方も詳しく聞いていた。脳の高次機能をゆっくり段階的にシャットダウンする。不可逆の処置だが、かまわない。失ったものを悔やむ自我すら残らない。

それでも残るものはある。存在の小さなカーネル。自己の存在をかろうじて認識し、周囲の状況を理解できる。どれほど無意味なタスクでも、それを実行することで一定の満足とよろこびを得る。プールから出る必要はない。背中のソーラーパッチが必要な電力を供給する。年はとらず、病気にもならない。島はほかの機械が管理し、プールとそこをゆっくり泳ぐものを気象と時間による害から守る。

何百年も。

何千年も。

何百万年も。

その先は想像するしかない。すくなくともジーマがこのタスクに飽きることはない。彼の精神に退屈する能力はもうない。彼は経験そのものになった。プールを泳ぐことで経験するよろこびは、知能のない花粉媒介昆虫の恍惚とおなじ。しかしそれで充分だ。カリフォルニアの家のプールを這っていた時代の彼はそれで充分だったし、千年後のいまの彼も充分だ。たとえその場所がおなじ銀河の反対側で、異なる太陽が輝く異なる惑星でも、プールはおなじプールなのだ。

そしてわたしは……。

島でのジーマとの対話は意外なほど記憶に残っていた。理由はいろいろ考えられるにせよ、ＡＭによる精神の補助は思ったほど必須ではなかったのかもしれない。ジーマの言うとおり、わたしは人生を台本どおり、設計図どおりにしてしまっていた。日没にはいつも赤ワインで、白を選ぼうとしなかった。惑星を発つ超光速船のクリニックで、神経記憶拡張デバイスをインプラントした。これで四、五百年はもつ。新たな解決策が必要になったら、そのときあらわれた記憶技術の橋を渡ればいい。AMを使用停止するまえに、その観察情報を新デバイスの広大なメモリー空間に移した。そこに記録された出来事は自分の体験という実感が薄いが、思い出すごとになじんでいくはずだ。もちろんそのたびに変化し、柔軟になり、ハイライトが強調されていく。思い出せば思い出すほど正確さは失われる。しかしジーマが言ったように、それでいいのだ。

彼がわたしに声をかけた理由もいまではわかる。伝記を書くためだけではない。自分が先へ進むときに、おなじように立ち止まっているだれかの背中を押したかったのだ。

ジーマの記事はのちに書いた。そして昔の取引先であるマーシャン・クロニクル紙に売った。懐かしい惑星への再訪は楽しかった。昔とちがって温暖な軌道に移動していたのでなおさらだ。

あれから長い時間が流れた。それでもなぜかジーマへのこだわりは消えていない。

二十年に一度くらいの割合で、超光速船に飛び乗って惑星ムリエクを訪れ、白く輝くベネチアの模倣都市を歩き、通船で島へ渡った。そして片手でかぞえるほどの観客が残った観覧台に立った。みんなおなじようにたまに再訪し、アーティストが隠し球を残しているのではないか、最後の驚きを見せてくれるのではないかと期待している。彼らのほとんどはすでにわたしの記事を読み、プールを泳ぐ姿の意味を理解している。それによって大勢の客が来ることはなかった。天気のいい日でも観覧台は閑散としてやや寂しい。それでも客足がすっかり途絶えることはない。それはある種の証明なのだろう。

わかる人にはわかる。わからない人にはわからない。

それがアートだ。

解　説

ＳＦ書評家
橋本輝幸

本書は二〇〇〇年代を代表する翻訳ＳＦを集めたアンソロジーである。山岸真編『90年代ＳＦ傑作選』上下巻（二〇〇二、ハヤカワ文庫ＳＦ）以来、実に十八年ぶりの年代別ＳＦ傑作選だ。この巻には二十一世紀最初の十年に発表されたＳＦ短篇を収蔵する。《ＳＦマガジン》掲載作の再録が中心だが、一部の作家についてはこの機会に本邦初訳の作品を紹介した。また短篇集やアンソロジーの表題作は選ばなかった。

九〇年代以降、特定のサブジャンルが界隈《かいわい》の話題を独占するようなことはなかったが、トレンドをひとことで言えば複雑な世界観、不安の投影、ジャンルやサブジャンルの相互越境が特徴的だった。

新しいスペースオペラ——二十一世紀の本格SF

ニュー・スペースオペラ（ＮＳＯ）を語るにはまず、スペースオペラの定義が必要だ。元来は異星を舞台にしたメロドラマティックな冒険小説の意味で、一九四一年に作家ウィルスン・タッカーが批評に用いたときは通俗的、定型的というニュアンスであてがわれた。しかし半世紀以上の間に、スペースオペラは科学志向のＳＦやサイバーパンク、あるいはホラーやミステリの要素を取り込み、一般化し、もはや蔑称ではなくなった。なお一九七〇年代から新しい（当世風の）スペースオペラと呼ばれる作品はあったが、ここでは〇〇年前後の用法に限定する。

二〇〇三年八月、ＳＦ情報誌《ローカス》がＮＳＯ特集を組み、主に英国で既にキャリアを築いていたＳＦ作家の論や書評が掲載された。このとき気鋭の作家としてインタビューされたのがアレステア・レナルズとチャールズ・ストロスだ。英国の作家ポール・Ｊ・マコーリイは、ＮＳＯは「運動というよりは偶然の一致」で作家たちはみな、若い頃大好きだったＳＦをより深く追求し、より面白くしただけだと論じた。みもふたもないが、これが真実だろう。

ともあれ回顧と更新の気運がアンソロジー出版にも表われ、スペースオペラ史を総括した *The Space Opera Renaissance*（二〇〇六）や、英、米、カナダ、オーストラリアから当代きってのSF作家たちを集めた *The New Space Opera*（二〇〇七、二〇〇九に続刊）が刊行された。NSOが脚光を浴びたのは結局、拡大・拡散しすぎたSFが団結し、再興するための旗印が欲されていたからではないか。当時、スペースオペラだけでなくSF自体も仕切直しが試みられ、〇〇年代後半に幾つかの書き下ろしアンソロジーシリーズが新しく企画されたが、いずれも残念ながら数冊で終わった。《SFマガジン》でNSOが特集されたのは二〇〇五年十二月号で、このころ同誌は立て続けにロボット、宇宙SF、ミリタリーSFをテーマに採用していた。

　ポール・J・マコーリイは自論でさらに米国のスペースオペラは右翼的、ミリタリー、新植民地主義者的だと述べ、NSOを英国SF固有の特徴のように語ったが、これには異議も出た。米国ではジャック・キャンベルやジョン・リンゴーら軍務経験のあるミリタリーSF作家が活躍する一方、九〇年代から引き続き〈スコーリア戦史〉（ハヤカワ文庫SF）のキャサリン・アサロや〈ヴォルコシガン〉シリーズ（創元SF文庫）のロイス・マクマスター・ビジョルドが度々ヒューゴー賞やネビュラ賞の候補になり、デイヴィッド・ウェーバーやマイク・シェパードは女性主人公の人気シリーズを続々刊行した。ジョン・スコルジー、エリザベス・ベアといった新人も新しいスペースオペラを切り開いた。単純にひとくくりにはできない。

蔓延するダークなＳＦ

映画『バイオハザード』や『28日後…』、リメイク版『ドーン・オブ・ザ・デッド』や『ショーン・オブ・ザ・デッド』など二〇〇〇年代前半からゾンビ映画が隆盛をきわめ、小説界にもその人気が感染した。マックス・ブルックス『WORLD WAR Z』（文春文庫）、セス・グレアム＝スミス『高慢と偏見とゾンビ』（二見文庫）が好例だ。ジョン・ジョゼフ・アダムズはアンソロジー *The Living Dead* を編んだ。

ディストピア（dystopia、理想郷《ユートピア》の対義語）、ポスト・アポカリプス（破滅後）も、並行して盛り上がったサブジャンルだ。パオロ・バチガルピの短篇集『第六ポンプ』（ハヤカワ文庫ＳＦ）に収録された表題作（二〇〇八）はこの時代の斜陽のムードを描いた必読の一作だ。主流文学でもマーガレット・アトウッド『オリクスとクレイク』（早川書房）やカズオ・イシグロ『わたしを離さないで』（ハヤカワｅｐｉ文庫）がブッカー賞候補になり、コーマック・マッカーシー『ザ・ロード』（ハヤカワｅｐｉ文庫）がピュリッツァー賞を獲得した。

ニュー・ウィアード、越境するＳＦ

ニュー・ウィアードとは、M・ジョン・ハリスンがチャイナ・ミエヴィルの幻想的中篇「基礎」の解説で使った言葉だった。どちらも英国の作家だ。ウィアード（weird）とは奇妙な、異様なという意味である。ミエヴィル本人は二〇〇三年に「ニュー・ウィアードよ永遠なれ」という文章を発表し、ジャンルや運動《ムーヴメント》ではないと否定した。その一方で、一部の作家に共通性を見出すことに理解を示している。ミエヴィルはニュー・ウィアードは現実に根ざすと説いた。

「ニュー・ウィアードにとって、倫理は解決でも既成の事実でもなく、取り組むべき課題であり、政治は避けて通れないものなのだ。そしてこの事実がニュー・ウィアードを可能性に満ちたフィクションにしている。」（チャイナ・ミエヴィル「ニュー・ウィアードよ永遠なれ」、《SFマガジン》二〇〇五年五月号、加藤逸人訳）

　米国の作家ジェフ・ヴァンダミアは妻のアンとともにアンソロジー *The New Weird* を刊行し、現実的で複雑な世界設定と都市小説性を特徴として挙げた。二〇一九年、作家で編集者のエルヴィア・ウィルクは講演の中で、ニュー・ウィアードとは即ちアウトサイダーだと論じた。本質は「どれでもなさ」――いわゆる主流文学でもSFでもファンタジイでもないが、それらとの共通性もある。そして都市社会や人間からの逸脱や疎外を描く。

　ここで思い出すのがケリー・リンクだ。彼女が第一短篇集を上梓したのは二〇〇〇年。

SFやファンタジイと主流文芸の両方に身を置く作家兼編集者となった。自作のジャンルを問われたリンクは、好きなラベルはミエヴィルが言ったWeird Shit（変なやつ）だと回答している。ジャンルを越境する作家はもはや珍しくなく、明確な共通性があるわけでもなく、ゆえにアンソロジストは独自のコンセプトに収める必要があった。日本だと例えば二〇〇八年刊の岸本佐知子編『変愛小説集』（講談社文庫）という傑作選がある。《SFマガジン》では翻訳家の小川隆が独自にスプロール・フィクションという語を発明し、たびたび特集を組んだ。都市が郊外に無秩序に拡大していくスプロール現象から生み出された用語だった。

この他に特筆すべき動向としては、スチームパンクが歴史改変ものやファンタジイと接続し、ヤングアダルト小説やDIY、ファッション方面にも定着した。例えばスコット・ウェスターフェルドの『リヴァイアサン　クジラと蒸気機関』をはじめとするヤングアダルト三部作（ハヤカワ文庫SF）である。フィリップ・リーヴの『移動都市』（創元SF文庫）シリーズもここに分類される。

ウェブジンの黎明

ブログや個人のウェブサイトはすっかり一般化した。二〇〇一年に非営利団体クリエイティブ・コモンズが発足し、著作物の再配布や再利用許可の定型を整備した。コリイ・ドクトロウやケリー・リンク、ピーター・ワッツは自分のウェブサイトで一部の作品を全文公開した。ウェブ版ファンジンも次々と生まれたが、六、七年で更新を終える例も後を絶たなかった。例えばアイリーン・ガンのInfinite Matrix、ルーディ・ラッカーのFlurbだ。

オンライン雑誌（ウェブジン）も次々と創刊された。エレン・ダトロウは、ケーブルテレビ局Sci Fiチャンネル（現SyFy）のSci Fictionというウェブジンを編纂した（二〇〇〇‐二〇〇五）。二〇〇〇年にはほぼ週刊の非営利ウェブジン《ストレンジ・ホライズンズ》が創刊された。同誌には創刊当初から、複数の国にいる複数人が入れ替わり立ち替わり運営に携わる特性があった。同誌は「新しく、まだ充分に評価されておらず、グローバルな声」を取り上げるため尽力し、N・K・ジェミシンやネディ・オコラフォアの初期短篇なども掲載した。二〇〇六年にはニール・クラークの《クラークスワールド》が創刊した。同誌は二〇一〇年代にケン・リュウが中国SFの英訳を投稿したことを皮切りに、世界のSFを載せる雑誌としての性質を強めていく。

一方で老舗雑誌の購読者数は大幅に減った。一九八〇年に十万人の購読者を抱えていた《アナログ》は二〇〇〇年には四万人まで落ち、二〇一一年には二万七千人まで落ちた。

より部数の少ない《インターゾーン》や《Ｆ＆ＳＦ》は隔月刊化を余儀なくされた。

結びに

海外旅行者数は九〇年から〇〇年の間に一・五倍に増え、〇〇年から一〇年でさらに一・五倍近く伸びた。欧州連合（ＥＵ）は統一通貨ユーロを導入し、加盟国も増加した。しかし各国では経済成長が頭打ちとなり、グローバル化の限界が見えた時代だった。

一九九〇年前後に冷戦と湾岸戦争が終結し、世界は世紀末を無事にやりすごした。だが二〇〇一年九月十一日、米国ニューヨークで同時多発テロが起こり、イスラム教過激派の国際的テロ組織アルカイダが犯行声明を発表した。二〇〇五年、英国の地下鉄やバスでもテロが起こった（ロンドン同時爆破事件）。新たな千年《ミレニアム》は平和な日常の劇的な崩壊に見舞われた。個人の日常を揺るがしたのはテロだけではない。二〇〇八年、米国の経済危機（リーマン・ショック）は世界各国に連鎖的にダメージを与えた。

車は空を飛ばず、市井《しせい》の人々にとっては宇宙は遠く、我々は不安に満ちた世界の渦中にいた。それが二〇〇〇年代である。はたして次の十年、ＳＦはどうなったのか？

（『２０１０年代海外ＳＦ傑作選』に続く）

伊藤典夫翻訳SF傑作選
ボロゴーヴはミムジイ

Mimsy Were the Borogoves and Other Stories

ルイス・パジェット他
高橋良平編

未来人がタイム・マシンのテスト用に過去へと送ったいらなくなったおもちゃ。それを偶然手にした兄妹は……ルイス・パジェットの幻の名作である表題作をはじめ、SF界の大御所ポールの初期の代表作「虚影の街」、ブラナーの「思考の谺」など、SF界きっての目利き伊藤典夫が惚れこみ翻訳した七中短篇を収録。

ハヤカワ文庫

海外ＳＦハンドブック

早川書房編集部・編

クラーク、ディックから、イーガン、チャン、『火星の人』、ＳＦ文庫二〇〇〇番『ソラリス』まで――主要作家必読書ガイド、年代別ＳＦ史、ＳＦ文庫総作品リストなど、この一冊で「海外ＳＦのすべて」がわかるガイドブック最新版。不朽の名作から年間ベスト１の最新作までを紹介するあらたなる必携ガイドブック！

編者略歴　1984年生，早稲田大学第一文学部卒，ＳＦ書評家・研究家

HM=Hayakawa Mystery
SF=Science Fiction
JA=Japanese Author
NV=Novel
NF=Nonfiction
FT=Fantasy

2000年代海外《ねんだいかいがい》ＳＦ傑作選《けつさくせん》

〈SF2306〉

二〇二〇年十一月二十日　印刷
二〇二〇年十一月二十五日　発行
（定価はカバーに表示してあります）

編者　橋《はし》本《もと》輝《てる》幸《ゆき》
発行者　早川浩
印刷者　西村文孝
発行所　株式会社　早川書房
郵便番号　一〇一 - 〇〇四六
東京都千代田区神田多町二ノ二
電話　〇三 - 三二五二 - 三一一一
振替　〇〇一六〇 - 三 - 四七七九九
https://www.hayakawa-online.co.jp
乱丁・落丁本は小社制作部宛お送り下さい。
送料小社負担にてお取りかえいたします。

印刷・精文堂印刷株式会社　製本・株式会社川島製本所
Printed and bound in Japan
ISBN978-4-15-012306-2 C0197

本書は活字が大きく読みやすい〈トールサイズ〉です。